國家社科基金
GUOJIA SHEKE JIJIN HOUQI ZIZHU XIANGMU
後期資助項目

楊維楨全集校箋（十）

Notes and Commentary on the Complete Works of
Yang Weizhen

【明】楊維楨 著

孫小力 校箋

上海古籍出版社

附録一　辨僞編

附録一 辨僞編

巴陵女子行

己未秋九月,王師渡江。大師(當作"帥")拔都自鄂渚以一軍覘上流,遂圍岳。岳潰,入於洞庭,俘其遺民以歸。女子誓不辱於兵,書詩衣帛見意,赴江而死。余悲其志,作巴陵女子行[②]:

北來諸軍飛渡江,突騎一夜滿岳陽。樓頭火起入閭巷,曹伍偶走如牛羊。巴陵女子尚書婦,生平不識門前路。亂兵驅出勢蒼黃,夫婿翁姑生何處。吞聲掩淚行且啼,啼痕沾濕越羅衣。此生忍使人再辱,裂帛暗寫臨終詩。上言社稷安危事,下説投江誓天志。一回宛轉一辛悲,心折魂飛不成字。詩成淚盡赴江流,蛾眉蕭颯天爲愁。芙蓉零落入秋水,玉骨直葬青海頭。古來烈婦纔一二,誰是巴陵更文理。名與長江萬古流,丞相魏公還不死。

【考辯】

本詩原載明佚名鈔本楊維禎詩集。然又載郝經陵川集卷十,元詩體要卷五亦歸於郝經名下。郝文忠公陵川文集卷十巴陵女子行序:"己未秋九月,王師渡江。大帥拔都及萬户解成等,自鄂渚以一軍覘上流,遂圍岳。岳潰,入於洞庭,俘其遺民以歸。節婦巴陵女子韓希孟,誓不辱于兵,書詩衣帛以見意,赴江流以死。"其詩後附巴陵女子赴江詩,序曰:"巴陵女子韓希孟,魏公五世孫,嫁與賈尚書男瓊爲婦。岳州破,被虜之。明日,以衣帛書詩,願好事君子相傳,知吾宋家有守節者。"(韓希孟事迹亦載宋史列女傳。)按:楊維禎撰有宋節婦巴陵女子行(載陳善學序刊楊鐵崖先生文集卷四),主題相同而詩不同。本詩屬於誤入,作者當爲郝經。

鐵篴歌

鐵篴道人吹鐵笛,宮徵含嚼太古音。一聲吹破混沌竅,一聲吹破天地心。一聲吹開虎豹闔,彤庭跳獻丹宸箋。問君何以得此曲,妙諧律呂、可以召陽而呼陰。都將春秋一百四十二年筆削手,譜成天之竅透價重雙南金。掉頭玉署不肯入,直入弁峰絕頂俯瞰東溟深。王綱正統著高論,唾彼傳癖兼書淫。時人不識老不獻,會有使者徵球琳。具區下浸三萬六千頃之白銀浪,洞庭上立七十二朵之青瑶岑。莫邪老鐵作龍吼,丹山鳳舞江蛟吟。勗哉宗彥吾所欽,赤泉之銘猶可尋。更吹一聲振我清白祖,大鳴盛世載賡皋財、解愠南風琴。

【考辯】

本詩原載明佚名鈔本楊維禎詩集,又載詩淵,題作鐵篴歌爲鐵崖仙人賦,署名爲"元鐵仙詩,楊廉夫"。按:據本詩"問君何以得此曲""勗哉宗彥吾所欽"等句,本詩作者當爲鐵崖朋友或弟子,絕非鐵崖自作。本詩作者又有數説,或曰李孝光,或曰楊基,然皆不確實。辨析如下:

以爲作者是李孝光者,如清初元詩選編者顧嗣立。因爲本詩又載鐵崖先生古樂府卷六,附錄於李孝光題鐵仙人琴書真樂窩之後,題爲鐵笛歌爲鐵崖賦,題下有小字注曰"附楊先生所作後"。故或據此認爲,本詩與題鐵仙人琴書真樂窩同屬李孝光作品。然此詩中有"勗哉宗彥吾所欽""更吹一聲振我清白祖"等句,可見作者與鐵崖同宗同姓,絕非李姓之人。

明人張習認爲本詩作者乃明初四杰之一楊基。成化年間,張習編刊楊基眉庵集,本詩收入卷四。其眉庵集後志(眉庵集附錄)曰,楊基從學於鐵崖,且詩風相近,人稱"小鐵",曾效仿鐵崖體作鐵笛歌。今人賈繼用撰鐵笛歌作者及創作時間考一文(載唐山師範學院學報二○一一年第一期),據眉庵集以及本詩"勗哉宗彥吾所欽"等語,亦認定本詩作者爲楊基。然筆者以爲,僅憑上述資料斷定作者爲楊基,過於草率。首先,本詩寫作時間,早於楊基與鐵崖結識。據張習所撰眉庵集後志,楊基與鐵崖交游,始於鐵崖僑居雲間之際。即不得早於元至正九年鐵崖授學松江璜溪。然本詩既見載於鐵崖先生古樂府,則其撰期不得遲於結集之時。今按鐵崖古樂府詩集中明確寫作時間者,最遲爲至正八年十一月所作強氏母。又按本詩所述,多爲太湖風光,則當作於至正七年前後,鐵崖游寓湖州、蘇州之時。然迄今未見當時二人交往之記載。其次,本詩作者既稱鐵崖爲"宗彥",可見作者確爲"楊"姓,且其家族與鐵崖頗有淵源。而楊基原籍在"蜀之嘉州",是否與鐵崖同宗,未見文獻記載。今存玉山遺什卷下載楊基玉鸞引一首,其序曰:"鐵崖翁昔有二鐵笛,字之曰'鐵龍'。今亡其一。崑山顧仲瑛得蒼玉簫一具,號'玉鸞',遺翁配之。瑛既爲謡,索予和之以引云。"本詩作於鐵崖晚年無疑,然其中并未言及曾經作過鐵笛歌,詩中亦未涉及所謂血緣宗親關係。故此似可推定,本詩并非出於楊基之手。

頗疑本詩作者,當爲鐵崖另一楊姓弟子。其實至正初年另有一位"小鐵",即鐵崖弟子崑山楊性,楊性與鐵崖同姓同宗,其身份與本詩作者頗爲接近。萬曆重修崑山縣志卷四薦舉載楊性小傳,曰楊性字秉中,崑山人。早從楊維禎游。才思敏贍,超出行輩,人以小鐵呼之。而且楊性爲鐵崖侄子輩,同爲西漢楊喜、東漢楊震之後人。本詩所謂"勗哉宗彦吾所欽,赤泉之銘猶可尋。更吹一聲振我清白祖"等等,與其身份十分吻合。參見鐵崖晚節堂詩爲竹洲仙母賦詩注(載佚詩編)。

夫人山

挺然獨立在江濱,四畔無人石作鄰。雲鬟不梳千載髻,蛾眉長掃萬年春。雲爲膩粉憑風傳,霞作胭脂仗日勻。莫道山中無寶鏡,一輪明月照夫人。

【考辯】

本詩原載明佚名鈔本楊維禎詩集,又載樓氏鐵崖逸編注卷七,文字不盡相同,皆題作石婦;又載珊瑚木難卷七,題作石新婦,且有注曰"見諸暨志";又載弘治本薩天錫詩集卷四,題作石夫人;又見於咸淳臨安志卷二六,題作新婦石,文字稍有異同,作者署爲白居易。其真實作者一時難辨,然絕非鐵崖所作,可以斷言。參見楊光輝薩都剌生平及著作實證研究。

梅

昨夜西風吹折千林梢,渡口小艇滾入沙灘凹。野橋古梅獨傲茅屋角,枯枝瘦影暗上紗窗敲。半吐不吐幾個茁蓓蕾,欲開未開數點含春苞。任汝畫工奇筆也縮手,我愛清奇故把新詩嘲。

【考辯】

本詩原載明佚名鈔本楊維禎詩集,然實爲釋明本之九字梅花詠。西湖游覽志餘卷十四方外玄蹤曰："明本善吟咏，趙子昂與之友，學士馮子振甚輕之。一日，子昂偕明本訪子振，子振出示梅花百韻詩，明本一覽，走筆和之，子振猶未以爲然。明本亦出所作九字梅花歌以示子振，子振竦然，遂與定交。其歌云：'昨夜西風吹折千林梢，渡口小艇滚入沙灘坳。野橋古梅獨卧寒屋角，疎影横斜暗上書窗敲。半枯半活幾箇擫蓓蕾，欲開未開數點含香苞。縱使畫工奇妙也縮手，我愛清香故把新詩嘲。'"參見四庫全書總目梅花百詠提要。按：上引詩與本詩相較，文字稍有差異，然其作者并非鐵崖，可以斷言。

剪刀

體出并州性自剛，篋中依約冷光芒。雙環對面蜂腰細，疊刃齊裁燕尾張。慣愛分花沾雨露，生憎剪錦破鴛鴦。不堪戍婦寒窗下，一剪征衣一斷腸。

【考辯】

本詩原載明佚名鈔本楊維禎詩集。然據元人盛如梓庶齋老學叢談，此詩又題作詠剪子，作者爲耶律柳溪。庶齋老學叢談卷中之下："宣慰耶律柳溪詠剪子詩：'體出并州性自剛，篋中依約冷光芒。雙環對曲蜂腰細，叠刃齊開燕尾張。慣愛分花沾雨露，偏憎裁錦破鴛鴦。可憐戍婦寒窗下，一翦邊衣一斷腸。"按：本詩與之雷同，當屬誤入。

圓枕

古鼎香銷倦點硃，翛然一枕夜寒初。四簷寂寂半窗夢，兩鬢蕭蕭一卷書。日月冥心知代謝，陰陽回首見盈虚。起來萬象皆無有，收拾乾坤入草廬。

【考辯】

本詩原載明佚名鈔本楊維禎詩集，爲組詩圓枕二首之二。然此詩實爲元人黄庚枕易詩，或又署作者名爲張觀光。參見四庫全書總目月屋漫稿一卷。按：

枕易載黄庚别集月屋漫稿,又載元詩選初集卷九。明人曹安於成化年間編撰讕言長語,述及此詩始末,曰:"作詩亦要著題,如杜工部亦有不著題者。如天台黄庚試枕易詩云:'古鼎烟銷倦點朱,翛然高卧夜寒初。四簷寂寂半床夢,兩鬢蕭蕭一卷書。日月冥心知代謝,陰陽回首驗盈虛。起來萬象皆吾有,收拾乾坤在草廬。'考官李侍郎應祈批云:'此詩題莫難於枕易,非大家手筆,豈能模寫?'蓋以其不涉風雲月露、江山花鳥,此其所以爲難也。"讕言長語所述蓋有所本,本詩當屬誤入。

白扇

常在佳人掌握中,静時明月動時風。有時半掩伴羞面,微露胭脂一抹紅。

【考辯】

本詩原載明佚名鈔本楊維禎詩集,然康熙刊本堅瓠集五集卷一賣詩曰:"宋隆興仇萬頃("仇"一作"裘")未達時,挈牌賣詩,每首三十文,停筆磨墨,罰錢十五……婦人持白扇爲題,仇方舉筆,婦曰:'以紅字爲韻。'遂書云:'常在佳人掌握中,静時明月動時風。有時半掩伴羞面,微露胭脂一點紅。'"據此可知,本詩實爲宋人所作。當屬誤入。

鏡中燈

孤影徘徊入照臨,西風不動影沉沉。一池鉛汞鎔真火,半夜金星犯太陰。鶴鸞舞時紅焰歇,蛾頭撲處碧光深。縱渠百煉千燒後,依舊剛明一片心。

【考辯】

本詩原載明佚名鈔本楊維禎詩集,爲組詩鏡中燈二首之一。然本詩又載元風雅前集卷八、元詩體要卷九,皆署作者爲元人張周卿。此録元風雅本如下:"孤影徘徊入照臨,西風不動影沉沉。一池鉛水鎔真火,半夜金星犯太陰。雞翅舞時紅焰歇,蛾頭撲處碧光深。縱渠百鍊千燒後,依舊剛明一片心。"與本詩相較,僅有個別字詞出入。按:元風雅編者爲元人傅習、孫存吾,當有所本。

豆腐

聞道淮南術更佳,皮膚散盡斂精華。千尋磨上流瓊液,百沸湯中滾雪花。瓦缶盛來蟾有影,冰刀切處玉無瑕。欲知珍味誰相好,多在僧家與道家。

【考辯】

本詩原載明佚名鈔本楊維禎詩集,然又載戒庵老人漫筆卷七、蟫精雋卷十、堅瓠集三集卷三,皆署作者姓名爲雪溪蘇平。戒庵老人漫筆卷七豆腐詩:"蘇雪溪平詩曰:傳得淮南術更佳,皮膚褪盡見精華。一輪磨上流瓊液,百沸湯中滾雪花。瓦缶浸來蟾有影,金刀剖破玉無瑕。箇中滋味誰知得,多在僧家與道家。"本詩與之出入不大。按:蘇平當爲元末明初人士,其聲名遜於楊維禎,後人以其詩冒名鐵崖,可能性較大,故入辨僞編。

大明鐃歌鼓吹曲十三篇

其一

濠之塗山,自五代周世宗嘗見王氣,鑿其地絶之。今越五百年,而王氣復還,聖人出焉,爲生民主。爲聖徵啟第一。

於王氣,塗之岡。五百祀,皇陵藏。火流烏星流虹駕。生聖人,應天祥。聖人生,六合一統天下昌。

右聖徵啟九句。其七句句三字,其二句句七字。

其二

妖術彌勒氏,聚黨以萬計,據汝、潁,蔓延河、洛。爲汝阿彌第二。

汝阿彌,胡語侏離復兜離,妖誦胡膜乾毒師。蜂屯蟻聚億億萬,搖首枯舌從胡夷。金銀城,鐵爲鍵,湯爲池。北踞河洛南驅淮,老獐野鶗弗能支。大明帝,屬虎旅,拔龍飛,手把黃鉞相招麾。胡運絕,彌何爲。築京觀,兗之際,荆之垂。撥亂反正,聖武赫戲。大明烈烈,開皇之基。

　　　　右汝阿彌二十三句。其十二句句三字,其四句句四字,其七句句七字。

其三

　　　王師起臨濠,收義兵,駐南譙,平河陽,遂南渡,爲天下所推戴,郊天登極。爲臨濠武第三。

皇皇帝,肇迹濠之壤(平)。上天黜元命,命帝靖四方。神兵三千,投箠渡江。基建業,定南京(叶)。大興問罪師,天戈剪妖狂。妖狂潰崩(叶),赫烈我武揚。繫頸闕下,大明朝賀開明堂。元主大去國,閩廣并來王。皇帝神武越五帝,咸三皇。皇皇萬國賓,日出日入土,普爲大明臣。制禮作樂聖化鈞,大一統業萬萬春。

　　　　右臨濠武二十二句。其四句句三字,其四句句四字,其九句句五字,其三句句七字,其二句句八字。

其四

　　　長鎗氏何、吳、俞,刣元將劉九九,奪睦城。民大潰,人相食,不聊生。王師剪平之。爲三蛇長第四。

三蛇長,一蛇擅雄王,上掩三日生妖芒。羿烏斃彎弓,無人落攙搶。血人爲漿肉爲粱,交結猵狙恣跳梁,帝閔下土命將一日平(叶),收其帑實夷穴藏。截蛇首,刳蛇腸。祭民社主,反民井竈還丘坑。

　　　　右三蛇長十有三句。其三句句三字,其一句四字,其三句句五字,其五句句七字,其一句九字。

其五

　　　元末,僞漢陳友諒據江廣,水犀之衆,薄我城下。天戈一奮,追北鄱湖上,友諒殪于矢。爲犀之窮第五。

山傾嶷,(嶷峰,撫州山名。)水翻鄱,旗拏黃龍鼓考鼉。坤軸震,水犀列以陣,樓櫓層層突而躩。皇赫怒,血漂刃。不用命,斬以徇。鐵鈎鎖,扼艨艟。辟彊弩,開神弓。老犀暈火角生風,流星一矢貫爾額與胸。老犀窮,小犀夜泣鮫人宮。

　　　　右犀之窮十八句。其十二句句三字,其四句句七字,其一句五字,其一句九字。

其六

偽吳張士誠由淮據浙，僭國于吳門。命將討之。介弟士信中礮死，士誠投首降。爲雙虎殛第六。

江爲障，湖爲池，兩虎赫赫奸天威。天兵東下，跨池與障平如砥（平）。兵十萬，威武宣，紅帕錦股偃草前，暇以歲月喘以延。收殘丁，嬰孤城。穿城礮機若流星，小虎粉首，大虎摧爪瞎兩睛。齊雲火天，骨肉焦冥。天子好生，一雞一犬不汝兵。糧盡矢竭，開關輸平，群臣魚貫歸大明。大明帝，義之斷，仁之成。

右雙虎殛二十四句。其九句句三字，其七句句四字，其八句句七字。

其七

方氏珍憑溫台明三州，竟東海。命將平之，俘至京師。爲東海鯨第七。

東海鯨，鬐插鐵，牙如雪山眼如月。前驅虎頭鯊，後挈三足鼈。尾一掉，天綱崩，地維缺。吞三閩，啗百粵。飛涎噴沫，弟兄作穴。巖潭生子孫，天吳彎弓弓靶折，四海波濤盡流血。東皇太乙，乘魚從霞。長綸巨餌，羈縻鈎加。漁彭蠡，獵黃池，鯨亦穿腮京口來（叶）。京口來，游不動，化爲鱐，空囁嚅。

右東海鯨二十六句。其十三句句三字，其五句句四字，其三句句五字，其四句句七字。

其八

元將將鎮閩，不克守。土豪友定閉關抗王師。□將破之，俘以告廟。爲定八閩第八。

海上將軍神騎還，乘勝卷甲斬閩關。阿難氣虓虎，老鶻語綿蠻。土豪據土孰與京，將軍將命揚風聲。豪一敗，走連營，俘以獻廟功用銘。閩山奠，閩水清。

右定八閩一十一句。其三句句三字，其二句句五字，其五句句七字，其一句六字。

其九

淮豪王信據山東。大將取之不以師，羈其父與兄，而信降。爲下山東第九。

益之都,魯之邦。元不綱,兵强馬壯碻磝岡。梗我王化,山輸海貢隔梯航。狡狐三穴,跳躑貪狼,王師薄城,築我受降。騈首就縛父與兄,弦歌之化復我鄒魯鄉。

右下山東一十二句。其三句句三字,其五句句四字,其三句句七字,其一句九字。

其十

秦俠李思齊據關中,已而私竊名字。王師招之,解甲來降。爲招關中第十。

太原李,繼忠襄。京兆李,王咸陽。脣齒相依勢相望,搆讒煽虛撼金牀。王綱偏,圮弗擇,上弗急君父,同盟不相援,徵兵關中伐太原。大丞相,偏將軍,士馬百萬蹂燕雲。國已墟,關來從。尉之陀,竇之融。

右招關中一十八句。其十二句句三字,其四句句七字,其二句句五字。

其十一

元末,河南王擴闊守汴。大兵抵城,闔遁,遂收汴京。爲汴通河第十一。

邗啟溝,汴通河,河之王鎧仗山積,血流波。前徒接戰盡倒戈,二三主將弁猋猋。輸忠竭節心靡他,以彼取此類虞羅,由汴入濼入紅螺。胡政不綱可奈何,自底滅亡可奈何。

右汴通河十一句。其三句句三字,其八句句七字。

其十二

王師由海入燕,元主大去其國,全城來歸,不血一刃。爲統幽薊第十二。

胡運傾,六師駐,那吒城。龜茲主,走濼京。宣明詔,許厥成。札刺甕刺左袒迎,封籍府庫奉大廷。大丞相,舍于野(叶序),克大國,匪余武,天子龍驤士貔虎。問其寡孤,毋恃殺虜,秋毫無犯民按堵。民按堵,振旅旋,鉤麗冒胤未殄滅(叶)。大將軍,請戍邊,偏將逾苍嶺,越祁連,追亡逐北萬五千。胡運傾,胡絕幕(叶)。天子喻書通玉帛,胡宗□□來沓譯。

右統幽薊二十九句。其十八句句三字,其八句句七字,其二句句四字,其一句句五字。

其十三

僭夏明珍負地險,久據四川。天子息兵之次,未忍加誅,先
諭之以辭。爲喻西蜀第十三。

隴雲寒,隴水乾,天使晨入荆門關。右扼夒,左控秦,巴蜀限峨
岷。僭夏昆,强項不來賓。元戎闡皇威,民何罪,肝腦糜。一札西去
如星馳,彼元之微,棄身獨夫。剪與我絶,忍及爾孤! 告冉龐,束斯
楡,檄邛筰,上版圖。剗包蒲,受正朔。玉壘羯嵋我城郭,沱潛三巴我
塹壑。誓鹽叢,銘劍閣。

右喻西蜀二十六句。其十五句句三字,其四句句七字,其三句句五
字,其四句句四字。

【考辯】

大明鐃歌鼓吹曲十三篇,原載汲古閣刊鐵崖先生古樂府補卷五。卷末有危
素跋文,曰:"(楊維楨)一日聘至金陵,論定禮樂,乃成鐃歌鼓吹曲,稱頌武功。"
據此,本組詩撰於明洪武三年(一三七○)夏日,即楊維楨肺病發作、自金陵返歸
松江之前。然而詩中所述,卻有楊維楨去世以後事件,令人生疑。

清人葛漱白認爲,詩中所述不僅與史實不符,且與楊維楨實際生平抵牾,當
屬僞作。葛氏撰古樂府補跋語曰:"右古樂府補六卷,汲古閣毛氏本。删其已見
古樂府及詠史樂府者,都爲一卷。原本大明鐃歌鼓吹曲十三篇,狂吠故主,極口
新朝,宜高宗純皇帝斥其進退無據,較之錢謙益托言不忘故主者,鄙倍尤甚也。
今案:篇内疵病百出,瑕釁顯然,即以喻西蜀一章論之,明玉珍以元至正廿三年
稱帝,廿六年卒,至明洪武三年,其子昇嗣位已五年矣,不應序内尚舉玉珍之名。
序但云'未忍加誅,先喻之以詞,而進鐃歌';表云'己酉喻西蜀,庚戌蜀平',則
題徑云'平西蜀'耳,不必云'喻'也,何以一人之手,違戾至此! 且喻蜀者,爲楊
璟喻之不從,復遺以書,昇復不聽,庚戌,明遣使假道征滇,亦不奉詔,何得云平?
昇之降以四年辛亥六月,則先生已前一年卒矣。其爲僞作,確然無疑。蓋先生
必别有鐃歌,佚而不傳,後人因其仲琚楊先生傳有'鐃歌鼓吹曲行世'語,遂謬以
此當之,而不知其齟齬已甚。今辨而削之,知人論世者當不以爲妄也。"(載光緒
崇德堂刊鐵崖詩集三種附録輯鐵崖全集跋語十三則。)按:葛漱白考辯有理,且
詩中紕繆不止於此,如雙虎殛曰"士誠投首降",亦屬妄説。故此從葛氏所斷,將
此大明鐃歌鼓吹曲組詩十三首移入辨僞編。

又,大明鐃歌鼓吹曲十三篇,曾遭乾隆皇帝嚴厲抨擊,其題楊維楨鐵崖古樂
府曰:"楊維楨於元仕不顯,而不肯仕於明,似爲全人矣。而其補集中有大明鐃

歌鼓吹曲,非刺故國,頌美新朝,非真全人之所爲,與劇秦美新何以異耶？予命爲貳臣傳。"楊維禎因此僞作而被斥爲"貳臣",實屬冤枉。

芝草一莖三花

駢枝參出牡丹紅,奇有雙頭結未工。宛似靈芝相并秀,瑞雲攢處起香風。

【考辯】

本詩原載清鈔鐵崖楊先生詩集卷上,然與宋人韓琦詩雷同。韓琦安陽集卷十一録有此詩,題作次韻和都運孫永待制廣教院三頭牡丹,與本詩相較,僅一字不同,即"參出"之"參",安陽集本作"三"。安陽集本於詩末附小字注曰:"唐肅宗時,延英殿梁上生玉芝一莖三花,故云。"可見本詩作者當屬宋人韓琦。

覓茶

茂緑林中參伍家,短牆半露小桃花。客行馬上多春困,特扣柴門覓一茶。

【考辯】

本詩原載清鈔鐵崖楊先生詩集卷上,然又見於宋末元初人士謝枋得集。明刊疊山集卷一載此同名詩,與此本對校,僅第三句稍異,"春困"之"困",疊山集本作"日"。本詩當屬誤入,作者應爲謝枋得。

賦趙子期

南軒簾卷赤城霞,地近鈞天帝子家。夢裏屢游青瑣闥,望中渾是紫微花。分題海嶠三神路,約上仙人入月槎。衣袖清香攜不住,好教玉女護窗紗。

【考辯】

　　本詩原載清鈔本鐵崖楊先生詩集卷上，然十八卷本玉山草堂雅集卷後二録有趙子期詩作，與本詩相校，差異很小：首句"南軒"，玉山草堂雅集本作"東軒"。頷聯下句"紫微"，玉山草堂雅集本作"紫薇"。頸聯上句"分題"，玉山草堂雅集本作"分將"；下句"約上仙人入月"，玉山草堂雅集本作"近上仙人八月"。尾聯上句"清香"，玉山草堂雅集本作"有香"。其餘全同，當屬同一首詩。按：此詩實爲慶賀趙子期所構小瀛洲軒落成而作，元詩選初集卷六十四載顧瑛詩趙子期尚書於省幕創軒曰小瀛洲題詩要余與明德同賦，與本詩同韻。可見顧瑛詩爲步韻之作，鐵崖亦有步韻之作（鐵崖楊先生詩集卷上送趙子期尚書小瀛洲韻），而本詩實即趙子期（其名期頤）原唱，詩題當作小瀛洲（趙子期賦），或趙子期自題小瀛洲。

桶底圖

　　道者深藏玉斧才，罷修明月下蓬萊。笑隨流水天台去，袖裏登州海市來。霧幌雲西開翠閣，異香靈向接瑶臺。神游萬里愁回首，故國愴凉獨雁哀。

【考辯】

　　本詩原載清鈔鐵崖楊先生詩集卷上，然與鐵崖友人王逢題張會嘉桶底圖詩雷同，兩詩差異在於：頸聯上句"雲西開翠閣"、下句"異香靈向"以及尾句"愴凉"，王逢詩分別作"雲窗開翠壁"、"異薌靈響"、"蒼凉"。王逢於詩後又有跋曰："右是圖出吾鄉葛氏。葛世居青暘鄉，宋名臣邲之後。内附初，家貧，惟母在，夫婦資賣酒以養，凡爲具務罄利之人，極母所嗜好。或雨雪晦暮，庭户掃迹，屢傾貲如其奉。一夕，有老道士酬百錢，已宿焉。明日，夫婦畚作候道士，不見，問諸保者，曰：'道士酬寢時，見一彈丸，丹光奕奕，射木榻外。既聞爪甲聲，若蟲食葉藿然。餘不知也。'夫婦驚愡，熟視卧内，惟有所刻畫桶底耳。當是時，好事者購墨本惟恐後，而母氏卒賴以壽終。君子謂葛夫婦孝感所致云。"（載梧溪集卷二。）據此可以推定，本詩屬於誤入，作者當爲王逢。

孫大雅撰胡師善傳後

春回澤國草青青,不見斯人舊典型。守广義同全趙璧,禦災心似哭秦庭。蝸行蘚壁留題字,燕入芸帷罷講經。百世祀從先哲後,可能無憾久沉冥。

【考辯】

本詩原載清鈔鐵崖楊先生詩集卷上,然與王逢題松江府學訓導胡師善遺迹後詩雷同,兩詩差異僅兩處:首聯下句"典型",王逢詩作"典刑";頷聯上句"守廣",王逢詩作"守廟"。王逢於詩後又有跋曰:"師善名存道,越人。通春秋、禮,游吳三十年,無知之者。晚益奇頓,意晏如也。至正乙未冬,僉憲趙承禧廉問松江,知其賢,命知府崔思誠延之於學。善慨然曰:'吾不用於世,亦庶幾淑諸人。'明年春二月,叛將燼城,善親冒烟焰,籲天呼地,願捐生衛廟學。俄大風返火。未幾,參政楊完者調苗丁來守,墮掠尤甚。善語同舍林以莊、宋處元曰:'諸侯死社稷,吾儒視學校毀于兵,可乎?'既矢石聲迫近,善出,與苗言學校不可毀,於是遇害。明年,逢避地海上,謁先聖廟,見善志救火於廡壁,得臨死事實於進士潘元慶。洎見予友孫作,而又聞嘗謂作曰:'城池多艱,君有親,可亟去,吾以死扞廟學。廟學不存,士日不競。'因感泣而別。於乎,善之死,蓋不待決於倉卒患難之間。或者乃弗是之,過矣。夫朱泚之亂,何蕃一叱,叛者遂爲傳宗。今苗闢廟學,士於其時,禮所謂朝不坐,燕不與,潔身引去,固無可罪。若胡先生不徒然,其死其志,蓋可哀也。逢以其生既不偶,死復泯泯,乃爲賦詩,且論列于左。"(載梧溪集卷二。)本詩應屬誤入,作者當爲王逢。

徵好秀才

天子來徵好秀才,秀才懶下讀書臺。商山本爲儲君出,黃石終朝孺子來。太守殷勤承上命,使臣繾綣日邊回。老夫一管春秋筆,留與胸中取次裁。

【考辯】

本詩原載清鈔鐵崖楊先生詩集卷上,列朝詩集甲集前編第七上、樓氏鐵崖逸編注卷七亦載此詩，文字不盡相同。列朝詩集本題作不赴召有述，鐵崖逸編注本題作答詹翰林同。首句列朝詩集本、鐵崖逸編注本皆作“皇帝書徵老秀才”。頷聯下句“終朝”，鐵崖逸編注本作“終期”；列朝詩集本頷聯二句則作“子房本爲韓仇出，諸葛應知漢祚開”。頸聯二句，列朝詩集本、鐵崖逸編注本皆作“太守枉於堂下拜。使臣空向日邊回”。尾聯上句“老夫”，列朝詩集本附注曰：“一作袖藏。”下句“留與”，鐵崖逸編注本作“留向”。

　　按：本詩作者問題，早有異議。元人邱葵撰釣磯詩集卷三載御史馬伯庸與達魯花赤徵幣不出詩：“皇帝書徵老秀才，秀才懶下讀書臺。張良本爲韓仇出，黃石特因漢祚來。太守枉勞階下拜，使臣空向日邊回。牀頭一卷春秋筆，斧鉞胸中獨自裁。”詩後又有明人“後學林霍”按語曰：“偶閱堯山堂外紀，見洪武初太祖將召楊維楨用之，令近臣促入京師。維楨托疾固辭，作詩曰：‘天子來徵老秀才，秀才懶下讀書臺。商山肯爲秦嬰出，黃石終從孺子來。太守免勞堂下拜，使臣且向日邊回。袖中一卷春秋筆，不爲傍人取次裁。’或勸上殺之，上曰：‘老蠻子正欲吾成其名耳。’遂縱之。按此詩乃吾鄉邱吉甫先生卻聘作也，頷聯字有不同耳，不知外紀何從得此。考楊維楨傳，大明革命，召諸儒修禮樂書。洪武三年至京師，有疾，得請歸。非終不出者，乃敢有秦嬰等語，比擬不倫耶！吉甫先生一詩，斧鉞風霜，載在郡邑舊志，同安故老皆能誦之，且其遺集卓然在也。楊維楨前常出仕矣，吉甫先生故宋秀才也，是不可無辨。”又，清人葛漱白也曾指出“答詹翰林乃邱葵作”（見光緒樓氏崇德堂刊鐵崖詩集三種附録輯鐵崖全集跋語十三則）。據此，本詩作者當屬元初福建人邱葵。

鱸魚

　　鱸出鱸鄉蘆葉前，垂虹亭上不論錢。買來玉尺如何短，鑄出銀梭直是圓。白質黑章三四點，細鱗巨口一雙鮮。秋風相見多風味，祗是春風已迥然。

【考辯】

　　本詩原載清鈔鐵崖楊先生詩集卷下，然實爲宋人楊萬里詩松江鱸魚（載誠齋集卷二十九）。蓋楊維楨曾以此詩書贈他人，遂有此誤。

輓稷山公闊里吉思丞相二首

其一

五朝勳業著邊陲,許國寧辭百戰歸。海上樓船聞鼓角,遼東華表識旌旗。青門圃廢多秋草,綠野堂空半夕暉。欲采蘋芳酹椒酒,臨風惆悵獨沾衣。

其二

勇退歸來鬢未皤,豈期一疾便蹉跎。錦城星隕哀諸葛,銅柱雲深吊伏波。故國山川魂去遠,新阡風雨夢來多。分香歌舞傷心處,落日荒涼半薜蘿。

【考辯】

本組詩二首,原載清鈔鐵崖楊先生詩集卷下,然屬誤入,作者當爲雅琥。辨僞依據:首先,組詩第一首又見於元詩選二集,題爲輓闊里吉思丞相稷山公,作者署名雅琥。(按:全元詩僅録第一首。)元詩選成書較此詩集爲早,收録當有依據。其次,闊里吉思歷任湖廣行省平章、福建宣慰使、征東行省平掌、雲南左丞等職,楊維禎與之素無交往。清鈔鐵崖楊先生詩集誤收雅琥詩多首,本組詩兩首,蓋皆雅琥所作。

送吳子高之沅州學正

聖朝文教重才華,四海衣冠共一家。遠向夜郎開絳帳,不慚勾漏問丹砂。嵐生杉樹朝含雨,水泛桃花晚漲霞。日斷西南懷李白,碧雲芳草是天涯。

【考辯】

本詩原載清鈔鐵崖楊先生詩集卷下,然屬誤入,作者當爲雅琥。按:本詩作於延祐七年庚申,與本卷送吳子高還江夏同屬雅琥詩作,可參看。

汴梁懷古

　　花石岡前麋鹿過，中原秋色動關河。欲詢故國傷心事，忍聽前朝結齒歌。蔓草無風嘶石馬，荆榛有月泣銅駝。人間富貴皆如夢，不獨興亡感慨多。

【考辯】

　　本詩原載清鈔鐵崖楊先生詩集卷下。然又見於元詩選二集，作者署名雅琥。全詩僅三處有異：頷聯下句"結齒"之"結"，頸聯上句"無風"之"無"，下句"有月"之"有"，元詩選本分別作"皓"、"有"、"無"。鐵崖未曾有經游汴梁之經歷，本詩屬於誤入，作者當爲雅琥。參見下一篇輓鄉進士李伯昭潛。

輓鄉進士李伯昭潛

　　京華邂逅挹清芬，別後音書詎忍聞。白髮老親翻哭子，青雲故友最憐君。山川不掩劉蕡策，日月猶懸賈誼文。一束生芻人似玉，西風揮淚灑孤墳。

【考辯】

　　本詩原載清鈔鐵崖楊先生詩集卷下，然屬誤入。按：雅琥正卿集載其詩鄢陵經進士李伯昭墓（元詩選二集），可見李伯昭爲鄢陵人。鄢陵縣於元代隸屬於汴梁路開封府，今屬河南許昌。又據本詩"京華邂逅挹清芬，別後音書詎忍聞……一束生芻人似玉，西風揮淚灑孤墳"等句推之，作者早先與李伯昭相識於京城，本詩則屬輓詩，作於李伯昭墳前。然楊維禎未曾有經游河南之經歷，本詩不可能出自其筆下，作者當亦爲雅琥。

輓張上卿開府真人

　　弭節扶桑泛海槎，振衣塵世讀南華。漢時河上仙人傳，晉代山中

宰相家。鶴去玉棺藏寶劍，龍來金鼎護丹砂。芙蓉千騎層城路，樓觀
參差隔紫霞。

【考辨】

　　本詩原載清鈔鐵崖楊先生詩集卷下，然又見於元詩選二集，作者署名雅琥。
全詩僅一處有異，即頸聯下句"龍來"之"來"，元詩選本作"乘"。按：張上卿指
道教大宗師張留孫，張留孫卒於至治元年（一三二一）十二月，參見元史釋老傳。
其時鐵崖年僅二十六歲，在家鄉諸暨苦讀，尚未參加科考，無緣結識張留孫。本
詩當屬誤入，作者應爲雅琥。

四美人圖

唐宮紅葉（其一）
綵毫揮恨付霜紅，恨自綿綿水自東。金屋有關嚴虎豹，玉書無路
托鱗鴻。秋期暗度驚催織，春信潛通失守宮。莫道銀河消息杳，明年
錦樹又西風。

崔徽寫真（其二）
舞鸞粧鏡減鉛華，毫素無聲散綵霞。夜月影寒分桂魄，春冰暈薄
映桃花。夢隨圖去憑青鳥，愁逐書來點墨鴉。未得離魂如倩女，衰容
先我到君家。

洛神（其三）
鄴宮簷瓦化鴛飄，蘭渚鳴鸞去國遥。謾説君王留寶枕，不聞仙子
和鸞簫。驚鴻夜没青林月，沉鯉難憑北海潮。腸斷洛川東去水，野烟
汀草共蕭蕭。

二喬（其四）
琪樹交加玉樹重，水芙蓉倚木芙蓉。共思漢事隨流水，各對吳儂
麼遠峰。洛賦未成梁月墮，胡笳已斷塞雲濃。人間流落皆相似，猶羨
雙飛駕二龍。

【考辨】

　　本組詩四首原載清鈔鐵崖楊先生詩集卷下，然又見於元詩選二集，後者題

作和韻王繼學題周冰壺四美人圖,作者署名雅琥。與此本對校,差異如下:第一首唐宮紅葉:元詩選本題作"唐宮題葉"。首句"彩毫揮恨"之"揮",元詩選本作"將"。頸聯下句"失守宮"之"失",元詩選本作"誤"。第三首洛神頷聯下句"鸞簫"之"鸞",元詩選本作"瓊";頸聯上句"夜没青林",元詩選本作"易没青天",下句"北海"之"北",元詩選本作"碧"。第四首二喬首聯上句"琪樹"之"琪",元詩選本作"珊",下句"水芙蓉倚木芙蓉",元詩選本作"鴛鴦難偶雪難容";頸聯下句"胡笳"之"胡",元詩選本作"秋";尾聯上句"皆相似"之"皆",元詩選本作"渾",末句"猶羨雙飛駕二龍",元詩選本作"猶勝凄凉泣暮蚤"。本組詩當屬誤入,作者應爲雅琥。

馬伯庸尚書游飲招臺都事于思容不至

　　驄馬驕嘶頓玉羈,東華雲霧晚霏微。臺中諫草隨身出,殿上薰花滿袖歸。玉樹放懷聯璧月,金釵凝望惜春暉。無因得近貂蟬客,一夜清霜入繡衣。

【考辯】

　　本詩原載清鈔鐵崖楊先生詩集卷下,然有可疑:疑點之一,據詩題,本詩爲楊維禎伴隨馬伯庸尚書游賞而作,然此幾無可能。現存楊維禎著述之中,唯一似乎能够證明楊維禎與馬伯庸有直接聯繫者,是至正初年所輯西湖竹枝集。該集以楊維禎起首,依次録有虞集、王士熙、馬祖常(字伯庸)、楊載、揭傒斯等人竹枝,并撰有小傳。然而上述數人并未直接參與西湖竹枝之酬唱,鐵崖於其小傳中,亦未曾提及與之有過交往。楊維禎將虞集、馬祖常等人置於西湖竹枝集之首,蓋因泰定四年京城會試,考官爲揭傒斯,會試讀卷官虞集,監試官治書侍御史王士熙,殿試讀卷官馬祖常。也正因此,馬伯庸等人與楊維禎之間,就具有師生之誼。然此所謂"師生"之間,并無實質性交往,當時不可能結伴出游。疑點之二:詩題所謂"臺都事于思容",指于欽。據柳待制文集卷十一于思容墓志銘,于欽(一二八四——一三三三)字思容,少學於吳,曾任中書左司員外郎、御史臺都事等職。然而于思容多年任職京官,且早在至順四年謝世,楊維禎若能與之交往,唯一機會亦當爲泰定四年進京趕考之時。但以楊維禎當時身份地位,亦不可能有親密接觸。要而言之,鐵崖與馬伯庸等人未曾同游,本詩當屬誤入,作者蓋亦爲雅琥。

送王繼學參政奏選賦上都

參相朝天領列曹,三千碩士在鈞陶。雲開鳳閣星辰近,山拱龍門日月高。竹殿曉簾張翡翠,内家春酒泛蒲萄。經綸自有河汾策,敷奏明時莫憚勞。

【考辯】

本詩原載清鈔鐵崖楊先生詩集卷下,然又見於元詩體要卷十一、元詩選二集,題作送王繼學參政赴上都奏選,作者署名雅琥。與此本相較,差異如下:首句"領列曹"之"領",元詩體要本、元詩選本作"引";頸聯上句"竹殿"之"竹",元詩體要本、元詩選本作"行";尾聯末句"莫憚勞"之"莫",元詩體要本、元詩選本作"豈"。按:元詩體要、元詩選成書皆早於本書,且元詩體要編者宋公傳爲明永樂年間人士,所録當有所本。本詩顯然屬於誤收,作者當爲雅琥。

送劉尹赴白登縣

嗟君出宰近龍沙,芳草淒迷是縣衙。五月山岩猶積雪,三春庭樹不開花。雲中烽火通秦檄,塞上衣冠屬漢家。聖代行時微卓茂,莫嫌白髮負年華。

【考辯】

本詩原載清鈔鐵崖楊先生詩集卷下,然又見於元詩體要卷十一、元詩選二集,題作送鎦縣尹赴山後白登縣任,(鎦縣尹之"鎦",元詩選本作"劉"。)作者署名雅琥。與此本差異在於:首句"嗟"字,元詩體要本、元詩選本作"使"。頷聯上句"山岩",元詩體要本、元詩選本作"山溪"。頸聯上句"雲中",元詩體要本、元詩選本作"往時";"秦檄",元詩體要本、元詩選本作"秦塞"。下句"塞上衣冠",元詩體要本、元詩選本作"今日弦歌"。尾聯上句"行時微",元詩體要本、元詩選本作"行將徵"。本詩爲誤入,作者當屬雅琥。辨僞依據參見上一首詩送王繼學參政奏選賦上都。

送吴子高還江夏

黃鶴磯頭惜袂分,京華回首又離群。十年南北兩爲客,萬里中間一見君。訪舊眼前星落落,驚非鬢底雪紛紛。歸時莫過臨邛令,應有王孫識賦文。

【考辯】

本詩原載清鈔鐵崖楊先生詩集卷下,然又見於元詩選二集卷十一、元詩體要卷十一,作者署名雅琥,且詩前有小序曰:"庚申春,余在江夏,嘗賦詩送子高之沅。庚午,子高復來會於京師。因求偶而還,復作此以餞。"以元詩選、元詩體要所錄雅琥詩與本詩對校,全詩僅一字不同,即頸聯下句"驚非鬢底"之"非",元詩選本、元詩體要本皆作"新"。按:雅琥詩序所謂"庚申",當指延祐七年。此年雅琥有詩送子高之沅州,見本卷送吴子高之沅州學正。而當時鐵崖年僅二十五歲,在家鄉苦讀,準備應考,無緣也無暇與沅州吴子高交往。"庚申"以後十年之間,鐵崖應考、中進士、任天台縣令,亦不可能有"十年南北兩爲客"之感慨。本詩當屬誤入,作者應爲雅琥。

送鄧朝陽之杉市巡檢

忤俗衣冠似不勝,驚人文采動堪稱。金門奏賦雲生筆,石閣紬書月照燈。騏驥趣途寧侷蹙,雕鷹脱韝定飛騰。萬杉小市煩君往,好寄新詩和采菱。

【考辯】

本詩原載清鈔鐵崖楊先生詩集卷下。杉市:原本誤作"移市",據傅若金、陳旅詩改正。傅若金傅與礪詩集卷三載送鄧朝陽歸赴分寧州杉市巡檢,陳旅安雅堂集卷一有送鄧朝陽杉市巡檢詩三首。前者附詩跋曰:"朝陽,余同里,天曆初至京師。嘗因天壽節獻萬歲山賦,後以能書助修大典,當得内郡校官,借江西司警之職,近家故也……杉市寧屬,故及之。"按:本詩"金門奏賦雲生筆,石閣紬書月照燈"兩句,蓋即指鄧朝陽曾獻萬歲山賦,又參與大典修纂。據元史地理志,分寧乃唐代縣名,於元代大德五年升爲寧州,隸屬於江西行省龍興路。又據上引傅氏詩跋,鄧朝陽與傅若金同爲新喻(今江西新餘)人。傅若金(一三〇三——一三四二)至順三年游京師,於元順帝後至元初年出使安南,還,授廣州路學教授,卒於至正二年。(傅若金生平詳見滋溪文稿卷十三元故廣州路儒學教授傅君墓志銘。)據此推之,鄧朝陽歸赴分寧州杉市而傅氏在京師贈別,必爲至順、元統年間事。其時鐵崖遠在浙東,無緣相會。本詩當屬誤入,疑作者亦爲雅琥。

送袁果山經歷之潮陽

　　潮陽贊府之官去,猶是薇垣白髮郎。天上故人懸夜榻,海邊候吏促春裝。翠綃捲雨蕉花老,火齊含雲荔子香。終日寒山對簾幕,只愁簡牘破詩忙。

【考辯】

　　本詩原載清鈔鐵崖楊先生詩集卷下,然又載元音卷九、元詩選二集,作者署名雅琥。與此本對校,差異有兩處:頸聯下句“含”,元音本、元詩選本作“然”;尾聯上句“寒山”,元音本作“韓山”,元詩選本作“韓香”。按:元音與元詩選成書皆早於此本,元音爲明初輯本,所錄應有根據,本詩作者當屬雅琥。

酬江夏友人見寄二首

其一
　　四海元龍眼界空,生平豪習竟誰雄。早知黔首成秦贅,悔學蛾眉入漢宮。曲水疎篁秋色裏,小山叢桂月明中。故人歲晚能招飲,便買扁舟向漢東。

其二
　　每愧諸公問姓名,年來壯志半無成。論詩不似嵇中散,放酒渾如阮步兵。興野看山時獨往,病容臨水自先驚。欲知千里相思意,聽取霜前過雁聲。

【考辯】

　　本組詩二首原載清鈔鐵崖楊先生詩集卷下。然第一首又見於元音卷九、元詩選二集,作者署名雅琥。與此本對校,無異文。第二首頷聯末字與頸聯首字"兵興",原本作"興兵",顯然爲誤倒,徑爲乙正。按:雅琥曾居江夏(今屬湖北),鐵崖則無此經歷,本組二詩蓋皆屬誤入,作者當爲雅琥。

長蘆寄野伯堅趙希顏二都運

　　解纜都門五日程,西風冉冉布帆輕。滄清東望雲連海,漁薊南來水傍城。敢把旌旄分撫字,欲將書劍任飄零。漕臺使者真映璧,足慰離人去國情。

【考辯】

　　本詩原載清鈔鐵崖楊先生詩集卷下,然其作者并非鐵崖。按:本詩乃作者離開京城五日之後,寄贈都運趙希顏等人。趙希顏生平無從確考,但其卒年,不得遲於元順帝後至元初年。傅與礪詩集卷八載過長蘆追悼故運使趙希顏兩首,其二曰:"憶昔過君來見君,重來何忍復相聞。"由此可知,傅與礪路過長蘆之時,趙希顏已經辭世。傅與礪名若金,生於公元一三〇三年,至順三年游京師,元順帝後至元初年出使安南,卒於至正二年(一三四二)。(傅氏生平參見本卷送鄧朝陽之杉市巡檢考辯。)由此推之,傅與礪道過長蘆,蓋即出使安南之際。換言之,假若楊維禎與趙希顏結識,并作此贈詩,應在元順帝後至元初年以前。楊維禎平生北赴大都,僅泰定四年考進士,而本詩所謂"解纜都門五日程"、"足慰離人去國情"等等,顯然不能是楊維禎考中進士離京後口吻。本詩當屬誤入,疑作者亦爲雅琥。

寄蘇伯循吏部二首

其一

尚書天上正持衡,北斗東邊聽履聲。鑒面寒泉開玉匣,筆頭春露

瀉金莖。裁成諫草盈囊出,朝罷天香滿袖生。亦有同時舊供奉,五雲
何處望鵬程。

其二

萬里歸來一病身,三年憔悴楚江濱。洛中魚雁傳書杳,冀北烟花
入夢頻。舊鏡看回時掩匣,新詩吟罷自傷神。殊方塵土冠纓暗,誰道
青雲有故人。

【考辯】

本組詩二首原載清鈔鐵崖楊先生詩集卷下,然據詩中"亦有同時舊供奉,五
雲何處望鵬程"、"萬里歸來一病身,三年憔悴楚江濱"數句推知,本詩作者曾任
京官,後貶謫或南歸楚地,明顯與楊維禎經歷不相吻合。當屬誤入,疑作者亦爲
雅琥。

安山泊寄鄆城史顯甫中丞

日落荷花漾錦雲,望中隱隱見前村。人烟集處山當市,艇子來時
水到門。載酒欲尋前日約,題詩難記昔年痕。東山咫尺無由到,經濟
何曾得共論。

【考辯】

本詩原載清鈔鐵崖楊先生詩集卷下,然屬誤入。按此詩題詩句,安山泊位
於山東鄆城一帶。又據鐵崖友人胡助七絶安山見王繼學侍御:"緣安圍林杏子
熟,安山泊船端午時。南歸喜見王侍御,薰風入座談新詩。"安山泊或爲南歸船
隻必經之地。本詩蓋作者於船經安山時所作,寄贈當地友人。然楊維禎平生北
渡長江,僅泰定四年應考,鄆城史顯甫中丞,諒非楊維禎當時所能結交;詩中所
謂"東山咫尺無由到,經濟何曾得共論"等等,亦非年輕士子楊維禎當時所能擁
有之思想。疑本詩作者亦爲雅琥。

夏日沙剌班敬臣奎章與僚友王君寔杜德常同忽剌沙正卿拔寔彦卿二郎中飲于水次四首

其一

草樹涼生五月秋，鳳城東畔壩池頭。波迎鸂鶒粼粼碧，岸夾菖蒲淺淺流。西北山川環帝座，東南江海接神州。登臨不用悲今昔，便欲樽前賦遠游。

其二

縈紆新綠净無埃，暇日幽尋聯轡來。蘿帶陰濃圍竹樹，蒲牙清淺露莓苔。畫橋照影紅裙立，翠幙臨風玉笋開。取醉高歌聊一笑，不知歲月老英才。

其三

世態消磨百事忘，半酣猶見昔年狂。不愁餓死填溝壑，且擬匡時致廟堂。雲際翠微侵水净，風前紫荇照樽涼。臨流舒嘯皆知己，罰酒從教到十觴。

其四

飛蓋鳴鑣出郭時，故人爲我久無詩。擬供野膳支行帳，旋取鮮鱗理釣絲。内相賓朋聯璧月，郎中兄弟映瓊枝。曾陪謝傅東山賞，悵望長吟有所思。

【考辯】

本組詩四首，原載清鈔鐵崖楊先生詩集卷下，然屬誤入。按詩題，組詩乃作者與友人游賞聚飲而賦，又據"内相賓朋聯璧月，郎中兄弟映瓊枝"等詩句，沙剌班敬臣奎章乃京官，與其僚友王君寔、杜德常等聚飲，當在大都。又，虞集、許有壬、王沂、宋褧等京官，皆曾與王君寔、杜德常唱和：宋褧有和省郎杜德常清明三絶兼柬王君寔藝林（載燕石集卷八），王沂有和杜德常早春二首（載伊濱集卷十一），虞集有次韻杜德常典籤秋日西山有感四首（載道園學古録卷四），許有壬有題善應郭思誠山居次杜德常左司韻（載至正集卷二十二）。楊維禎於元泰定四年赴京趕考，隨後南歸，并無機緣與諸多京城高官結識游處。本組詩不能出自楊維禎筆下，疑其作者亦爲雅琥。

寄南臺達兼善御史

昔年奎壁聚星圖,文彩虛稱二妙俱。祇有兼葭依玉樹,初無薏苡似明珠。鳳皇臺上天光近,烏鵲枝南月影孤。壯志未消知己在,敢煩音問慰窮途。

【考辯】

本詩原載清鈔鐵崖楊先生詩集卷下,然又見於元音卷九、元詩選二集,二本皆題作寄南臺御史達兼善,作者署名雅琥。元音本與元詩選本所錄爲組詩兩首,本詩爲第一首。與此本對較,僅一處有異:即頸聯下句"南",元音本、元詩選本作"邊"。本詩作者當爲雅琥。

送余觀嘉賓及第受常寧判待次還岳省親

趨庭才子試宮衣,二十金門奏賦歸。名照日邊紅杏發,心隨天際白雲飛。洞庭有月知家近,衡嶽無霜見雁稀。候吏未來調膳罷,沙頭應拂釣魚磯。

【考辯】

本詩原載清鈔鐵崖楊先生詩集卷下,然屬誤入。按此詩題,本詩作於余觀及第之年。元詩選癸集著錄有余觀詩,稱之爲余院判觀,錄詩兩首,小傳曰:"觀字□□,岳之平江人。登元統元年癸酉進士第,歷官太常禮儀院判。"然元詩選癸集又錄有余嘉賓詩,稱爲余御史嘉賓,錄詩十三首(其中組詩武夷九曲櫂歌十首),小傳則曰:"嘉賓字□□,岳之平江人。母夢吞雲生,小名雲孫。領至正七年丁亥鄉薦,官翰林院判,終監察御史。"元詩選將一人誤作兩人,分別著錄,兩篇小傳相互又有牴牾:既曰元統元年中進士,何以至正七年又赴鄉試,不合情理。今按傅若金有五言長詩送余觀嘉賓及第歸岳陽卻赴常寧州判(傅與礪詩集卷七),詩中曰:"主上徵多士,郎君最少年。絲綸三殿出,名姓九賓傳。"據此可知:其一,余觀考中鄉試,不可能遲至至正七年丁亥(一三四七),因爲傅若金早在至正二年已經病故。(參見滋溪文稿卷十三元故廣州路儒學教授傅君墓志銘。)其二,如前所述,余觀於元統元年癸酉及第。送余觀及第後歸岳陽,或當在京城,或當在交通要道,而元統初年,楊維禎罷官後蟄居浙東家鄉,并無機緣送行。本詩作者當爲京城官員,疑即雅琥。

又,上引傅若金詩曰余觀應考時爲“最少年”。按元制,年滿二十五歲方能參加科考。因此結合元詩選小傳所述其中第時間可以推斷,余觀應生於至大二年前後。今結合相關資料,重撰余觀小傳如下︰余觀,字嘉賓,小名雲孫,岳之平江(今屬湖南岳陽)人。約生於至大二年(一三〇九),元統元年癸酉(一三三三)中進士,授常寧州判官。歷任監察御史、翰林院判等職。工詩,與傅若金、陳旅、劉基、胡天游等皆有唱和。參見劉基撰次韻和余嘉賓御史見寄(誠意伯文集卷五)、元胡天游撰青山白雲歌思余嘉賓也(傲軒吟稿)。

送聶炳韞夫及第赴岳之平江州別駕

白溝冰泮雪溶溶,歸處烟花幾萬重。輦路晴風嘶腰裹,宮袍旭日粲芙蓉。衙排幕阜山前郡,門對洞庭湖上峰。回首平生舊游地,何年皂蓋得相從。

【考辯】

本詩原載清鈔鐵崖楊先生詩集卷下,然有可疑。元史聶炳傳︰“聶炳字韞夫,江夏人。元統元年進士,授承事郎、同知平昌州事。”按︰本詩與上一首送余觀嘉賓及第受常寧判待次還岳省親詩旨相同,皆爲送別元統元年進士及第後歸岳陽而作,然當時楊維禎無此機緣。且詩中曰“回首平生舊游地”,作者顯然曾經游歷洞庭一帶,亦與楊維禎經歷不符,當屬誤入鐵崖楊先生詩集。疑作者爲雅琥,雅琥曾寓居湘、鄂之地。

送蘇伯修御史之南臺

天上詞臣夐莫雙,乘驄此日蒞南邦。梅花露冷宜逢雪,桃葉波平好度江。千里蒼生瞻繡斧,十州使者避旌幢。同袍知己如相問,已許閑吟老北窗。

【考辯】

蘇伯修名天爵,參見鐵崖楊先生詩集卷上奇士齋伯修。按:本詩原載清鈔鐵崖楊先生詩集卷下,然又見於元詩選二集,納入雅琥名下。與此本對校:頷聯上句"露冷",元詩選本作"路近","近"字下又注曰"一作遠",下句"度",元詩選本作"渡"。頸聯下句"州",元詩選本有注曰"一作洲"。尾聯末句"吟",元詩選本作"身",又有注曰"一作吟"。本詩屬於誤入,作者應爲雅琥。

呈石田馬中丞

龍門十載接芳塵,顧我情如夙昔親。下榻論文公館夜,看好攜酒帝城春。雲霄已睹鳴陽鳳,泥露今成涸轍鱗。猶向東溟望滄海,恩波何處是通津。

【考辯】

本詩原載清鈔鐵崖楊先生詩集卷下,然屬誤入。按:本詩乃賦贈御史中丞馬祖常(一二七九——一三三八),馬祖常字伯庸,號石田。據詩中"龍門十載接芳塵,顧我情如夙昔親。下榻論文公館夜,看好攜酒帝城春"等句,作者與馬石田在京城交往很久,頗爲親密。本詩定非楊維楨詩作,疑作者亦爲雅琥。

寄南臺達兼善經歷

白溝秋水到城邊,曉發河南使者船。契闊山川將萬里,飄零歲月又三年。雲間快覿冥冥鳳,海上愁看跕跕鳶。經術匡君須我輩,莫將離索染華顛。

【考辯】

本詩原載清鈔鐵崖楊先生詩集卷下,然又見於元音卷九、元詩選二集,題作寄南臺御史達兼善,署作者名爲雅琥。元音本、元詩選本所録皆爲組詩二首,本詩爲第二首。與此本對校,異文僅二:首句"到"字,元音本作"帝";末句"離索”,元音本作“離恨”。本詩當屬誤入,作者應爲雅琥。

留別凱烈彦卿學士

　　十年帝里共鳴珂,別後悲歡事幾多。汗竹有篇歸太史,雨花無迹洗維摩。湘江暮靄生青草,淮海秋風起白波。明日扁舟更歸去,天涯相望意如何。

【考辯】

　　本詩原載清鈔鐵崖楊先生詩集卷下,然又見於元音卷九、元詩體要卷十一、元詩選二集、清陳焯輯宋元詩會卷七十七,皆署作者名爲雅琥。與此本對校,差異在於：元音本、元詩體要本題作留別克呼彦卿學士。領聯上句“篇”,諸校皆作“編”,下句“洗”,諸校本皆作“染”。頸聯上句“暮靄”,諸校本皆作“夜雨”。尾聯上句“更歸”,諸校本皆作“又南”。本詩作者當屬雅琥。

閩越王釣龍臺

　　自古甌閩國富雄,南琛不與職文通。江流禹畫縱橫外,出入秦封蒼莽中。逐鹿兵還神器定,屠龍人去釣臺空。海門日落潮頭急,何處繁華是故宮。

【考辯】

　　本詩原載清鈔鐵崖楊先生詩集卷下,然又見於元詩選二集、清陳焯撰宋元詩會卷七十七,皆署作者名爲雅琥。與此本對校,差異在於：元詩選本題作釣龍臺懷古,宋元詩會本題作登越王釣龍臺。首聯下句“職文”,元詩選本、宋元詩會本皆作“職方”。領聯下句“出入”,宋元詩會本作“山入”。頸聯上句“兵”,宋元詩會本作“師”。尾聯上句“日落”,元詩選本作“落日”,宋元詩會本作“望裏”。本詩屬於誤入,作者當爲雅琥。

上左丞相

　　玉帳牙牀坐運籌,雄師到處瘴烟收。名傳冀北三千里,威振山東四百州。鐵馬屯雲江渚曉,樓船泛月海天秋。殷勤整頓乾坤了,召入金鑾侍冕旒。

【考辯】

　　本詩原載列朝詩集甲集前編第七上,(按:此卷乃楊維禎詩歌專輯。)然清人葛玉書認爲,"左丞相"實指徐達,此詩不可能出於楊維禎之手。其考辨曰:"上左丞相一首("左"當作"右")所云'名馳冀北'、'威振山東'云云,確指徐中山王無疑。然中山以洪武三年正月北征,十一月召還,而先生以是年五月卒,不應詩中云'殷勤整頓乾坤了,召入京鑾侍冕旒'也。蓋先生聲名煊赫,傾動宇内,假借附著,勢所必有。"(載光緒刊鐵崖詩集三種卷末所附同邑葛氏編輯鐵崖全集跋語十三則之五。)葛氏乃楊維禎同鄉,曾經殫精竭慮整理鐵崖全集,所言有理。本詩當屬僞作,故移入辨僞編。

投來使

　　讀書不負萬乘君,焉敢挾策干侯門。極目姑蘇暮雲暗,濯足洞庭秋水渾。千金不意市駿骨,一飯豈期哀王孫。我今拂袖且歸去,高卧桐江烟水村。

【考辯】

　　本詩原載列朝詩集甲集前編第七上(楊維禎詩歌專輯),然又見於元音卷十一、元詩體要卷十四、大雅集卷七,各本所録,文字皆與本詩近似,題目分別作送人歸桐江、送張思廉歸桐江、送張思廉,作者姓名皆署成廷珪。成廷珪乃楊維禎友人。大雅集輯録於元末,明初成書,著録較爲可靠。列朝詩集本應屬張冠李戴,作者當爲成廷珪。

春雞行

　　廉夫明府試宰天台之初,道逢靚粧一女,抱牝雞招摇于市。馬首詰之。云:"欲逐雄也。"復詢其年,已及笄。遂呼其母及社長鄰人俱詣公宇,責以風俗大義,笞老嫗,戒女遣去。此親民之要務,新仕之敏手也。客趙棨爲作春雞行樂府。

　　天台女兒官樣粧,雙螺縮珠藕絲裳。未學羅敷朝采桑,却隨老翁祝尸鄉。大年三日洗椒觴,綵繩縛雞官道傍。揚聲度關非孟嘗,爲憐五德窺東墙。鳳棲梧桐自求凰,春波蕩漾雛鴛央。龍門上客憩甘棠,相逢肯作夢高唐。無由舐鼎隨旌陽,鞭鸞切□□□□。白袍社長拜琴堂,忍教野蝶摇春光。廣平賦梅鐵石腸,東風錯恨桃花郎。

【考辯】

　　本詩原載劉世珩影元刊十八卷本玉山草堂雅集卷二、陶湘校刊十八卷本玉山草堂雅集卷後二。按:上述兩卷皆爲楊維禎詩專輯。然細察本詩詩序,此詩屬於誤入,其作者當爲鐵崖忘年友趙棨(其生平詳見東維子文集卷二十四趙公衛道墓志銘)。

送祝丹陽赴武當

　　武當之山上参天,上有天帝居其顛。陰陽蔽虧藏日月,草樹薈蔚含雲烟。六丁開山鑿空翠,萬神扶棟飛修椽。金門眈眈守龍虎,玉佩纚纚羅神仙。人間塵俗不易到,我常夢想思攀緣。嗟君此行非偶然,冷風吹至虛皇前。手持御香謁帝所,口漱瓊液哦靈篇。蒼龜巨蛇出神怪,朱鳳白鶴相後先。帝命青童授寶訣,谷神不死真玄玄。却披羽衣謝仙友,笑視浮世三千年。

【考辯】

　　本詩原載元詩體要卷三,納入楊維禎名下。然又見於皇元風雅卷三十,署作者姓名爲陳茂卿。按：陳茂卿名森，金華（今屬浙江）人。其詩今存兩首，本詩之外，另一首花石行亦載皇元風雅卷三十。皇元風雅乃元人蔣易輯編，較之明人宋緒所編元詩體要更爲可靠。本詩當屬陳森作品，故納入辨僞編。

題琴書真樂窩

舉世之樂，無如鼓琴。琴可以禁人之邪心，易人之哇淫。舉世之樂，莫如讀書。書可以絕小人之狹邪，履君子之坦途。世人爲樂千種有，不如我樂長可保。彼有嗜酒樂飲，逢毒苦酖。艷妻驪虞，自令身枯。溺心貨殖，爲盜賊積，崇勢浸人，君神齡嗔。蚤官驕子，疾爲禍首。或世所樂，自詭神仙，累萬人學，無一長年。有樂放恣，毀除鬚髮，捐棄父母，終竟不覺。有察於獄，謂俾不慴。怪習浸移，久而泰甚。凡此爲樂，豈不可懷。不如我樂，無患與畱。鐵仙左琴右書事，終日危坐笑以咍。忽見吾詩仰天歌，鐵仙豈不大樂哉！

【考辯】

本詩原載詩淵，原本於詩題下署“元鐵仙詩，楊廉夫”。按：本詩又見於鐵崖先生古樂府卷六，題爲題鐵仙人琴書真樂窩，詩題下小字注曰：“附錄李孝光所作也。”元詩選二集亦將此詩納入李孝光名下，題作題鐵仙人琴書安樂窩。今按本詩，詩末有“忽見吾詩仰天歌，鐵仙豈不大樂哉”等句，故知其作者爲李孝光無疑。

竹枝歌

湖西日却欲没山，湖東新月牙梳彎。南北兩峰湖裏看，恰似阿農雙髻鬟。

【考辯】

本詩原載詩淵，原本於“元鐵仙詩，楊廉夫”名下錄有竹枝歌兩首，本詩爲第二首。然本詩又見於梧溪集卷七次韻信道元長老菱溪草堂見寄之作後序：“道

元少與茅山道士張伯雨、前進士會稽楊廉夫齊名,嘗有西湖竹枝詞云:'湖西日
脚欲没山,湖東新月牙梳彎。南北兩峰船裏看,却比阿儂雙髻鬟。'至今爲絶
唱。"據此可知本詩作者并非楊維禎,實爲釋道元。

同倪雲林王伯純飲散過大姚江

大姚江頭風乍稀,小陸宅前人獨歸。霜楓紅於大藥染,沙鳥白似
孤雲飛。持螯把酒一生足,食蛤踞龜千劫非。雪灘水落獨無恙,留借
老夫爲釣磯。

【考辯】

本詩原載清閟閣全集卷十一外紀上,署作者名爲"楊維禎"。然元人成廷珪
居竹軒詩集卷二録有此詩,題作笠澤同倪雲林王伯純飲散過大姚江舟中賦。元
詩選二集所録與後者相同,亦納入成廷珪名下。按:大姚江即餘姚江,位於今浙
江寧波餘姚一帶。而楊維禎與倪瓚相識於至正初年,即其中年時期。中年以
後,楊維禎始終寓居浙西,本詩題所謂"飲散過大姚江",與楊維禎晚年蹤迹不能
吻合。本詩作者當爲成廷珪。

次韻答錢思復并簡吕彦夫

相逢動是經年别,笑指沙鷗聚舊盟。芳草只添游子恨,清風還有
故人情。薇花亭館春容老,木葉林堂晚氣清。杜宇數聲愁不奈,朝來
白髮鏡中生。

【考辯】

本詩原載武林往哲遺著本江月松風集附録,位於楊維禎送錢思復之永嘉山
長詩之後,曰"又次韻答錢思復并簡吕彦夫詩……"然此詩又載藥房樵唱卷二、
元詩選二集、乾隆御選元詩卷五十四,皆署作者爲元人吳景奎。藥房樵唱乃吳
景奎詩詞集,元至正年間結集,蓋有所本,本詩作者當爲吳景奎。

避地吳江九日

行年七十尤爲客，何處江湖着老夫。黑髮空留數莖在，黄花也笑一錢無。家徒活計如鳩拙，病起形容似鶴臞。獨把茱萸還自酌，酒酣不用阿孫扶。

【考辯】

本詩録自弘治吳江志卷二十一七言律，原本納入楊維楨名下。然此詩又載元人成廷珪居竹軒詩集卷二，題作戊戌年避地吳門九日感懷。二本對校，稍有不同：首句“尤”，居竹軒詩集本作“猶”；頷聯上句“留”，居竹軒詩集本作“存”；尾聯上句“還自”，居竹軒詩集本作“仍獨”。按：楊維楨於至正十九年（一三五九）冬攜妻兒退隱松江，時年六十四。此後寓居松江，直至明初，生活頗爲穩定。本詩所謂“避地吳江”，所謂“行年七十猶爲客，何處江湖着老夫”等等，與楊維楨七十歲前後實際生活狀況不符，當屬張冠李戴，應爲成廷珪詩作。

題倪瓚畫山樹

篝燈共聽蕭蕭雨，已是催花二月過。點墨喬科渾漫興，研山忽覺蘚紋多。

【考辯】

本詩録自石渠寶笈續編重華宮藏六，原本題作倪瓚畫山樹真迹一軸，今題爲校注者徑改。石渠寶笈續編著録此畫曰：“倪瓚畫山樹真迹，一軸。本幅：宋牋本。縱三尺六寸二分，横二尺六寸。水墨畫，上山下樹。自題：橘窗春夜雨，剪燭坐良宵。户上苔文濕，階前蕙草消。池塘幽夢遠，鄉國美人遥。古樹蒼藤合，題詩不自聊。老鐵自山陰來，喜晤作此。辛卯三月望，瓚。”又依次録有乾隆皇帝，明人姚公綬、張靈，元人陳汝言等人題識，本詩置於陳汝言識語之後，詩末署名曰“鐵笛道人楊維楨”，所鈐印章曰“鐵史”。又，張靈題識曰：“（雲林）與陳惟寅昆季最友善，會稽楊廉夫亦最契厚，此幅蓋爲廉夫所作，更有和章并惟允題句，誠合璧也。姜太常家藏舊物，出示賞玩，相對竟日，何幸如之。且喜紙素完好無缺，尤見奇珍之流傳人間，俱慎重藏之耳。正德庚辰四月十又六日記於永嘉寓齋。張靈。”據上引倪瓚跋文與張靈題識，此畫乃倪瓚爲楊維禎所作，楊維禎此詩則屬“和章”。然頗有可疑：其一，明李日華撰味水軒日記卷五、珊瑚網卷三十四、式古堂書畫匯考卷五十、六藝之一録卷四百皆曾著録此畫此詩，題作倪元鎮翠竹喬柯、雲林古木竹石等，并無上引石渠寶笈續編本所録倪瓚題詩跋語，以及陳汝言、姚公綬、張靈等人題識，且謂本詩爲倪瓚自題。因此可以推斷，味水軒日記、珊瑚網、式古堂書畫匯考、六藝之一録所録，與石渠寶笈續編所録并非源出一本。其中若有僞作，後者更有可能。其次，前引倪瓚跋語曰：“老鐵自山陰來……辛卯三月望。”辛卯，即至正十一年（一三五一）。此年三月，鐵崖任杭州四務提舉不久，距離其攜妻兒離開松江來到杭州，未滿三月。因此倪瓚跋語所謂“自山陰來”云云，與楊維禎蹤迹不能吻合。要而言之，本詩是否倪瓚自題於畫，未敢斷言，然并非鐵崖手筆，可以推定。

題王蒙古木竹石圖

　　黄鶴山人多意氣，真是高亭老仙士。揮毫髣髴如有神，怪石嶙峋筆端起。琅玕玉樹生雲烟，畫圖奪得江南春。爾來遨游東海上，持贈玉崖之高人。兩翁相對遂傾倒，醉裏不知天地老。持竿共結滄洲期，一釣猶嫌六鰲小。鐵笛道人題。

【考辯】

　　本詩録自清卞永譽撰式古堂書畫彙考卷三十四畫四。原本題作元明名繪大方册第三幅元王叔明古木竹石圖，今題爲校注者徑改。原本題下有小字注曰：“長方紙本，水墨。窠石古木新篁，蒼然掩映。”按：詩末作者署名“鐵笛道人”，似爲鐵崖所作。然此詩又見於元詩選癸集，題作題鐵網珊瑚圖奉和黄鶴山樵贈范玉崖韻，詩中語詞略有差異，作者署名爲東蒙人李仁（字嚴賓）。可見本詩作者有兩説。今按明人李日華味水軒日記卷七、郁逢慶書畫題跋記續卷五、清人倪濤六藝之一録卷四百一著録黄鶴山樵鐵網珊瑚圖，皆録此詩，且均署作者名爲李仁。味水軒日記卷七李日華述曰：“（萬曆四十五年乙卯二月四日）胡雅竹偶借居草堂裝潢書畫卷，有王叔明鐵網珊瑚一軸，乃寫二枯木聳峙叢篠間，以竹枝横斜，垂葉覆蔽如網，木梢錯出，如珊瑚□耳。叔明寫此贈范玉崖，而諸公競題詠之，亦見一時同調之盛也。備録之。”以下首録王蒙自題詩，首聯曰“鐵網網得珊瑚枝,寄與東吳范高士"。隨後依次録有玉崖生范立、益齋王彦文、安湖老人王士顯、吳郡顧禄、李仁、沈瑜、豫章胡僊、張禮、中逸吳檋和詩,諸詩皆步王蒙詩韻而作。又據卷末范立跋文,知王蒙贈詩所謂"東吳范高士",本詩所謂"玉崖之高人",指錢塘人士范立,其別號爲玉崖生。綜上所述,王蒙所畫鐵網珊瑚圖,贈予錢塘范立,范立自和以後,又廣邀友朋唱和,故題詩者皆爲范立友人。式古堂書畫彙考著録此圖爲古木竹石圖,且僅録此題詩一首,顯然有誤。本詩乃李仁所作,似無可疑。

溪頭流水詩

溪頭流水飯胡麻,曾折璚林第一花。欲識道人藏密處,一壺天地小於瓜。老鐵。

【考辯】

本詩録自中國書法全集第四十六册(嶧巏、楊維禎、倪瓚專輯)一七四頁,乃鐵崖手書,原本題爲溪頭流水詩草書軸。今按式古堂書畫匯考卷二十二元人游仙詞卷所載楊維禎題跋,曰:"此予方外生余善追和張外史小游仙詩一十解……座客有繞床三叫,以爲老鐵喉中語也。又如'一壺天地小如瓜',雖老鐵無以著筆矣。故樂爲之書。"據此可知,本詩實爲鐵崖道友余善所作,鐵崖鈔寫而已。

方竹賦

秋孟之夕,覺非道人寓宿於主人之軒。見植竹焉,外方中堅,峭然觚稜,扣之如石,有聲硜硜。予怪其不類衆竹,戲若有評曰:

后皇植物,各界以形。洪纖肥瘠,莫殫其名。毫忽無僭,若冶剖型。爾竹之産,爲類實繁。寄哀瀟湘,託興淇園。嶧陽之材,聲叶鳴鳳。箘簵之堅,荆揚效貢。黃岡如橡,用代陶瓦。篁篠叢生,束之盈把。由衙雞脛,般腸射筒。蘇麻篔簹,笆笫鍾龍。體柔爲籲,節促爲簟。刃毒爲篻,依木爲弓。毦毛爲狗,扶老爲笻。名雖萬變,莫不示圓於外,而抱虛於中。故能文理縝密,節槩疏通。迎刃而解,落籜以從。桃笙籧笛,織翠生風。纜維砥柱,力縮艨艟。干旄孑孑,旌旂蔽空。彤管煒煒,橫出詞鋒。簫韶九奏,至和攸同。他如器使,惟適所逢。皆所以弼成人用,翼贊天工。爾之爲質,外方内塞。肌不柔順,性復挺特。钁括莫施,何堪組織,豈非才不適用而名浮其實乎?

言既而去,逡巡就睡。夢一玄叟,頎然而長,雙眉入鬢,氅衣無裳。頭角峭屬,根立木彊。歷階而進,出聲琅琅:"凡今之人,喜圓惡方。頃聞誚譏,顧不敢當。予非舍圓而不居,蓋亦天賦之有常。矧夫方圓不侔,自昔爲訒。豨膏棘軸,不能獨運。鑿枘異投,終底於吝。黯直見疏,弘詐乃近。正論天人,江都遠擯。詼諧詭奇,金馬日進。固知鶯圓以自私,不若執方以自信也。且物生而才,罕即安處。雕龍斲削,自致困苦。樗櫟臃腫,斧斤莫尋。桐杉赭野,枳棘成林。天嗇我才,實非我仇。以才莫全,我獲實優。方將勵吾之方,堅吾之塞,保天之全,資地之力,長吾兒孫,同居壽域。邀涼月於江上,疏冷風於淇澳。知我愛我,過從成僻。敲門竞造,不辨主客。札瘵奚生,逍遥甚適。彼以才而用世,視子孰得而孰失?"

予驚而寤,萬籟俱寂。月明入户,涼在巾舄。惟見此君,挺然於庭。粉壁鑄形,一塵不驚。修柯滴露,鏘然成聲。予爽然如失,惕然而醒。乃歌曰:

圓以智行兮,方以義守。智或有窮,義則可久。以虛而通兮,以實而塞。通或潰決兮,惟塞乃格。才應時用兮,拙爲世損。用則精弊兮,損則神全。竹兮竹兮,予將謂汝爲方兮,而不識汝之大圓。

【考辯】

本賦録自清人陳元龍編歷代賦彙補遺卷十五草木。按:歷代賦彙正集卷八十一室宇、同書補遺卷十五草木、皇明文衡卷二、佩文齋廣群芳譜卷八十三皆載此賦,然題名不同,作者亦有兩説:歷代賦彙補遺本、佩文齋廣群芳譜本題作方竹賦,作者署爲元楊維楨;皇明文衡本、歷代賦彙正集本則題作方竹軒賦,作者署爲明金寔。按:本文作者當屬金寔。理由有三:其一,上述諸書之中,皇明文衡成書最早,編者爲明成化、弘治年間人士程敏政,較爲可信。其二,金寔爲宣德年間人士,距離程敏政時間不遠,且非名家,程敏政不至於張冠李戴。其三,金寔擅長作賦,另有賦作傳世。後人將金寔賦冠以名人鐵崖作僞,較有可能。

揖拜辯

荀子大略篇曰："平衡曰拜。"謂磬折，頭與腰平如衡也。"下衡曰稽首，至地曰（原本誤作"日"，據禮記集説本改）稽顙。大夫之臣，拜不稽首。"

以是推之，則今折腰揖，即古之拜也。今之稽首揖，即古之稽首也。今之拜伏，其頭至地，乃類古之稽顙耳。然今之拜，自是古之跪俛伏三事，殊與古拜不同。今之揖，其形用古之拜，其聲用今之喏，亦是兩事，皆與古（原本誤作"右"，據禮記集説本改，下同）揖不類也（"類也"兩字原本無，據禮記集説本補），古揖，舉手而無聲也。

【考辯】

本文原載弘治刊本鐵崖文集卷三，然又同於宋衛湜禮記集説卷十一引録江陵項安世語。項安世字平父，其先括蒼人，徙家江陵。孝宗淳熙二年（一一七五）進士，官至太府卿。卒於嘉定元年（一二〇八）。所著易玩辭等書，多行於世。宋史有傳。今以禮記集説引録項氏語與此本對校，僅個別文字有出入。本文應屬誤入，其作者當爲南宋人士項安世。

附録二　鐵崖師友唱和選録

附録二　鐵崖師友唱和選録

蹋踘篇四首

其一

冶家女兒髻偏梳，教坊出入不受呼，蹙金小襪飛雙鳧。飛雙鳧，曳雙袂。玉圍腰，珠絡臂。

其二

柳風吹雲裒香綿，六銀繡花明月圓，湘波盈盈動金蓮。動金蓮，汗霑粟。展鮫綃，釧鳴玉。

其三

女郎娟娟柳腰肢，錦靴勒束青夫葉，玉纖團雲傾紫絲。傾紫絲，軃羅袖。蹴花心，爲君壽。

其四

香輪小鞚戎葵紋，官塲蹋起齊青雲，綵結樓縣月爲門。月爲門，攬身過。五花圓，天上墮。

（本組詩原載鐵崖先生古樂府卷二，作者爲鐵崖弟子袁華。）

花游曲和鐵崖先生

玉山才子顧瑛詞曰

真娘墓下花溟濛，碧梢小鳥啼春風。蘭舟搖搖落花裏，唱徹吳歌弄吳水。十三女子楊柳門，青絲盤髻鬱金裙。折花賈眼一回步，蛺蝶雙飛上春墓。老仙醉弄鎮笛來，瓊花起作回風盃。興酣鯨吸瑪瑙碗，立按鳴筝促象板。午光小落行春西，碧桃花下題新題。西家忽遣青鳥使，致書殷勤招再四。當筵奪得鳳頭牋，大寫仙人蹋踘篇。

崑丘郭翼詞曰

石池天地花溟濛，夫容暖紅旗颭風。錦艕兩飀出雲裏，王艷搖溶養龍水。寶坊壁堂山入門，瓊琚襍佩飄輕裙。館娃愁絶行春步，青狐泣冷鴛鴦墓。鐵蛟歎壑風雨來，花宫香送瓊英否。玉粒松膏粉雲椀，小扇桃歌紫牙板。苧蘿烟斷東海西，雙璫緘扎近新題。青鳥不來無信使，玉雁銜絲啼十四。真朱字密愁滿箋，爲君重賦花游篇。

袁華詞曰

烟雲撲霧揺空濛，游絲弱絮縈柔風。木蘭載春石湖裏，手弄瓊英掬秋水。銕笛仙人招羡門，鸞旌小隊青霓裙。凌波雙飛動塵步，冶情謾憶鴛鴦墓。踏春撾鼓能幾來，便須一飲三千盃。血色葡萄凝冰椀，鬱輪袍催紫檀板。雲旗縹緲青鳥西，口銜紅巾緘舊題。瓊林宴中採春使，骰子逡巡賜緋四。醉携翠袖寫銀箋，不數公子花游篇。

陸仁詞曰

金烏流春春氣濛，花雲蒸紅爛承風。星船蕩向銀河裏，手浣銀波天在水。水光花色照湖門，美人鬥倩芙蓉裙。松陰冶游馳小步，踏遍湖頭青草墓。泉臺蒿目那起來，長生且進麐蒲盃。仰天笑擊玉唾椀，美人按度□胡板。鸝黄東來燕子西，喃喃交語如雕題。不是神仙西母使，漢殿雙廻青翼四。仙人手把五雲牋，美人奪得瓊花篇。

馬麐詞曰

綺樓十二浮空濛，寶衣翠絡熏麝風。宫裝窈窕銀屏裏，鸚鵡呼名隔江水。荔枝木瓜花覆門，珠佩丁東揺曲裙。館娃宫裏潘妃步，嬴（當作“贏”）得一丘紅粉墓。探花仙子何處來，乳酒百罰行深盃。夜闌酒倒揮玉椀，遮莫城頭催漏板。人生一身東復西，花游日日須留題。尚記題詩動宫使，字落驪珠三十四。金花重賜五雲牋，製作清平樂府篇。

秦約詞曰

館娃宫殿春迷濛，襍花芳菲嬌亞風。油壁香車度花裏，笑解珠纓祓春水。水邊小艇忽到門，粼粼緑濺金鵝裙。游雲膩雨踏歌步，青春唤愁花下墓。流光去去不復來，縹酒且進夫容盃。驪珠串落碧瑛椀，鳳槽聲催紅玉板。宴游未終山日西，柔纖奉硯索新題。風流文采璚林使，肯數玉人裴十四。宫中分膽（當作“膡”）衍波箋，更試一曲曉山篇。

匡廬于立詞曰

煖雲着柳春濛濛，錦航兩旗楊柳風。美人娟娟錦船裏，的皪瞳人剪秋水。阿鬟養花花滿門，洗花染作真朱裙。窈窕行烟踏烟步，野棠亂落麒麟墓。東風撲天驅夢來，露香翠泣鴛鴦盃。玉箸丁東鳴碧椀，鸞簫二尺猩紅板。瓊花起舞歌竹西，鋏崖酣春寫春題。幽緒不憑蜂蝶使，怨絕冰絲弦第四。便裁雌霓作雲幭，寫入花游第幾篇。

（以上七詩原載鐵崖先生古樂府卷三花游曲之後，作者皆鐵崖友人或弟子。）

楊佛子行

楊佛子，越諸暨人。幼知事母，母病危，佛子刲股肉進母，母食，病立愈。母歿，廬墓側，恒有馴烏集墓樹，隨佛子往返。佛子素患瘻，道逢異人，以掌訣移之背。郡縣上孝感狀，將表其閭，佛子辭，遂止。年九十歲兔終。安陽韓性既爲佛子作傳，同（原本作“司”，據樓注本改。）里陳敬復作楊佛子行。

諸暨縣北楓橋溪，楓橋溪水上接顏烏栖。其下（原本作“其一人”，據樓注本改。）一百二十里合萬和水，萬和孝子廬父墓，墓上芝生黃，楊生佛子與萬和孝子齊。六歲懷母果，二十爲母嘗百藥，藥弗醫（叶），啖母以肉將身刲。母病食肉起，其神若刀圭。母死返九土，常作嬰兒啼。倚廬宿苫塊，棄隔妾與妻。嗟哉佛子，孝行絕人。人不識，感鬼神。頰下生瘤大如尊，何人戲手瘤上捫。明朝怪事駭妻子，頰下削贅無瘤痕。背上一掌印，爭來看奇痕。墳頭木共白兔馴，更遣迎送烏成群。傍人竹弓不敢彈，豈比八九雛生秦。縣官上申聞，旌戶復其身。佛子走告免，稱主臣主臣，嗟哉佛子誰媲稱。今之人有刲股乳，詭（原本作“脆”，據樓注本改。）孝子以爲名，規免徭征，以希其旌，嗟哉佛子誰媲稱！

吳復曰：“佛子，乃先生之曾大父也；陳敬，乃先生之師也。佛子純孝異感，非此詩不能發之。自韓子董生行後，復得此詩，亦可見先生古詩有源來也。故附著之。”

（本詩原載鐵崖先生古樂府卷六，作者爲鐵崖師陳敬。）

鐵簺謠爲鐵崖仙賦　附録雲間錢鼐作也

鐵崖仙人冠鐵冠，錦袍不著衣褐寬。棄官流蕩山水窟，胸中奇氣蛟龍蟠。手持鐵笛竅有九，錚錚三尺青琅玕。吹之奇聲絕人世，抑揚悲壯凌雲端。鐵崖山高高百丈，片片吹落梅花寒。太湖老漁狎唱清江歌，仙人側臥吹回波。七十二峰翠鸞舞，大雷小雷走深渦。君山弄，最奇絕。一聲草木摧，兩聲山石裂。三聲蜿蜒躍波起，四聲卷海作飛雪。五聲山嶽盡動搖，六聲百鳥皆噤舌。七聲吐氣成虹霓，榑桑枝上金鳥啼。八聲凝光射牛斗，丹桂枝邊玉兔吼。九聲十聲迸銀河，鬼神股慄天嵯峨。河鼓輟瓊粑，天孫停玉梭。九重震疊開蕩蕩，帝閽驚定忘擤訶。鈞天大人側耳聽，口敕仙吏旁搜羅。分甘吹笛樂吾樂，芒屨懶上金鑾坡。仙人仙人鐵石腸，引喉噴鐵金琅璫，中通外竅直以剛。鏌鋣善鳴愁鳳凰，底須截竹崐崘岡。願將鐵崖壽鐵笛，後天不老凋三光。

　　　　（吳復曰：）此謠頗爲先生所取，故附録於鐵笛像後云。

（本詩原載鐵崖先生古樂府卷六，作者爲鐵崖友人錢鼐。）

琅玕子來詩　六絕句

其一

李杜文章萬丈光，并驅今見會稽楊，幾時過我華陽洞，鐵笛一聲吹鳳凰。

其二

句曲山中張外史，與君湖海結詩盟。可憐遺劍隨長夜，今日誰同并世名。

其三

義熙處士歸來蚤，千古高風今尚存。夫子風期正相似，東山花下醉清尊。

其四

問奇未到揚雄宅，羽馭飆車摠不靈。會向山陰具舟楫，載將肴酒過華亭。

其五

嵇公蕭散七不堪，彭澤歸來雪滿簪。見説枋頭無直筆，董狐太史在江南。

其六

草罷玄經不美新,萬言書已上楓宸。新詩題遍琅玕所,亦念丹丘有羽人。

(本組詩原載東維子文集卷三十一附録,作者爲鐵崖友人松江 廣成庵道士沈秋淵。)

學生徐固次韻

新詩隨手寫銀光,遠寄江南 鐵史楊。自説蕭郎善吹笛,不知孰與驂鸞凰。

(本詩原載東維子文集卷三十一附録,作者爲鐵崖弟子徐固,步琅玕子來詩六絶句之一詩韻而作。)

徐固又次四絶

其一

一溪流水碧桃花,云是茅山道士家。我欲相從問丹訣,赤城五色茹朝霞。

其二

道人曉起天鼓罷,石盆換水種菖陽。詩成寫滿白籙紙,春江人來能寄將。春江,陳曉山也。

其三

不向王門曳我裾,秋風江上釣鱸魚。仙官乞與青藜杖,夜照龜文緑字書。

其四

鸚潮潮上琅玕所,渾似浣花溪上莊。風前起舞鈇如意,雙鶴飛來秋滿牀。

(本組詩原載東維子文集卷三十一附録,作者爲鐵崖弟子徐固。)

學士吳毅次韻四絶

其一

三茅兄弟舊游處，萬箇琅玕隱者家。雲氣團空圓似蓋，丹光井出赤於霞。

其二

與君別來十日强，日日憶爾鳳山陽。霜林橘子大如斗，書尾須君遠寄將。

其三

雪色吳綾裁道裾，鵝黄美酒换金魚。詩成速迴沈東老，不惜榴皮醉後書。

其四

南泖津頭買野航，鸚湖便似瀼西莊。琅玕主者雅好客，應遣麻姑掃石牀。

（本組詩原載東維子文集卷三十一附録，作者爲鐵崖弟子吳毅。）

羽儀和韻

蠟色濤箋寫寄詩，玉壺冰鑑識容儀。法言願卒諸生業，家學深慚帝者師。江月夜涼聞鐵笛，海雲秋静捲朱旗。文章絶似相如筆，好爲題詩諭遠夷。

（本詩原載東維子文集卷三十一附録，作者爲鐵崖弟子姜漸。）

玄霜子作

道人苦寒不可出，焚香白晝高齋眠。繁華過眼不足惜，造物戲人真可憐。何如適興飲美酒，未信服藥能長年。人生天地一逆旅，流光瞬息難留連。

（本詩原載東維子文集卷三十一附録，作者爲鐵崖弟子呂希顏。）

魯陰饒介

錢王城，亂山青，惟有江聲繞驛亭。萬姓瘡痍勞撫字，諸侯風化在儀刑。圍碁別墅花連屋，覓句芳池草滿汀。座是東南待君久，翩翩五馬不須停。

（本詩原載東維子文集卷三十一附録，詩詠鐵崖友人饒介。按：原本魯陰饒介、淮海秦約兩詩緊連，後者詩題下附有小字注："宛丘陳肅賦。"據此推之，本詩作者蓋亦陳肅。見下。）

淮海秦約 宛丘陳肅賦

東南帝者之所都，山川龍鳳相縈紆。離宮別館三百區，紫金鬱鬱今有無。府中逶迤謝太守，少年玉節黃金符。民食在簞漿在壺，飢餔渴飲歌咿嗚。華車細馬左右趨，使君歸來香滿途。

（本詩原載東維子文集卷三十一附録，詩詠鐵崖友生秦約，作者爲宛丘陳肅。陳肅當爲鐵崖弟子，生平不詳。）

鐵鶂子一解

鐵崖先生作黃將軍歌，殆絶唱也。絶唱不可和，門生徐固賦鐵鶂子一解，先生讀之，曰"可續吾貂"。僭書入卷。

鐵鶂飛，狨猿披。鐵鶂鳴，牧犢平。鶂栖在長城，長城鎮南國。渴飲長城水，飢食長城粟。獬豸不敢觸，貔貅不敢蹴。毒蟒何來吹黑風，南國長城一朝覆。鐵鶂怒裂眥，毒蟒拆骨死。朝食毒蟒心，暮食毒蟒髓。嗚呼，食蟒之髓心始已，東海大鰌銜宿耻。

（本詩原載東維子文集卷三十一附録，作者爲鐵崖弟子徐固。）

華陽巾歌

　　鐵厓老仙冠華陽巾,制作奇古,喜而爲之歌。吴東野褐陸居仁賦。

　　鐵崖頭骨如鐵堅,高冠不肯著進賢。華陽新巾制作古,倒垂一幅披兩肩。醉來箕踞松下眠,白眼不受天子宣,自稱臣是詩中仙。掉頭乘風頂忽露,墊角得兩人争傳。有時錦袍淋墨涴鶴氅,冷看兜鍪帶血污貂蟬。賦歸來占叢竹下,索笑長岸梅花邊。狂歌擊節自有鐵如意,何須白羽指使三軍前。老夫緇撮上戴天,與爾老仙相周旋。

　　(本詩原載東維子文集卷三十一附録,作者爲鐵崖友人陸居仁。)

學生徐章次華陽巾歌

　　鐵史文章金石堅,鐵史法書草聖賢。談遷父子未可稱,筆削枋頭直筆當齊肩。草玄亭上枕書眠,不貴世間玉堂供奉之皇宣。世人識不識,盡呼鐵笛仙。烏紗新製華陽傳,七客聯翩冠似蟬。或攜妓,東山下,或駕大舫西湖邊。百年三萬六千日,日日玉山醉倒春風前。不知鶴書在青天,黄麻一道昨夜天東旋。

　　(本詩原載東維子文集卷三十一附録,作者爲鐵崖弟子徐章,步陸居仁華陽巾歌詩韻而作。)

學生謝思順賦

　　黑鐵龍,氣如虎,光如虹。黄金意氣結國士,勾踐臺上長城公。黑鐵龍,心何雄,誓爲國掃烟塵空。長城何巍巍,砥柱東南維,龍兮龍兮長城歸。饑推食兮寒解衣,日日龍遶長城飛,光抱日月聯清輝。維南有猫虎最怒,夜穴長城翻赤土,龍兮食猫如食鼠。維東有犢獷以

奔,日觸長城噓大雲,龍兮食犢如食豚。盲老烏,啄人屋,賣我長城殲
我屬。烏乎,長城覆,不可復。黑鐵龍,誓三爲長城滅仇族。玉笥山
爲我樹長城碑,鑑湖水爲我洗長城恥。直欲聞之聖天子,會稽先生楊
鐵史。

（本詩原載東維子文集卷三十一附録,作者爲鐵崖弟子謝思順。）

跋忠勇西夏侯邁公墓銘

跋曰：春秋引天下之譽褒之,賢者不敢私;引天下之義貶之,奸人
不敢亂。余讀鐵史邁里古思傳,信民之以爲賢賢之,民之以爲奸奸
之,此鐵史之春秋也。臺憲者,天子之法臣也。法臣不立法,而鐵史
立之。嗚呼悕矣。至正乙（當作"己"）亥秋,程文謹識。

（本文原載東維子文集卷三十一附録,作者爲鐵崖友人程文,題於鐵崖所撰
故忠勇西夏侯邁公墓銘之後。邁公墓銘載東維子文集卷二十四。）

附録三　鐵崖碑傳文選錄

附錄三　鐵崖碑傳文選錄

楊維禎傳　(元)顧瑛

　　楊維禎,字廉夫,會稽人。泰定李黼榜登乙科進士第,再轉鄉郡鹽司令,以狷直傲物不調者十年。因得自放,歷覽東南名山水。其所得盡發而爲詩文。自錢塘□□至雪川,又由雪川居蘇城之錦繡坊,北南弟子受業者以百數,至正文體爲之一變。

　　其在錢塘,與茅山張外史雨、永嘉李徵君孝光爲詩酒交。其來吳,則與毗陵倪君瓚、吳興郯君韶及瑛爲忘年友。當風日晴暉,雪月清霽,輒命舟載酒妓,挈儔侶,訪予於玉山草堂中。醉後,披玄鶴氅,坐船屋上,吹鐵笛作梅花弄,殆忘人世。予家藏法書名畫,多所品題。其奇語天出,人推之爲仙才云。

　　(錄自貴池劉氏於民國初年刊玉海堂影宋元本叢書十八卷本草堂雅集卷二,原本無題。)

元故奉訓大夫江西等處儒學提舉
楊君墓志銘　(明)宋濂

　　元之中世,有文章鉅公,起於浙河之間,曰鐵崖君。聲光殷殷,摩戞霄漢,吳、越諸生多歸之,殆猶山之宗岱,河之走海,如是者四十餘年乃終。瀕終,召門弟子曰:“知我文最深者,唯金華宋景濂氏。我即死,非景濂不足銘我,爾其識之!”卒後三月,吏部主事張學暨朱芾等七人,奉其師之治命來請。濂既爲位哭,復繫其爵里行系而造文曰:

　　君姓楊氏,諱維禎,廉夫其字也。裔出漢太尉震。震十八傳至唐,分爲四院。第二院大師虞卿生堪,堪生承休,承休生嵩。五季時,錢氏有國,嵩仕至丞相,自譜爲浙院。嵩之孫都兵馬使佺,徙浙水東,又分爲浙左院。佺之子成,隱居會稽諸暨之陽,復爲諸暨人,君之十世祖也。高祖文振。曾祖文脩,以善嗜義聞,人呼爲楊佛子。祖敬,父宏,贈奉訓大夫、知温州路瑞安州事、飛騎尉,追封會稽縣男。妣李氏,追封會稽縣君,宋丞相宗勉四世孫也。

當縣君有姙,夢月中金錢墜懷,翼日而君生。大夫公摩其頂曰:"夢之祥徵,其應於爾乎!"稍長,從師授春秋説,講析辨刺,幾逾百十家。大夫公期以重器,至弱齡,不爲授室,俾游學甬東,粥廄馬以益裝錢。君節縮不妄費,購黃氏日鈔諸書以歸。大夫公驪曰:"此顧不多於良馬邪!"躬爲裝褫,使之周覽。泰定丁卯,用春秋擢進士第,署台之天台尹,階承事郎。

天台多黠吏,憑陵氣勢,執官中短長。先以餌鈎其欲,然後扼吭,使不得吐一語,世號爲"八鶡"。君廉其姦,中以法,民方稱快。其黨頗蚓結蛇蟠,不可解,君卒用是免官。久之,改錢清場鹽司令。時鹽賦病民,君爲食不下咽,屢白其事江浙行中書。弗聽,君乃頓首涕泣于庭。復不聽,至欲投印去,訖獲減引額三十。俄相繼丁外内艱,結廬於桐原墓。族屬有酹墓者,植竹笯於前,笯發孿芽,枝葉鬱如也。自是不調銓曹者十年。會有詔修遼、金、宋三史,君作正統辯千言。大司徒歐陽文公玄讀之,歎曰:"百年後,公論定於此矣!"將薦之,又有沮之者。尋用常額提舉杭之四務。四務爲江南劇曹,素號難治。君日夜爬梳不暇,騎驢謁大府,塵土滿衣襟,間有識者多憐之,而君自如也。轉建德路總管府推官,陞承務郎。君悉心獄情,必使兩造具備,鈎摘隱伏,務使無冤民。居無何,陞奉訓大夫、江西等處儒學提舉。未上,會四海兵亂,君遂浪迹浙西山水間。

及入國朝,天下大定,詔遣逸之士修纂禮樂書,頒示郡國。君被命至京師,僅百日而肺疾作,乃還雲間九山行窩。疾且革,移拄頽樓中,呼左右謂曰:"吾欲觀化一巡,如何?"乃自起捉筆,撰歸全堂記,頃刻而就。擲筆曰:"九華伯潘君招我,我當往,車馬俟吾且久。"遂泊然而逝。似聞數十人從函道登樓,其步履之聲相接。時大明洪武庚戌夏五月癸丑也,年七十五。及門之士上書於郡守林君公慶,以封塋爲屬。林君欣然從之,擇地華亭縣修竹鄉干山之原,以六月癸亥舉柩藏焉。

君初聘錢氏,忽遭惡疾,錢父母請罷昏,君卒娶之,疾尋愈。繼鄭氏、陳氏。子男一人,杭,鄭出也。孫男一某。女一,未行。所著書有四書一貫録、五經鈐鍵、春秋透天關、禮經約、君子議、歷代史鉞、補正三史綱目、富春人物志、麗則遺音、古樂府、上皇帝書、勸忠辭，及平鳴、瓊臺、洞庭、雲間、沂上諸集，通數百卷，藏于家。

初，君爲童子時，屬文輒有精魄，諸老生咸謂咄咄逼人。暨出仕，與時齟齬，君遂大肆其力於文辭，非先秦、兩漢弗之學，久與俱化，見諸論撰，如睹商彝周彝，雲雷成文而寒芒橫逸，奪人目睛。其於詩尤號名家，震蕩凌厲，駸駸將逼盛唐，驟閱之，神出鬼沒，不可察其端倪，其亦文中之雄乎！名執政與司憲紀者，豔君之文，無不投贄願交，而薦紳大夫與岩穴之士踵門求文者，座無虛席，以致崖鎸野刻布列東南間。

然其豐神夷沖，無一物縈懷，遇天爽氣清時，躡屐登名山，肆情遐眺，感古懷今，直欲起豪傑與游而不可得。或戴華陽巾，被羽衣，泛畫舫於龍潭鳳洲中，橫鐵笛吹之，笛聲穿雲而上，望之者疑其爲謫仙人。晚年益曠達，築玄圃、蓬臺於松江之上，無日無賓，無賓不沉醉。當酒酣耳熱，呼侍兒出，歌白雪之辭，君自倚鳳琶和之，座客或蹁躚起舞，顧盼生姿，儼然有晉人高風。或頗加誚讓，亟罵曰：“昔張籍見韓退之，退之命二姬合彈箏琶以爲樂，爾謂退之非端人耶？”蓋君數奇諧寡，故特託此以依隱玩世耳，豈其本情哉！

性疏豁，與人交無疑二。賤而賢，禮之如師傅；貴而不肖，雖王公亦蔑視之。平生不藏人善，新進小子，或一文之美，一詩之工，必爲批點，黏于屋壁，指以歷示客。尤不録人以小過，黠奴負君金，度無以償，逼君書收券，君笑與之。家藏古名畫爲西鄰所竊，其傔人追執之，君曰：“吾業與之矣。”無賴之徒僞爲君文，以冒受金繒，或疑以爲問，將發其姦，君曰：“此誠予所作也。”不論遠近，皆知君爲寬厚長者云。

激者之論，恒謂名者天所最忌，矧以能文名，則又忌之尤者也，所以文人多畸孤坎壈以終其身，視富與貴，猶風馬牛不相及也。嗚呼，豈其然哉！彼貨殖者，不越朝歌暮弦之樂爾；顯融者，不過紆朱拖紫之華爾。未百年間，聲銷景沉，不翅飛鳥遺音之過耳，叩其名若字，鄉里小兒已不能知之矣。至若文人者，挫之而氣彌雄，激之而業愈精，其巋立若嵩、華，其昭回如雲漢，衣被四海而無慊，流布百世而可徵，是殆天之所相以彌綸文運，豈曰“忌”之云乎？嗚呼，君真是矣。

然君不可謂不幸也。使君志遂情安，稍起就勳績，未必專攻於文,縱攻矣,未必磨礪之能精。籍曰既精矣,亦未必歲積月累,發越如斯之夥也。斯文如元氣,司化權者每左右憑翼,俾其延綿而弗絕,則其燾育以成君者,豈不甚侈也邪! 一世之短,百世之長,如君亦足以不朽矣。或者乃指此爲君病,豈知天哉!

　　濂投分於君者頗久,相與論文,屢極玄奧。聞君之死,反袂拭涕久之。念君之不可再得,不敢有孤所屬,故爲具記其事,而又爲些辭一章,以代勒銘,庶幾招君歸來矣乎。其辭曰:

　　魄淵流金,降空青些。結英揚靈,潰于成些。獨騎麒麟,傷遺經些。袞鉞是非,嚴天刑些。埶軋以摧,勢相傾些。潏發厥辭,益崇竑些。芳潤内洽,光精外刑些。離方遰圓,班部自寧些。流霆下春,百里震驚些。鸞騫鳥瀾,天機呈些。鐵甲琱戈,百萬宵征些。茗翹穎豎,媚韶榮些。籠絡萬象,橐籥三靈些。彈壓物怪,晝夜哀鳴些。九華丈人,召還紫清些。白鹿夾轂,五霞輧些。迴風翛翛,雲繩繩些。天人殊軌,誰強攖些。絳府雖樂,毋淪洞冥些。盍乎歸來,返故庭些。

　　(録自四部叢刊影印明正德刊本宋學士文集卷十六。)

鐵崖先生傳　(明)貝瓊

　　鐵崖先生者,名維楨,字廉夫,姓楊氏,世爲紹興山陰縣人。母李氏,夢金鈎自月墮於懷,既寤,生先生。少穎悟,好學,日記書數千言。父宏,爲築萬卷樓鐵崖山中,使讀書樓上。懼性弗顓易怠,去梯,轆轤傳食。積五年,貫穿經史百氏,雖老師弗及,因號鐵崖。登元泰定丁卯進士第,授承事郎、天台縣尹。未幾,丁父憂。服闋,改紹興錢清場鹽司令。坐損鹽久不調,遂放浪錢唐,與道士張雨游西湖、南山,窮日夜爲樂。

　　至正初。詔徵天下儒臣修遼、金、宋三史,先生不得預。史成,正統訖無定論,乃著正統辯,其詞曰:

　　　正統之説,何自而起乎? 起於夏后傳國,湯、武革世,皆出於天命人心之公也。統出於天命人心之公,則三代而下,曆數之相仍者,可以妄歸於人乎? 故正統之義,立於聖人之經,以扶萬世之綱常。聖人之經,春秋是也。春秋,萬代史宗也,首書"王正"於魯史之元年者,大一統也。五伯之權,非不强於王也,而春秋必黜之,不使奸此統也。吳、楚之號,非不竊於王也,而春秋必外之,不使僭此統也。然則統之所在,不得以割據之地、僭僞之名而論之也尚矣。先正論統於漢之後者,不以劉蜀之祚促與其地之偏,而奪其統之正者,春秋之義也。彼志三國,降昭烈以儕吳、魏,使漢嗣之正,下與漢賊并稱,此春秋之罪人矣。復有作元經,自謂法春秋者,而又帝北魏,黜江左,其失與志三國者等爾。以致尊昭烈、續江左,兩魏之名不正而言不順者,大正於宋朱氏之綱目焉。

或問朱氏述綱目主意,曰:"在正統。"故綱目之挈統者在蜀、晉,而抑統者則秦昭襄、唐武氏也。至不得已,以始皇之廿六年而始繼周;漢始於高帝之五年,而不始於降秦;晉始於平吳,而不始於泰始;(按:泰始之"始",原本誤作"和",徑爲改正。)唐始於群盜既夷之後,而不始於武德之元,又所以法於春秋之大一統。然則今日之修遼、金、宋三史者,宜莫嚴於正統與夫一統之辯矣。

自我世祖皇帝立國史院,嘗命承旨百一王公修遼、金二史矣。宋亡,又命詞臣通修三史矣。延祐、天曆之間,屢勤詔旨,而三史卒無成書者,豈不以三史正統之議未決乎? 夫其議未決者,又豈不以宋渡于南之後,拘於遼、金之抗於北乎?

吾嘗究契丹之有國矣,自"灰牛氏"之部落始廣。其初枯骨化形,戴豬服豕,荒唐怪誕,中國之人所不道也。八部之雄,至阿保機披其黨而自尊,迨耶律光而其勢浸盛。契丹之號,立於梁貞明之初;大遼之號,改於漢天福之日。自阿保機訖于天祚,凡九主,歷二百一十有五年。夫遼固唐之邊夷也,乘唐之衰,草竊而起。石晉氏通之,且割幽、燕以與之,遂得窺覦中夏,而石晉氏不得不亡矣。而議者以遼承晉統,吾不知其何統也!

金之有國,始於完顔氏,實又臣屬於契丹者也。至阿骨打苟逃性命於道宗之世,遂敢萌人臣之將而篡有其國,僭稱國號於宋重和之元,相傳九主,凡歷一百一十有七年。而議者又以金之平遼克宋,帝有中原,而謂接遼、宋之統,吾又不知其何統也! 議者又謂完顔氏世爲君長,保有肅慎。至太祖時,南北爲敵國,素非君臣;遼祖神册之際,宋祖未生,遼祖比宋前興五十餘年。而宋嘗遣使卑詞以告和,結爲兄弟,晚年遼爲翁,而宋爲孫矣。此其説之曲而陋者也。漢之匈奴,唐之突厥,不皆興於漢、唐之前乎? 而漢、唐又與之通和矣;吳、魏之於蜀也,亦一時角立而不相統攝者也。而秉史筆者,必以匈奴、突厥爲紀傳,而以漢、唐爲正統;必以吳、魏爲分繋,而以蜀爲正綱,何也? 天理人心之公,閲萬世而不可泯者也。

議者之論五代,又以朱梁氏爲簒逆,不當合爲五代史。其説似矣,吾又不知朱晃之簒,克用氏父子以爲仇矣。契丹氏背唐兄弟之約,而稱臣於梁,非逆黨乎? 春秋誅逆,重誅其黨,契丹氏之誅,當何如哉! 且石敬瑭事唐,不受其命而簒其國,亦非正矣。契丹氏虜出帝,改晉爲遼。漢興而人心應漢,謂之承晉,又可乎? 縱承晉也,謂之統可乎? 又謂東漢四主,遠兼郭周,宋至興國四年始受其降,遂以周爲閏,以宋統不爲受周禪之正也。吁,苟以五代之統論之,則南唐李昇嘗立大唐宗廟,而自稱爲憲宗五代之孫矣。宋於開寶八年滅南唐,則宋統繼唐,不優於繼漢繼周乎? 但五代皆閏也,吾無取其統。

吁,天之曆數自有歸,代之正閏不可紊。千載曆數之統,不必以承先朝、續亡主爲正,則宋興不必以膺周之禪、接漢接唐之閏爲統也。宋不必膺周接唐以爲統,則遂謂歐陽子不定五代爲南史、爲宋膺周禪之張本者,皆非也。當唐明宗之祝天,自以夷虜不任社稷生靈之主,願天早生聖人,自是天人交感而宋太祖生矣。天厭禍亂之極,使之君王中國,非欺孤弱寡之所致也。朱氏綱目於五代之年,皆細注於歲之下,其遺意固有待於宋矣。有待於宋,則直以宋接唐統之正矣,而又何計其受周禪與否乎? 中遭陽九之厄,而天猶不泯其社稷,瓜瓞之系在江之南,子孫享國又凡百有五十有五年。金泰和之議,以靖康爲“游魂餘魄”,比之“昭烈在蜀”。則泰和之議,固知宋有遺統在江之左矣,而金欲承其未絶爲得統,可乎? 好黨君子遂斥紹興爲僞宋,吁,吾不忍道矣! 張邦昌迎康邸之書曰:“由康邸之舊藩,嗣宋朝之大統。漢家之厄十世而光武中興,獻公之子九人而重耳尚在。兹惟天意,夫豈人謀?”是書也,邦昌肯以靖康之後爲游魂餘魄而代有其國乎? 邦昌不得革宋,則金不得以承宋。是則後宋之與前宋,即東漢、前漢之比爾,又非劉蜀、牛晉族屬疎遠、牛馬疑迷者之可以同日語也。論正閏者,猶以正統在蜀,正朔相承在江東,刜嗣祚親切,比諸光武、重耳者乎? 而又可以僞斥之乎? 此宜不得以渡南爲南史也明矣。

再考宋祖生於丁亥,而建國於庚申;我太祖之降年與建國之年亦同。宋以甲戌渡江,而平江南於乙亥、丙子之年;而我王師渡江、平江南之年亦同。是天數之有符者不偶然,天意之有屬者不苟然矣。故我世祖平宋之時,有“過唐不及漢”、“宋統當絶,我統當續”之喻。是世祖以曆數之正統歸之於宋,而以今日接宋統之正者自屬也。當時一二大臣又有奏言,曰:“其國可滅,其史不可滅也。”是又以編年之統在宋矣。

論而至此，則中華之統正而大者，皆不在遼、金，而在於天付生靈之主也昭昭矣。然則論我元之大一統者，當在平宋，而不在平遼與金之日，又可推矣。夫何今之君子昧於春秋大一統之旨，而急於我元開國之年，遂欲接遼以爲統，至於咈天數之符，悖世祖君臣之喻，逆萬世是非之公論而不恤！吁，不以天數之正、華統之大，屬之我元，承乎有宋，如宋之承唐、唐之承隋、承晉、承漢也，而妄分閏代之承，欲以荒夷非統之統屬之我元，吾又不知今之君子待今日爲何時，待今聖人爲何君也哉！

烏乎，春秋大一統之義，吾已悉之，請復以成周之大統明之於今日也。文王在諸侯凡五十年，至三分天下有其二，遂誕受天命，以撫方夏。然猶九年而大統未集，必至武王十有三年，伐紂有天下，商命始革，而大統始集焉。蓋革命之事，間不容髮，一日之命未絕，則一日之統未集；當日之命絕，則當日之統集也。宋命一日而未革，則我元之大統亦一日而未集也。成周不急於文王五十年，武王十三年而集天下之大統，則我元又豈急於太祖開國五十年，及世祖十有七年而集天下之大統哉！

抑又論之：道統者，治統之所在也。堯以是傳之舜，舜以是傳之禹、湯，禹、湯以是傳之文、武、周公、孔子。孔子没，幾不得其傳百有餘年，而孟子傳焉。孟子没，又幾不得其傳千有餘年，而濂、洛周、程諸子傳焉。及乎中立楊氏，而吾道南矣，既而宋亦南渡矣。楊氏之傳，爲豫章羅氏，延平李氏，及於新安朱子。朱子没，而其傳及我朝許文正公。此歷代道統之源委也。然則道統不在遼、金而在宋，在宋而後及於我朝，君子可以觀治統之所在矣。

嗚呼，世隔而後其議公，事久而後其論定。故前代之史，必修於異代之君子，以其議公而論定也。晉史修於唐，唐史修於宋，則宋史之修，宜在今日而無讓矣。而今日之君子，又不以議公論定者自任，而又諉曰：“付公論於後之儒者。”吾又不知後之儒者，又何儒也？此則余爲今日君子之痛惜也。今日堂堂大國，林林鉅儒，議事爲律，吐詞爲經，而正統大筆不自豎立，又闕之以遺將來，不以貽千載綱目君子之笑爲厚恥？吾又不知負儒名於我元者，何施眉目以誦孔子之遺經乎！

洪惟聖天子當朝廷清明、四方無虞之日，與賢宰臣親覽經史，有志於聖人春秋之經制，故斷然定脩三史，以繼祖宗未遂之志，甚盛典也。故知其事大任重，以在館之諸賢爲未足，而又遣使草野，以聘天下之良史才。負其任以往者，有其人矣，問之以春秋之大法、綱目之主意，則概乎其無言也。嗚呼！司馬遷易編年爲紀傳，破春秋之大法，唐儒蕭茂挺能議之。孰謂林林鉅儒之中,而無一蕭茂挺其人乎?此草野有識之士之所甚惜,而不能倡其言於上也。故私著其説,爲宋遼金正統辯,以俟千載綱目君子云。若其推子午卯酉及五運之王,以分正統之説者,此日家小技之論,王勃兒輩之佞其君者爾,君子不取也,吾無以爲論。

辯出,見者韙之,謂其正大光明,雖百世之下,無以易之者。欲獻不果,去游吳興,遂至姑蘇。而華亭大姓呂翁延于家,誨子弟。八年,始除杭州四務提舉。同年楊子宣爲江浙省參知政事,惜其才,欲薦于朝,疏未上,卒。十二年,汝、潁兵起,南北騷然。先生既受代,即辟地富春山。後依元帥劉九九於建德,九九敗後,挈家歸錢唐。艱難困踣,嘯歌自若。

十八年,太尉張士誠知其名,欲見之,不往。繼遣其弟來求言,因獻五論及復書,斥其所用之人。其略曰:

閣下乘亂起兵,首倡大順,以獎王室。淮、吳之人,萬口一詞,以閣下之所爲,有今日不可及者四:兵不嗜殺,一也;聞善言則拜,二也;儉於自奉,三也;厚給吏禄而奸貪必誅,四也。此東南豪傑望閣下之可與有爲也。閣下孜孜求治,上下決不使相徇也,直言決不使遺棄也,毀譽決不使亂真也。

惟賢人失職、四民失業者,尚不少也。吾惟閣下有可畏者,又不止是:動民力以搖邦本,用吏術以括田租,銓放私人不承制出,納國廩不上輸,受降人不疑,任忠臣而復貳也。六者之中,有其一二可以喪邦,閣下不可以不省也。況爲閣下之將帥者,有生之心、無死之志矣。爲閣下之守令者,有奉上之道,無恤下之政矣。爲閣下之親族姻黨者,無禄養之法,有奸位之權矣。某人有假佞以爲忠者,某人有託詐以爲直者,某人有飾貪虐以爲廉良者。閣下信佞爲忠,則臣有靳尚者用矣;信詐爲直,則臣有趙高者用矣;信貪虐爲廉良,則蹠、蹻者進,隨、夷者退矣。又有某繡使而拜虜乞生,某郡太守望敵而先遁,閣下禮之爲好人,養之爲大老,則死節之人少,賣國之人衆矣。是非一謬,黑白俱紊,天下何自而治乎!

及觀閣下左右參議贊密者,未見其砭切政病、規進閣下於遠大之域者。使閣下有可爲之時,有可乘之勢,而迄無有成之效,其故何也?爲閣下計者少,而爲身謀者多,則誤閣下者多矣。身犯六畏,釁闕多端,不有内變,必有外禍,不待智者而後知也。閣下狃於小安,而無長慮,此東南豪傑又何望乎!僕既老且病,爵禄不干於閣下,惟以東南切望於閣下,幸采而行之,毋蹈群小誤人之域,則小伯可以爲錢鏐,大伯可以爲晉重耳、齊小白也。否則,麋鹿復上姑蘇臺,始憶東維子之言,於乎晚矣!

東維子,蓋晚年所號也。衆惡其直,且目爲狂生。時四境日蹙,朝廷方倚丞相(丞相之"丞",原本作"承",逕改。)達識帖木兒爲保障,而納賄不已,復上書諷之,由是不合。久之,徙松江。受業者益衆,雖武夫悍卒,識與不識,皆知得其文爲重。大明革命,召諸儒考禮樂。洪武三年正月,至京師,年已七十有六。有疾,得請歸。夏六月卒,太守林孟善爲買地葬之。

先生爲人,不尚峻絶之行,接引人物,稱之恒過其實,士以此咸附之。而於負者,亦未嘗校曲直,他日遇之如初。有貴游子,既破産,流落淞上,數踵其門,竟持所購兒雲林畫去。左右欲辱之,曰:"吾哀其困,使往見一達官,以書畫爲介耳,非盜也。"務掩人過如此。性不好飲,特溺於音樂,出必從以歌童舞女,爲禮法士所疾。一日游盤龍塘,夜抵普門寺宿。盜伺其亡,盡竊所蓄物。犁明,家人往白之。賦詩不輟,直語客曰:"老鐵在是,區區長物,又奚恤?"衆服其器。

家隱三吳,屢遷其居。有曰草玄閣,曰藉景軒,曰拄頰樓。其曰小蓬臺者,以紹興之山名蓬萊,示不忘鄉里云。後止臺上,不復下。且榜於門曰:"客至不下樓,恕老懶;見客不答禮,恕老病;客問事不對,恕老默;發言無所避,恕老迂;飲酒不輟樂,恕老狂。"

所著春秋大意、左氏君子議、史鉞、麗則遺音,及志序碑銘贊頌、古樂府、近體五七言詩、鐃歌鼓吹曲凡若干卷,行于世。論曰:

元繼宋季之後,政厖文抏。鐵崖務鑱一代之陋,上追秦、漢。雖詞涉夸大,自姚、虞而下,雄健而不窘者,一人而已。湖南李祈評其所作,曰:玉光劍氣,自不可掩。身屢詘而名益昌,良有以夫。仕止典市官,卒不得大用。噫,君子之所貴,又豈位也哉!

(録自四部叢刊影印明初刊本貝清江先生文集卷二。)

鐵崖先生楊維楨　(清)錢謙益

維楨,字廉夫,會稽人。泰定丁卯用春秋擢進士第,署天台尹,改錢清場鹽司令。狷直忤物,十年不調。久之,陞江西等處儒學提舉。

未上,會兵亂,避地富春山,徙錢塘。張士誠累招之,不往。又忤達識丞相,自蘇徙松。築玄圃、蓬臺於松江之上,海內薦紳大夫與東南才俊之士,造門納屨,殆無虛日。酒酣以往,筆墨橫飛,鉛粉狼籍。或戴華陽巾,披鶴氅,坐船屋上吹鐵笛,作梅花弄。或呼侍兒歌白雪之辭,自倚鳳琶和之,賓客皆翩躚起舞,以爲神仙中人也。

洪武二年,召諸儒纂脩禮樂書。上以前朝老文學,思一見之,遣翰林詹同文奉幣詣門。謝使者曰:“豈有八十歲老婦,就木不遠,而再理嫁者耶?”明年,又遣松江別駕追趣,賦老客婦詞一首進御,曰:“皇帝竭吾之能、不強吾所不能則可,否則有蹈海死耳。”上允之,賜安車詣闕廷。留百有二十日,禮文畢,史統定,即以白衣乞骸骨。上成其志,仍給安車還山,史館胄監之士祖帳西門外。抵家而卒。疾亟,撰歸全堂記,頃刻而就,曰:“九華伯潘君迎我。”擲筆而逝,庚戌之五月也,年七十五。所著書凡數百卷,具在宋太史墓志中。

張伯雨序其樂府曰:“三百篇而下,不失比興之旨,惟古樂府爲近。今代善用吳才老韻書,以古語駕御之,李季和、楊廉夫遂稱作者。廉夫又縱橫其間,上法漢、魏,而出入於少陵、二李之間。所作古樂府辭,隱然有曠世金石聲。又時出龍鬼蛇神,以眩蕩一世之耳目,斯亦奇矣。”

余觀廉夫,問學淵博,才力橫軼,掉鞅詞壇,牢籠當代。古樂府其所自負,以爲前無古人。徵諸勾曲,良非誇大。以其詩體言之,老蒼崱屴,取道少陵,未見脫換之工;窈眇娟麗,希風長吉,未免刻畫之誚。承學之徒,流傳沿襲,槎牙鈎棘,號爲鐵體,靡靡成風,久而未艾。學詩者稽其所敝而善爲持擇焉,斯可矣。

(錄自續修四庫全書影印清順治九年汲古閣刊列朝詩集甲集前編第七上。)

楊維楨傳 (清)朱彝尊

楊維楨字廉夫,會稽人。家鐵厓山下。父宏,築層樓,俾讀書其上,里人謂曰“書樓楊”。泰定四年,以春秋登進士第,除天台縣尹。元進士授縣尹,蓋自維楨始。改錢清場鹽司令。久不調,偕道士張雨縱游西湖。

至正初，修遼、金、宋三史。史成，正統迄無定論，維楨著三史統論，謂元之大一統，在平宋，不在平遼與金；統宜接宋，不當接遼。歐陽玄見之，曰："百年公論定於此矣！"遷江西儒學提舉，道梗不行。避地富春山，徙錢塘。

張士誠聞其名，招之，不往。報以書曰："閣下乘亂起兵，奬王室。淮吳之人萬口一辭，以閣下所爲，有不可及者四：兵不嗜殺，一也；聞善言則拜，二也；儉於自奉，三也；厚給吏禄，奸貪必誅，四也。此東南豪傑望閣下之足與有爲也。雖然，爲閣下將帥者，有生之心，無死之志矣。爲閣下守令者，有奉上之道，無恤下之政矣。爲閣下宗族姻黨者，無制禄之法，有奸位之權矣。假佞以爲忠，托詐以爲直，飾貪虐以爲廉。最可畏者，動民力以搖邦本，用吏術以括田租，銓放私人不承制，出納國廩不上輸，受降人不疑，任忠臣而復貳。六者有一，足以喪邦，閣下不可不省也。夫當可爲之時，有可乘之勢，迄無成效，其故何與？爲閣下計者少，而自謀者多也。維楨老且病，爵禄不以干閣下，幸采其言，小可以爲錢鏐，大可以爲晉重耳、齊小白。否則，身犯六畏，不有内變，必有外禍，始憶維楨言，嗚呼晚矣！"士誠得書，不能用，亦不罪也。繼忤丞相達識帖木爾，乃徙松江，周游山水。

獲斷劍，煉爲笛，冠鐵葉冠，衣兔褐，吹之作迴波引，遂號鐵笛老人，或自呼老鐵，亦曰抱遺老人，又曰東維子。

其爲詩，矞兀自喜，不蹈襲前人。性不嗜飲，頗溺於音樂，行輒以歌伎隨。好汲引人物，嘗曰："吾門能詩者，南北逾百人，求若山陰張憲、吳下袁華輩，不能十人。"又曰："吾求詩于東南，永嘉李孝光，錢唐張雨，天台丁復、項炯，毗陵吳恭、倪瓚，可謂有本者矣。近復得永嘉張天英、鄭東，姑蘇陳謙、郭翼，而吳興得郯韶也。"

洪武二年，編纂禮樂書，別徵儒士修元史。帝遣翰林院侍讀學士詹同奉幣詣其門召之，辭不赴。明年，有詔敦促，賜安車，詣闕廷。留四月，禮書條目畢，史統亦定，遂以白衣乞骸骨。帝許之，仍給安車還，抵家而卒。

維楨徙松江，與錢唐錢惟善、里人陸居仁相倡和。惟善字思復。至正元年，省試羅剎江賦，時鎖院三千人，獨惟善據枚乘七發，辨錢唐江爲曲江,由是得名,號曲江居士。官副提舉。張士誠據吳,遂不仕。居仁字宅之,中泰定三年鄉試,隱居教授,自號雲松野褐。兩人既歿,知府事林公慶昇其棺,與維楨同葬于山之東麓,人目爲“三高士墓”。

（録自四部叢刊影印上海涵芬樓藏原刊本曝書亭集卷六十四傳三。）

鐵崖先生楊維楨　(清)顧嗣立

維楨字廉夫,會稽人。登泰定丁卯進士。署天台尹,改錢清場鹽司令,遷江西等處儒學提舉。會兵亂,避地富春山。徙錢塘,張士誠招之,不往。又忤達識丞相,自蘇徙松。明洪武二年,召修禮樂書,維楨謝曰:“豈有八十歲老婦,就木不遠,而再理嫁者邪!”賦老客婦詞以進。賜安車詣闕,留百二十日,以白衣乞骸骨,放還。卒年七十有五。

廉夫嘗居吳山鐵冶嶺,故號鐵崖。過太湖,得莫邪鐵篴,又稱鐵篴道人。築室松江上,有小蓬壺、草玄閣諸勝。海內薦紳大夫與東南才俊之士,造門納屨,殆無虛日。玉山草堂之會,推主敦盤。筆墨橫飛,鉛粉狼籍。或戴華陽巾,披鶴氅,踞船屋上吹鐵篴作梅花弄,坐客皆蹁躚起舞,以爲神仙中人也。所著書數百卷,其古樂府尤盛行。張伯雨曰:“三百篇而下,不失比興之旨,惟古樂府爲近。今代李季和、楊廉夫遂稱作者。廉夫上法漢、魏,而出入少陵、二李之間,故其所作,隱然有曠世金石聲。又時出龍鬼蛇神,以眩蕩一世之耳目,斯亦奇矣!”

元詩之興,始自遺山。中統、至元而後,時際承平,盡洗宋、金餘習,則松雪爲之倡。延祐、天曆間,文章鼎盛,希蹤大家,則虞、楊、范、揭爲之最。至正改元,人材輩出,標新領異,則廉夫爲之雄,而元詩之變極矣。明初,袁海叟、楊眉庵輩皆出自鐵門。錢牧齋謂“鐵體靡靡,久而未艾”,斯言未足以服鐵崖也。

（録自康熙三十三年甲戌秀野草堂刊顧嗣立輯元詩選辛集。）

楊維楨傳

楊維楨,字廉夫,山陰人。母李,夢月中金錢墜懷而生維楨。少時,日記書數千言。父宏,築樓鐵崖山中,繞樓植梅百株,聚書數萬卷,去其梯,俾誦讀樓上者五年,因自號鐵崖。元泰定四年成進士,署天台尹,改錢清場鹽司令。狷直忤物,十年不調。會修遼、金、宋三史成,維楨著正統辯千餘言,總裁官歐陽元功讀且嘆曰:"百年後,公論定於此矣。"將薦之而不果。轉建德路總管府推官,擢江西儒學提舉,未上,會兵亂,避地富春山,徙錢塘。張士誠累招之,不赴,遣其弟士信咨訪之,因撰五論,具書復士誠,反覆告以順逆成敗之説,士誠不能用也。又忤達識丞相,徙居松江之上,海内薦紳大夫與東南才俊之士,造門納履無虛日。酒酣以往,筆墨橫飛。或戴華陽巾,披羽衣,坐船屋上吹鐵笛作梅花弄。或呼侍兒歌白雪之辭,自倚鳳琶和之。賓客皆蹁躚起舞,以爲神仙中人。

洪武二年,太祖召諸儒纂禮樂書,以維楨前朝老文學,遣翰林詹同奉幣詣門。維楨謝曰:"豈有老婦將就木,而再理嫁者邪?"明年,復遣有司敦促,賦老客婦謡一章進御,曰:"皇帝竭吾之能,不強吾所不能則可,否則有蹈海死耳!"帝許之,賜安車詣闕廷,留百有一十日,所纂叙例略定,即乞骸骨。帝成其志,仍給安車還山。史館胄監之士祖帳西門外,宋濂贈之詩,曰:"不受君王五色詔,白衣宣至白衣還。"蓋高之也。抵家卒,年七十五。

維楨詩名擅一時,號鐵崖體,與永嘉李孝光、茅山張羽("羽"當作"雨")、錫山倪瓚、崑山顧瑛爲詩文友,碧桃叟釋臻、知歸叟釋現、清容叟釋信爲方外友。張雨稱其古樂府出入少陵、二李間,有曠世金石聲。宋濂稱其論撰,如覩商敦周彝,雲雷成文,而寒芒橫逸。詩震蕩陵厲,鬼設神施,尤號名家云。

維楨徙松江時,與華亭陸居仁及僑居錢惟善相倡和。惟善,字思復,錢塘人。至正元年,省試羅刹江賦,時鎖院三千人,獨惟善据枚乘七發辨錢塘江爲曲江,由是得名,號曲江居士。官副提舉。張士誠據吳,遂不仕。居仁,字宅之,中泰定三年鄉試。隱居教授,自號雲松野衲。兩人既歿,與維楨同葬干山,人目爲三高士墓。

（録自明史文苑傳。）

楊維禎傳

楊維禎字廉夫,會稽人。泰定間李黼榜進士。淹灌經傳,雄於詩文。由天台尹改錢青鹽場司令,提舉杭之四務,轉建德路總管府推官,陞江西等處儒學提舉。未上,會兵亂,攜家寓華亭。筑室百花潭上,號小蓬臺。洪武庚戌卒,年七十五。松守林公慶葬之天馬山。

(録自正德松江府志卷三十一人物九游寓。)

書鐵崖楊先生墓志銘後　(明)魏驥

右會稽鐵崖先生墓志銘一通,蓋太史金華宋公所撰。去今六十又五年,其族孫宗義徵驥一言附其後。

驥憶自弱冠時,聞先輩云:先生當元時,年未三十而文名已馳南北,虞文靖公稱曰"李白天才"。會時修遼、金、宋三史,朝廷議論未決,先生有三史正統辯,歐陽文公見之,嘆曰:"百年後公論當定於此矣!"今宋太史謂其"文中之雄",夫豈不信!惟先生不尚峻絶之行,且於時事直言無諱,故人多忌之,或目之爲狂,用是卒不得大用。然君子之所貴者,豈係於用不用哉!屬元季世,與曲江錢先生於松江,蓋寓公也。後二先生相繼而没,知府林孟善爲卜其地,合葬於華亭縣干山之陽。

予宦游松江時,以先君子上高令嘗游二先生之門,特拜謁其墓,欲摩挲先生是石,已不可得。及物色志中所載其子航(當作"杭")、孫泰來,問諸故老,皆莫知所之,令人不勝悽然於夕陽衰草間者久之。今何幸見有宗義而以是表襮哉!是則先生亦可謂之不死矣。

宗義讀書飭行,其來殆未艾。尚幸爲先生推其昭穆,宜嗣者擇而嗣之,則又盛德事也,故并及之。

(録自弘治十一年刊南齋先生魏文靖公摘稿卷二。)

附録四　鐵崖詩文集序跋選録

附録四　鐵崖詩文集序跋選録

麗則遺音跋　(元)陳存禮

　　存禮從先生受春秋經學,暇則又將執筆請學賦,先生不之許。謂賦與義學實爲兩途,俟義畢然後顓工於賦也。義未脱陳言訓詁,賦則屈、宋、賈、馬之文章。後生無屈、宋之資,賈、馬之學,而欲援筆爲賦,不爲叶韻口義,則爲傳奇俳語而已耳。且歷評八科以來諸賦無慮千餘篇,而的可傳後者,太極、天馬、瀛洲、金馬門數篇而已,賦之難不大甚乎!
　　存禮生江浙,承先生教學賦,期與古準。竊窺江廣賦手,繼瀛洲、金馬者尚爲有人,而江浙之賦,求繼太極者,則自龍虎榜至於浙江,蓋一解劣一解,文氣口卑,則亦未有振而作之者之過耳。
　　先生酒甘時,嘗自歌三良、八陣、延陵、望諸、露榦、鐵箭等作。且訓諸生,爲賦不難於填布事實,而難於豁達氣韻也。故先生之賦多英氣,實得於天資而充之以問學,蔚爲詞宗,誠非一時儕輩之所可及也。其太常、無逸圖二賦,程文已見。兹得先生私擬,又凡三十有二篇,不敢私有,遂命之梓,以廣其傳,庶斯文未睹之秘,得以一日睹也,豈非後學之快哉! 至正元年春正月望日,門生錢塘陳存禮謹跋。
　　(録自中華再造善本影印元刊遞修本麗則遺音古賦程式卷末。)

麗則遺音跋　(元)胡助

　　麗則之名,其殆傷今之賦之不古乎? 觀其三良以下,追逐屈、宋,殆如鐵崖之嶄絶峭刻,人固未易於攀緣也。然而叶律鏗("鏗",原本闕,據汲古閣刊本補。)鏘,立格古雅,而陳意正大,誠有可則("有可則",原本闕,據汲古閣刊本補。)者。場屋之士,果能彷彿其步趨,吾知斯文之復古矣。("其步趨吾知斯文之復古矣",原本漫漶,據汲古閣刊本補。)至正癸未正月二日,金華胡助跋于吴山鐵嶺。(末句原本闕,據汲古閣刊本補。)

（録自中華再造善本影印元刊遞修本麗則遺音古賦程式卷首，校以汲古閣刊本。）

麗則遺音識語 （明）毛晉

始余讀東維子集，正訝不載一賦。復簡鐵厓文集，僅有土圭、蓮花漏、記里鼓車三作，亦未見其豁達氣韵。既得元乙亥科湖廣鄉試荆山璞賦一册，末載廉夫擬賦三十有二篇，標其首曰麗則遺音古賦程式，其同年進士黄子肅評焉。真能祖騷而宗漢，奚止除完顏之粗傽、洗宋末萎弱之氣而已耶。揚雄云：詞人之賦麗以則。真無媿矣。猶恨太常、無逸圖二程文未得見耳。海虞毛晉識。

（録自汲古閣刊麗則遺音四卷卷末附録。）

輯録鐵崖先生古樂府序 （元）吴復

君子論詩，先情性而後體格。老杜以五言爲律體，七言爲古風，而論者謂有三百篇之餘旨，蓋以情性而得之也。劉禹錫賦三閣，石介作宋頌，後之君子，又以黍離配三閣，清廟、猗那配宋頌，亦以其所合者情性耳。然則求詩於删後者，既得其情性，而離去齊、梁、晚唐、季宋（“晚唐、季宋”，原本誤作“晚梁、李宋”，據文意徑改。）之格者，君子謂之得詩人之古可也。

會稽鐵崖先生爲古雜詩凡五百餘首，自謂樂府遺聲。夫樂府出風、雅之變，而閔時病俗，陳善閉邪，將與風、雅并行而不悖，則先生詩旨也。是編一出，使作者之集遏而不行，始知三百篇之有餘音，而吾元之有詩也。

復學詩于先生者有年矣。嘗承教曰：“認詩如認人。人之認聲認貌易也，認性難也，認神又難也。習詩於古，而未認其性與神，罔爲詩也。”吁，知認詩之难如此，則可以知先生之詩矣。

先生在會稽時，日課詩一首，出入史傳，積至千餘篇。晚年取而讀之，忽自笑曰：“此豈有詩哉！”亟呼童焚之，不遺一篇。今所存者，皆先生在錢塘、太湖、洞庭間之所得者云。至正六年丙戌春三月初吉,門生富春吳復謹拜手書。

　　復字子中,後改字見心。見廉夫所作墓銘。

　　(録自四部叢刊影印明成化刊十六卷本鐵崖先生古樂府卷首。)

鐵崖先生古樂府叙 (元)張雨

　　三百篇而下,不失比興之旨,惟古樂府爲近。今代善用吳才老韻書,以古語駕御之,李季和、楊廉夫遂稱作者。廉夫又縱橫其間,上法漢、魏,而出入於少陵、二李之間。故其所作古樂府辭,隱然有曠世金石聲,人之望而畏者。又時出龍鬼蛇神,以眩蕩一世之耳目,斯亦奇矣。東南士林之語曰:"前有虞、范,後有李、楊。"廉夫奇作,人所不知者,必以寄余,以余爲知言者。

　　抑余聞詠歌音聲之爲物,明則動金石,幽則感鬼神,豈直草上風行之比哉! 廉夫遭盛時,揚言於大廷者也,將與時之君子,以頌隆平,樂府遺音,豈宜在野? 要使大雅扶世變,正聲調元氣,斯爲至也。余不敢不以此望於廉夫,餘子不足語此。至正丙戌冬又十月,方外張天雨謹題。

　　(録自四部叢刊影印明成化刊十六卷本鐵崖先生古樂府卷首。)

鐵崖先生古樂府後序 (元)顧瑛

　　會稽楊先生,賦有麗則遺音,詩有樂府餘聲。賦("賦"原本作"則",據文意逕改。)已板行於肆,而詩則未出也。人之傳誦者,往往多律體,未見其爲樂府之餘聲。而余切疑之。先生至吳,獲睹其詩之全集,始知鋪張盛德者,可以配雅、頌;舉刺遺俗者,可以配國風;感激往事者。可以配騷、操之辭。今人所工,取法于沈、宋以後律之爲體者,皆削之不留。而人之樂傳頌者,正其所削,便於世好者耳。吁,作古詩而欲傳於今時,抑亦難矣哉!

　　故余竊誦先生之詩而感之者: 考亭朱子嘗悼詩之卑下,欲取古經史所載韻語,及漢、魏古詩,類爲一編,以附于三百篇、楚騷辭之後。

若先生之詩,自琴操而下,及諸樂府之作,其不可尾于騷人之後乎!故予謹錄吳復所編本,凡三百餘首,以鋟諸梓,與有志古詩者共之,庶幾感發古之六義,繇是而之風騷之教,不難也。

卷末律詩,雖先生所棄,而世之學者所深嗜炙者也。故余復取世俗所傳本,錄五言及七言又凡若干首云。至正八年戊子七月初吉,崑山顧瑛謹識。

　　鐵崖先生姓楊,名維楨,字廉夫,紹興人。泰定間登乙科進士第,再轉鄉郡鹽司令。以狷直傲物,不調者十年。將妻子游淮、吳間。過太湖,得鏌鋣鐵笛,自稱鐵笛道人。仕久詘,而文名震海內。其所著:文有三史正統辨、兩漢唐史鉞、春秋胡氏傳補正;詩有古樂府;賦有麗則遺音,行于時云。

(錄自四部叢刊影印明成化刊十六卷本鐵崖先生古樂府卷末。)

輯鐵雅先生復古詩集序 (元)章琬

我朝詩體備矣。惟古樂府則置而不爲。天曆以來,會稽楊先生與五峰李先生始相唱和,爲古樂府辭。先生嘗曰:"詩難,樂府爲尤難。吾爲古樂府,非特聲諧金石,可勸可戒,使人懲創感發者有焉。善和余者,惟李季和。季和死,和者寡矣。"且命吳復錄季和死後凡若干首,至其墓焚白之。則世之知先生之詩者,蓋尠矣。

琬登鐵門學詩,因輯先生前後所製者二百首,連吳復所編又三百首,名曰鐵雅先生復古詩集。此集出,而我朝之詩斯爲大備。嗟乎,紅紫亂朱,鄭、衛亂雅。生於季世,而欲爲詩於古,度越齊、梁,追蹤漢、魏,而上薄乎騷雅,是秉正色於紅紫之中,奏韶、濩於鄭、衛之際,不其難矣哉!此先生之作,所以爲復古,而非一時流輩之所能班,南北詞人推爲一代詩宗,此非琬之言也,天下之言也。

先生近體而下不令人傳,然嗜炙在人口,有不可得而遺者,錄於卷後,而香奩諸體亦附見云。至正二十四年甲辰秋九月戊子,門人龍洲生章琬謹序。

(錄自四部叢刊影印明成化刊十六卷本鐵崖先生古樂府卷十一卷首。)

跋復古詩集後 (明)楊士奇

　　余在京，知京筵事，時聞先生長者説楊鐵崖爲有道之士。後數年，始讀所爲文章，得見其道德之蘊，誠爲一代人表。我朝天下大定，奉詔修書。復命賦詩，稱旨，得完節歸全。卓哉，制行之高也！余又見復古詩集，讀其琴操，不讓退之；其宮詞，不讓王建；其古樂府，不讓二李；其漫興、冶春、游仙等題，即景成韻，使老杜復生，不是過也。而香奩諸作，尤娟麗俊逸，真天仙語。讀此而其他所能，概可見矣。竊恨生晚，不得撰杖履從後也，姑題數語於篇末，以志余景仰之深意云。正統元年丙辰春三月初吉，盧陵楊士奇謹識。

　　（録自四部丛刊影印明成化刊十六卷本鐵崖先生古樂府卷末。）

跋復古詩集楊士奇識語後 (明)衛靖

　　鐵雅先生復古詩集，自琴操至宮詞、女史、香奩諸題，凡一百二十五首。宣德中，余直文淵閣，得一見於少師盧陵楊公處，因喜其詞雄偉娟麗。讀之不忍釋手，乞歸録之。屢欲鋟梓而未遂，乃珍藏篋笥，庶幾好古君子刊佈四方，俾有志者共之，爲余之所深望也。時正統丙辰春三月初吉，崑山衛靖謹題。

　　（録自四部丛刊影印明成化刊十六卷本鐵崖先生古樂府卷末，原本無題，徑補。）

重刻鐵崖先生古樂府後叙 (明)王益

　　鐵崖先生處勝國時，其文章德業，爲一代人表。日與海内名德交游，歷覽勝概，幾二十年。卒能潔身完節，歸全於大明之代。其詩文多爲好事者寶惜。

　　益自幼好讀先生諸作，有所見聞即録，而閲之弗厭。古樂府十卷，乃先生門弟富春吳見心所編,崑山顧仲瑛所刻者。益屢欲鋟梓垂遠,緣無善本,駸尋歲月,竟不克就。成化紀元之春,余邑都憲葉公與中奉敕巡撫兩廣,聽政之暇,留心典籍。嘗校正古樂府,命廣州郡守沈公禮刻梓,印寄崑山周德元諸友。益預得一帙,與幼時所錄者爲尤異,乃依印本,浼國子生陳重賈錄以重刻,惠我同志。然亦未爲全集,餘有古賦詩文數十卷,尚留巾衍中,以待求訪善本,讎校并刻,流布遐邇。而慨慕先生,抱匡濟之才,爲經世之文,卓然有高天下之志,殆非尋常淺陋所能窺測也。中更變故,板籍散失。雖余篤好之深,而晚生末學,僻處海陬,聞見不廣,僅得千萬中之一二耳。儻後之好事君子復有所得,毋吝見示,以全斯美,非惟區區一己之幸,實後學無窮之幸矣。先生出處履歷之詳,備見宋太史諸君之文,而都憲公德政聲望,必載國史,茲不能悉也。成化二年歲在丙戌夏六月哉生明崑山戴溪王益謹識。

（錄自上海圖書館藏明成化刊本鐵崖先生古樂府卷末。）

重刻鐵崖先生古樂府跋 (明)劉傚

鐵崖楊先生以文章鳴世。其古樂府等作,冠絕古今。然未有鋟梓以傳之者,好文之士罕獲見之。予得是編,不敢私藏,謹爲命工刊佈,以與四方學者共之。成化己丑秋七月既望,海虞劉傚識。

（錄自四部叢刊影印明成化刊十六卷本鐵崖先生古樂府卷末。）

東維子集序 (明)孫承恩

粵自元化之運,肇生賢哲;理道之昌,煥發文章,文章之係于世教也甚大。自先秦、兩漢,而下逮建安,盛矣。寥寥數千載,雖著述名家代不乏人,而未聞有登班、馬之堂,列韓、歐之林者,則以風會之流,大雅不作,可慨也。矧吾松首善之地,爲聖化之所先涵者乎!

洪武初,天下文明,聲教四訖,于時鳳翥鸞翔以際風雲之會者,不能悉數。而南村陶宗儀、東海袁景文,徜徉雲水,風節凝然,其高品也。余在館中，又見楊廉夫 東維子集，讀其文，想見其人，有先秦、兩漢之氣格焉。方其歸田，未滿七十，而棲遲于雲間者殆二十餘年，今草玄閣尚在。夫廉夫産自會稽，非松人也，而獨于松焉是依，何也？蓋氣之聚者，其俗必敦；文之會者，其風必雅。廉夫望九峰而陟其巔，泝三泖而揚其波也，習之矣。在勝國時，登進士；入國朝，不就聘。放浪山水，瀟灑自得。雅好讀書，以故富于文章。其序、記、傳、賦、詩歌，備諸家體，博雅不群，當與宗儀、景文相爲後先，而他日播之金石，藏之名山，俱稱不朽。以是知賢哲攸歸，可驗敦龐之俗；而文章會聚，尤徵風雅之宗。我國家文治日隆，理道永昌，兩見之矣。

石湖 吳君，好古君子也，欲廣其傳，問序于余。余嘉吾松本文獻之邦，東維子又攜文而來也，已自能鳴于世，固不假吾之言以爲重，而余且因文之傳以爲光矣。僭爲之引。

（録自上海圖書館藏萬曆十七年王俞刊本東維子文集卷首。）

跋東維子集後 （明）王俞

余嘗結廬城南，日與柳風梧月、竹韻松濤，挈爲良友，陶然長嘯，若不知有人間者。雅好吟詠，尤嗜袁景文詩，業已刻而新之矣。而楊廉夫又羨景文白燕諸作，自以爲不及。今讀其集，博極群書，自成一家，言想不在袁下。第篇章零脱，未鏡其全，誠竊恨之。辱承太沖袁老，素號藏書，工于製作，一言相契，慨然見投，慰我夢寐，如獲珍寶。雖汗雨淫淫，不妨校勘。蓋清時暇日，與先輩表揚風雅，自是樂事，遂忘其勞也。雖然，摘辭吐句，精會神流，白雪陽春，商彝周鼎，作者苦心，識者具眼，倘遇知音，千古一快哉！兹因完刻以廣其傳，漫識于此。後學王俞書。萬曆十七年己丑孟秋既望。

（録自上海圖書館藏萬曆十七年王俞刊本東維子文集卷末。）

鐵雅先生拗律序 （元）釋安

先生嘗謂："律詩不古，不作可也。"其在錢唐時，爲諸生請律體，始作二十首,多奇對。其起興如杜少陵,用事如李商隱,江湖陋體,爲之一變。然於律中又時作拗體,此乃得於頖然天縱,不知有四聲八病之拘。其可駭愕,如乖龍震虎,排海突嶽,萬物飛走,辟易無地。觀者當以神逸悟之,不當以雄强險陁律之也。句曲張伯雨嘗曰:"無老鐵力者,便墮落盧馬後大蟲耳。"

　故今衰此拗體,凡若干首。先生見之,且令某評之如何。太極生頓首曰:"真色脱塗抹,天巧謝雕鎪。"太初生曰:"健有排山力,工無剪水痕。"安曰:"先生拗律,自是水犀硬弩,朱屠鐵槌。人見之,昂然有不可犯之色,然其中自有翕張妙法。此先生拗律體也。"先生擊几賞之,以爲二三子知言。并録爲序。釋安謹序。

　（本文録自萬曆十七年王俞刊本東維子文集卷七,據文淵閣四庫全書本校補。）

鐵崖文集引 （明）馮允中

　文者,載道之器。通三才,亘萬古,非文無所寓也。然不關世教,雖工無益,先正論之舊矣。夫古之聖經賢傳,乃後世之法程,至漢、唐、宋諸儒所述,亦皆羽翼經傳,非一切浮華不根之論,下此則雖工弗傳也。

　勝國時,會稽楊先生廉夫之文,得非所謂關世教而益於人者哉!先生自稱抱遺老人,號鐵崖。登李黼榜進士,仕至江浙（"浙"當作"西"）儒學提舉。入國朝,年益高,學益邃。嘗就聘,以老辭,野服扁舟,往來荆吴間,浮游乎五湖三泖之上,人望之若神仙中人,故又有鐵仙之稱。平生所爲詩文甚富,其詠史古樂府世已梓行,傳誦於人人。獨記、序、辭、賦,長篇大章備諸家大體者,鮮獲見焉。予按淮揚,歷海陵,同年儲少卿静夫出是集。讀其詞,如洪河注海,汪洋浩瀚,沛然而不可禦也;又如廣場閱武,戈戟森嚴,凛然而不可犯也。凡畸人、貞士、烈女、忠賢,古今事物,苟可以警世者,悉録無遺。寓褒貶於一字之間,垂鑒戒於千載之下,其有意於扶世而立教者哉!

　爰走書毗陵,托舊友朱懋易校正。懋易又以先世所藏者助予,遂析爲五卷。蓋于先生之製作，雖不能盡睹其全，而宏詞博議，已窺測其概，不猶愈于藏之筍篋自私也歟？用是捐廩餼之餘，付運司刻焉，且借爲之引。弘治十有四年冬十月朔，郴陽馮允中識。

（録自弘治刊本鐵崖文集卷首。）

題鐵崖文集後 （明）朱昱

楊鐵崖先生文集凡五卷，其義深，其辭古，非稚筆所能到。初觀則錯綜糾結，似難爲解，至讀之流宕雋永，如玄酒大羹，至味中而加美焉。此春秋之學也，所謂奧而明，塞而通，嚴而正，非得丘明之旨者不能也。

先生勝國時登李黼榜進士。黼，忠臣也，而先生同年，氣類相感，傲兀一世，而文章大相似。巡按淮揚侍御馮君執之得其稿一編于少卿儲靜夫，遂分爲三卷，專介而來，取正一二。昱受而讀之，則知先生之文流落人間者，不啻泰山一毫芒耳。乃出先君子貞義先生所藏者，合爲五卷，通刻焉。則知侍御君嘉惠後學之心仁矣哉！詩不云乎：“淑人君子，其儀不忒。”君固有之。吁，文之至是，奇矣！奇則必追于古可也。若夫詰屈聱牙，豈樊宗師之儔歟？吾不信也。讀者當自得之言外。弘治十四年歲次辛酉秋九月既望，毗陵外史朱昱題。

（録自弘治刊本鐵崖文集卷末。）

楊鐵崖先生詠史古樂府序 （明）章懋

昔蒙古氏之有天下也，治率用夷而不師古，禮樂刑政，無足稱述，獨文章一脈，代有作者，未嘗絶響。若虞伯生、范德機、楊仲弘、揭曼碩、歐陽原功、馬伯庸、薩天錫，暨吾鄉黃晉卿、柳道傳諸人，各以其詩鳴，莫不涵淳茹和，出入唐、漢。郁乎彬彬，何其盛也！然其時衆作悉備，惟古樂府未有繼者。於是會稽楊鐵崖先生與五峰李季和始相倡和，爲漢魏樂府辭，崛强自許，直欲度越齊梁而上薄騷雅，偉乎其志哉！至如詠史，則季和每推服鐵崖爲上手，鐵崖亦自謂：“余用三體詠史，用七言絕句體者三百首，古樂府體者二百首，古樂府小絕句體者四十首。絕句人易到，古樂府不易到。至小樂府則他人不能，惟吾能之。”若此編所錄者，特其一體耳。

　　成化癸巳，御史中丞江浦張公巡撫閩中，澀政之暇，出以示懋，而語之曰：“鐵崖先生平日所爲樂府詩最多，今僅有存者。天官少宰葉公與中曩爲僉都御史，出撫廣東，嘗得其門人吳復所編若干首，已鋟諸木矣。近得此帙于前江西提學黃先生純之子知州璁，喜其詞古意古，可興可觀，讀之使人懲創感發，隱然有三百篇之遺。特未得其全集耳。兹將刻而傳之，子盍爲序？”懋辭，不獲命，乃復於公曰：“自王迹息而詩亡，一變而騷，再變而選，而樂府，而歌行諸作，至三變而爲律。作者徒知從事聲偶之間，而不能馳騁以極夫人情物理之妙，其去古也遠矣。獨先生之作，逸於思而豪於才，抑揚開闔，有美有刺，陳義論事，婉而微章，上下二千年間，理亂興亡之故，若指諸掌，而其命辭，皆即史傳故實檃括而成，叶諸金石，若出自然。昌黎所謂‘橫空盤硬語，妥貼力排奡’者，先生有之。是宜公之甚好，而欲永其傳也。雖然，鐵崖樂府法乎漢魏者也，公且好尚之若是，如有國風、雅、頌之音，則其好之宜何如哉！公於文詞，且欲復古，而況爲政，豈不欲行古道，而使今之天下復於唐虞三代也耶？斯則懋也深有望焉！”

　　乃若先生名系爵里，與其文行之詳，見於宋太史景濂所爲墓志者，已顯暴於世矣，兹不著云。閼逢敦牂之歲孟夏初吉，後學金華章懋謹序。

　　（錄自明萬曆四十三年陳善學序刊楊鐵崖先生文集十一卷本卷首。）

楊鐵崖先生集序　（明）陳善學

　　陶周望有言：越之文士著名者，前惟陸務觀最善，後則文長，惜乎中有廉夫，顧未之及耳。廉夫之才，奇於陸而博於徐，即中有各至，蓋犄角相角也。其所著諸集富甚，要尤以樂府擅場，而古賦古風均足自異，則猶之樂府已。

廉夫取材二李,其言曰:"大李天仙,小李鬼仙。"即廉夫諸篇,或時作仙語鬼語,要不作猶人語。是廉夫之所以卓然名家耳。余嘗想文章之道,以氣爲主。高皇帝手闢乾坤,驅百代之豪傑而鞭箠之,即一時文學之儁,如王、宋輩,無不日供制作,而獨不能屈鐵笛老人於金戈百戰之下,鍾山一詩,聊供閃電,此寧獨其才勝哉,氣亦異焉。較之穎放蜀寮、睥睨浙幕,以掉臂于范、胡兩公者,爲龍爲蛇,亦小同而大異矣。故其擊劍悲鳴,援琴漫操,纖什鴻章,往往而是。而二三老生諸不載中原白雪者,屏爲異調,遂使震旦奇才,能磅礴於灝氣之表,而不能剖擘于眯目之前。嘻,足悲矣。

邇來公論漸明,稍能推重文長,而眉睫之見顧近而蔽其遠。倘即周望所稱,知有務觀者少矣,矧廉夫乎! 蓋廉夫諸刻既夥且繁,里中間有舊本,半覆醬瓿,即秘爲中郎,亦魚豕莫辨。若廉夫者,於三子中尤阨矣。余不佞,生而同里,因蒐其全,訂其贗而善鋟之,使知務觀而下、文長而前有‧人焉,默爲呼和,而當年貫、薩諸君所不敢雁行者,亦可論其世也。

嗟乎,廉夫奔走多難,絶似浣花,概所摭揚,庶乎詩史。而其峥嶸軼宕,變化自生,絶爲青蓮寫照;其於"白玉樓",猶降級之論耳。第於律體不格,行文要近自然,而每多戲筆。以法程之,似墮時塹,然要不失爲韓、蘇大家之毛穎、陸吉也。

適余迫上公車,未及鼇榷,姑先以古賦、樂府其膾炙者行云。余嘗間對友人:"倘合三君子而擇其尤,并詩若文以行于世,庶爲吾越樹幟。夫越誠濱服,不足於王,然引兵三千而横行江淮者,非己事哉! 則三君子具在。"彼妄語兒曰:"越無派,亦獨何與?"而況乎有不爲三子者,其爲三子者與! 萬曆乙卯仲秋同里後學陳善學撰。

(録自陳善學萬曆四十三年乙卯序刊楊鐵崖文集十一卷本卷首。)

楊維禎詩集跋語二則 (明)皇甫汸、俞安期

鐵崖生當元季,登第後,不樂筮仕,時放浪江湖。其著作甚富,有東維子集、鐵崖樂府、復古詩、麗則遺音若干卷。宋潛溪稱其文辭寒

芒横逸,奪人目睛;詩震蕩淩厲,駸駸將逼盛唐。當時兩先生同時交契,各以文章自命,其相許定不誣也。余家舊藏鐵崖詩稿,相傳爲手鈔本。史傳先生父諱宏,築萬卷樓於鐵崖山中,使讀書樓上五年,貫通經史百氏,因號鐵崖萬卷樓,一名西樓。今觀卷心有"西樓筆劄"四字,亦一證也。丙寅孟夏梅雨繙書,因識顛末如此。百泉山人皇甫汸。

　　鐵史奇才逸思,著述等身,生平詞翰亦未盡剞劂。新建伯詩有"西樓遺迹在,想見晉人風"之句,則知此集爲其手書無疑。又按草玄閣爲楊竹西別業,乃録以付之者是也。天啓七年二月上澣,俞安期借觀,因題以歸之。

　　(録自國家圖書館藏明佚名鈔不分卷本楊維禎詩集。原本無題,今題爲校注者逕擬。)

鐵崖樂府注序 (清)樓卜瀍

　　詩家自爲一體,古今能得幾人? 杜稱"聖",李稱"仙",不名一家,卓乎大家。他如香山之稱"白體",義山之稱"昆體",黄山谷之稱"西江體",無一不家自爲派,派自爲宗,粲可數也。

　　吾邑楊鐵崖先生,生當作者代興、諸體畢備之後,傑然獨自成家,人稱"鐵體",及門者稱"鐵門"。古樂府編自門人吳見心,稱"鐵雅"。噫,如先生者,古今能得幾人!

　　自漢世定郊祀,舉司馬相如,作爲詩歌,遍采風謡,使李延年協以律吕,而古樂府實權興於此。魏、晉以來,率多擬古之什,非不斐然。然少陵不襲古題,青蓮時離本意,司空圖河滿子則奏以五言,王摩詰陽關辭則唱以七絶。借人面目,何能獨擅風流,抒我性靈? 固宜别有天地也。竊意古樂府有辭有聲,辭不悉,有郢書而燕説者矣;聲不傳,有越歌而楚説者矣。先生之詩,屬辭則三墳金玉,選聲則五典笙簧。前乎此者,離立相望;後乎此者,希吾或稀。第辭無漢儒,不辨句讀;聲非制氏,孰識鏗鏘? 此正急索解人不得也。

　　予於先生無能爲役,鐵崖萬卷,深慚籤内無書;鐵笛一聲,焉得耳中有譜？茲因吳本，附以鄭箋，庶使披卷了了。繹其辭，麗而不纖。按其聲，繁而不殺。其所以養人心、厚天倫、移風易俗之具，皆於是乎在。夫蘭桂異質而齊芳，韶武殊音而并美，作者代興，其已久矣，諸體畢備，若是班乎！噫，如先生者，古今能得幾人！乾隆甲午正月望日，同邑後學樓卜瀍書。

（録自清乾隆三十九年甲午聯桂堂刊鐵崖樂府注卷首。）

鐵崖詠史注序 （清）樓卜瀍

　　楊鐵崖先生古樂府，編自門人吳復，人稱"鐵雅"。外此有詠史詩，編自門人顧亮，人稱"鐵史"。予求顧編不可得，蓋書缺有間矣！前明萬曆中，先外王父淵止陳公爲刊古樂府行世，强半皆詠史詩，吳編所不載。予既出吳編付梓，因删去已見者，不重出，另録詠史詩，加之箋注，都爲一集，名亦仍舊，題曰鐵崖詠史注。

　　夫詠史，則詩史也。先生有明訓矣，其言曰："虞廷載歌，君臣之道合；五子有作，兄弟之義彰。關雎首夫婦之正，小旻全父子之恩，詩之教也。"又曰："老杜氏陳古諷今，言詩者宗爲一代詩史。"予竊論之：老杜始以拾遺，終以工部。目擊開元、天寶，盛而忽衰；乾元、大曆，亂而復治。故史在一代，自可當作者之聖。先生始以散員，終以閑曠。心擬三史統辨，定以公論；歷代史鉞，斷以大義。故史在千古，亦不失述者之明。

　　是集也，其事則史，其旨則經。田舍翁，歌明良也，其卷阿詩人之意乎？"臣誓爲稷契"，即老杜詩"竊比稷與契"也。牧羝曲，昭忠節也，其盡瘁事國之謂乎？"牧羝郎，十有九星霜"，即老杜詩"蘇武看羊陷賊庭"也。"落景不可回，朝露不可久"，此述李陵勸語，即"友誼亦可思"。王孝子、王蓼莪，敦孝行也，其明發不寐之思乎？祥也"孝子可移臣子忠"，其正也；衰也"父遺我讐兮，讐豈我君"，則其變也。此與老杜詩"孝理敦國政"無以異也。五王毬，篤友愛也，其亦所謂"和樂且耽"者乎？此其正也。反是，則爲將進酒，此其變也。一則曰"蕚緑五枝生五花"，一則曰"雙絲工奏棠棣詩"，此與老杜詩"自多親棣萼"將毋同？楚國兩賢婦，夫婦之正也，其亦所謂"莫不静好"者乎？鳳凰曲，則夫婦之變也，"造端不能合，隙終不能睽"，此與老杜詩"義無棄禮法，恩始夫婦恭"託興不同，究歸則一。昔人謂杜氏之功不在騷人下，予則謂先生之功不在唐人下已。乃若精於比例，則有"黄鳥止楚，良死太苦；黄蛇穿土，良死其所"；善於諷諫，則有"畫工意則繆，畫工事則忠"；明於斷制，則有"有詔殺賊臣，殺賊非殺父"；工於用事，則有"牛馬走餉，龍蛇走兵"；妙於打疊，則有"文皇殿上去獻俘，於乎文皇罪曰余"；巧于聯合，則有"玉樹聲中作唐鹵，門外崇韜是擒虎"。其他不勝枚舉。顧或指"馬文園""碧眼棚兒"，而嫌其過求尖新，用相詬厲，是則誠然。然先生之詩，正不在此。老杜"飯顆山頭"之嘲，即有之，庸何傷？乾隆甲午正月望日，同邑後學樓卜瀍書。

（録自清乾隆三十九年甲午聯桂堂刊鐵崖詠史注卷首。）

鐵崖逸編注序 （清）樓卜瀍

珠玉，至寶也，雖少，愈可珍也；菽粟，至寶也，雖多，亦愈可珍也，又况以有用之菽粟爲無價之珠玉，豈其曰"我有是，是亦足"也。收以錦囊，我自愛之；稱以碎金，人亦共愛之。如使以長吉之錦囊，貯安石之碎金，至於積金滿籯，括囊而不出，與棄置何異？非所以愛之也。

以余搜葺楊鐵崖先生詩，古樂府兼吴復編、詠史自爲一類，外此不與焉。其餘亦裒然成集，并箋注之，以付剞劂。珍以少，亦珍以多，自愛之，兼與人共愛之也。自古著作之多，無如樊紹述，其詩乃至七百一十有九。竊疑元和之後，學澀於樊。韓昌黎稱其"詞必己出，不襲蹈前人一言一句"，歐陽公詩又稱其"窮荒探幽入有無，一語詰曲百盤訏"，不知何以能得多多如此也。乃既已多多如此矣，余爲求其遺文不可得，僅得絳守居園池記及綿州越王樓詩序二作已耳。讀其文，誠爲奇怪，而韓昌黎偏以爲"文從字順"，歐陽公又以爲"學盤庚書"，豈遂後世無子雲也？噫，莫爲之後，雖盛不傳，信哉！

先生之詩，據自序，則有瓊臺曲、洞庭雜吟□十卷；據宋潛溪墓志，則又有平鳴、雲間、祈上（當作"祁上"）諸集，通數十卷。余所散見於各選家者,有復古集,有鐵笛詩,有鐵龍詩,有鐵崖集,有東維子集,有草元閣後集。集如是其多,而傳者無多,則不傳者多矣!余也所見少於所傳,所傳又少於所見,傳者日少,即見者亦日少矣。余則何敢,余又何忍!或曰:"是集也,其殆剩水殘山矣乎?"余曰:"剩水滄江破,殘山碣石開。山水之趣,惟慧心人自得之。"乾隆甲午十月朔後三日,同邑後學樓卜瀍書。

(錄自清乾隆三十九年甲午聯桂堂刊鐵崖逸編注卷首。)

鐵崖賦稿跋文三則 (明)朱燧

其一

洪武三十一年歲在戊寅七月二十五日錄於潭涇寓所。是日夜雨初晴,臨窗 ·望,禾黍漲天,生民樂太平寬仁之治、豐稔無疵之年,何其幸之甚也。生死榮辱,似有定分,何勞役役以累其靈臺? 追思鐵崖先生在家舅雪齋芝川,園林亭館之盛,冠蓋文物之多,恍然如夢中矣。今年西禧樓先生文淵,乃文獻故家,孝節昭著於當今,又讀書隱居教子,深可爲則。忽辱見借此帙,其幼年手書諸賦,簡編浩瀚,區區錄其二王("王"似當作"三")。後之覽者,將知所自也。是日午時書識。海虞晚生朱燧子新也。

其二

洪武三十一年歲次戊寅七夕日錄,此西禧樓文淵先生見借家藏巨帙中之所載,是日極熱。是年三伏中,涼飆灑然,如深秋之日。至初五日,暑毒熾盛。晚刻忽查侃上塘回見,說仲禮傳翁患腹疝甚亟,即泛小舟往觀。回抵寓所,夜坐,忽見新月斜形,老稚同觀。□至初六日夜見之,又復如是。天理蒼蒼,休祥所係,不知其爲如何也。是日午,伯達至,知彼中上下安好,遂還所借南唐書,并贈高詩三冊。次日午前,書於十三都潭涇上。海虞朱燧子新處夢中書識。(附錄青雲梯弟二冊鐵笛諸賦後跋。)

其三

洪武三十一年歲次戊寅六月二十四日午前,竟此前冊。是書乃西禧文淵有道樓君家藏。是歲夏天并無炎暑，日日涼風灑然，稍得人事寬和，安居有望，亦一可喜可賀之意云。海虞朱燧可新識之，以爲他日暇中展玩。（又弟一册諸人賦後跋。）

（録自續修四庫全書影印上海圖書館藏清勞權家鈔本鐵崖賦稿卷末。原本無題，今題爲校注者徑擬。）

鐵崖賦稿跋語三則　（清）勞格

其一

車維子集不載所作古賦，世所傳者，僅有麗則遺音中三十二首，及鐵崖文集中土圭、蓮花漏、記里鼓車三首而已。此本計賦五十首，俱遺音所未載者，蓋後人從青雲梯録出，以補其未備，觀後録朱子新跋自見。初藏桐鄉金氏，後歸吳縣黃氏。錢唐何夢華主簿曾傳其副，又重編爲二卷，改名鐵崖賦稿，以紫薇垣爲上卷首篇，會通河爲末；渾天儀爲下卷首，進善旌爲末。復删去姑蘇臺賦弟一首、玩鞭亭賦一首（每卷二十四首），止存四十八首。次序移易，非復元本之舊。今挈經室外集提要所載鐵崖賦稿二卷，即何氏重編本也。頃從高叔荃借得何氏元本，始知何氏於諸賦中字句多竄改，不僅移易次第而已。爰命工依元本影録一本，凡何氏所竄改，悉爲標出，使可識別。使不見此本，不幾以何氏重編者爲定本耶！道光癸卯五月廿一日，季言校畢識。

其二

此本諸賦題下，悉無"賦"字（與麗則遺音同）。又，版心僅書"鐵崖"二字，凡"賦"字以及"賦稿上"、"下"等字，俱係何氏所加，傭書人誤依補入。又，賦中字句又多從何氏改本，今悉塗乙以復其舊。是日又識。

其三

此本雖係影寫，頗多訛謬。頃倩力之小史映郎用元本逐字比校一過，改正數十字。然元本亦有譌字，惜不得青雲梯校之。二十五日夏至，季言又識。

（録自續修四庫全書影印上海圖書館藏清勞權家鈔本鐵崖賦稿卷末。原本無題，今題爲校注者徑擬。）

鐵崖先生詩集十集跋語 （清）黄丕烈

余向藏鐵崖漫稿爲舊抄本，皆文也。别有一册詩，亦鈔本，較漫稿筆致稍近時。有人攜此詩集三册來，云是騎龍巷顧氏物，檢其舊傳書帳，果有之。蓋顧氏書散已久，此其僅存者爾。索直十金，以每册二兩易得。取其鈔手甚舊，疑出自洪、永間，可與漫稿爲合璧。至於所録詩篇，不特東維子集二卷詩有不符，即吴復所編古樂府、章琬所集復古詩亦不盡合，當是别據舊本。此分甲至癸爲十集，與章琬分年詩十卷卷數合，不知是一是二，俟詳考之。嘉慶庚申閏四月望日，書於讀未見書齋。蕘圃黄丕烈。

（録自南京圖書館藏清鈔本鐵崖先生詩集卷末。原本無題，今題爲校注者徑擬。）

鐵崖先生集跋 （清）李遜之

鐵崖集有刻本五卷，爲毗陵朱懋易校刻於弘治年間，止有文而無詩。近汲古閣刻樂府十卷、麗則遺音四卷、復古詩集五卷，又止載詩賦而無文。此本偶得之書肆，惟□前卷賦與詩已載遺音中，後三卷序、記、志五十餘首，皆刻本所未載，故當并存之，方稱鐵翁全集云。内多訛字，須覓善本校正。□□□月望後一日廬公識。

（録自上海圖書館藏明鈔四卷本鐵崖先生集卷首。）

題鐵崖先生集 （清）黄丕烈

予藏鐵崖詩文稿最多，有漫稿一函，計四册，係舊本，後爲諸（暨）

葛漱白購去。因漱白衷輯其文，爲伊鄉先生表章制述故。孰知天靳其緣，將付梓而漱白逝，可爲浩歎。其餘東維子集，世亦鮮有，又爲藝芸書舍購去。所云麗則、復古等集古本，時亦忽得忽失。檢篋中鐵崖詩文，絶無古本矣。兹因送吾玉峰於挹秀堂書坊，適得此，乃江上李遜之藏本，洵舊物也。湖估云，此書先經讀書人繙閱一過，較外間傳本多至數十篇。中有籤云"見東維子集"者，想未籤記者皆傳本所逸也。惜漫稿不存，無從比較。聞海虞陳子準家有毛氏鈔本，即余舊藏副本，當爲借勘一過。此番考棚坊間并無古籍寓目，而此種鈔本，一經名人手跋，即爲珍重，亦頗自詫伯樂之顧云。道光五年乙酉二月五日，崑山寓舍復初氏記。

（録自上海圖書館藏明鈔四卷本鐵崖先生集卷末。）

史義拾遺叙　(明)陸淞

史以紀時事，而其義斷自聖賢，若孔子所謂竊取之者，是非公於天下，後世可懼也已。嗚呼，麟經絶筆，作者何人？惟朱子綱目，詞嚴義正，無容議者，然揭其大而或遺其細。嗣是會稽楊鐵崖先生有史義拾遺之作焉。元泰定間，先生以經學擢上第，爲赤城令，徙錢清海鹽，咸不獲行其志。輒棄官，入天目山，放於宛陵、毗陵、玉笥、苕霅、洞庭、錢塘之間，如司馬子長之游者。既而避地於松江九峰三泖之上，作寄寄巢，立言自況，摘古史而直斷以義，或觸興而於詩歌焉發之。公是公非，嚴如烈日秋霜，亦可以誅奸雄於既死，而昭懲勸於將來者也。余嘗訪其故迹，旁搜遺書，有以考見先生之所養矣。

方少時，築萬卷樓，去梯藏修，轆轤傳飡者垂五年，用能充其警敏之才，肆其宏博之學。百千萬言，頃可立就，卓然成一名家，而況其正聲勁氣，薄九霄而凌轢一世，至於今誦之凜然可畏可慕焉者。李翰論其文，如千兵萬馬，而風恬雨霽，寂無人聲。貝瓊謂其天才似李白，而學力過之。其果誣人也哉！

是編乃先君子程鄉令手録珍藏，欲梓行而竟奪不就。嗚呼，先生之文磨泯多矣。余同年進士譚君德周來尹秀水，政成之餘，有志史學。間問余古今理亂得失異同,余出此參訂之。君喜曰:"是可以傳也。"俾余序之,以永其傳。噫,石璞干將,固不待和之獻、煥之發,而光怪燭天矣。蓋奇寶之在天地間,有終不得而閟者,其文雖欲不傳于世,又可得而已耶?

先生名維楨,字廉夫,號抱遺叟,人推稱鐵崖先生。所著有太平綱目四十册、三史正統論五千言、歷代史鉞二百卷、春秋大意、東維子集、君子議若干卷,麗則遺音、古樂府、瓊臺曲、洞庭吟七十卷,藏于鐵崖山,此直其一云。弘治壬戌秋八月既望,承德郎禮部儀制司主事平湖陸淞序。

（錄自四庫存目叢刊影印明嘉靖十九年任輳刊史義拾遺卷首。）

西湖竹枝詞識文 (明)和維

杭爲東南大郡,多佳山水,而西湖者,即古之臨平湖也。在趙宋建國時,琳宮梵宇。涼亭燠館,星布湖上,畫船游宴,殆無虛日,名賢題詠甚夥。自後時移代易,雖所存者過半,而流風遺俗,無異昔時,於是西湖之勝而尤甲于東南矣。

前元楊維楨氏寓居湖上,日與郯韶輩留連詩酒,乃舍泛語爲清唱,賦西湖竹枝詞。一時從而和者數百家,雖婦人女子之作亦爲收錄。其山水之勝,人物之庶,風俗之富,時代之殊,一寓於詞,各見其意。集成,維楨既加評點,仍于諸家姓氏之下,注其平昔出處之詳,板行海内,而竹枝之音過於瞿塘、東吳遠矣。未幾。元社既屋,板亦隨毀,全集罕見,所存者無幾。適余僉憲浙西,湖去外臺不半里,政事之暇,得與二三僚友升高望遠,湖光山色,交接於目。欲訪百年遺事,則故老盡矣,對景懷古,徒增慨歎。

近從左山劉君邦彥處得此本,披詠連日,喜不釋手。嗚呼,三百篇之後。代□有作,蓋發一時之所遇。諸公竹枝之作,亦皆發于□時之所遇者,豈有古今之殊哉! 必欲流傳於將來。不意埋没歲久,如干將、莫邪在匣,室中光怪自不可掩耳。遂捐俸繡梓,仍廣其傳,倘騷人墨客游於湖上,酒酣扣舷,對兩峰歌此數曲,神交前賢於烟波浩渺間,

豈不快哉！書此以識歲月云。歲在何？曰屠維單閼；月在何？曰律
應南呂；年紀何？曰大明天順之三年也。賜進士出身、浙江僉憲陵川
和維振綱識。

（録自國家圖書館藏明刊西湖竹枝詞一卷香奩集一卷卷首。）

西湖竹枝詞序 （明）馮夢禎

　　吳越音妖冶浮豔，故其歌皆饒輕淺之味，而於情獨深。如俗所
傳，嘉興歌出於婦人兒子、船家販豎之口，而正使學士大夫深思苦索
或不能就，乃知情之所肖即爲詩。

　　西湖竹枝詞，所謂肖之者也。偶從徐茂吳齋中見之，遂持歸以命
書奴對録，親自參校，刊正訛脱，三鼓而畢。尚期鏤板以公諸好事者。
萬曆甲辰上燈夜，真實居士馮夢禎書。

（録自國家圖書館藏明刊本西湖竹枝詞一卷香奩集一卷卷首。）

附録五　所用底本原書篇目匯録

説　　明

本卷爲楊維禎全集校箋各種底本所録詩文之完整篇目。蓋因本書所據各種底本，重複不少。本次整理，篇目有所删減，卷次或有合并，亦有拆分，其本來面貌無從體現，故此據實著録原本書名、版本、卷數、卷次、篇目，供讀者對照研究。

以下按照整理本順序依次編排，收録底本共計十九種：

一、明成化五年劉傚刊鐵崖先生古樂府十六卷。此書實爲鐵崖先生古樂府十卷與鐵雅先生復古詩集六卷之合刊本。

二、明萬曆四十三年諸暨陳善學序刊楊鐵崖先生文集十一卷，其中古樂府八卷、賦三卷。

三、佚名輯鐵崖先生詩十集，董康誦芬室叢刊本。

四、明佚名鈔本楊維禎詩集不分卷。

五、明末汲古閣刊鐵崖先生古樂府補六卷。

六、清張金吾愛日精廬鈔本鐵崖楊先生詩集二卷。

七、清初印溪草堂鈔本東維子集十六卷。

八、清順治九年汲古閣刊錢謙益輯録列朝詩集甲集前編第七。按：原本甲集前編第七又分上下，上編於鐵崖詩後録有張昱詩六十一首，本卷不録其篇目。

九、清乾隆三十九年聯桂堂刊樓卜瀍輯注鐵崖逸編注八卷。

十、青照堂叢書本楊鐵崖詠史一卷。

十一、民國初年貴池劉世珩影元刊顧瑛輯録十八卷本玉山草堂雅集卷二。按：此本原題“十三卷”，然其中有“卷后”五卷。此後陶湘據此本整理重刊，乾脆題作“十八卷”。

十二、元刊補修本新刊麗則遺音古賦程式四卷。

十三、清人勞格據何元錫重編本影鈔校訂本鐵崖賦稿二卷。

十四、明萬曆十七年王俞刊東維子文集三十卷附録一卷。

十五、明弘治十四年馮允中刊鐵崖文集五卷。

十六、明佚名鈔本鐵崖先生集四卷。

十七、清佚名鈔本楊鐵崖先生文集全録四卷。

十八、明嘉靖十九年任轍刊本史義拾遺二卷。

十九、明萬曆林有麟刊西湖竹枝詞不分卷。

著録內容三項：其一、書名。其二、卷次。其三、篇名。各底本序跋篇名及其作者，亦予著録。所有篇名皆據原本如實著録，凡是已經出現於此前底本，整理時予以刪除之篇名，注明此前底本之書名卷次，包括異名。移入存疑編或辨僞編者，亦如實注明。

一、明成化五年劉俄刊鐵崖先生古樂府十六卷

金山孤鳳辭

焦尾辭

紈扇辭

白門柳

丹山鳳

梁父吟

塗山篇

驪山曲

弁峰七十二

送客洞庭西

堯市山

夏駕石皷辭

虎丘篇

要離冢

香山篇

陳朝檜

放黿池

東林社

隱君宅

道人一畝宅

鐵崖先生古樂府卷五

沙堤行

地震謠

苦雨謠

大風謠

白雪辭

箕斗歌

鹽車重

鹽商行

牛商行

食糠謠

周急謠

勸糴辭

吳農謠

三男詞

乞墦詞

家仕歎

侯庶歎

秦刑篇

匠人篇

花門行

征南謠

憶昔一首

唐刺史

法吏二首

劭農篇

存與篇

樗蒲行

貧婦謠

鐵崖先生古樂府卷六

金溪孝女歌

楊佛子行（移入本書附錄二）

金處士歌

彭義士歌

盧孤女

孔節婦

陳孝童

強氏母

蔡君俊五世家慶圖詩

鐵面郎美趙御史也

奉使歌美答理麻氏也

春草軒辭

續婦詞　　　　　　　　　　　綠珠辭

織婦曲　　　　　　　　　　　焦仲卿妻

商婦詞二首　　　　　　　　　小臨海曲十首

清塘曲　　　　　　　　　　　桂水五千里四首

春波曲

采蓮曲二首　　　　　　　　　鐵崖先生古樂府卷十

楊柳詞二首　　　　　　　　　西湖竹枝歌九首

寄春曲　　　　　　　　　　　吳下竹枝歌七首

賭春曲　　　　　　　　　　　春晴二首

玉鏡臺　　　　　　　　　　　漫興七首

回文字　　　　　　　　　　　冶春口號七首

生合歡　　　　　　　　　　　漫成五首

纜船石　　　　　　　　　　　春俠雜詞十首

望鄉臺　　　　　　　　　　　燕子辭四首

乞巧詞　　　　　　　　　　　小游仙二十首

聞雁篇　　　　　　　　　　　海鄉竹枝歌四首

繫馬辭　　　　　　　　　　　　　附録

買妾言　　　　　　　　　　　吳君見心墓志銘

續弦言

歸客誤二首　　　　　　　　　鐵雅先生復古詩集卷一

自君之出矣二首　　　　　　　輯鐵雅先生復古詩集序(章琬)

吳子夜四時歌　　　　　　　　琴操序

屈婦辭　　　　　　　　　　　精衛操(鐵崖先生古樂府卷一)

新來子　　　　　　　　　　　石婦操(鐵崖先生古樂府卷一)

同宮子　　　　　　　　　　　箕山操(鐵崖先生古樂府卷一)

陽臺曲　　　　　　　　　　　漢水操

蘇臺曲　　　　　　　　　　　介山操

邯鄲道　　　　　　　　　　　崩城操

昭陽曲　　　　　　　　　　　前旌操

團扇歌　　　　　　　　　　　桑中操

白頭吟　　　　　　　　　　　炭廖操

銅雀曲　　　　　　　　　　　履霜操(鐵崖先生古樂府卷一)

眉憮詞（鐵崖先生古樂府卷一）

牧羝曲

牛腹書

宮中有蠱氣

董舍人

昭君曲二首（鐵崖先生古樂府
　　卷二）

王嬙

關内侯

梓柱生枝葉

張特進

新都侯

老姑投國璽

大司徒

兩仙公

龔老人

五湖游（鐵崖先生古樂府卷三）

毛女（鐵崖先生古樂府卷三）

金臺篇（鐵崖先生古樂府卷一）

蟲政篇（鐵崖先生古樂府卷一）

真仙謡

楊鐵崖先生文集卷二　古樂府
　　卷二

井底蛙

鐫羌歸來乎

悲處士

蒼頭奴

壺山處士

漢元舅

將軍客

月氏王頭飲器歌 二首

些月氏頭歌

曹大家

梁家守藏奴（鐵崖先生古樂府
　　卷二）

跋扈將軍

千里草

唐姬飲酒歌（鐵崖先生古樂府
　　卷二）

荆釵曲（鐵崖先生古樂府卷二）

馮家女（鐵崖先生古樂府卷二）

秦川公子

華太尉

君馬黄

董養子

赤兔兒

辛家女

在山虎

梁父吟

後梁父吟

義鶻子

的盧馬

反顧狼

大礪謡

徐無山人歌

賣國奴

獵許謡

鳳雛行

虎威將

子卿來

喬家婿

合肥戰

費尚書

點籌郎

桑條韋

安樂公主畫眉歌

喬家妾

鸚鵡折翼辭

机上肉

伴食相

胡眼大

大唐鍾山進士歌（鐵崖先生古樂府
　　卷三）

五王毬歌

一足夔

陳濤斜

南八兒

厲鬼些

白衣山人

青巖山人

花門行（鐵崖先生古樂府卷五）

大唐公主嫁匈奴行（鐵崖先生古樂
　　府卷二）

白將軍

李五父

哥奴冢

免冑行

奴材篇

晉州男子

汝州公

顏太師

藍面鬼

破桐葉

孔巢父

陳醫者

喜鵲兒

姚家有牙將

柿林院

行行臨賀尉

山棚客

興橋行

石忠烈

韓宣慰

金溪孝女歌（鐵崖先生古樂府
　　卷六）

楊鐵崖先生文集卷四　古樂府
　　卷四

甘露行

封刀行

就死謠

牛頭阿旁

光州民

蟇頤津

唐孔目

白雲先生

上源宴

壽春宴

佳麥良繭歌

金床兔

朱延壽妻

王承綱女

商人妻

王官谷

長樂坂

負國賊

送璽使

唐鴟鴞　　　　　　　　　一綱謡

淮南刺客辭　　　　　　　司農卿

王鐵槍　　　　　　　　　張忠獻

李天下　　　　　　　　　唐琦石

血鏃吟　　　　　　　　　金山捷

警枕辭　　　　　　　　　鐵象歌

鐵筋行　　　　　　　　　岳鄂王歌

齊雲樓　　　　　　　　　岳王行

腕可斷　　　　　　　　　銀瓶女

三閣圖　　　　　　　　　宋節婦巴陵女子行

李客省　　　　　　　　　冷山使者

將進酒　　　　　　　　　寶慶權臣

檻車行　　　　　　　　　獨松節士歌

琉璃瓶　　　　　　　　　咸淳師相

落葉辭　　　　　　　　　沈劍子辭

荆臺隱士　　　　　　　　冬青冢

張生鐵

石郎詞　　　　　　　　　楊鐵崖先生文集卷五　古樂府

鐵鞭郎　　　　　　　　　　　卷五

鐵硯子　　　　　　　　　羅敷詞

博羅神　　　　　　　　　陽臺婦

白麻答　　　　　　　　　宿瘤辭（鐵崖先生古樂府卷二）

帝豝行　　　　　　　　　即墨女（鐵崖先生古樂府卷二）

十阿父　　　　　　　　　木蘭辭

枕劍行　　　　　　　　　李夫人（鐵崖先生古樂府卷三）

華山隱者歌　　　　　　　焦仲婦

陳橋行　　　　　　　　　燕燕步踽踽

金櫃書　　　　　　　　　秦女休行

中書令　　　　　　　　　崔小燕嫁詞（鐵崖先生古樂府

澶淵行　　　　　　　　　　　卷二）

賓州月　　　　　　　　　君馬黄

悲靖康　　　　　　　　　蔡琰胡笳詞

銅雀妓

懊儂詞

雨雪曲

琵琶怨（鐵崖先生古樂府卷二）

華山畿

獨酌謡

隴頭水

折楊柳

上陵者篇

童男取寡婦

公無渡河（鐵崖先生古樂府卷一）

捉篘詞

饑不從虎食行

折逃屋

鐵城謡

問生靈

擬戰城南

大人詞（鐵崖先生古樂府卷三）

紫雲引

秋霜帕

春夜樂

日重光行（鐵崖先生古樂府卷二）

烏重光

無憂之樂

大難日（鐵崖先生古樂府卷二）

大數謡（鐵崖先生古樂府卷二）

勸爾酒二首

長洲曲（鐵崖先生古樂府卷二）

湖中女（鐵崖先生古樂府卷二）

西溪曲（鐵崖先生古樂府卷二）

城東晏（同鐵崖先生古樂府卷二城
　東宴）

璚臺曲（鐵崖先生古樂府卷三）

脩月斧（同鐵崖先生古樂府卷三脩
　月匠）

妾薄命

借南狸

山鹿篇

吳宮燕

湖龍姑曲

雀勞利

五禽言（鐵崖先生古樂府卷七）

白翎鵲辭二章（鐵崖先生古樂府卷
　七）

鬥雞行（鐵崖先生古樂府卷七）

丈人鳥

緑衣使

祀蠶姑火龍詞

堠子辭（鐵崖先生古樂府卷七）

鍾藤辭（鐵崖先生古樂府卷七）

醴泉辭（鐵崖先生古樂府卷七）

泳水辭（鐵崖先生古樂府卷七）

梟廬辭

龍虎辭（鐵崖先生古樂府卷七）

狗馬辭（鐵崖先生古樂府卷七）

鷹馬辭（鐵崖先生古樂府卷七）

鳳鏘鏘（鐵崖先生古樂府卷七）

鶴跰跰（鐵崖先生古樂府卷七）

歸雁吟（鐵崖先生古樂府卷七）

兩鶉鴣（鐵崖先生古樂府卷七）

匹鳥曲（鐵崖先生古樂府卷七）

鮫人曲（鐵崖先生古樂府卷七）

義鴿三章（鐵崖先生古樂府卷七）

警雕三章（鐵崖先生古樂府卷七）

留肅子歌（鐵崖先生古樂府卷六）

洪州矮張歌（鐵崖先生古樂府卷六）

秀州相士歌（鐵崖先生古樂府卷六）

禽演贈丁道人（鐵崖先生古樂府
　　卷六）

冶師行（鐵崖先生古樂府卷六）

艾師贈黃中子（鐵崖先生古樂府
　　卷六）

畹蘭辭

楊鐵崖先生文集卷七　古樂府
　　卷七

炮烙辭（鐵雅先生復古詩集卷二）

烽燧曲（鐵崖先生古樂府卷九）

放麂詞（鐵崖先生古樂府卷九）

牧羝曲（鐵崖先生古樂府卷九）

漸臺曲（鐵雅先生復古詩集卷二）

北郭辭（同鐵崖先生古樂府卷九屈
　　婦詞）

城門曲（鐵崖先生古樂府卷九）

蘇臺曲（鐵崖先生古樂府卷九）

望鄉臺（鐵崖先生古樂府卷九）

飲馬窟（鐵崖先生古樂府卷九）

俠客辭（鐵崖先生古樂府卷九）

劍客辭（鐵雅先生復古詩集卷二）

昭陽曲（鐵崖先生古樂府卷九）

銅雀曲（鐵崖先生古樂府卷九）

妲己圖（鐵崖先生古樂府卷九）

秦宮曲（同鐵崖先生古樂府卷九桑
　　陰曲）

朱邸曲（鐵崖先生古樂府卷九）

邯鄲道（鐵崖先生古樂府卷九）

臙脂井（鐵崖先生古樂府卷一）

焦仲卿妻（鐵崖先生古樂府卷九）

朱厓令女（鐵崖先生古樂府卷九）

摘瓜辭（鐵崖先生古樂府卷九）

食桃辭（鐵雅先生復古詩集卷二）

劍客篇（鐵崖先生古樂府卷九）

三閣辭三首（鐵崖先生古樂府
　　卷九）

綠珠詞（鐵崖先生古樂府卷九）

雌雄曲（鐵崖先生古樂府卷九）

連理枝（鐵崖先生古樂府卷九）

商婦詞二首（鐵崖先生古樂府
　　卷九）

合歡辭（同鐵崖先生古樂府卷九生
　　合歡）

玉鏡臺（鐵崖先生古樂府卷九）

纜舟石（同鐵崖先生古樂府卷九纜
　　船石）

楊柳詞二首（鐵崖先生古樂府
　　卷九）

採蓮曲二首（鐵崖先生古樂府
　　卷九）

賭春曲（鐵崖先生古樂府卷九）

擬雪詞（鐵雅先生復古詩集卷三）

聞雁篇（鐵崖先生古樂府卷九）

白頭吟（鐵崖先生古樂府卷九）

繫馬辭（鐵崖先生古樂府卷九）

春波曲（鐵崖先生古樂府卷九）

彈瑟篇（鐵雅先生復古詩集卷三）

續弦言（鐵崖先生古樂府卷九）

買妾言（鐵崖先生古樂府卷九）

去妾詞（鐵雅先生復古詩集卷三）

三、佚名輯鐵崖先生詩集十集

鐵崖先生詩集甲集

寄張伯雨

送敏無機歸吳淞

送羅太初北游

送人歸江東

送康副使

送時彥舉青陽縣學教諭

游開元寺憩綠陰堂

贈相士孫雷眼

贈溧陽馬閒雲鍊師

題吳彥傑水竹軒

題夏伯和自怡悦手卷

叔溫席上和王憲道韻

正月十日寄東崑郭呂兩才子并簡玉
　山主人

五月廿日予偕客姑胥鄭華卿秦溪施
　彥昭嘉禾趙彥良雲間馮淵如呂
　希顏蕭阜韓句之適製錦村訪梅
　月老人老人二子皆由鄉貢出仕
　於時矣老人在堂壽而康時時引
　客弄孫徜徉乎泖南峴北之間老
　人之樂土也其孫炫把酒之餘且
　出紙索詩爲賦一解呈老人云
　姓朱

五月廿日余偕姑胥鄭華卿吳興宇文
　叔方雲間馮淵如呂希顏柳仲榘
　過泖環訪讀易齋主人觴客於清
　暉堂上笙歌之餘給紙札以觴詠
　爲樂余忝右客遂爲首唱率坐客

各和之捧硯者珠簾氏也

六月十三日與朱涇毛宰金華洪廣文
　飲散三槐陰下德常有作示余遂
　率毛洪共和之余作草草如左

四月四日偕蜀郡袁景文大梁程沖霄
　益都張翔遠雲間呂德厚會稽胡
　時敏汝南殷大章同游錢氏別墅
　飲於菊亭僧舍賦此書於壁

追和鮮于公寄山齋先生釣石詩

寄上李孟賓黼中丞

賦墨龍圖

贈姚子華筆工

題黃子久畫青山隱居圖爲劉青山題

送錢思復之永嘉山長

送費夢臣北上并簡十八丈

送強仲賢大使北游

游橫澤顧氏園題霽月亭

紀游

分得和字韻

錢唐懷古率諸無傲同賦

題清涼寺

題柳灣清涼庵壁

訪倪元鎮不遇

富春夜泊寄張伯雨

四月十六日偕句曲先生過彩真飲趙
　伯容所句曲出石室銘因賦是詩
　并簡太僕檢討先生

碧桃溪詩送句曲張先生東歸

西湖

鐵崖先生詩集丙集

奉題伏生受書圖(同陳善學序刊楊
　　鐵崖先生文集卷一伏生受書行)

題二喬觀書圖

題王粲登樓圖(同陳善學序刊楊鐵
　　崖先生文集卷二秦川公子)

題陶淵明漉酒圖

題瀛洲學士圖

題陶弘景移居圖

唐玄宗按樂圖

題孟浩然還山圖

題青蓮居士像

題浣花老人圖

題王鐵鎗像

題儋州禿翁圖

自題鐵笛道人像

題安人方廣羅漢

稼父圖

題王叔明畫渡水僧圖

白雲窩爲僧明覺海賦

題仙山圖

題張師夔縣尉歸思圖送柏公東歸就
　　用師夔高韻以賦

題趙仲穆臨黃筌秋山圖

題朱澤民山水

水光山色

富春圖爲馮正卿賦

游陳氏園有感

題錢選長江萬里圖

漁莊詩爲玉山人賦

讀弁山隱者詩鈔

任元樸新創園池予名其東西樓一日

來青一日覽輝且爲賦詩

瑤池

題馮推官祖塋圖

題柳風芙月亭詩卷

次韻跋任月山綠竹卷

題張溪雲畫竹

梅竹雙清圖

贈陸術士子輝

醉歌行寄馮正卿

錦箏曲謝倪元鎮所惠古製箏

顧仲瑛爲鐵心子買妾歌

謝吕敬夫紅牙管歌

紅酒歌謝同年智同知作

紀夢中作書遺報復元

題任月山所畫唐馬卷

題跋月山公九馬圖手卷

衮馬圖

飲馬圖

正面黃

背立驪

所翁墨龍圖爲華學士賦

梅石橋畫龍

雷公鞭龍圖

毛寓軒考牧圖

篤御史黃金鸚圖

趙大年鵝圖

書畫舫席上姬素雲行椰子酒與玉山
　　聯句

游玉峰與崑山顧仲瑛京兆姚子章淮
　　海張叔厚匡廬于彥成吳興郯九
　　成聯句

春波曲（鐵崖先生古樂府卷九）

彈瑟篇（鐵雅先生復古詩集卷三）

續弦言（鐵崖先生古樂府卷九）

買妾言（鐵崖先生古樂府卷九）

去妾辭（鐵雅先生復古詩集卷三）

玉啼駒（鐵崖先生古樂府卷九）

空桑曲（同鐵崖先生古樂府卷九高
　樓曲）

女蔓草（鐵雅先生復古詩集卷三）

關山月（鐵崖先生古樂府卷九）

珊瑚鞭（鐵崖先生古樂府卷九）

浣女辭（鐵崖先生古樂府卷九）

續婦辭（鐵崖先生古樂府卷九）

織婦曲（鐵崖先生古樂府卷九）

清塘曲（鐵崖先生古樂府卷九）

回文字（鐵崖先生古樂府卷九）

乞巧辭（鐵崖先生古樂府卷九）

歸客誤二首（鐵崖先生古樂府
　卷九）

自君之出矣二首（鐵崖先生古樂府
　卷九）

吳子夜四時歌（鐵崖先生古樂府
　卷九）

新來子（鐵崖先生古樂府卷九）

同宮子（鐵崖先生古樂府卷九）

陽臺曲（鐵崖先生古樂府卷九）

團扇歌（鐵崖先生古樂府卷九）

寄春曲（鐵崖先生古樂府卷九）

白頭翁（陳善學序刊楊鐵崖先生文
　集卷七）

春俠雜辭十二首（見鐵崖先生古樂
　府卷十春俠雜詞十首、鐵雅先生

復古詩集卷四春俠雜詞八首）

宮辭十二首（同鐵雅先生復古詩集
　卷四宮詞十二首）

鐵崖先生詩集己集

雲山圖爲鳳凰山人題是日偕陸宅之
　會於德彰千户水竹居山人時年
　八十二

陳希夷畫像

東山攜妓圖

漁翁圖

雙女投壺圖

月梅

雨竹

風竹二首

晴竹

雨竹二首

雪竹

秋江晚渡圖

雪山圖

詠海棠

詠石榴花

秋雁圖

金人馬圖

春景人物亭院畫圖

織錦圖二首

題用上人山水圖三首

題清味齋圖三首

題蘇昌齡集芳圖

題米芾小景

雙燕圖

題扇寄謝生

贈張貞居

曹拙隱見遺之作并簡玉淵進士

送窩哲臺會試

送昂吉會試

送鄒弘道會試

詩餉鶴山何諒秀才行風水吳越間道
　　過吳中見松鶴巢及片玉田者皆
　　吾山水交中公子也可吾詩似之
　　當爲汝賦詩繼吾遺響回杭見予
　　西湖上徵予言之不妄海上作者
　　有奇製更請多録以示我蓋予之
　　尋詩不如爾之尋龍也

春日湖上有感五首（入存疑編）

題叔明畫

瀑布圖

題大癡山水

朱澤民畫

題大癡秀嵐疊嶂圖

題尹楚皋山水

題善長趙公山水

溪山濯足圖

題山居圖

題赤壁圖

雨霽雲林圖

題青山白雲圖

狼山晚晴圖

璧水池上作

聚白雲上白雲山居

題列子御風圖

題李白問月圖

杜子美浣花醉歸圖

題李杜醉歸圖

康子文掃門圖

青林讀書圖

清溪弄笛圖

洞庭吹笛圖

釣魚圖

村落圖

高士讀書圖

摘阮圖

題明皇合樂圖

題趙仲穆畫凌波仙

題芭蕉美人圖

脩竹美人圖

題仲穆凌波仙

題凌波仙圖

題抱琴才女圖

題撚花仕女圖

題美人圖

題蘇小小像

題欠伸美人圖

天台二女廟二首

題觀音像

張處士畫像二首

題子昂畫蘭

題著色蘭

題墨萱草

墨芙蓉圖

水墨四香圖

題墨菊

萱草

萱草圖

蘭花

瑞香花

卷二)

玉笙謡(同鐵崖先生古樂府卷二周
　　郎玉笙謡)

張生胡琴引

蹋踘歌贈劉叔芳

犛婆引

贈胡琴師董雙清

梓工琢樂器行

唐明皇按樂圖

玄宗對弈圖

題開元王孫挾彈圖

六宮戲嬰圖(鐵崖先生古樂府
　　卷二)

城西美人歌(鐵崖先生古樂府
　　卷二)

湖中女(鐵崖先生古樂府卷二)

羅浮美人(鐵崖先生古樂府卷三)

苕山水歌(鐵崖先生古樂府卷三)

王若水緑衣使圖

題毛女(同鐵崖先生古樂府卷三
　　毛女)

聽鶯曲

枸杞黄鼠圖

櫻珠詞

蓮花坅歌

醉歌行

張體隸古歌

謝金粟道人惠完顔巾子歌

阿鞶來謡(同陳善學序刊楊鐵崖先
　　生文集卷八阿鞶來操并序)

清雪歌

混沌詞

贈星士吴曉庭

贈相士薛如鑑

老人鑑歌

鐵崖先生詩集壬集

小姑謡

貧婦謡(鐵崖先生古樂府卷五)

三男辭(鐵崖先生古樂府卷五)

題二喬讀書圖

題王母醉歸圖

盧孤女(鐵崖先生古樂府卷六)

孔節婦(鐵崖先生古樂府卷六)

劉節婦詩

乙酉二月既望游弁山黄龍洞追和東
　　坡韻烏程尹孫同年詩十二韻書
　　於洞西幻住庵月禪師室就寄今
　　烏程縣尹苗公

六客亭分題送趙季文知事湖州

題淵明圖

江氏清遠圖

鳳凰石

題張騫乘槎圖

題繆生佚寫林塘圖和倪元鎮

唐子華畫山水圖

題味菜齋

題倪雲林寫竹石寒雨贈錢自銘時爲
　　虞子賢西賓

嬉春體四絶句

詠新月

題柯丹丘竹

題紅梨花

和楊孟載春愁曲　　　　　　五香奩集）

香奩八韻（同鐵雅先生復古詩集卷

四、明佚名鈔本楊維禎詩集不分卷

上册

篳篥吟（鐵崖先生古樂府卷二）

梁父吟（鐵崖先生古樂府卷四）

歸雁吟（鐵崖先生古樂府卷七）

義鴿三首（鐵崖先生古樂府卷七）

荆釵曲（鐵崖先生古樂府卷二）

昭君曲二首（鐵崖先生古樂府
卷二）

春芳曲（鐵崖先生古樂府卷四）

長洲曲（鐵崖先生古樂府卷二）

花游曲（鐵崖先生古樂府卷三）

匹鳥曲（鐵崖先生古樂府卷七）

題楊妃春睡圖

鴻門宴（鐵崖先生古樂府卷一）

題青蓮居士像（鐵崖先生詩集
丙集）

賦海涉

送日本僧

送客洞庭西（鐵崖先生古樂府
卷四）

要離冢（鐵崖先生古樂府卷四）

存輿篇（鐵崖先生古樂府卷五）

送窩舜臣會試（同鐵崖先生詩集庚
集送窩哲臺會試）

寄康趙二同年

寄韓李二御史同年

寄丁仲容（鐵崖先生詩集庚集）

送僧歸日本

贈瓊花珠月（同鐵崖先生詩集癸集
璚花珠月二名姬）

翡翠巢

醉和篇字韻

嬉春五首

溪舫齋

送秦剌史赴召史館

過沙湖寄玉山伯仲（同鐵崖先生詩
集癸集過沙湖詩書寄玉山賢伯
仲）

無題四首

錢塘懷古（同鐵崖先生詩集甲集錢
塘懷古率堵無傲同賦）

送强仲賢北上（同鐵崖先生詩集甲
集送强仲賢大使北游）

題趙文敏公自作小像

前旌操（鐵雅先生復古詩集卷一）

薛澱湖二首

泛泖（同鐵崖先生詩集甲集泛泖和
呂希顔堆字韻）

丹鳳樓

來青覽暉二樓（同鐵崖先生詩集丙
集任元樸新創園池予名其東西
樓一曰來青一曰覽輝且爲賦詩）

玉帶硯

琵琶硯

銅雀硯

玉蟾蜍

梅花鏡

剪刀（入辨僞編）

線香

龍涎香（入存疑編）

畫舫

菊杯舟

釣絲二首（入存疑編）

漁簑（入存疑編）

紗幬

菊枕

圓枕二首（第一首入存疑編，第二
　首入辨僞編。）

琉璃簾

鸚鵡杯

鞋杯

三眼茶竈

茶筅

桃花扇

白扇（入辨僞編）

竹奴

湯婆二首

梅杖

班竹杖二首

熨斗

秧馬

獸炭

炭團

木犀數珠

刷牙

承露盤

天燈

雪燈三首（入存疑編）

水燈

塔燈

梅花燈

蒲萄燈

船燈

鏡中燈二首（入存疑編）

泡汀

走馬燈三首（入存疑編）

仙鶴燈

梅花燈籠

竹節燈臺

金釵剪燭

錦箏二首

猿臂笛

鶴脛笛

象板

烟寺晚鐘

之字

沙書

畫梅

紙被

楊妃錦袎襪

足帛

帕子

香羅帕（入存疑編）

金盤露

豆腐（入辨僞編）

雪糕

冰團

白雁

雁字二首

雁陣二首

鶯

鶯梭二首（入存疑編）

白燕二首

螢火

燈蛾

雪履操（鐵崖先生詩集辛集）

正月十日寄婁東吕郭二秀才（同鐵崖先生詩甲集正月十日寄東崑郭吕兩才子并簡玉山主人）

冰壺先生傳（東維子文集卷二十八）

吳氏歸本序（東維子文集卷八）

尚夷齋銘（鐵崖文集卷二）

悼張伯雨幻仙詩

玉海生小傳（見本書佚文編）

題識（皇甫汸）

五、明末汲古閣刊鐵崖先生古樂府補六卷

卷一

荆卿失匕歌（陳善學序刊楊鐵崖先生文集卷一失匕歌）

補梁毗哭金辭（陳善學序刊楊鐵崖先生文集卷二補梁毗）

補日飲毋苟辭（陳善學序刊楊鐵崖先生文集卷一）

冰山火突詞（陳善學序刊楊鐵崖先生文集卷一）

月氏王頭飲器歌（陳善學序刊楊鐵崖先生文集卷二）

楚國兩賢婦（陳善學序刊楊鐵崖先生文集卷一）

楚妃曲（陳善學序刊楊鐵崖先生文集卷一）

慈雞田（陳善學序刊楊鐵崖先生文集卷一）

牝雞雄（陳善學序刊楊鐵崖先生文

集卷一）

秦女休行（陳善學序刊楊鐵崖先生文集卷五）

木蘭辭（陳善學序刊楊鐵崖先生文集卷五）

羅敷詞（一作陌上桑）（陳善學序刊楊鐵崖先生文集卷五）

漂母辭（陳善學序刊楊鐵崖先生文集卷一）

鳳皇曲（即白頭吟）（陳善學序刊楊鐵崖先生文集卷一）

長門怨（陳善學序刊楊鐵崖先生文集卷一）

燕燕步踽踽（陳善學序刊楊鐵崖先生文集卷五）

焦仲婦（陳善學序刊楊鐵崖先生文集卷五）

蔡琰胡笳辭（陳善學序刊楊鐵崖先

招關中(入辨僞編)

汴通河(入辨僞編)

統幽薊(入辨僞編)

喻西蜀(入辨僞編)

卷六

江西鐃歌二首（東維子文集卷
　三十）

大將南征歌

小萬户射虎行

虞丘孝子辭(陳善學序刊楊鐵崖先
　生文集卷六)

髯將軍

鐵骨搭(陳善學序刊楊鐵崖先生文
　集卷六)

韋骨鯁并序論(陳善學序刊楊鐵崖
　先生文集卷六)

舒刺客

趙公子舞劍歌

李公子行

盲老公(陳善學序刊楊鐵崖先生文
　集卷六)

銅將軍(陳善學序刊楊鐵崖先生文
　集卷六)

周鐵星(陳善學序刊楊鐵崖先生文
　集卷六)

蔡葉行(陳善學序刊楊鐵崖先生文
　集卷六)

金盤美人(陳善學序刊楊鐵崖先生
　文集卷六)

春暉草

題朱蓮峰夢游仙宫殿明日偕見西辨
　章進凝香閣詩長短二十句(東維
　子文集卷二十九)

凝香閣詩有序(入辨僞編)

毘陵行(東維子文集卷三十)

杵歌七首(東維子文集卷三十)

劉節婦(鐵崖先生詩集壬集)

雉子班(陳善學序刊楊鐵崖先生文
　集卷六)

黄鵠曲(陳善學序刊楊鐵崖先生文
　集卷六)

翁氏姊(陳善學序刊楊鐵崖先生文
　集卷六)

濮州娘(陳善學序刊楊鐵崖先生文
　集卷六)

處女冢(陳善學序刊楊鐵崖先生文
　集卷六)

六、清鈔本鐵崖楊先生詩集二卷

卷上

碧桃花丹桂枝

海棠小桃折枝

姜詩汲水圖

曹雲西圖

黄鶴樓

王若水竹雀

古木扇

贈相者高高視

春江漁樂圖

汀州路吏賴鏞死節

滕王閣圖

錢舜舉畫菊

寄山子春僉事

春俠雜詞四絶（同鐵崖先生古樂府
卷十春俠雜詞之六、七、八、十）

燕子詞四絶（同鐵崖先生古樂府卷
十燕子辭四首）

小游仙八絶（已見鐵崖先生古樂府
卷十小游仙二十首）

春晴二絶（同鐵崖先生古樂府卷十
春晴二首）

吳詠二首（入存疑編）

鍾山（同鐵崖先生詩集癸集鐘山
詩）

多景樓

舟次秦淮河

詠白塔（同鐵崖先生詩集甲集錢塘
懷古率堵無傲同賦）

送理問王叔明

丹鳳樓（明佚名鈔本楊維禎詩集）

寄龔暘谷緑漪軒

寄于照略

寄李司徒（同明佚名鈔本楊維禎詩
集寄陳廉庶子）

寄張士誠太尉

送尚書貢太甫入閩（同東維子文集
卷二十九送貢尚書入閩）

用顧松江後理齋貳守（同東維子文
集卷二十九用顧松江韻復理齋

貳守并柬雪坡刺史）

和蔡彦文題虞伯生張伯雨唱和帖

禁酒二首

秋千（同明佚名鈔本楊維禎詩集 鞦
韆對蹴）

白燕

雪坡太守過門招飲（同東維子文集
卷二十九八月初四日雪坡太守
周門柘入雲居山中復度嶺飲于
水月尼寺賦詩書似太守及蘇州
刺史周義卿）

寄蘇昌齡（雄文曾讀平徐頌）

赴瑪瑙寺主者約（同東維子文集卷
二十九主之約詩用宇文韻）

夏士文槐夢軒（同東維子文集卷二
十九題夏氏槐夢軒）

和黄彦美元帥憂字韻詩賦思邈明府

寄宋景濂

贈許廷輔萬户

雪（同鐵崖先生詩集癸集庚子臘月
對雪）

雪谷望松圖

贈王左丞二首

己亥除夜

用雪坡梅約何字韻與梅册主者

庚子元旦柬履齋明府

贈姜羽儀（同東維子文集卷二十九
與姜羽儀詩）

賦袁達善雪屋

賦彭叔璉竹素園

送玉笥生往吳大府之聘兼柬國寶樞
相賓卿客省

賦王蒙

送褚士文北上

廣生堂卷（同鐵崖先生詩集庚集題廣生堂詩卷）

午窗睡妾

守婦卷（入存疑編）

何氏秀松鶴巢（同鐵崖先生詩集庚集詩餉鶴山何諒秀才行風水吳越間道過吳中見松鶴巢及片玉田者皆吾山水交中公子也可吾詩似之）

水雲軒

張氏所居

夜飲范氏堂（同鐵崖先生詩集庚集夜宴范氏莊）

沈氏竹泉（同鐵崖先生詩集庚集竹泉詩爲沈子厚賦）

君山吹笛圖

天台壽智

和貝仲琚韻

桶底圖（入辨僞編）

孫大雅撰胡師善傳後（入辨僞編）

春游田家

送織毯宣使

贈錢野人裕

劉丹崖泡珠亭

雙桂堂席上賦

和屍竹贈浙省

飲張伯高歸來堂（同明佚名鈔本楊維禎詩集 九月十六日題伯高鎮撫歸來堂）

和鼇海來韻

靈鷲山

和成元章贈袁省郎韻

嬉春

宴杜堯臣席上

與浙省平章同謁先聖廟

寄劉用章郎中

吳氏雪窩

徵好秀才（入辨僞編）

御賜玳瑁筆見徵楚國公碑文（同鐵崖先生詩集癸集謝賜筆）

答夏伯和書問

門生夏叔正席上賦

香奩八詠（同鐵雅先生復古詩集卷五香奩八題）

題柳香綿（同鐵崖先生詩集癸集柳香綿名姬詩）

上王丞相

上葛指揮（同明佚名鈔本楊維禎詩集 贈葛指揮平松）

春游湖上（同明佚名鈔本楊維禎詩集 嬉春五首之二）

六月淫雨（同鐵崖先生詩集甲集六月淫雨漫成口號）

小閣圖

送吳主簿（入存疑編）

素花臺（同鐵崖先生詩集庚集素華堂）

題畫（入存疑編）

溪山晚渡圖（同鐵崖先生詩集庚集題朱鋭溪山晚渡圖）

過太湖

送王本齋之建康之江西

題群玉司司鑰養安海涯省親江陰侯
　　承賜尚醞卷

孫元實小像

雲巢翁曉雲圖

毒熱次呂敬夫韻（鐵崖先生詩集癸
　　集苦熱次呂敬夫韻）

送人游京師（同鐵崖先生古樂府卷
　　六留蕭子歌）

次答瞿于智

次答密元魯季兄

賦新安尼寺明大師

留別悦堂禪師

桃源主人翡翠巢二首

登承天閣同魯瞻副使年兄同眺

書聲齋爲野航道人賦（同鐵崖先生
　　詩集庚集書聲齋爲野航老人賦）

見吳左丞

望雲八景（思亭湧泉、靈岩飛雪、雲
　　谷晴曦、廬峰霽目、葛坡春雨、縱
　　嶺晚霞、南磵樵歌、東溪漁笛）

和程庸齋四時宮詞

過沙湖寄玉山主人匡廬仙客（同鐵
　　崖先生詩集癸集過沙湖詩書寄
　　玉山賢伯仲）

賦道生元理（同鐵崖先生詩集癸集
　　游崑山報國寺）

寄樂癡道人

游開元寺憩緑陰堂（鐵崖先生詩集
　　甲集）

游小基庵題壁

王子英水雲深處

王氏聽泉亭

雪龕壁

游陳氏花園乃錢相故宅物也有感
　　而作

送蒼雪翁歸吳江

爲胡氏賦大拙先生詩

答倪雲林二首

寄文奎徵士約松樻二友共過西枝
　　草堂

漱芳齋

寄靈壁張山人

寄東毘郭君二才子并柬片玉山人
　　（同鐵崖先生詩集甲集正月十日
　　寄東崑郭呂兩才子并簡玉山主
　　人）

一峰道人入吳不相見約見於夏義門
　　侄侗子歸松附是詩達之（同鐵崖
　　先生詩集甲集歸松附章遠伯雨）

追和王黃州禹偁留題武平寺

送賈士隆

謝玉山人僦屋及定住宣差諸公攜妓
　　煖房（鐵崖逸編注卷七奉謝玉山
　　假僦屋）

寄魯瞻子宣二司業子期尚書公衡仁
　　卿二御史

賀張伯雨新居

和剡九成新居韻

雪洞

黃沙霽日

橘州録二首

嬉春

宴朱元佐園堂

贈沈仲章醫士

寄尹子元張雄飛二御史（入存疑編）

寄脱兒赤顔子仁左丞

贈醫士張碙泉歸隱天台

寄南臺達兼善經歷（入辨僞編）

清湘即事

送陳景讓郎中赴中書右司

九月六日寄壽許可翁參政（入存疑編）

寄中書張孟功參議兼柬其尊府大參

登擬峴臺

登景雲觀玉皇

晚發徐州（入存疑編）

留別凱烈彦卿學士（入辨僞編）

送道童太常捧香赴上都（入存疑編）

閩越王釣龍臺（入辨僞編）

贈昭武路李遵道推官（入存疑編）

讀漢紀

夜坐

漫成

寄吐蕃宣慰使蕭存道（入存疑編）

送楊繼先照磨還丹徒郡幕

寄潘子素

王氏忠孝節義卷

寄贈惠安監縣亦理雅思原道

送鄭景賢之漳州龍溪縣教諭

贈醫士術齋

豫章舟中逢畫師王若水（兩首）（入存疑編）

贈李振玉教諭

辟茂才劉崇魯充晉安郡史賦以送之

送校官陳拱辰攝簿之安溪

經福城東郊倪氏葬親所（入存疑編）

贈饒白雪教諭攝懷安尹

送宗判官捧臺檄募舶兵平海寇事畢還臺

送朱自名憲使遷浙

送閩憲使李仲實辟帥掾之廣東

送朱生長侍親之浙東

獅子峰頂觀海

岳陽小景玢玉澗（同鐵崖先生詩集庚集題孟珍玉澗畫岳陽小景）

張外史香林亭

李季和召著作後賦此贈鄭明德先生先生今年赴濟南經師之聘因寄克莊使君使君蓋爲天子求賢舉逸者也

子昂自作小像（同明佚名鈔本楊維禎詩集題趙文敏公自作小像）

送張左丞除中書丞

送昂吉會試京師（同鐵崖先生詩集庚集送昂吉會試）

送尚哲臺會試京師（同鐵崖先生詩集庚集送窩哲台會試甲申科）

送鄒奕會試京師（同鐵崖先生詩集庚集送鄒弘道會試）

長城懷古

無題四首效李商隱體

和李五峰臥龍山韻

贈無一鍊師

詠楊妃襪二首

賦瓊花（同鐵崖先生詩集癸集璚花宴）

醉和篇字韻（明佚名鈔本楊維禎詩集）

題二喬觀書圖）　　　　　　趙大年鵝圖（鐵崖先生詩集丙集）

王鐵槍像（同鐵崖先生詩集丙集題　王若水綠衣使圖（鐵崖先生詩集
　王鐵鎗像）　　　　　　　　　　辛集）

七、清初印溪草堂鈔本東維子集
十六卷（詩十三卷，賦三卷）

東維子詩集卷一　　　　　　　　鴻門宴（鐵崖先生古樂府卷一）

　琴操　　　　　　　　　　　　　胭脂井（鐵崖先生古樂府卷一）

履霜操（鐵崖先生古樂府卷一）　　平原君（鐵崖先生古樂府卷一）

別鵠操（鐵崖先生古樂府卷一）　　春申君（鐵崖先生古樂府卷一）

精衛操（鐵崖先生古樂府卷一）　　即墨女（鐵崖先生古樂府卷二）

石婦操（鐵崖先生古樂府卷一）　　鍾離春（鐵崖先生古樂府卷二）

湘靈操（鐵崖先生古樂府卷一）　　馮家女（鐵崖先生古樂府卷二）

箕山操（鐵崖先生古樂府卷一）　　梁家守藏奴（鐵崖先生古樂府
　　　　　　　　　　　　　　　　　卷二）

漢水操（鐵雅先生復古詩集卷一）

介山操（鐵雅先生復古詩集卷一）　六宮戲嬰圖（鐵崖先生古樂府
　　　　　　　　　　　　　　　　　卷二）
崩城操（鐵雅先生復古詩集卷一）

前旌操（鐵雅先生復古詩集卷一）　大難日（鐵崖先生古樂府卷二）

桑中婦操（同鐵雅先生復古詩集卷　將進酒（鐵崖先生古樂府卷二）
　一桑中操）　　　　　　　　　　城東宴（鐵崖先生古樂府卷二）

庪庨操（鐵雅先生復古詩集卷一）　湖中女（鐵崖先生古樂府卷二）

殘形操（鐵雅先生復古詩集卷一）　琵琶怨（鐵崖先生古樂府卷二）

雪履操（鐵崖先生詩集辛集）　　　內人琴阮圖（鐵崖先生古樂府
　　　　　　　　　　　　　　　　　卷二）
雉朝飛（鐵崖先生古樂府卷一）

　七言古詩　　　　　　　　　　　上元夫人（鐵崖先生古樂府卷三）

公無渡河（鐵崖先生古樂府卷一）　毛女（鐵崖先生古樂府卷三）

桓山禽（同鐵崖先生古樂府卷一桓　羅浮美人（鐵崖先生古樂府卷三）
　山鳥）　　　　　　　　　　　　李夫人（鐵崖先生古樂府卷三）

烏夜啼（鐵崖先生古樂府卷一）　　望洞庭（鐵崖先生古樂府卷三）

結襪子（鐵崖先生古樂府卷一）

時敏汝南殷大章同游錢氏別墅
飲於菊亭僧舍（鐵崖先生詩集
甲集）

追和鮮于公寄山齋先生釣石詩（鐵
崖先生詩集甲集）

題上李孟賓鮪中丞（同鐵崖先生詩
集甲集寄上李孟幽稷中丞）

賦墨龍圖（鐵崖先生詩集甲集）

贈姚子華筆工（鐵崖先生詩集
甲集）

題黃子久畫青山隱居圖爲劉青山題
（鐵崖先生詩集甲集）

送錢思復之永嘉山長（鐵崖先生詩
集甲集）

送費夢臣北上并簡十八丈（鐵崖先
生詩集甲集）

送强仲賢大使北游（鐵崖先生詩集
甲集）

游橫澤顧氏園題霽月亭（鐵崖先生
詩集甲集）

紀游（鐵崖先生詩集甲集）

分韻得和字（同鐵崖先生詩集甲集
分得和字韻）

錢塘懷古率堵無傲同賦（鐵崖先生
詩集甲集）

題清涼亭（鐵崖先生詩集甲集）

題柳灣清涼庵壁（鐵崖先生詩集
甲集）

題錢全袞綾錦墩（同明佚名鈔本楊
維禎詩集 綾錦墩）

送道士之上海（明佚名鈔本楊維禎
詩集）

楊妃舞翠盤

龍灘紀詠

訪倪元鎮不遇（鐵崖先生詩集
甲集）

富春夜泊寄張伯雨（鐵崖先生詩集
甲集）

四月十六日偕句曲先生過福真飲趙
伯容所句曲出石室銘因賦是詩
并簡太僕檢討先生（鐵崖先生詩
集甲集）

碧桃溪詩送句曲張先生東歸（鐵崖
先生詩集甲集）

西湖（鐵崖先生詩集甲集）

留別浯溪諸友（鐵崖先生詩集
甲集）

歸淞附是章達伯雨（鐵崖先生詩集
甲集）

予與野航老人既登婁之玉峰應上人
松憩來青閣見乞詩爲賦是章率
野航共作（鐵崖先生詩集甲集）

次韻黃大癡豔體（鐵崖先生詩集
甲集）

寄衛叔剛三首（鐵崖先生詩集甲
集、玉山名勝外集）

七夕（鐵崖先生詩集甲集）

題陳仲美山水（鐵崖先生詩集
甲集）

題張聲伯白雲小隱（同鐵崖先生詩
集甲集題張玄伯白雲小隱）

題胡師善具慶堂（鐵崖先生詩集
甲集）

題施彥昭小三山樓（鐵崖先生詩集

井用張伯雨韻）

玉京山（鐵崖先生詩集庚集）

登戴山絶頂留山房（鐵崖先生詩集
庚集）

泊穆溪（鐵崖先生詩集庚集）

題馮淵如高士彈琴圖（鐵崖先生詩
集庚集）

題廣生堂詩卷（鐵崖先生詩集
庚集）

青龍任氏來青覽暉二樓（同鐵崖先
生詩集丙集任元樸新創園池予
名其東西樓一曰來青一曰覽輝
且爲賦詩）

丹鳳樓（明佚名鈔本楊維禎詩集）

題趙文敏公自作小像（明佚名鈔本
楊維禎詩集）

送譚貫還盂城

題龍門寺聽雪軒（同明佚名鈔本楊
維禎詩集聽雪軒）

賀人納胥其家有次女明年再納

東維子詩集卷八（七言律詩）

題張長年雪篷（鐵崖先生詩集
庚集）

寄康子中（鐵崖先生詩集庚集）

寄鹿皮子（鐵崖先生詩集庚集）

寄丁仲容（鐵崖先生詩集庚集）

贈張貞居（鐵崖先生詩集庚集）

曹拙隱見遺之什并簡王困進士（鐵
崖先生詩集庚集）

送窩舜臣會試（同鐵崖先生詩集庚
集送窩哲臺會試京師）

送昂吉會試（鐵崖先生詩集庚集）

送鄒弘道會試（鐵崖先生詩集
庚集）

詩餉鶴山何諒秀才行風水吳越間道
過吳中見松鶴巢及片玉田者皆
吾山水交中公子也可吾詩似之
（鐵崖先生詩集庚集）

春日湖上有感五首（鐵崖先生詩集
庚集）

鍾山（同鐵崖先生詩集癸集鍾山
詩）

海雪軒（鐵崖先生詩集癸集）

復題海雪（鐵崖先生詩集癸集）

庚子臘月對雪（鐵崖先生詩集
癸集）

自題月波亭（鐵崖先生詩集癸集）

苦熱次呂敬夫韻（鐵崖先生詩集
癸集）

桐江（鐵崖先生詩集癸集）

湖上即事　即嬉春曲其三（明佚名抄
本楊維楨詩集）

吳江夜泊（鐵崖先生詩集癸集）

游崑山報國寺（鐵崖先生詩集
癸集）

送貢尚書入閩（東維子文集卷二
十九）

八月初四日雪坡太守周門柘入雲居
山中復度嶺飲于水月尼寺賦詩
書似太守及蘇州刺史周義卿（東
維子文集卷二十九）

用顧松江韻復理齋并束雪坡刺史
（東維子文集卷二十九）

花游曲 并序（鐵崖先生古樂府
　卷三）

匹鳥曲（鐵崖先生古樂府卷七）

鮫人曲（鐵崖先生古樂府卷七）

荆釵曲（鐵崖先生古樂府卷二）

野雉詞（鐵崖先生古樂府卷一）

旦春詞（鐵崖先生古樂府卷一）

縶子詞（楊鐵崖先生文集卷二）

眉憮詞（鐵崖先生古樂府卷一）

柏谷詞（鐵崖先生古樂府卷一）

宿瘤詞（鐵崖先生古樂府卷二）

崔小燕嫁辭（鐵崖先生古樂府
　卷二）

内人吹篴詞爲顧瑛題（鐵崖先生古
　樂府卷二）

内人剖瓜詞爲顧瑛題（鐵崖先生古
　樂府卷二）

龍王嫁女詞（鐵崖先生古樂府
　卷三）

篯鏗詞（同鐵崖先生古樂府卷三篯
　鑑詞）

大人詞（鐵崖先生古樂府卷三）

貿絲詞（鐵崖先生古樂府卷四）

白雪辭（鐵崖先生古樂府卷五）

三男辭（鐵崖先生古樂府卷五）

乞墦詞（鐵崖先生古樂府卷五）

春草軒詞（鐵崖先生古樂府卷六）

東維子詩集卷十一（七言古詩）

萱壽堂詞爲海漕府經歷孫仲遠作
　（鐵崖先生古樂府卷六）

芝秀軒詞四首（鐵崖先生古樂府
　卷六）

堁子辭（鐵崖先生古樂府卷七）

泳水辭（鐵崖先生古樂府卷七）

梟蘆辭（鐵崖先生古樂府卷七）

龍虎辭（鐵崖先生古樂府卷七）

狗馬辭（鐵崖先生古樂府卷七）

鷹馬辭（鐵崖先生古樂府卷七）

白翎鵲詞（鐵崖先生古樂府卷七）

櫻珠詞（鐵崖先生詩集辛集）

渾沌印詞（同鐵崖先生詩集辛集渾
　沌詞）

獨禄篇（鐵崖先生古樂府卷一）

金臺篇（鐵崖先生古樂府卷一）

聶政篇（鐵崖先生古樂府卷一）

蹋踘篇二首（鐵崖先生古樂府
　卷二）

石橋篇（鐵崖先生古樂府卷三）

篳篥吟贈朔客杜寬用趙季文韻（鐵
　崖先生古樂府卷二）

歸雁吟（鐵崖先生古樂府卷七）

啄木吟（鐵崖先生詩集辛集）

鞏婆引（鐵崖先生詩集辛集）

李卿琵琶引（鐵崖先生古樂府
　卷二）

張猩猩胡琴引二首（鐵崖先生古樂
　府卷二 載一首）

阿犖來謡（鐵崖先生詩集辛集）

小姑謡（鐵崖先生詩集壬集）

大數謡（鐵崖先生古樂府卷二）

屏風謡（鐵崖先生古樂府卷二）

皇娲補天謡（鐵崖先生古樂府
　卷三）

題柯敬仲竹木（鐵崖先生詩集庚集）

題鈎勒竹（鐵崖先生詩集庚集）

題和靖觀梅圖（鐵崖先生詩集庚集）

題梨花折枝（鐵崖先生詩集庚集）

題畫梅（鐵崖先生詩集庚集）

題王元章畫梅（鐵崖先生詩集庚集）

題王冕墨荅梅（同鐵崖先生詩集庚集題王元章墨梅）

題柯玉文梅竹圖（同鐵崖先生詩集庚集題柯玉文竹梅圖）

題趙仲穆墨桂花（鐵崖先生詩集庚集）

題倪元鎮雲林三樹圖（鐵崖先生詩集庚集）

題松石圖（鐵崖先生詩集庚集）

題松雪翁五馬圖（同鐵崖先生詩集庚集題松雪翁五馬圖二首之一）

題子昂畫馬（同鐵崖先生詩集庚集題松雪翁五馬圖二首之二）

題子昂畫桃花馬（鐵崖先生詩集庚集）

四馬挾彈圖（鐵崖先生詩集庚集）

出獵圖（鐵崖先生詩集庚集）

醉貓圖（鐵崖先生詩集庚集）

鷹雛圖（鐵崖先生詩集庚集）

題墨雁（鐵崖先生詩集庚集）

題桃花畫眉（鐵崖先生詩集庚集）

題梨花白練帶鳥二首（鐵崖先生詩集庚集）

錦雉圖（鐵崖先生詩集庚集）

題丹崖生紅蓼雙鴛圖（鐵崖先生詩集庚集）

詠春鶯圖（鐵崖先生詩集庚集）

絕句十二首（鐵崖先生詩集庚集絕句十首、癸集絕句二首）

續奩集二十首（鐵崖先生詩集庚集老鐵梅花夢）

賦春夢婆（東維子文集卷二十九）

小香（東維子文集卷二十九）

寄沈秋淵四絕句（東維子文集卷二十九）

士女（鐵崖先生詩集癸集）

陸士衡讀書草堂

畫梅題懸崖倒影（同鐵崖先生詩集癸集題畫梅懸崖倒影）

紅梅七首（鐵崖先生詩集癸集）

折枝海棠（鐵崖先生詩集癸集）

桂花（鐵崖先生詩集癸集）

題畫（鐵崖先生詩集癸集）

題芭蕉著色畫（同鐵崖先生詩集癸集題著色芭蕉圖）

題萱竹圖三絕（鐵崖先生詩集癸集）

題畫竹（鐵崖先生詩集癸集）

王若水畫檳榔枸杞圖（鐵崖先生詩集癸集）

題山亭雲木圖（鐵崖先生詩集癸集）

雲山圖（鐵崖先生詩集癸集）

題扇上美人（鐵崖先生詩集癸集）

書扇

書扇寄玉喦（同鐵崖先生詩集癸集

蓍草（麗則遺音卷四）　　　　杖（麗則遺音卷四杖賦）

琴（麗則遺音卷四琴賦）　　　　五雲書屋（鐵崖賦稿卷下）

八、清順治九年汲古閣刊錢謙益輯録
列朝詩集甲集前編第七

第七之上　鐵崖先生楊維楨一　　　（鐵崖楊先生詩集卷上）
　百二十四首　　　　　　　　　寄蘇昌齡

鐵厓先生楊維楨（傳）　　　　送玉笥生往吳大府之聘兼柬國寶樞

老客婦謡（同明佚名鈔本楊維禎詩　　相賓卿客省（鐵崖楊先生詩集
　集針線婦）　　　　　　　　　　卷上）

不赴召有述（鐵崖楊先生詩集卷上　王左轄席上夜宴（鐵崖先生詩集
　徵好秀才）　　　　　　　　　　癸集）

上大明皇帝（同鐵崖先生詩集癸集　賦拱北樓呈相君
　鍾山詩）　　　　　　　　　　寄蘇昌齡（鐵崖楊先生詩集卷上）

寄宋景濂（鐵崖楊先生詩集卷上）　送呂左轄還越（同鐵崖楊先生詩集

上左丞相（入僞作編）　　　　　　卷上送呂同僉鎮越）

多景樓（鐵崖楊先生詩集卷上）　　投來使（入僞作編）

舟次秦淮河（鐵崖楊先生詩集　　　杵歌七首有序（東維子文集卷
　卷上）　　　　　　　　　　　　三十）

上張太尉（鐵崖楊先生詩集卷上）　毗陵行（東維子文集卷三十）

回上張太尉（同鐵崖先生詩集癸集　盲老公（鐵崖先生古樂府補卷六）
　謝賜筆）　　　　　　　　　　銅將軍（鐵崖先生古樂府補卷六）

寄淮南省參謀（同明佚名抄本楊維　周鐵星（鐵崖先生古樂府補卷六）
　禎詩集寄陳廉庶子）　　　　　蔡葉行（鐵崖先生古樂府補卷六）

新省呈右相及藩參諸公（鐵崖楊先　金盤美人（鐵崖先生古樂府補
　生詩集卷上）　　　　　　　　　卷六）

贈王左丞二首（鐵崖楊先生詩集　　韋骨鯁并序論（鐵崖先生古樂府補
　卷上）　　　　　　　　　　　　卷六）

至正廿三年四月淮南王左相微行淞　虞丘孝子詞（鐵崖先生古樂府補
　江步謁草玄閣夜移酒船宴閣所　　卷六）

又湖州作四首 書寄班恕齊試温生
　筆寫入前卷

無題効商隱體四首 與袁子英同賦
　（明佚名鈔本楊維楨詩集）

次韻黄大癡豔體（鐵崖先生詩集
　甲集）

寄衛叔剛（同鐵崖先生詩集甲集二
　首之一）

和楊孟載春愁曲之什（鐵崖先生詩
　集癸集）

寄小蓬萊主者聞梅澗并簡沈元方宇
　文仲美賢主賓

次韻奉答倪元鎮

訪倪元鎮不遇（鐵崖先生詩集
　甲集）

富春夜泊寄張伯雨（鐵崖先生詩集
　甲集）

懷家

贈筆生楊君顯

游開元寺憩緑陰堂爲開元寺長老秀
　石公賦（鐵崖先生詩集甲集）

四月四日偕蜀郡袁景文大梁程沖霄
　益都張翔遠雲間吕德厚會稽胡
　時敏汝南殷大章同游錢氏別墅
　飲於菊亭僧舍賦此書于壁（鐵崖
　先生詩集甲集）

用顧松江復理齋貳守（東維子文集
　卷二十九）

和蔡彦文題虞伯生張伯雨倡和帖
　（鐵崖楊先生詩集卷上）

詠白塔（同鐵崖先生詩集甲集詠白
　塔 錢塘懷古率堵無傲同賦）

送理問王叔明（鐵崖楊先生詩集
　卷上）

丹鳳樓（明佚名鈔本楊維楨詩集）

贈王蒙（鐵崖楊先生詩集卷上）

和黄彦美元帥憂字韻詩賦思邈明府
　（鐵崖楊先生詩集卷上）

夜坐（鐵崖楊先生詩集卷下）

西湖（鐵崖先生詩集甲集）

贈饒白雪教諭攝懷安尹（鐵崖楊
　生詩集卷下）

吴詠十章用韻復正宗架閣（鐵崖
　生詩集乙集）

飛絮（鐵崖先生詩集乙集）

賦春夢婆（東維子文集卷二十九）

書扇寄玉邑在瑶芳所書是日食金桃
　（鐵崖先生詩集癸集）

（按：原本於此詩後，還録有張昱詩
　六十一首。）

第七之下　鐵崖先生楊維楨一
百七十首

鴻門會（鐵崖先生古樂府卷一）

虞美人行（鐵崖先生古樂府卷二）

梁父吟（鐵崖先生古樂府卷四）

孔巢父（陳善學序刊楊鐵崖先生文
　集卷三）

警枕辭（陳善學序刊楊鐵崖先生文
　集卷四）

三閣圖（陳善學序刊楊鐵崖先生文
　集卷四）

澶淵行（陳善學序刊楊鐵崖先生文
　集卷四）

崔小燕嫁辭（鐵崖先生古樂府卷二）
金谷步障歌（鐵崖詠史樂府卷四）
鳴箏曲（鐵崖先生古樂府卷二）
長洲曲（鐵崖先生古樂府卷二）
龍王嫁女辭（鐵崖先生古樂府卷三）
湖龍姑曲（鐵崖先生古樂府卷三）
修月匠歌（鐵崖先生古樂府卷三）
夢游滄海歌（鐵崖先生古樂府卷三）
五湖游（鐵崖先生古樂府卷三）
苕山水歌（鐵崖先生古樂府卷三）
張公洞（鐵崖先生古樂府卷三）
花游曲（鐵崖先生古樂府卷三）
嬉春體四絶（鐵崖先生詩集壬集）
湖上感事漫成四小句
與客登望海樓二首
席上賦（同鐵崖楊先生詩集卷上席上賦二首之一）
悼李忠襄王（鐵崖楊先生詩集卷上）

九、清乾隆三十九年聯桂堂刊樓卜瀍輯注鐵崖逸編注八卷

序（樓卜瀍）

鐵崖逸編注卷一

殘形操并引（鐵雅先生復古詩集卷一）
漢水操（鐵雅先生復古詩集卷一）
介山操（鐵雅先生復古詩集卷一）
前旌操（鐵雅先生復古詩集卷一）
扊扅操（鐵雅先生復古詩集卷一）
桑中操（鐵雅先生復古詩集卷一）
崩城操（鐵雅先生復古詩集卷一）
楚妃曲（鐵崖先生古樂府補卷一）
烏夜啼（陳善學序刊楊鐵崖先生文集卷八）
烏重光（陳善學序刊楊鐵崖先生文集卷五）
君馬黄（鐵崖先生古樂府補卷四）
擬戰城南（鐵崖先生古樂府補卷四）
饑不從虎食行（鐵崖先生古樂府補卷四）
隴頭水（鐵崖先生古樂府補卷四）
折楊柳（鐵崖先生古樂府補卷四）
妾薄命（陳善學序刊楊鐵崖先生文集卷五）
陽臺婦（陳善學序刊楊鐵崖先生文集卷五）
蔡琰胡笳詞（陳善學序刊楊鐵崖先生文集卷五）
羅敷詞 一曰陌上桑（鐵崖先生古樂府補卷一）
焦仲婦（鐵崖先生古樂府補卷一）

元夕與婦飲（列朝詩集甲集前編第
　　七之下）

無憂之樂（陳善學序刊楊鐵崖先生
　　文集卷五）

上陵者篇（鐵崖先生古樂府補卷四）

問生靈（鐵崖先生古樂府補卷四）

四星謠（鐵崖先生古樂府補卷四）

櫃槍謠（鐵崖先生古樂府補卷四）

吳山謠（陳善學序刊楊鐵崖先生文
　　集卷五）

折逃屋（鐵崖先生古樂府補卷四）

山鹿篇（續張司業樂府也）（鐵崖先
　　生古樂府補卷四）

鐵城謠（鐵崖先生古樂府補卷四）

杵歌七首（東維子文集卷三十）

石郎詞（鐵崖先生古樂府補卷四）

石郎謠（鐵崖先生古樂府補卷四）

佛郎國新貢天馬歌（同鐵崖先生古
　　樂府補卷四拂郎國新貢天馬歌）

浴官馬（陳善學序刊楊鐵崖先生文
　　集卷五）

桃花犬（鐵崖先生古樂府補卷四）

借南狸（鐵崖先生古樂府補卷四）

雀勞利（陳善學序刊楊鐵崖先生文
　　集卷五）

丈人鳥（鐵崖先生古樂府補卷四）

聽鶯曲（鐵崖先生詩集辛集）

祠蠶姑火龍詞（同鐵崖先生集卷一
　　祭蠶婦辭）

鐵崖逸編注卷四

鳳凰石（鐵崖先生詩集壬集）

游虎丘與句曲張貞居遂昌鄭明德毗
　　陵倪元鎮各追和東坡留題石壁
　　詩韻（列朝詩集甲集前編第七
　　之下）

二月十二日玉山人買百花船泊山塘
　　橋下呼瓊花翠屏二姬招予與張
　　渥叔厚于立彥成游虎卓俄而雪
　　霰交作未果此行先以此詩寫寄
　　就要諸公各和（列朝詩集甲集前
　　編第七之上）

乙酉四月二日與蔣桂軒伯仲諸友同
　　泛震澤大小雷望洞庭之峯吹笛
　　飲酒乘月而歸蓋不異老杜坡仙
　　游渼陂赤壁也舟中各賦詩余賦
　　二十韻爲首唱（列朝詩集甲集前
　　編第七之上）

蓮花坺歌（鐵崖先生詩集辛集）

海塘（明佚名鈔本楊維禎詩集 餘姚
　　海堤爲判官葉敬常賦）

洞天謠（又名題丹山）

素雲引爲玄霜公子賦（陳善學序刊
　　楊鐵崖先生文集卷五）

秋霜帕（陳善學刊楊鐵崖先生文集
　　卷五）

大樹歌爲馮困如賦（東維子文集卷
　　三十）

藏書樓

湖光山色樓（同鐵崖先生詩集丙集
　　水光山色）

芝雲堂分韻得對字

六客亭分題送趙季文知事湖州（鐵
　　崖先生詩集壬集）

集己集)

題蘇武牧羊圖

夜坐(東維子文集卷二十九)

送曹生之京(同明佚名鈔本楊維禎
　詩集送吳生良游金陵)

送楊生琰歸溧陽

送用上人之金陵

送謝太守(東維子文集卷二十九)

炮烙詞(鐵雅先生復古詩集卷二)

食桃詞(鐵雅先生復古詩集卷二)

劍客詞(同鐵雅先生復古詩集卷二
　劍客辭)

擬雪詞(鐵雅先生復古詩集卷三)

去妾詞(鐵雅先生復古詩集卷三)

彈瑟篇(鐵雅先生復古詩集卷三)

湖上感事漫成四絶奉寄玉山(同列
　朝詩集甲集前編第七之下湖上
　感事漫成四小句)

嬉春體四絶句(鐵崖先生詩集
　壬集)

秋江晚渡圖(鐵崖先生詩集己集)

秋雁圖(鐵崖先生詩集己集)

織錦圖(鐵崖先生詩集己集織錦圖
　二首之一)

月梅(鐵崖先生詩集己集)

雨竹(鐵崖先生詩集己集)

詠石榴花(鐵崖先生詩集己集)

女蔓草(鐵雅先生復古詩集卷三)

白頭翁(鐵崖先生詩集戊集)

鐵崖逸編注卷七

寄張伯雨(鐵崖先生詩集甲集)

送羅太初北游(鐵崖先生詩集
　甲集)

游開元寺憩緑陰堂爲開元寺長老秀
　石公賦(鐵崖先生詩集甲集)

贈溧陽馬閑雲煉師(鐵崖先生詩集
　甲集)

四月四日偕蜀郡袁景文大梁程沖霄
　益都張翔遠雲間吕德厚會稽胡
　時敏汝南殷大章同游錢氏別墅
　飲於菊亭僧舍賦此於壁(鐵崖
　先生詩集甲集)

追和鮮于公寄山齋先生釣石詩(鐵
　崖先生詩集甲集)

送錢思復之永嘉山長(鐵崖先生詩
　集甲集)

送費夢臣北上并簡十八丈(鐵崖先
　生詩集甲集)

錢塘懷古率堵無傲同賦(鐵崖先生
　詩集甲集)

訪倪元鎮不遇(鐵崖先生詩集
　甲集)

西湖(鐵崖先生詩集甲集)

長春庵

留別浯溪諸友(同鐵崖先生詩集甲
　集留別清溪諸友)

次韻黄大癡豔體(鐵崖先生詩集
　甲集)

寄衛叔剛(鐵崖先生詩集甲集寄衛
　叔剛二首之一)

玄霜臺爲吕希顏賦(鐵崖先生詩集
　甲集)

和吕希顏(鐵崖先生詩集甲集和吕

集庚集玉山草堂宴後作）

奉謝玉山假僦屋（同鐵崖楊先生詩
　　集卷上謝玉山人僦屋及定住宣
　　差諸公攜妓煖房）

春日有懷玉山主人

與客登望海樓作録寄玉山主人二首
　　（同列朝詩集甲集前編第七之下
　　與客登望海樓）

堯市山

鏡湖

石婦（同明佚名鈔本楊維禎詩集 夫
　　人山）（入僞作編）

王烈婦祠（同鐵崖楊先生詩集卷上
　　清風義婦齧指血題詩道傍石遂
　　投江死）

香奩八詠（鐵雅先生復古詩集
　　卷五）

紀夢中作書遺報復元（鐵崖先生詩
　　集丙集）

同鄭九成過玉山舟中聯句

鐵崖逸編注卷八

　　女史詠十八首（按：實爲十七
　　　首，闕青峰廟王氏。）

李夫人（鐵雅先生復古詩集卷四）

鈎弋夫人（鐵雅先生復古詩集卷四）

伏生女（鐵雅先生復古詩集卷四）

班婕妤（鐵雅先生復古詩集卷四）

趙昭儀（鐵雅先生復古詩集卷四）

王氏后（鐵雅先生復古詩集卷四）

賈南風（鐵雅先生復古詩集卷四）

緑珠（鐵雅先生復古詩集卷四）

馮小憐（鐵雅先生復古詩集卷四）

獨孤后（鐵雅先生復古詩集卷四）

武后（鐵雅先生復古詩集卷四）

楊太真（鐵雅先生復古詩集卷四）

盼盼（鐵雅先生復古詩集卷四）

王凝妻李氏（鐵雅先生復古詩集
　　卷四）

韓蘄王夫人（鐵雅先生復古詩集
　　卷四）

宋度宗女嬪（鐵雅先生復古詩集
　　卷四）

女貞木楊氏（鐵雅先生復古詩集
　　卷四）

宮辭十二首（鐵雅先生復古詩集
　　卷四）

續奩集序（鐵雅先生復古詩集
　　卷六）

學琴（鐵雅先生復古詩集卷六）

學書（鐵雅先生復古詩集卷六）

演歌（鐵雅先生復古詩集卷六）

習舞（鐵雅先生復古詩集卷六）

上頭（鐵雅先生復古詩集卷六）

染甲（鐵雅先生復古詩集卷六）

照畫（鐵雅先生復古詩集卷六）

理繡（鐵雅先生復古詩集卷六）

出浴（鐵雅先生復古詩集卷六）

甘睡（鐵雅先生復古詩集卷六）

相見（鐵雅先生復古詩集卷六）

相思（鐵雅先生復古詩集卷六）

的信（鐵雅先生復古詩集卷六）

私會（鐵雅先生復古詩集卷六）

成配（鐵雅先生復古詩集卷六）

洗兒（鐵雅先生復古詩集卷六）

秋千（鐵雅先生復古詩集卷六）

蹋踘（鐵雅先生復古詩集卷六）

釣魚（鐵雅先生復古詩集卷六）

走馬（鐵雅先生復古詩集卷六）

吳詠十章用韻復正宗架閣（鐵崖先
生詩集乙集）

題春江漁父圖（鐵崖先生詩集
乙集）

郭天錫春山圖（鐵崖先生詩集
乙集）

題山居圖（鐵崖先生詩集庚集）

雨後雲林圖（同鐵崖先生詩集庚集
雨霽雲林圖）

狼山晚晴圖（鐵崖先生詩集庚集）

題芭蕉美人圖（鐵崖先生詩集
庚集）

題淩波仙圖（鐵崖先生詩集庚集）

題撚花仕女圖（鐵崖先生詩集

庚集）

水墨四香畫（鐵崖先生詩集庚集）

題柯敬仲竹木（鐵崖先生詩集
庚集）

題王元章畫梅（鐵崖先生詩集
庚集）

四馬挾彈圖（鐵崖先生詩集庚集）

出獵圖（鐵崖先生詩集庚集）

題墨雁（鐵崖先生詩集庚集）

士女（鐵崖先生詩集癸集）

紅梅（鐵崖先生詩集癸集紅梅七首
之六）

折枝海棠（鐵崖先生詩集癸集）

瑞香花（鐵崖先生詩集庚集）

飛絮（鐵崖先生詩集乙集）

賦春夢婆（東維子文集卷二十九）

懷玉山一首書珠簾氏便面
席上作

十、青照堂叢書本楊鐵崖詠史一卷

悲吳王（陳善學序刊楊鐵崖先生文
集卷一）

反狼顧（司馬懿）（同陳善學序刊楊
鐵崖先生文集卷二反顧狼）

縛虎行兩首（呂布）（第一首同陳善
學序刊楊鐵崖先生文集卷二赤
兔兒）

梁父吟（與陳善學序刊楊鐵崖先生
文集卷二梁父吟題同詩異）

黃金塢（董卓）

大礪謠（公孫瓚）（陳善學序刊楊鐵
崖先生文集卷二）

獵許謠（曹操 劉備）（陳善學序刊
楊鐵崖先生文集卷二）

孔北海（融）

烏南飛（同陳善學序刊楊鐵崖先生
文集卷二喬家婿）

的盧馬（劉備）（陳善學序刊楊鐵崖

先生文集卷二）

合肥戰兩首（孫權）（與陳善學序刊
楊鐵崖先生文集卷二合肥戰題
同詩異）

辛家女（辛毗女也）（陳善學序刊楊
鐵崖先生文集卷二）

費尚書（與陳善學序刊楊鐵崖先生
文集卷二費尚書題同詩異，詩序
大致相同。）

葛家兒（同陳善學序刊楊鐵崖先生
文集卷二藍田玉）

亂宮奴（陳善學序刊楊鐵崖先生文
集卷二）

王孝子祥（同陳善學序刊楊鐵崖文
集卷二王孝子）

夕陽亭（賈充 荀勖）（陳善學序刊
楊鐵崖先生文集卷二）

玩鞭亭（與陳善學序刊楊鐵崖先生
文集卷二玩鞭亭題同詩異）

鳩酒來（隋煬帝）（與陳善學序刊楊
鐵崖先生文集卷二鳩酒來題同
詩異）

破野頭（陳善學序刊楊鐵崖先生文
集卷三）

王氏女（武治元年）（汲古閣刊鐵崖
先生古樂府補卷三）

精犯胜（段確）（同陳善學序刊楊鐵
崖先生文集卷三糟犯胚）

毒龍馬兩首（第二首見陳善學序刊
楊鐵崖先生文集卷三）

鄂國公兩首（尉遲敬德）（第一首同
陳善學序刊楊鐵崖先生文集卷

三同題詩）

田舍翁（魏徵）（陳善學序刊楊鐵崖
先生文集卷三）

唐奸狐（許敬宗）（陳善學序刊楊鐵
崖先生文集卷三）

謝祐頭（陳善學序刊楊鐵崖先生文
集卷三）

長髮兒（同陳善學序刊楊鐵崖先生
文集卷三長髮尼）

匡復府（陳善學序刊楊鐵崖先生文
集卷三）

匡復辨（入佚文編）

馮小珪（即僧懷義）（同陳善學序刊
楊鐵崖先生文集卷三馮小寶）

喬家女（同陳善學序刊楊鐵崖先生
文集卷三喬家妾）

黥面奴

桑條韋（陳善學序刊楊鐵崖先生文
集卷三）

伴食相（盧懷慎）（陳善學序刊楊鐵
崖先生文集卷三）

胡眼大（安禄山）（陳善學序刊楊鐵
崖先生文集卷三）

大腹兒

一足夔（陳善學序刊楊鐵崖先生文
集卷三）

雷海清（唐樂工）

陳濤斜（陳善學序刊楊鐵崖先生文
集卷三）

南八兒（陳善學序刊楊鐵崖先生文
集卷三）

祭曲江

集卷四)

碎玉杯

狄武襄(同陳善學序刊楊鐵崖先生
　文集卷四賓州月)

慈母愛(同陳善學序刊楊鐵崖先生
　文集卷四金櫃書)

悲靖康(陳善學序刊楊鐵崖先生文
　集卷四)

一綱謡(李綱)(陳善學序刊楊鐵崖
　先生文集卷四)

司農卿(黃鄂)(陳善學序刊楊鐵崖
　先生文集卷四)

張忠獻(張俊)(陳善學序刊楊鐵崖
　先生文集卷四)

金山捷(韓世忠)(陳善學序刊楊鐵
　崖先生文集卷四)

鐵象歌(曲端也)(陳善學序刊楊鐵
　崖先生文集卷四)

寶慶相臣(史彌遠)(同陳善學序刊
　楊鐵崖先生文集卷四寶慶權臣)

咸淳師相(賈似道)(與陳善學序刊
　楊鐵崖先生文集卷四咸淳師相

題同詩異)

宦官姜婦詞

劊子辭(同陳善學序刊楊鐵崖先生
　文集卷四沈劊子辭)

關内侯(陳善學序刊楊鐵崖先生文
　集卷一)

跋扈將軍(陳善學序刊楊鐵崖先生
　文集卷二)

血鏃吟(陳善學序刊楊鐵崖先生文
　集卷四)

斷腕樓

將進酒(陳善學序刊楊鐵崖先生文
　集卷四)

琉璃瓶(陳善學序刊楊鐵崖先生文
　集卷四)

白衣山人兩首(第一首見陳善學序
　刊楊鐵崖先生文集卷三)

姚家有牙將(陳善學序刊楊鐵崖先
　生文集卷三)

青蟲

論正人妖不敢近(入佚文編)

八磚血漬形(入佚文編)

十一、民國初年貴池劉世珩影元刊顧瑛 輯録本玉山草堂雅集卷二

楊維禎 (按：此爲楊氏小傳，顧
　瑛撰。)

吴詠十章用韻復正宗架閣(鐵崖先
　生詩集乙集)

吴中竹枝七首率郭義仲同賦(同鐵

崖先生古樂府卷十吴下竹枝歌
　七首率郭義仲同賦)

冶春口號七首寄崑山郭袁吕三才子
　(同鐵崖先生古樂府卷十冶春口
　號七首寄崑山袁郭吕三才士)

海鄉竹枝四首(同鐵崖先生古樂府
　　卷十海鄉竹枝歌四首)

春雞行(入辨僞編)

楊妃菊(清鈔本鐵崖楊先生詩集
　　卷下)

玉蓮曲爲金陵張氏妓賦(陳善學序
　　刊楊鐵崖先生文集卷八)

瑤池曲爲玉山人北堂壽(同鐵崖先
　　生詩集丙集瑤池)

萱壽堂爲孫仲遠經歷賦(同鐵崖先
　　生古樂府卷六萱壽堂詞爲海漕
　　府經歷孫仲遠作)

紅酒哥謝同年智同知作(同鐵崖先
　　生詩集丙集紅酒歌謝同年智同
　　知作)

醉哥行寄馮正卿(同鐵崖先生詩集
　　丙集醉歌行寄馮正卿)

錦箏曲謝倪元鎮所惠古製箏(鐵崖
　　先生詩集丙集)

玉山人爲鐵心子買妾哥(同鐵崖先
　　生詩集丙集顧仲瑛爲鐵心子買
　　妾歌)

二喬讀書圖(同鐵崖先生詩集丙集
　　題二喬觀書圖)

明皇按樂圖(明佚名鈔本楊維楨
　　詩集)

王粲登樓圖(同陳善學序刊楊鐵崖
　　先生文集卷二秦川公子)

陶弘景移居圖(同鐵崖先生詩集丙
　　集題陶弘景移居圖)

孟浩然還山圖(同鐵崖先生詩集丙
　　集題孟浩然還山圖)

伏生哾書圖(同陳善學序刊楊鐵崖
　　先生文集卷一伏生受書行)

淵明漉酒圖(同鐵崖先生詩集丙集
　　題陶淵明漉酒圖)

浣花老人圖(同鐵崖先生詩集丙集
　　題浣花老人圖)

青蓮居士象(同鐵崖先生詩集丙集
　　題青蓮居士像)

儋州禿翁圖(同鐵崖先生詩集丙集
　　題儋州禿翁圖)

瀛洲學士圖(同鐵崖先生詩集丙集
　　題瀛洲學士圖)

王鐵槍象(同鐵崖先生詩集丙集題
　　王鐵鎗像)

自題鐵篴象(同鐵崖先生詩集丙集
　　自題鐵笛道人像)

長江萬里圖(同鐵崖先生詩集丙集
　　題錢選長江萬里圖)

朱澤民山水(同鐵崖先生詩集丙集
　　題朱澤民山水)

張師夔縣尉歸思圖送柏公東歸就用
　　師夔韻題圖上(同鐵崖先生詩集
　　丙集題張師夔縣尉歸思圖)

王叔明度水僧圖(同鐵崖先生詩集
　　丙集題王叔明畫渡水僧圖)

馮推官祖塋圖(同鐵崖先生詩集丙
　　集題馮推官祖塋圖)

陳履元萬松圖(同鐵崖先生詩集辛
　　集題履元陳君萬松圖)

顧周道瀑布圖(同鐵崖先生古樂府
　　卷三廬山瀑布謠)

馬文璧弁山圖(同鐵崖先生詩集辛

集題馬文璧畫弁山圖）

曹霸赤馬圖（同鐵崖先生詩集辛集
　曹將軍赤馬圖顧仲瑛家藏）

拂郎國新貢天馬歌（陳善學序刊楊
　鐵崖先生文集卷五）

塔失兵馬五馬圖

六斤太守五馬圖（同鐵崖先生詩集
　辛集盛子昭五馬圖）

子昂二馬圖（同鐵崖先生詩集辛集
　題趙子昂驄馬圖）

袞馬圖（鐵崖先生詩集丙集）

飲馬圖（鐵崖先生詩集丙集）

正面黃（鐵崖先生詩集丙集）

背立驪（鐵崖先生詩集丙集）

戴嵩牧牛圖

毛寓軒考牧圖（鐵崖先生詩集丙集）

所翁龍頭爲華學生賦（鐵崖先生詩集
　丙集所翁墨龍頭爲學生華氏題）

梅石橋畫龍（鐵崖先生詩集丙集）

雷公鞭龍圖爲張鍊師賦（鐵崖先生
　詩集丙集）

篤御史黃金鸒圖（同鐵崖先生詩集
　丙集篤御史黃金鵠圖）

小萬戶射虎圖（同汲古閣刊鐵崖先
　生古樂府補卷六小萬戶射虎行）

趙大年鵝圖（鐵崖先生詩集丙集）

王若水綠衣使圖（鐵崖先生詩集
　辛集）

張溪雲畫竹（同鐵崖先生詩集丙集
　題張溪雲畫竹）

富春圖爲馮正卿賦（鐵崖先生詩集
　丙集）

稼父圖爲陳學稼賦（鐵崖先生詩集
　丙集）

紀夢中作書遺報復元（鐵崖先生詩
　集丙集）

游張公洞（同鐵崖先生古樂府卷三
　張公洞）

游玉峰與崑山顧仲瑛京兆姚子章淮
　海張叔厚匡廬于彥成吳興郯九
　成聯句（鐵崖先生詩集丙集）

書畫船席上與玉山人聯句（同鐵崖
　先生詩集丙集書畫舫席上姬素
　雲行椰子酒與玉山聯句）

嘉樹堂席上與郭義仲袁子英聯句

嘉樹堂主人強恕齋飲客于南池上時
　紅白芙藥盛開既取卷荷爲碧筒
　飲復采蓮實啖客主人請賦詩遂
　用食蓮聯句客爲會稽楊維禎三
　山余日彊太原郭翼汝陽袁華也

婁東園雅集分韻得深字韻

玉山草堂題卷率姚婁東郭義仲同作
　（同鐵崖先生詩集庚集玉山草堂
　題卷率婁東郭希仲同作）

玉山草堂燕後作（同鐵崖先生詩集
　庚集玉山草堂宴後作）

過沙湖詩寄玉山賢伯仲（同鐵崖先
　生詩集癸集過沙湖詩書寄玉山
　賢伯仲）

芝軒席上爲十歲孫童晉賦（同鐵崖
　先生詩集庚集芝軒席上爲孫童
　晉賦）

橫澤顧園浮月亭上作（同鐵崖先生
　詩集甲集游橫澤顧氏園題霽

月亭)

游虎丘與句曲張貞居遂昌鄭明德毗
　陵倪元鎮各追和東坡留題石壁詩
　韻(列朝詩集甲集前編第七下)

乙酉二月既望游弁峰黃龍洞追和東
　坡遺烏程尹孫同年詩是日書遺
　幻住庵月禪師就寄今烏程苗公
　(同鐵崖先生詩集壬集乙酉二月
　既望游弁山黃龍洞追和東坡韻
　烏程尹孫同年詩十二韻書於洞
　西幻住庵月禪師室就寄今烏程
　縣尹苗公)

二月廿二日游何道兩山玉堂禪師出
　東坡石刻詩且乞和韻刻于宜晚
　亭上

九女冢

登玉峰與玉山人同作

獅子峰頂觀海(清鈔本鐵崖楊先生
　詩集卷下)

玉京山(鐵崖先生詩集庚集)

寒巖寺

桐柏山

題林屋仙隱圖(鐵崖先生詩集庚集)

游龍井次張貞居韻(同鐵崖先生詩
　集庚集游龍井用張伯雨韻)

岳陽小景玢玉澗畫(同鐵崖先生詩
　集庚集題孟珍玉澗畫岳陽小景)

小闉圖(同鐵崖先生詩集庚集題小
　闉苑圖)

朱銳溪山晚渡圖(同鐵崖先生詩集
　庚集題朱銳溪山晚渡圖)

素華臺(同鐵崖先生詩集庚集素華

堂上清日台名與揭學士同賦)

承天閣(同鐵崖先生詩集庚集題承
　天閣與魯瞻副使同登用魯瞻韻)

徐檢校水閣與郊九成同賦(同鐵崖
　先生詩集庚集題徐檢校西湖水
　閣與郊九成同賦)

張外史香林亭(鐵崖楊先生詩集
　卷下)

外史別予吳下獻歲之春約重相見雲
　槎子歸西湖寄詩一首申其約云
　(同鐵崖楊先生詩集卷下外史別
　余吳下獻歲之春約重相見雲槎
　子歸西湖寄詩一首申其約云)

三月三日勾曲先生來手出小臨海和
　章一十首飄飄然有飛出六合之
　意酣暢詩酒突梯滑稽以游戲人
　間世者是豈人世癡仙人也耶余
　賦詩一解先生書而和之坐客藏
　去以比榴皮之傳寶(同鐵崖先生
　詩集庚集贈張貞居)

碧桃溪詩送勾曲先生東歸(同鐵崖
　先生詩集甲集碧桃溪詩送句曲
　張先生東歸)

綠陰堂爲開元寺長老秀石公賦(同
　鐵崖先生詩集甲集游開元寺憩
　綠陰堂爲開元寺長老秀石公賦)

編蒲軒爲顏悅堂禪師賦(同鐵崖楊
　先生詩集卷上留別悅堂禪師)

蒼蔔堂題詩遺明海大師大師新安寺
　尼也永嘉西磵之弟子傳法空王
　之外能吟七字句詩僕與玉山人
　游崑山明海招茶供侍者無有出

題明皇吹簫圖(同明佚名鈔本楊維禎詩集 明皇吹簫圖)

六月一日予往婁江而玉山避暑唯亭寺次日以詩來招詩曰六月一日入城府柳下野亭煩繫舟鐵笛橫風過湖去高情卻悔爲僧留又詩曰香傳玉手紅蓮酒冰落金刀白鱍魚六月婁江潮上急酒船何日到溪居用韻和寄二首

席上和張伯雨(同鐵崖楊先生詩集卷上答張貞居雲林席上見寄韻)

賦翡翠巢(同明佚名鈔本楊維禎詩集翡翠巢)

賦瓊花(同鐵崖先生詩集癸集璚花宴)

至正八年二月十二日玉山人買百花船泊山塘橋下呼瓊花翠屏二姬招予與張渥叔厚于立彥成游虎阜俄而雪霰交作未果此行先以此詩寫寄就要諸公各和(列朝詩集甲集前編第七之上)

醉和篇字韻(明佚名鈔本楊維禎詩集)

題惠崇畫雙雉圖

題宋高宗畫詩意便面

題趙翰林墨竹

題曲江洗馬圖

望雲八景詩次韻八首(同鐵崖楊先生詩集卷上望雲八景)

清真放生池上爲道生元禮洗硯索詩爲賦是解(同鐵崖楊先生詩集卷上賦道生元理)

題龍吟虎嘯圖二首

四景宮詞四首(同鐵崖楊先生詩集卷上和程庸齋四時宮詞)

題張貞期描四賢像四首

瑟弩

春俠(同鐵崖先生古樂府卷四道旁騎)

題孟玉潤畫金玉步搖宮女圖二首

題謝雪村雙竹圖

五馬圖(同本卷塔失兵馬五馬圖)

贈瀛洲仙

素雲引爲玄霜公子賦玄霜璚溪呂氏月臺名也(陳善學序刊楊鐵崖先生文集卷五)

來青覽輝樓詩爲青龍任元朴題二首

謝呂公子紅牙管歌(同鐵崖先生詩集丙集謝呂敬夫紅牙管歌)

崆峒子渾淪歌(陳善學序刊楊鐵崖先生文集卷六)

破鏡曲

十二、元刊補修本新刊麗則遺音古賦程式四卷

麗則遺音自序

麗則遺音跋(胡助)

卷一

哀三良

十三、清鈔本鐵崖賦稿二卷

千秋金鏡録賦　　　　　　器車賦

閔忠閣賦　　　　　　　　三神山賦

周公負成王圖賦　　　　　舜琴賦

鹵簿賦　　　　　　　　　白虎觀賦

會通河賦　　　　　　　　天衢賦

卷下　　　　　　　　　　龍首渠賦

泰元神策賦　　　　　　　天籟賦

首陽山賦　　　　　　　　簡儀賦

五雲書屋賦　　　　　　　浮磬賦

角端賦　　　　　　　　　石經賦

翠雪軒賦　　　　　　　　柏梁臺賦

進善旌賦　　　　　　　　海鹽賦

景鐘賦　　　　　　　　　金人賦

會稽山賦　　　　　　　　飛車賦

渾天儀賦　　　　　　　　跋(朱燧)

殷輅賦　　　　　　　　　題識二(黃丕烈)

記里車賦　　　　　　　　校語三(勞格)

十四、明萬曆十七年王俞刊本東維子文集三十卷附録一卷

東維子集序(孫承恩)　　　送陳錢趙三賢良赴京序

卷一　　　　　　　　　　送松江師黃公入吳序

鄒氏遺訓序　　　　　　　送三士會試京師序

李參政倡和詩序　　　　　刑統賦釋義序

漁樵譜序　　　　　　　　監憲決獄詩序

牡丹瑞花詩卷序

丞相梅詩序　　　　　　　卷二

送經理官成教授還京序　　送帖山提舉序

姑蘇知府何侯詩卷序　　　送關寶臨安縣長序

送祝正夫赴召如京序　　　送龍孔易序

留養愚文集序

聚桂文會序

曹士弘文集後序

王希賜文集序二首

楊文舉文集序

春秋左氏傳類編序

曹元博左氏本末序

春秋百問序

春秋定是録序

褚氏家譜序

送朱女士桂英演史序

卷七

吳復詩録序

趙氏詩録序

李仲虞詩序

張北山和陶集序

剹韶詩序

兩浙作者序

衛子剛詩録序

玉山草堂雅集序

郭羲仲詩集序

雲間紀游詩序

金信詩集序

蕉囪律選序

梧溪詩集序

齊稿序

孫氏瑞蓮詩卷序

詩史宗要序

曹氏雪齋弦歌集序

富春八景詩序

鐵雅先生拗律序（釋安撰）

卷八

送鄒生奕會試京師序

送強彦栗游京師序

謝生君舉北上序

送吳子照游閩序

張先生南歸序

送韓奕游吳興序

送齊易岩序

送何生序

送李志學還吳序

送劉生入閩序

送王公入吳序

吳氏歸本序

送于師尹游京師序

送沈均父序

卷九

送周處士還山序

送鄭處士序

送王熙易客南湖序

太史印譜序

西山序

送如一翁歸曲江草堂序

風月福人序

送朱生莆蒲溪授徒序

送韓諤還會稽序

贈櫛工王輔序

陶氏菊逸序

淮海處士壽冢募資序

葉山人省親序

送琴生李希敏序

送墨生沈裕序

十五、明弘治十四年馮允中刊本鐵崖文集五卷

囚齋説爲會稽張道士述

方丈室記（東維子文集卷二十）

竹雪齋記（東維子文集卷二十）

送用上人西游序（東維子文集
　卷十）

送照上人東歸序（東維子文集
　卷十）

春草軒辭

祭揭曼碩先生文

淮海處士壽冢募資序（東維子文集
　卷九）

祭馮仁山先生文

滕何氏馨志

李參政倡和詩卷序（東維子文集
　卷一）

兩浙作者序（東維子文集卷七）

曹氏雪齋弦歌集序（東維子文集
　卷七）

聚桂文會序（東維子文集卷六）

刑統賦釋義序（東維子文集卷一）

雲巖説

蘭友説

清溪亭記（東維子文集卷二十）

毛隱上人序（東維子文集卷十）

題鐵崖文集後（朱昱撰）

十六、明佚名鈔本鐵崖先生集四卷

卷一

黃金臺賦（麗則遺音卷二）

禹穴賦（麗則遺音卷二）

吊伍君賦（麗則遺音卷一）

吊望諸君賦（麗則遺音卷一）

哀三良賦（麗則遺音卷一）

泰畤賦（麗則遺音卷二）

麒麟閣賦（麗則遺音卷二）

憂釋賦（麗則遺音卷一）

鎬京賦（麗則遺音卷二）

懷延陵（麗則遺音卷一）

祭蠶婦辭（陳善學序刊楊鐵崖先生
　文集卷五）

童子救蟻篇

天車詩引

卷二

送國老滕公北上序

送金繹還鄉叙

送王好問會試春官叙

歷代史要序

送知事杜岳序

淞泮燕集序

大方廣佛華嚴經序

種竹所記

大樹軒記

綠陰亭記

睦州李侯祠堂記（東維子文集卷
　十二）

居易齋記

種瓜所記

十七、清佚名鈔本楊鐵崖先生文集全録四卷

記里鼓車賦(鐵崖文集卷二)

土圭賦(鐵崖文集卷二)

田横論(鐵崖文集卷三)

酷吏傳論(鐵崖文集卷三)

魯仲連論(鐵崖文集卷三)

竹夫人傳(東維子文集卷二十八)

麴生傳(東維子文集卷二十八)

冰壺先生傳(東維子文集卷二十八)

白咸傳(東維子文集卷二十八)

黄華先生傳(鐵崖文集卷二)

羅鑿傳(鐵崖文集卷二)

杜孝子傳

璞隱者傳(東維子文集卷二十八)

魯鈍生傳(東維子文集卷二十八)

斛律珠傳(鐵崖文集卷三)

天與閑者傳

夢鶴道人傳(鐵崖文集卷三)

雲林散人傳

學圃丈人傳(東維子文集卷二十八)

顧節婦傳

錢節婦傳

楊佛子傳(鐵崖文集卷三)

曲肱子傳

姚孝子傳(鐵崖文集卷三)

巢雲子傳

清概小傳

鐵笛道人自傳(鐵崖文集卷三)

仙都生傳

丹丘生辯

夏侯節士辯(鐵崖文集卷三)

金華先生避黨辨(鐵崖文集卷三)

揖拜辨(鐵崖文集卷三)

數説贈吴鍾山(東維子文集卷二十七)

命説贈夫容子(東維子文集卷二十七)

拆字説贈相心(東維子文集卷二十七)

神鑒説贈薛生(東維子文集卷二十七)

説相贈王生(東維子文集卷二十七)

則齋説(同東維子文集卷十四則齋記)

贈李春山風水説(鐵崖文集卷三)

伯固字説

雲外説

東皋隱者設客對(鐵崖文集卷三)

莽大夫平反(鐵崖文集卷三)

静庵法師小像賛

殷氏譜引(鐵崖文集卷一)

九山精舍(鐵崖文集卷三)

王伶師疏

答客問

志血櫃(鐵崖文集卷三)

仁醫贈(東維子文集卷二十七)

告鎮公文(鐵崖文集卷三)

卷四

鐵笛道人傳

瓜隱子傳

漁隱者傳

春水船記　　　　　　　　真樂堂記

信鷗亭記　　　　　　　　仁壽齋記

天藏窩記　　　　　　　　紫翠丹房記

安雅齋記　　　　　　　　常熟州重建學宮記

玄雲齋記

十八、明嘉靖十九年任轍刊本史義拾遺二卷

史義拾遺叙(陸淞)　　　　屈原論

卷上　　　　　　　　　　薛公論

水神告智伯　　　　　　　公孫龍論

樂羊自訟魏文侯書　　　　肥義論

豫讓國士論　　　　　　　桑雍箴(擬辭)

聶政刺客論　　　　　　　魖妖説

牛畜辯　　　　　　　　　趙威后傳(擬辭)

韓昭侯絶申不害書　　　　樂毅封王蠋墓文(擬辭)

子思薦苟變書(補辭)　　　貫珠論

孫臏祭龐涓文(擬辭)　　　毛遂上平原君書(設辭)

梁惠王送衛鞅還秦文(擬辭)　或問夷門監者

齊威王寶言(補辭)　　　　睢澤論

非田文署私得寶　　　　　非荀子談兵

非惠子樹楊喻　　　　　　黃鵠子辯

啟攻益辯　　　　　　　　奇禍言

魏可王對　　　　　　　　吕不韋復秦王書

或問孟子言王道　　　　　責太子丹

梁惠王葬議　　　　　　　王翦論

王斗不能舉孟子議　　　　吊齊王建文

郭隗致賢　　　　　　　　水德論

或問唐雎　　　　　　　　或問張良狙擊

五臣優劣辯　　　　　　　非淳于越封建議

甘茂上秦王書　　　　　　李斯論

鄭注論　　　　　　　　　王弘議

楊涉論　　　　　　　　　謝朏議

哀和陵辭　　　　　　　　朱子評韓子辯

補石晉太后恚婦辭　　　　哀鰌籃辭

宋太史書趙普辭　　　　　務光辭（有序）

代安叱奴謝表　　　　　　綱成君贊

録淖齒語　　　　　　　　題識（皇甫汸）

十九、明萬曆林有麟刊本西湖竹枝詞

（按：以下據原本卷首目録　鄭慶父一首
　　著録。）　　　　　　　潘子素一首

楊廉夫九首　　　　　　　黄子久一首

虞伯生四首　　　　　　　康瑞玉一首

王繼學二首　　　　　　　章立賢一首

馬伯庸二首　　　　　　　趙仲光一首

楊仲弘二首　　　　　　　唐子華一首

揭曼碩二首　　　　　　　劉太初一首

宋誠夫二首　　　　　　　陳子平一首

柯敬仲一首　　　　　　　熊自得一首

薩天錫一首　　　　　　　楊謙思三首

同同初一首　　　　　　　李仲常一首

李季和一首　　　　　　　朱仲文二首

鄭明德二首　　　　　　　歐陽彥珍一首

張伯雨一首　　　　　　　倪元鎮四首

貢泰父二首　　　　　　　高敬臣一首

甘允從一首　　　　　　　堵無傲一首

宇子貞一首　　　　　　　屠彥德一首

賈治安一首　　　　　　　富子微一首

陳居采三首　　　　　　　李廷璧二首

陸繼之一首　　　　　　　釋道元三首

燕孟初一首

强彦栗一首

別彦誠一首

吴彦章一首

韓彦敬一首

袁子英二首

釋良琦一首

顧進道二首

盧養元二首

徐德符一首

邊魯生一首

丁復一首

無名氏二首

曹比玉一首

張惠蓮一首

薛蘭英薛蕙英共十首

竹枝詞小跋（殘，佚名撰）

附録六　楊維禎名字籍貫及生年考辨

楊維禎的姓名、籍貫及其生年,存在或多或少的誤説,有必要逐一考察,澄清真相,統一認識。

一、楊鐵崖常用名是"維禎"

楊維禎之"禎"字,明史文苑傳寫作"楨",後世沿用較多。筆者在撰寫楊維禎年譜時,注意到鐵崖手書姓名常寫作"楊維禎",且其姓名章亦作"楊維禎",故認定其姓名當作如此著録。然而因爲楊維禎詩文集版本衆多,傳世墨迹也有數十件,其中寫作"維楨"的不乏一二。因此直至今日,"楊維禎"之姓名仍然未能給予規定統一。影響較大的,如王德毅、李榮村、潘柏澄編元人傳記資料索引、徐邦達古書畫過眼要録,著録爲"楊維禎";全元文、全元詩,以及劉正成主編的中國書法全集第四十六卷,則皆作"楊維楨"。至於各種文史資料、工具書、各級圖書館的書籍卡片有關鐵崖姓名的著録,則更不統一:或寫作"楊維禎,禎一作楨";或者相反,謂"楊維楨,楨一作禎"。令人感覺最爲糾結的是王冬梅主編的歷代名家書法經典楊維楨(北京中國書店二〇一三年出版):此書封面標題爲"楊維楨",右側截取鐵崖手書"揚維禎"作爲裝飾,扉頁標題卻又改作"楊維禎"。鐵崖姓名如此混亂地標署,對於今人的學習和研究,顯然是不利的。那麽,爲何會出現這樣的混亂情況呢?

如果追溯混亂源頭,毫無疑問,"罪魁禍首"應該就是楊維禎本人。前人對此狀況早有覺察,清光緒十四年(一八八八)六月,張之洞在爲鐵崖墨迹贈裝潢蕭生顯序所撰題跋中曾説:"署名作'維楨',印文作'禎',余所見鐵崖他卷亦同。今史傳作'楨',集本作'禎',書印自爲參差,當再考之。"(見北京瀚海公司二〇一〇年六月拍賣藏品圖像。)

其實,即使是在"集本"、"書迹"之中,楊維禎的署名也并不一致,"自爲參差"的現象廣泛存在。在張之洞之後,有心"再考"的學者已有不少,但是至今未有一致認可的定論。因爲鐵崖署名亂象叢生,難以梳理。不僅是其手書和印章不一致,即使是楊維楨同一年書寫的詩文,署名也常常并不相同。也就是説,亂象早在楊維楨在世的時候就已經發生。那麽,假若後人只是簡單强調"眼見爲實",僅僅根據自己并不完備的親眼所見爲鐵崖"確定"姓名,忽而"楊維楨",忽而"楊維楨";時或"楊楨",時或"楊楨",甚至"揚維楨"……必然造成混亂,儘管它們可能都是楊鐵崖曾經真實簽署過的姓名。

如今消除混亂的方法只有一個,就是從楊維楨經常使用的幾個姓名之中,採納一個能够被廣泛認可的作爲標準姓名,其餘則作爲別名對待。

今人要爲前人"確定"姓名,最爲理想的考證,自然應該首先確定其本名,然後探究改名的原因、時間、過程和結果,最後採用其改定名作爲"標準姓名",其餘則著録爲曾用名或別名。但是,鐵崖爲何如此多變地書寫自己的姓名?未見楊維楨本人有過説明。其本名究竟是"維楨"還是"維楨"?其改定名又是什麼?後人有過種種考察和推論,都還没有充分的證據足以令人信服。

堅持認爲鐵崖本名是"維楨"的,主要理由有三:一是鐵崖同胞同族兄弟的名字,除了表示排行的"維"字,末字多以"木"爲偏旁。二是認爲"維楨"出自詩經 大雅 文王"維周之楨"首尾二字之綴連,其父以此表示希望兒子成爲棟樑之才。(參見陳侃章 楊維楨辨析二題,文載諸暨史志一九八七年第五期。)三是認爲古人名與字通常都有聯繫,而名"維楨"與字"廉夫",比較吻合。(參見李倩 楊廉夫名"楨""楨"二字考,文載西南科技大學學報二〇〇七年第二期。)

上述論證或猜測貌似有理,其實經不起認真推敲。首先,楊維楨同一輩分的同宗兄弟,其名不用"木"偏旁字的,不在少數,例如鐵崖堂兄、書畫家楊維翰。即使是鐵崖同胞兄弟,四人之中:長兄維植,仲兄維魯,小弟維柢。二哥之名,已不採用以"木"爲部首的字,鐵崖排行第三,在仲兄維魯之後,名字不以"木"爲偏旁,不是没有可能。更何況小弟維柢之"柢",也有寫作"祗"的。(按:楊維楨詩文中提及自家兄弟姓名,僅見於先考山陰公實録。此文今存兩個版本,鐵崖文集本作"柢",楊鐵崖先生文集全録本則作"祗"。)其次,詩經中固然有

"維周之楨",但同時也有"維周之禎"（周頌 維清）。說"維楨"是詩經"維周之楨"首尾二字之綴連,純屬妄測。我們無從證明鐵崖兄弟的取名,都與詩經等經典有關。最後,所謂字"廉夫"與名"維楨"比較吻合,此說固然不錯,但是"維禎"與"廉夫"之間,同樣存在密切聯繫。理由非常簡單:字與名之間,應該具有某種聯繫,此爲古人常識。而這種聯繫可以是十分多樣的,"貞"既可以是"禎"字的表音構件,也可以視爲表意成分而引申出相關的文字,諸如此類的例子我們可以列出許多。假若鐵崖後來改名不能與其原字吻合,必然連同原字"廉夫"一并更改。不能想像,一個飽讀詩書的文人,會長期使用一個與其新字缺乏關聯的原名(或者是與原字缺乏關聯的新名),并且頻頻書寫于各類文章信劄。因此,從所謂的"維楨""維禎"與"廉夫"吻合與否來推究其本名,都只能是後人一廂情願的揣測,不能當真。

事實上,聯繫鐵崖出生時呈現的所謂吉兆,取名"維禎",可能更加符合其父母當時的心願。鐵崖出生之前,其母曾有神異之夢。宋濂撰鐵崖墓志曰:"當縣君有妊,夢月中金錢墮懷,翼日而君生。大夫公摩其頂曰:'夢之祥徵,其應於爾乎!'"又,霏雪録卷上:"楊廉夫先生之母夫人,嘗夢神人授金錢一枚,吞之,遂娠先生。"這些傳説應該是其父母後來對予鐵崖寄予厚望并引爲驕傲的談資,而"禎"字恰恰含有吉祥之意。

當然,説"維禎"更可能是鐵崖的本名,也只是推測,迄今無法證實。話又説回來,即使我們能够證實鐵崖的本名,對於今天鐵崖"標準姓名"的認定,仍然不起作用。因爲一旦鐵崖改了名字,那麼所有以前的名字,包括本名,都只能列入其曾用名的行列。

那麼,鐵崖的改定名是否能够證實呢?

要證實改定名,考察楊維禎晚年最後階段的署名,不失爲一種簡單而有效的方法。筆者曾經選擇鐵崖傳世最晚墨迹致松月軒主者手劄加以重點考察,原先也是出於這一企圖。但是非常遺憾,此墨迹今天存在兩個版本:一爲徐邦達古書畫過眼要録元明清書法第一册著録,北京 紫禁城出版社二〇〇六年出版,取名兵火帖;二爲謝稚柳收藏,著録於載玉軒藏宋元明清法帖墨迹,上海書畫出版社二〇〇八年出版,取名致松月軒主者手劄。這兩個版本除了清晰程度、收藏源流不同以外,内容基本一致,唯一令人感覺詫異的是,鐵崖署名不同,前者署作"楊□禎",鈐白文"鐵史"、"廉夫"二印;後者署作"楊楨",僅鈐"鐵史"一印,且爲朱文。

鐵崖晚年書信,有時命友生抄録,是爲了呈送不同的對象,因此會産生不同版本。而按照常理推斷,一封接收對象單一的普通私人信劄,作者不應該抄寫兩遍。換言之,徐邦達所見兵火帖,和謝稚柳收藏的致松月軒主者手劄,其中或許有仿冒之作。當然,即便是仿冒,只要忠實於原作,我們仍然可以從中瞭解某些真相,它們仍然有助於我們對於相關線索的梳理。問題在於,上述兩個版本的差異,尤其表現在署名方面,使得我們對於楊鐵崖最後的自我定名的考察,再一次陷入無法確定的迷茫。

那麼,是否可以撇開其墨迹,轉而考察各種文獻中著録的鐵崖晚年署名情況,并作最後的論定呢?非常遺憾,楊維楨作品版本衆多,無論抄本還是刻本,在轉録過程中常常出現有心或無意的不一致,令人更加難以定奪。以下試舉二例:

其一,明洪武二年(一三六九)八月一日鐵崖所撰畫沙錐贈陸穎貴筆師序,是目前所知鐵崖撰書最晚而且曾經傳世的墨迹,多種書畫題跋文獻皆予以全文引録。但是,此墨迹今已不存,不同文獻的著録卻存在著明顯差異:珊瑚木難本署爲"楊維楨",式古堂書畫匯考本卻署作"楊木貞"。今天有人以此文署名"楊木貞"作爲證據,來論定鐵崖本名就是"維楨",(參見楚默楊維楨研究楊維楨的姓名,上海三聯書店二○一○年版。)其實是靠不住的;更何況目前所見鐵崖詩文作品之中,署名作"楊木貞"的,僅此"半例"。其二,大約撰書於元至正二十二年(一三六二)前後的與德常劄,適園叢書本珊瑚木難卷八全文抄録,署名爲"老鐵楨""楨";文淵閣四庫全書本珊瑚木難、趙氏鐵網珊瑚所録,卻署作"老鐵禎""禎"。儘管從版本優劣的角度來看,文淵閣四庫全書本未必靠得住,但是我們也不能無視它的存在。總而言之,單純採用版本的校勘來考察鐵崖的署名,非但不能解決問題,反而更添混亂。

就楊維楨的實際而言,既然他有不少手書墨迹傳世,手迹自然應該成爲我們重點考察的對象。至於鐵崖詩文集各種鈔本、刻本中的鐵崖署名,并非第一手的資料,對於其姓名的考辨作用不大,所以基本可以忽略。

　　筆者本來以爲,自我姓名的書寫應該比較穩定,尤其是在某一個固定的時間段内,因此對於鐵崖墨迹(特别是其晚年墨迹)的考察,應該有助於其改定名的論定。筆者所見鐵崖傳世墨迹數十種(包括根據其手迹摹刻的版本),其中最早的是至正五年(一三四五)十一月十四日所撰梅花百詠序,最晚的是明洪武二年(一三六九)六月二十八日撰書致松月軒主者手劄。前者爲年近五十周歲時所撰,後者是七十四歲時所書。其餘留存至今的鐵崖手書墨迹數十種,大約都是這二十餘年間的作品,其中署有其姓名的多達二十四種。然而令人困惑的是,這一時間段内楊維禎手書墨迹中的署名,同樣存在著多變的現象,并無規律可尋。爲了更清晰地反映這一現象,以下將筆者所見署有鐵崖姓名的作品,按照年代先後依次排列:

篇名(别名)	撰書時間	署　名	收藏地點或出處
梅花百詠序	元至正五年(一三四五)十一月十四日	會稽鐵篴道人楊維禎	元刊梅花百詠,手書摹刻。
跋鄧文肅公臨急就章	元至正八年六月廿日	會稽揚維禎	故宫博物院
竹西志(竹西草堂記)	約作於至正九、十年間。	會稽楊維禎	西泠印社二〇〇六年版歷代行草精選
周上卿墓志銘	至正十九年(一三五九)五月	會稽楊維禎	劉正成主編中國書法全集四六卷
有餘閒説	至正二十年庚子二月初吉	會卟楊維禎	日鈴木敬編中國繪畫總合圖録第一卷
沈生樂府序	至正二十年春三月既望	鐵篴道人楊維禎	故宫博物院藏品大系書法編八
復理齋尺牘(僕客雲間帖)	至正二十年(一三六〇)十月二十六日	抱遺叟楊維楨	劉正成主編中國書法全集四六卷

（續表）

篇名（別名）	撰書時間	署　名	收藏地點或出處
題張雨自書雜詩	至正二十一年二月十五日	抱遺叟楊維楨	劉正成主編中國書法全集四六卷
小游仙辭後序	至正二十一年二月十五（花朝）日	鐵篴道人會稽楊維楨	徐邦達古書畫過眼要錄
書評張宣公城南雜詠	至正二十二年冬十二月	東維叟楊楨	故宮博物院藏品大系書法編八
張氏通波阡表	至正二十五年乙巳春	會乩楊維楨	上海書畫出版社二〇〇二年影印墨迹本
圖繪寶鑒序	約撰書於至正二十五年七月	會稽抱遺老人楊維楨	宸翰樓叢書圖繪寶鑒，據鐵崖手書摹刻。
夢梅華處詩序	至正二十五年冬十月丙寅	會稽楊維楨	故宮博物院藏品大系書法編八
贈裝潢蕭生顯序	至正二十六年夏六月上吉	會乩抱遺老人楊楨	北京瀚海公司二〇一〇年六月拍賣圖像
題姚澤古泉譜（題錢譜）	約至正二十六年夏	李忠介公榜第二甲晉士楊維楨廉夫	劉正成主編中國書法全集四六卷
題馬遠畫商山四皓圖	元末	抱遺老人會稽楊維楨	白立獻等編楊維楨書法精選
鸞字窩銘軸	元末	會稽楊維楨	故宮博物院藏品大系書法編八
致天樂大尹詩帖	元末	會乩抱遺叟楊維楨	故宮博物院藏品大系書法編八
除紅譜序	明洪武元年（一三六八）三月上巳日	鐵龍道人楊維楨	欣賞續編本除紅譜，手書摹刻。
夢游海棠城詩卷	明洪武二年正月	會稽抱遺老人楊維楨	天津博物館

（續表）

篇名（別名）	撰書時間	署　名	收藏地點或出處
壺月軒記	洪武二年春二月花朝庚辰	會稽抱遺叟楊禎廉夫甫	日本私人收藏
致松月軒主者手劄（兵火帖）	明洪武二年六月二十八日	抱遺老人楊楨（抱遺老人楊□禎）	戴玉軒藏宋元明清法帖墨迹（徐邦達古書畫過眼要録）
題巨然晚岫寒林圖	不詳	鐵篷叟楊維楨	臺北故宮博物院
題趙孟頫畫汀草文鴛圖	不詳	鐵篷叟楊維楨	臺北故宮博物院

　　從上引資料不難發現，鐵崖存世墨迹中的姓名書寫，主要存在著四種現象：楊維禎、楊維楨、楊楨、楊禎。以上表格所列，除去存有兩種版本的致松月軒主者手劄，尚有二十三件，其中署名“楊維禎”（包括“楊禎”“揚維禎”）的十二件；署名“楊維楨”（包括“楊楨”）的爲十一件。當然，以上統計并不包括鈐有姓名印而未署其姓名的墨迹。

　　有人曾經認爲：鐵崖名字的更改，反映其退隱前後、或元明更迭前後的心態變化。（參見喬光輝楊維楨之“楨”字考，文載文教資料一九九九年第一期；楊維楨之“楨”字演變與其心態關係探微，文載書法研究一九九九年第一期。）這樣的推測同樣沒有事實根據。由上表我們可以看到：元至正十九年（一三五九）五月，鐵崖退隱松江之前撰書周上卿墓志銘，署名“楊維禎”。退隱半年之後，至正二十年庚子（一三六〇）春三月既望，鐵崖撰書沈生樂府序，亦署“楊維禎”。同年十月二十六日撰書復理齋尺牘，卻又署爲“楊維楨”。至正二十五年（一三六五）冬十月丙寅撰書夢梅華處詩序，署名“楊維禎”。松江歸附朱元璋政權半年之前，至正二十六年丙午（一三六六）夏六月上吉撰書贈裝潢蕭生顯序，又署作“會乩抱遺老人楊楨”。明朝建國之後，洪武二年（一三六九）正月撰書夢游海棠城詩卷，署名“楊維楨”。同年二月花朝庚辰撰書壺月軒記，卻又署作“會稽抱遺叟楊禎廉夫甫”。由此可見，鐵崖署名隨心所欲，其中緣由未見其本人有所陳述，至今無從揣測。

目前可見鐵崖撰書於去世前一年的作品，一是洪武二年正月的夢游海棠城詩卷，署名"楊維楨"。二是同年二月花朝日所書壺月軒記，署作"楊楨"。三是本文所論致松月軒主者手劄，撰書于同年六月，卻又存在兩種版本，分別署名爲"楊楨"、"楊□楨"。可見鐵崖的改定名根本無從確定。或許鐵崖本人率意書寫，就從未有過定名的念頭。那麼，既然鐵崖的原名和改定名均無法確認，筆者認爲，使用其常用名作爲規範用名，統一今人對於楊鐵崖的稱呼，是最爲穩妥也是切實可行的。

在此必須强調的是：所謂"常用名"，并非指從衆心理導致的後人的經常採用，而應該是指鐵崖本人最爲常用的名字，也就是指經過我們認真分析比較其墨迹之後才能認識到的真相。

如上所述，目前所見鐵崖存世墨迹之中的署名，採用最多的是"楊維楨"和"楊維楨"，而兩相比較之後不難發現，後者更爲常用。"楊維楨"的署名，使用于其人生的各個時期，包括元至正初年浪迹江湖階段、元至正十一年（一三五一）至十九年的爲官時期，以及元末辭官退隱松江階段，直至明初辭世之前。

除此之外，更能説明問題的是，鐵崖存世墨迹之中，鈐有姓名印的十餘種，其中不少手迹僅書別號，卻鈐有姓名印。所用姓名印有兩枚：一爲"楊維楨印"，白文；一爲"會稽楊維楨印"，朱文。也就是説，迄今所見鐵崖姓名印，印文皆爲"楊維楨"，無一例外。儘管我們至今仍然無法解釋張之洞所指出的，鐵崖有些墨迹中所存在的"書印自爲參差"現象，例如書評張宣公城南雜詠，署名"楊楨"，卻鈐有朱文印"會稽楊維楨印"；又如張氏通波阡表，署名"楊維楨"，亦鈐朱文印"會稽楊維楨印"。然而這一矛盾現象其實可以作爲論據，證明本文的推斷：即鐵崖在變換名字別號以聳動視聽的同時，并未放棄其常用名的使用。換言之，鐵崖本人將"楊維楨"作爲其常用姓名，這是不爭的事實。徐邦達先生編撰古書畫過眼要録，採用"楊維楨"而不用"楊維楨"，其實此書所録鐵崖墨迹十件，其中的署名并不一致。徐老先生取此而棄彼，究其原因，我想應該也是注意到了鐵崖常用名及其所用印章的緣故吧。

　　總而言之,要改變目前對於鐵崖姓名自行其是、比較混亂的著録,筆者認爲,應該將鐵崖常用名"楊維禎"作爲統一規範的正名,而將"楊維楨"、"楊楨"、"楊禎"作爲其別名或曾用名看待。

二、楊維禎的籍貫、生日與生年

　　楊維禎的籍貫,大約有五種説法:一曰諸暨,二曰會稽,三曰紹興,四曰山陰,五曰紹興山陰縣。前四説其實出自鐵崖本人自述:鐵崖文集卷二先考山陰公實録謂家居諸暨之陽;西湖竹枝詞自稱紹興人,顧瑛鐵崖先生古樂府題識沿用此説;鐵崖文集卷二鐵笛道人自傳、斛律珠傳又謂會稽人;鐵崖先生詩集丙集題朱澤民山水詩云:"我家山陰政如此,山陰道上歸何遲。"則又自稱山陰人,明史文苑傳亦同此説;貝瓊鐵崖先生傳又謂鐵崖是紹興山陰縣人。

　　清末光緒年間,諸暨樓藜然博綜典籍,并赴實地勘查,撰有鐵崖先生里居考一文,考訂詳實,證明鐵崖爲諸暨人無誤(參見光緒刊本鐵崖先生詩集三種附録),兹不復辯。僅略析分歧之源委如下:

　　其一,"會稽説"。據漢書卷二十八地理志,諸暨在漢代屬於會稽郡。可見所謂"會稽",當指諸暨所屬古郡。

　　其二,"紹興説"。據元史地理志,山陰、會稽二縣及諸暨州,在元代皆隸屬於紹興路。知"紹興"一説,實舉大者而言。比如泰定三、四年間楊維禎參加科舉考試,登記其籍貫就是"紹興路"。參見類編歷舉三場文選甲集卷五。

　　其三,"山陰説",實指諸暨所屬古國而言。春秋之際,山陰爲越王勾踐國都,漢時隸於會稽。漢書地理志注"山陰(縣)"曰:"會稽山在南,上有禹冢、禹井、揚州山。越王勾踐本國。"又考鐵崖先生詩集,其中將諸暨、會稽稱作"山陰"者不乏一二。例如庚集題王元章畫梅詩之二有句曰:"山陰老王腹似蟆。"所謂"山陰老王",指諸暨名士王冕,王冕字元章,故詩題稱之爲"王元章"。同集題松石圖曰:"匡廬道士山陰住。""匡廬道士"指于立,據玉山草堂雅集卷十于立小傳:"于立字彥成,南康之廬山人……學道會稽山中,得石室藏書。"由此可見,諸暨與會稽,皆曾被稱作"山陰"。

　　其四,"紹興山陰縣"説,此説僅見於鐵崖弟子貝瓊所撰鐵崖先生傳,屬於誤説。考察其致誤原委,或因鐵崖父受封紹興路山陰縣尹的緣故。

綜上所述,楊維禎當爲諸暨(今屬浙江紹興市)人。

楊維禎的生卒年歲,通常著録爲"一二九六——一三七〇",各種文學史、文學詞典以及相關工具書的記載似無例外,這是根據宋濂宋學士文集卷十六元故奉訓大夫江西等處儒學提舉楊君墓志銘推算和記録的。

宋濂所撰楊君墓志銘曰:"(鐵崖卒),時大明洪武庚戌夏五月癸丑也,年七十五。""洪武庚戌"即洪武三年(一三七〇),上溯七十五年,鐵崖當生於元成宗元貞二年(一二九六)。鐵崖生卒年歲另有一説,出自鐵崖弟子貝瓊筆下,貝瓊清江文集卷二鐵崖先生傳謂鐵崖卒於洪武三年夏六月,享年七十有六。

貝瓊所言與宋濂所述不合,但不足爲據。首先,鐵崖卒於洪武三年五月癸丑(二十五日),六月癸亥(六日)下葬,期間相隔十天,宋濂所撰墓志交待十分明白。貝瓊當時不在松江,鐵崖先生傳乃日後補作,應該是誤以葬期爲卒日。其次,鐵崖究竟享年七十五還是七十六,其傳世墨迹可以作爲佐證。夢游海棠城記明確寫道"己酉春正月十三夜,夢群女御……吾今行年已七十又四",洪武二年己酉爲公元一三六九年,由此推算鐵崖生年,爲元成宗元貞二年,證明宋濂所述不誤。

元貞二年爲丙申年,即公元一二九六年,沒有問題,問題在於鐵崖出生時的公元紀年,已經不能如此簡單換算,因爲楊維禎生於丙申年臘月二十五日,換算爲西元紀年,已非公元一二九六年,而是一二九七年正月。

楊維禎的生日,迄今未見有研究者提及。筆者在搜羅整理鐵崖作品的過程中,發現錢謙益所輯鐵崖詩選,即列朝詩集甲集前編卷七之上編,録有甲申臘月廿五日初度詩。此詩不見於楊維禎其他各種詩文集,但卻是真實可信的。詩曰:

> 去年生旦吴山雪,我食無魚客彈鋏。今年生旦逢立春,座上簪花寫春帖。主人錦筵相爲開,烹羊炰羔作春杯。柳車昨夜送窮去,羯鼓今日迎春來。家人祝詞心轉急,富貴今年當五十。男

兒富貴絕可憐,年少光陰胡可及。大姬白題作胡舞,小姬吳歈歌白苧。丹穴錦毛飛鳳凰,海樹紅芽語鸚鵡。兩家公子與玉觴,酒酣起把雙銀艣。胸吞笠澤三萬頃,氣卷渴鯨千丈長。座中有客吾宗老,玉山不受春風倒。歌詞自作風格高,合樂鶯聲一時好。夜如何其且秉燭,主人奉歡爲不足。主人交誼晚誰似,四海弟兄同骨肉。我歌醉歌君擊缶,金搏琵琶勿停手。洞庭君獻橘雙頭,飲以洞庭春色酒,輪雲世事知何有。

本詩描寫元至正四年甲申(一三四四)歲末楊維禎的狀況和心情,與其初到湖州長興時的實際能够吻合。此年十一月,應湖州蔣克明之邀,楊維禎攜帶妻兒,自杭州來到太湖之濱的湖州長興縣,在蔣氏東湖書院教授其子弟。來到長興之後的兩年裏,鐵崖受到當地大戶的熱情款待、青年士子的簇擁膜拜,精神爲之振奮,許多熱情奔放、抒發逍遥情懷的詩篇,就是出自於這一時期。而從本詩所述狀況來看,此年臘月的慶生宴會,顯然也是當地大戶(應該就是蔣氏)爲之操辦。此時鐵崖來到長興僅僅一個多月,陶醉於當時當地的豪奢,回想起昔日杭州的落魄,感慨之情不可遏制,遂有此長詩。

"去年生旦吳山雪,我食無魚客彈鋏。今年生旦逢立春,座上簪花寫春帖",是寫此前的狼狽和今日的愉悦。"吳山",位於杭州。曾經的天台縣令,曾經的錢清鹽場司令楊維禎,在爲父母守喪期滿之後,將家鄉諸暨所有的田地家産讓與兄弟,于元順帝至正元年(一三四一)攜帶妻兒,來到江浙行省省會城市杭州,并依照通常的程式,申請補官。誰知本來不該出現意外的補官程式,并未獲得執行。或許是因爲當年鐵崖任職錢清鹽場司令期間,力争減免賦税而得罪了上級官員;也可能是鐵崖比較張揚的個性,行省長官看不順眼。總之,楊維禎的補官一事,不明不白地拖延下來。此後的三四年裏,楊維禎攜家帶口寓居杭州吳山,被迫無奈,只能靠教授學生糊口度日。

然而人生的遭遇和人世間的許多事情,常常是西面關門,東邊開窗;起起伏伏,福禍相依。儘管楊維禎的仕途迭遭挫折,究竟何日得以補官,似乎也遥遥無期。但是身爲早年的二甲進士,又是寓居江浙省會城市杭州,且在元順帝重新恢復科舉之後不久,慕名求學的士子還是絡繹不絕。尤其是應邀來到長興縣東湖書院之後,既有當地豪族富家熱情款待,又有年輕後生追隨吹捧,楊維禎的身價得以倍增,同時又能與太湖美麗風光終日作伴,因此楊維禎格外興奮,甚至有了就此致仕隱逸、放縱逍遥的念頭。創作於這一時期的漫成五首之四(鐵崖先生古樂府卷十)就這樣唱道:"鐵笛道人已倦游,暮年懶上玉埠頭。只欲浮家苕雪上,小娃子夜唱湖州。"類似的思想,其實在甲申臘月廿五日初度詩中已初見端倪。

本詩中"家人祝詞心轉急,富貴今年當五十"兩句,用西漢朱買臣故事,暗示當時鐵崖妻兒希冀主人早日轉運的心理。據漢書朱買臣傳,朱買臣長年賣柴爲生,年過四十,仍然貧困不堪,但好書成癖,誦讀不輟。其妻不堪忍受,要求離他而去。買臣笑曰:"我年五十當富貴!"後來朱買臣果然出仕,擢爲會稽太守。故上引二句,實寓其家人希冀鐵崖轉運并獲得富貴之意。不過,鐵崖本人對於即將到來的"五十富貴",似乎并不期盼。家人著急的祝詞,反而勾起他對於青春時光的無邊留戀,所謂"男兒富貴絶可憐,年少光陰胡可及",不僅是漸入老境之人的共同心態,也是楊維禎留戀當時愜意生活的真實寫照。因此以下轉而濃墨重彩表現"大姬"、"小姬"的歌舞,"酒酣"、"奉歡"的快意。

詩題"甲申臘月廿五日初度",與詩句"今年生旦逢立春",可據以證實楊維禎之生日,又可藉以糾正有關其生年的誤説。在此需要加以辨析説明的是:至正四年(一三四四)鐵崖初度日,實爲其踏入虛歲四十九之門檻,"當五十"應屬約數,或是其家人對於富貴的"心轉急"期盼。否則按照習慣,詩題通常會標明"五十初度"。根據曆書記録,至正四年甲申"十二月廿五庚辰立春",(參見張培瑜三千五百年曆日天象歷代頒行曆書摘要,鄭州大象出版社一九九七年出版。)這與本詩所謂"甲申臘月廿五日初度"、"生旦逢立春"完全吻合。而據此推算楊維禎出生之日,則是元成宗元貞二年丙申十二月二十五日;換算爲公元紀年,已入一二九六年之次年。

綜上所述,楊維禎(一二九七——一三七〇),其名又作維楨,或作楨、禎,字廉夫,别號有鐵崖、梅花道人、鐵笛道人、鐵心道人、老鐵、抱遺子、東維叟等數十個,諸暨(今屬浙江紹興市)人。生於元成宗元貞二年丙申十二月二十五日,即公元一二九七年元月十九日;卒於明洪武三年庚戌五月二十五日，即公元一三七〇年六月十九日，享年七十有五。

　　（本文原名楊維禎名字及生年考辨——從其傳世最晚墨迹論起，載晉陽學刊二〇一四年第四期，［人大］複印報刊資料中國古代近代文學研究二〇一四年第十期全文轉載。收入本書附録之前，有删節、增補與修訂。）

附録七　楊維禎著作版本考述

楊維禎(一二九七——一三七〇)是高産作家,據其本人自述,生前已刊或結集著作,多達數百卷。楊鐵崖先生文集全録卷四鐵笛道人傳曰:"其文驚世者,有三史統辯論、太平綱目策、上皇帝書、("皇帝"之"皇",原本作"黄",據宋濂撰鐵崖墓志改。)罵閣文、春秋補正、歷代史鉞;詩有瓊臺、洞庭、雲間、祁上集及古樂府、琴操等,凡數百卷,藏於鐵崖山中云。"所謂"藏於鐵崖山中",當屬滑稽玩笑之語,因爲鐵崖晚年并無機會重返家鄉藏其書籍。不過上述著作確實大多埋没無聞,我們今天看到的鐵崖著作,多爲後世編刊。

文獻著録楊維禎著作五十四種

根據迄今所見各種文獻記載,曾經結集或刊行之鐵崖著作,至少有五十四種。以下按經史子集四部分類順序,逐一介紹:

一、五經鈐鍵:楊鐵崖先生文集全録卷二芸業生志、四部叢刊影印明正德刊本宋學士文集卷十六元故奉訓大夫江西等處儒學提舉楊君墓志銘(以下簡稱宋濂撰鐵崖墓志)、明陳第世善堂藏書目録卷上經類、清宣統刊國朝三修諸暨志卷四十六經籍志經部著録,其中陳第著録爲"十卷",其餘皆未録卷數。

二、春秋透天關:宋濂撰鐵崖墓志、清初黄虞稷千頃堂書目經部春秋類皆著録,後者著録爲"十二卷"。

三、春秋補正:楊鐵崖先生文集全録卷四鐵笛道人傳著録。

四、春秋胡傳補正:千頃堂書目經部春秋類著録。按:本書與春秋補正書名類似,或爲同一種書。

五、春秋定是録:千頃堂書目經部春秋類著録。按東維子文集卷六春秋左氏傳類編序,謂此書"十二卷"。

六、春秋大意:四部叢刊影印明初刊本貝清江先生文集卷二鐵崖先生傳(以下簡稱貝瓊撰鐵崖先生傳)著録,千頃堂書目經部春秋類作春秋大義。

七、春秋合題著説三卷：四庫全書總目經部春秋類存目著録，題下有小字注曰：“永樂大典本。”按：蓋原本於乾隆以前亡佚，四庫館臣從永樂大典輯出。然此輯本未能録入四庫全書，今又佚失不存。

八、左氏君子議：貝瓊撰鐵崖先生傳著録。宋濂撰鐵崖墓志作“君子議”。

九、四書一貫録：宋濂撰鐵崖墓志著録。

十、禮經約：宋濂撰鐵崖墓志著録。

十一、十三子折聖：楊鐵崖先生文集全録卷二芸業生志著録。

十二、三史統論五千言：鐵崖文集卷三鐵笛道人自傳著録。楊鐵崖先生文集全録卷四鐵笛道人傳作“三史統辯論”，東維子文集卷八送吴子照游闔序作“絶辨”，鐵崖先生古樂府卷末附録顧瑛識語作“三史正統辨”、千頃堂書目史部著録爲“宋遼金正統辨”。

十三、歷代史鉞二百卷：鐵崖文集卷三鐵笛道人自傳著録。楊鐵崖先生文集全録卷二芸業生志著録爲“十七史鉞”。鐵崖撰玉海生小傳（文載明佚名鈔本楊維禎詩集卷末）録作“史論”。貝瓊撰鐵崖先生傳作“史鉞”，鐵崖先生古樂府卷末顧瑛識語作“兩漢唐史鉞”。按：顧瑛所謂兩漢唐史鉞，當爲歷代史鉞中一部分。又，士禮居叢書本汲古閣珍藏秘本書目著録：“楊鐵崖史鉞一本，元人手鈔。一兩。”據此可知，楊維禎所撰史鉞，明末仍存於世，曾爲常熟藏書家毛晉購得。

十四、補正三史綱目：宋濂撰鐵崖墓志著録。鐵崖撰玉海生小傳録作“三史綱目”。

十五、太平綱目二十策：鐵崖文集卷三鐵笛道人自傳著録。清宣統刊國朝三修諸暨志卷四十七經籍志史部著録爲“太平綱目四十册”。

十六、富春人物志：宋濂撰鐵崖墓志著録。

十七、史義拾遺二卷：明祁承㸁澹生堂藏書目著録，清初黄虞稷千頃堂書目著録於史部史學類。清人諸暨葛玉書曾撰跋語曰：“史義拾遺二卷，明弘治中陸淞本都爲一卷，不分卷數時代。嘉靖中，皇甫汸重刻，次其時代，析爲二卷。今即用其篇第。其中小注，多淺學所增,致爲謬妄……篇末跋語稱'木'者,桐廬人(見玉笥集序),即先生所云'絶句人易到,吾門章木能之'者也(見復古詩集二)。"(按:葛玉書有志整理楊鐵崖全集,曾四處尋購鐵崖著作,包括黄丕烈藏書,最終搜羅編集鐵崖著作十三種。惜未刊行而撒手人寰,編集諸書盡皆散佚,僅留下輯鐵崖全集跋語十三則,見光緒戊子諸暨樓氏崇德堂補刊鐵崖先生詩集三種附録。以下引録葛氏跋語,皆出自此本,不再逐一説明。)

十八、錢塘百詠詩:清萬斯同撰明史卷一百三十四藝文志二史部地理類著録。

十九、警世集一卷:宣統刊國朝三修諸暨縣志卷四十八經籍志子部儒家類著録,曰:"維楨所撰書俱已著録,是集不見本傳,所述皆先民榘範,危言罕譬,醒世之木鐸也。在維楨著述中,尤爲僅見之書。明昌江吳永輯入三續百川學海戌集。"

二十、麗則遺音:宋濂撰鐵崖墓志、貝瓊撰鐵崖先生傳著録。千頃堂書目集部騷賦類著録爲"麗則遺音古賦程式三卷",四庫全書總目著録爲"麗則遺音四卷"。清葛玉書跋語曰:"麗則遺音四卷,萬曆中陳淵止本作二卷,而以蓮花漏記、里車、土圭三賦別爲一卷,總目爲古賦。汲古閣毛氏重刊本始析爲四卷,而無蓮花漏等三賦(已見鐵崖文集)。"按:葛玉書推斷此書原本二卷,汲古閣毛氏重刊本始分四卷。并不屬實。今存新刊麗則遺音古賦程式四卷,爲元刊本,國家圖書館收藏。

二十一、鐵崖賦稿一卷:清陸心源皕宋樓藏書志卷一〇九著録,曰"勞季言手校本"。四庫未收書目提要著録爲"鐵崖賦稿二卷"。又有鐵崖賦二卷,清諸暨葛玉書整理。葛氏跋語曰:"(此書)出舊鈔本,較金氏文瑞樓鈔本微有不同。案文瑞樓書目云,賦一卷,係與友人借鈔,誤字尚多,惜未得善本一校。今析爲二卷,訛者正之,疑者闕之。"

二十二、勸忠辭:宋濂撰鐵崖墓志著録。

二十三、瓊臺曲:鐵崖文集卷三鐵笛道人自傳著録。宋濂撰鐵崖墓志著録爲"瓊臺集"。按:鐵笛道人自傳曰瓊臺曲、洞庭雜吟共計"五十卷"。

二十四、洞庭雜吟：鐵崖文集卷三鐵笛道人自傳著録。宋濂撰鐵崖墓志著録爲“洞庭集”。或稱之爲“洞庭吟”，見史義拾遺卷首明人陸淞於弘治十五年壬戌（一五〇二）所撰序文。

二十五、鐃歌鼓吹曲：貝瓊撰鐵崖先生傳著録。

二十六、平鳴集二十卷：東維子文集卷二十七上樊參政書著録。宋濂撰鐵崖墓志亦著録，然無卷數。

二十七、雲間集：楊鐵崖先生文集全録卷四鐵笛道人傳、宋濂撰鐵崖墓志著録。

二十八、祈上集：楊鐵崖先生文集全録卷四鐵笛道人傳、宋濂撰鐵崖墓志著録。按：“祈上”之“祈”，當作“祁”。祁上，指嘉定州（今屬上海市）一帶。

二十九、鐵崖先生古樂府十卷：東維子文集卷二十七上樊參政書著録爲“古樂府辭十卷”，宋濂撰鐵崖墓志著録爲“古樂府”。明高儒百川書志卷二十集部著録曰：“鐵崖先生古樂府十卷，元太史紹興楊維楨廉夫著，門人富春吳復見心編，凡四百九首。”

三十、鐵崖先生復古詩集六卷：明高儒百川書志卷二十集部著録曰：“鐵崖先生復古詩集六卷，元太史紹興楊廉夫著，太史金華黃縉評，門生雲間章琬孟文注，凡一百四十一首。”清朱彝尊潛采堂宋金元集目著録曰：“鐵崖樂府六卷，成化丙戌王益序。二册。”又，民國王文進曰鐵崖先生古樂府十卷與鐵崖先生復古詩集六卷有至正年間合刊本，其文禄堂訪書記卷五著録：“鐵崖先生古樂府十六卷，元至正刻本。次題：‘門生吳復類編。’半葉十一行，行二十字。黑口。至正丙戌張天雨、吳復序。卷十一至十六復古詩集，次題：‘門生章琬注，黃潛評。’有章琬序。”

三十一、東維子詩集□卷：千頃堂書目集部別集類著録。

三十二、樂府補六卷：千頃堂書目集部別集類著録。

三十三、楊鐵崖文集五卷：明高儒百川書志卷十二集部著録。明祁承爜澹生堂藏書目卷十三著録：“楊廉夫文集二册五卷。”明史藝文志著録爲“鐵崖文集五卷”。日本靜嘉堂文庫漢籍分類目録著録爲“五卷附一卷，弘治刊本”。

三十四、楊鐵崖文集：明佚名近古堂書目卷下著録，并附小字注曰：“麗則遺音、復古詩集、西湖竹枝詞、詠史古樂府詩集。”千頃堂書目集部著録爲：“鐵崖文集□□卷。”邵懿辰、邵章增訂四庫簡明目録標注著録作“明萬曆刊本，文集十三卷”。

三十五、楊鐵崖先生文集十一卷：王重民中國善本書提要著録，曰：“内含古樂府八卷、古賦三卷。”按：此本當即陳善學萬曆刊本。宣統刊國朝三修諸暨縣志卷四十九經籍志集部著録“詠史古樂府八卷”，亦當指此本。

三十六、鐵崖文集全録一帙：宣統刊國朝三修諸暨縣志卷四十九經籍志集部著録，曰：“葛玉書跋云：出明人鈔本。”

三十七、楊鐵崖文集十八卷：日本静嘉堂文庫漢籍分類目録著録，曰：“楊鐵崖文集，内含文集五卷、古賦三卷、樂府八卷、首尾各一卷，萬曆刊本。”

三十八、鐵崖集十卷：明焦竑國史經籍志卷五著録。

三十九、楊鐵崖咏史拾遺一卷：明徐𤊰徐氏家藏書目卷六著録。

四十、東維子集（又名東維子文集）數種：千頃堂書目集部著録“東維子集三十卷”，宣統刊國朝三修諸暨縣志卷四十九經籍志集部著録曰：“東維子集三十卷附録一卷。”王文進文禄堂訪書記卷五著録曰：“東維子文集三十卷附録一卷，元至正刻本。半葉十二行，行二十四字。黑口。有‘孔繼涵’、‘荏谷’印。”按：王文禄所謂“元至正刻本”云云，有誤。上述三書所著録者，實爲同一版本，即明刊東維子文集三十卷（或曰三十卷附録一卷，或曰三十一卷），其結集初刊，當在明代弘治以前。參見後文“楊鐵崖先生文集全録四册”一則。

又，清曹溶静惕堂藏宋元人集目著録曰：“東維子文集三種。”至於所藏究竟哪三種書，不得其詳。按：同樣以“東維子文集”命名者，其書内容或大相徑庭。例如國家圖書館藏清初印溪草堂鈔本東維子文集十六卷，所録皆爲詩賦。又如明弘治四年辛亥九月十二日，朱存理撰書楊鐵崖遺文二，有所謂“蜀中刻東維子集一部”，此書與今日習見之東維子文集三十卷，亦未必一致。參見後文“東維子文集三十卷附録一卷”一則。

四十一、鐵崖漫稿五卷：宣統刊國朝三修諸暨縣志卷四十九經籍志集部著録。

四十二、鐵崖詩集十卷：宣統刊國朝三修諸暨縣志卷四十九經籍志集部著録，曰：“葛玉書跋云：舊鈔本，以十干排卷，不知出自何人。昔歲得於武陵書肆，後復於黃堯圃處得顧氏藏本，審卷端語、古小印，知曾庋何義門學士之架者也。”按：據此可知此書曾由康熙年間著名文人何焯（一六六一——一七二二）收藏。

四十三、鐵崖詩集補遺二卷：清諸暨葛玉書編集。宣統刊國朝三修諸暨縣志卷四十九經籍志集部著録。據葛氏跋語，其上卷雜采諸本，下卷全出江南席玉照鈔本。按：席玉照名鑒，玉照爲其字，常熟（今屬江蘇）人。明末清初在世，以藏書豐富著稱。

四十四、鐵崖文集補遺二卷：清諸暨葛玉書編集。宣統刊國朝三修諸暨縣志卷四十九經籍志集部著録。據葛氏跋語，此本源自鐵崖漫稿與休寧汪季青古鄉樓輯本，後者部分由鐵派門生雲間孫謙編集，葛玉書重加考訂編輯。按：汪季青名文柏，桐鄉（今屬浙江嘉興）人，祖籍休寧（今屬安徽）。與朱彝尊、黃宗羲爲同時人，家富藏書。兩浙輶軒録卷七：“汪文柏，字季青，一字柯庭，桐鄉人。官北城兵馬司正指揮。有柯庭餘習、古香樓吟稿。”

四十五、復古詩三卷：宣統刊國朝三修諸暨縣志卷四十九經籍志集部著録，曰：“昭文張氏愛日精廬藏本，不著編人姓名。張月霄謂復古詩元章琬所輯，刻竣在元至正二十四年。編此集者，當在琬後。”

四十六、鐵崖詩一卷：宣統刊國朝三修諸暨縣志卷四十九經籍志集部著録，曰：“崑山顧阿瑛編入玉山草堂雅集，計詩二百四十五首，多與玉山往還唱和，及雜賦之詩。間有東維子、古樂府所未載者。”

四十七、鐵崖詠史詩一册：宣統刊國朝三修諸暨縣志卷四十九經籍志集部著録，曰：“國朝李元春編。道光乙未朝邑青照樓劉廷陞氏校刊。其詩皆見鐵崖各集中，蓋選本也。以其去取詳慎，故著於録。”

四十八、鐵崖樂府注十卷詠史注八卷逸編注八卷：宣統刊國朝三修諸暨縣志卷四十九經籍志集部著録。按：此書由清乾隆間人士樓卜瀍輯注,國朝三修諸暨縣志誤將鐵崖樂府注十卷著録爲"八卷"。

四十九、楊鐵崖文二卷:邵懿辰、邵章增訂四庫簡明目録標注集部著録,曰:"顧鶴逸藏元鈔楊鐵崖文二卷。"附注曰:"末釋性安跋。文與明刊本不同。"按:顧麟士(一八六五——一九三〇)字鶴逸,元和(今江蘇蘇州)人。清末書畫藏家顧文彬之孫。所藏書畫之富,享譽吳中。撰有過雲樓書畫記、過雲樓續書畫記。參見梁戰、郭群一編著、陝西人民出版社一九九一年出版歷代藏書家辭典。

五十、新編鐵崖先生文集四卷:日本靜嘉堂文庫漢籍分類目録著録,曰"成化刊本"。

五十一、楊鐵崖詩稿不分卷:王文進文禄堂訪書記卷五著録曰:"元楊維楨手稿本。黑格。板心刊'西樓筆札'四字。皇甫汸跋,天啓七年俞安期跋。嘉慶十六年長白平謙跋云:'西樓即鐵崖讀書處,又名萬卷樓。'有'陸氏家藏'、'朝鮮安岐珍藏'、'麓村鑒賞'、'長白重持庵家藏'印。"按:此本實爲明人鈔本,王文禄著録及平謙跋文所述有誤。參見後文。

五十二、西湖竹枝詞一卷香奩集一卷:宣統刊國朝三修諸暨縣志卷四十九經籍志集部著録,曰:"原唱九首,和者百二十人。集成,維楨加以評語,仍於諸家姓氏下詳注其平昔出處,板行海內。陵川和維重刻於天順三年。桐鄉馮夢楨亦嘗得一編,親自參校,刊正訛脱。同邑陳宗甫于京復刻於楓橋……其香奩集,即復古詩集所已收者。"

五十三、唐宋大雅集:卷數不詳。鐵崖嘗撰玉海生小傳自述其作品集名目,曰"吾所著詩文,有唐宋大雅集"云云。蓋鐵崖效仿唐宋詩文風格而作。

五十四、四游彈詞:據清人焦循追述,晚明臧懋循"購得楊廉夫仙游、夢游、俠游、冥游彈詞,悉鏤板以行"(劇説卷二)。

以上根據文獻著録,考得楊維楨著作成書者五十四種。然而其中大多已經亡佚,經部著作十來種,皆已失傳;鐵崖專攻春秋,史學造詣非凡,然史部僅存史義拾遺與三史正統辨兩種,多達兩百卷的歷代史鉞没能流傳,十分可惜。集部著作留存最多,然而戲曲作品,包括晚明曾經刊行的彈詞四游集,今已佚失;鐵崖生前業已刊行或成書諸集，例如平鳴集、瓊臺曲、洞庭雜吟、雲間集、祁上集，後世皆未能流傳。今天我們能夠見到的鐵崖詩文集，大多爲明朝以後人士編刊。

當然，以上統計結果主要根據文獻查考獲得，未必確鑿無誤。因爲亡佚之書，僅憑文獻簡短介紹或書名著錄，難以認識真相，比如春秋補正與春秋胡傳補正，或許根本就是同一種書也未可知。反之，曾經傳世而今人茫然無知的鐵崖著作，應該也不在少數。

統計并未涉及中國叢書綜錄、中國古籍善本書目、中國古籍總目等，因爲上述幾種書目所錄，均爲現存古籍，將在下一節作具體介紹。還需説明的是，中國叢書綜錄著錄的煮茶夢記、啞偘志、南樓美人傳，以及鐵笛道人傳提及的罵閣文、宋濂所撰鐵崖墓志著錄的上皇帝書等等，都是未曾單獨刊行的單篇，故均不作爲專書納入統計範圍。此外，還有個別張冠李戴的著作，例如除紅譜，宣統刊國朝三修諸暨縣志卷四十八經籍志子部列入楊維楨名下，中國叢書綜錄作爲存疑著錄，其實楊維楨僅撰序文而已，并非此書作者。

今存楊維楨著作三十一種考述

筆者經眼或研讀的楊維楨著作，共計三十一種。（同一種書籍或許有多個版本，視爲一種，不作疊加統計；原來分別單行而後世輯爲一書者，如鐵崖先生古樂府十六卷、鐵崖先生詩集十集等，亦視作一種。楊維楨評點的詩文集，例如大雅集，未計在内。）

一、新刊麗則遺音古賦程式四卷：元至正元年（一三四一）陳存禮輯刊。國家圖書館藏有元刊補修本，中華再造善本據以影印。此本卷首有至正二年正月楊維楨自序，卷首總目錄下有至正三年正月三日胡助所撰題跋，（此文殘闕，包括胡助名字亦闕失。）書末有鐵崖門生錢塘陳存禮於至正元年正月望日所撰跋文。每卷卷首題目下署曰：“丁卯進士紹興楊維楨廉夫著，丁卯同年邵武黃清老子肅評。”原本序文及卷一卷二殘闕，清人黃丕烈影元抄本配補而成完帙，書末附有黃丕烈於嘉慶二十二年丁丑（一八一七）春日手書跋文。全書共錄鐵崖至正年前所撰賦三十二首，每卷八首。前三卷多綴有鐵崖同年黃清老評語。文中小字,皆作者自注。

本書又有明萬曆年間陳善學輯刊楊鐵崖先生文集本,題作古賦,分爲兩卷,每卷十六篇,置於楊鐵崖先生文集卷九與卷十。

此後又有明末毛氏汲古閣重刊本,題作麗則遺音,亦分四卷,與鐵崖先生古樂府十卷、古樂府補六卷、鐵雅先生復古詩集六卷合刊。今以汲古閣刊麗則遺音與元刊本相較,差異有三:其一,元刊本將黃清老所撰評語置於題下,汲古閣刊本則將同卷各文評語一并置於卷首目錄卷,且黃清老評語及文中小字注,明顯少於元刊本。其二,元刊本殘闕之胡助跋文,汲古閣重刊本完整無缺,置於卷末。胡助跋文之後,又錄有汲古閣主人毛晉題跋一首。其三,汲古閣本於卷四之後、胡助跋文之前,錄有乙亥科(元統三年,公元一三三五年)湖廣鄉試程文荊山璞賦五篇,且將考生姓名、名次,以及考官姓氏官職、批語等等,一一過錄。

本書還有文淵閣四庫全書本。四庫全書總目於麗則遺音四卷題下注曰:"江蘇巡撫採進本。"雖未注明"採進"何本,今以文淵閣四庫全書本與他本比勘可知,其底本當爲汲古閣刊本,然而黃清老評語及大部分小字注,均被刪去。

綜上所述,麗則遺音有元刊本、明萬曆年間陳善學刊本、明末汲古閣刊本、文淵閣四庫全書本四種,其中元刊本最佳,然有殘闕,汲古閣刊本等可供輯補。

二、鐵崖賦稿二卷:清勞格據何元錫重編本影抄校訂。國家圖書館、南京圖書館、上海圖書館均有藏本,續修四庫全書據上海圖書館藏勞權家鈔本影印。此本卷首有清黃丕烈識語一篇,卷末附錄明洪武三十一年(一三九八)海虞朱燧識文一篇、黃丕烈跋語二首、清道光二十三年(一八四三)勞格識語三篇。又有朱燧、黃丕烈諸人題於元人賦集青雲梯跋語多篇抄錄於後。此本凡錄賦五十篇,與麗則遺音無一重者。據朱燧識文及勞格跋語可知,此本源於明初朱燧手錄,清錢唐何元錫據以重編爲二卷,取名鐵崖賦稿。卷首目錄,目下注文及天頭小字注,均爲何元錫硃筆添補。何氏不僅移易原本次第,且刪去姑蘇臺賦第一首、玩鞭亭賦一首,止存四十八首,每卷二十四首。勞格又據原本重加校訂,始復舊觀。此書或題作楊鐵崖先生文集,爲一卷本,國家圖書館藏。

三、鐵崖先生古樂府十六卷:明成化五年(一四六九)劉傚刊,四部叢刊初編據以影印。上海圖書館有藏本。此本實由兩種書籍,即鐵崖先生古樂府十卷與鐵雅先生復古詩集六卷合并而成。

鐵崖先生古樂府十卷,題下署"門人富春吳復類編",卷首有元至正六年(一三四六)三月吳復序文、同年十月張雨序文各一篇,以及宋濂所撰鐵崖墓志。卷末附鐵崖爲編者吳復所撰吳君見心墓志銘。書後又有明成化二年(一四六六)六月崑山王益所撰重刻鐵崖先生古樂府後叙、元至正八年(一三四八)七月顧瑛所撰後序,及成化五年己丑七月劉傚撰識語。按:吳復序文撰於至正六年三月,然書中至正七、八年間詩作不乏一二,且多附吳復按語。蓋吳復撰序在前,殺青於後,故撰序後又輯詩作注。又,吳復序文稱輯録鐵崖古雜詩凡五百餘首,顧瑛後序則稱:"謹録吳復所編本,凡三百餘首,以鋟諸梓。"又曰:"卷末律詩,雖先生所棄,而世之學者所深膾炙者也。故余復取世俗所傳本,録五言及七言,又凡若干首云。"據此可知顧瑛所見吳編本詩歌數量,與吳復序文所述相差甚遠。今按此本實收鐵崖詩作四百十四首,附其師友詩十九首。故疑吳復序文所謂"凡五百餘首"之"五",實爲"三"之訛寫。又,鐵崖先生古樂府十卷所録詩作,多爲至正初年作品,當時鐵崖浪迹錢唐、吳興、姑蘇諸地,授學爲生,作詩甚多。其中明確繫年者,至遲爲卷六强氏母,作於至正八年(一三四八)十一月。其時吳復已卒,且晚於顧瑛撰寫後序之時。綜上所述,鐵崖先生古樂府十卷,并非鐵崖弟子吳復獨力編纂,實由吳復與鐵崖友人顧瑛共同編刊而成,顧瑛於吳復所輯三百餘首基礎之上,又有增廣。其結集刊行時間大約爲元至正八年歲末。

鐵雅先生復古詩集六卷,由鐵崖門人章琬編注,間附黃潛評語。卷首有元至正二十四年(一三六四)九月章琬序文,卷末附明正統元年(一四三六)楊士奇、衛靖識語各一首。本書載鐵崖詩一百三十五首,及其友人詩詞九首。按書末衛靖識語,稱收録"一百二十五首",蓋屬筆誤。又,劉傚識語謂:"予得是編,不敢私藏,謹爲命工刊佈。"今以鐵雅先生復古詩集六卷與鐵崖先生古樂府十卷比對,兩本重複詩作不少,可見劉傚重刻時確實未作改動。又,本書卷二有章琬古樂府識語,撰於至正二十六年(一三六六)五月;卷五有楊維禎香奩集序,作於至正二十六年三月;卷六有章琬續奩集二十詠跋文,撰於至正二十四年甲辰(一三六四)五月初吉。其中章琬古樂府識語、楊維禎香奩集序寫作時間,均晚於章琬撰寫全書序文之時。故疑章琬撰寫總序之時,本書實未結集。作序在先,結集梓行於後,蓋其時通例。(參見前述鐵崖先生古樂府中强氏母。)鐵雅先生復古詩集六卷結集時間,不得早於元至正二十六年五月。據書後附錄成化二年(一四六六)六月王益所撰重刻鐵崖先生古樂府後叙,(此文四部叢刊影印本殘闕,上海圖書館藏本則完好無損。)王益刊本據成化元年(一四六五)葉宇中、沈禮廣州刊本重刻,序文謂此本所錄詩歌,與其幼時所見吳復編、顧瑛所刻鐵崖先生古樂府十卷"爲尤異"。王益并未明言其成化二年刊本卷數,今按清朱彝尊潛采堂宋金元集目,著錄有:"鐵崖樂府六卷,明成化丙戌王益序。"成化丙戌即成化二年,據此可以推知,王益所刊即鐵雅先生復古詩集六卷,而此劉傚刊本,實據崑山王益刊本翻刻。

　　鐵崖先生古樂府十卷與鐵雅先生復古詩集六卷所錄鐵崖詩作,皆作於元亡以前,無一例外。故此推斷此二書刊定時間,分別在元至正八年和至正二十六年。明代成化年間遞修補刻,合并二書刊行,增添數篇序跋而已。又,劉傚輯刊鐵崖先生古樂府十六卷之後,後世鈔錄翻刻較多,常見者有明末汲古閣刊本、文淵閣四庫全書鈔本。

　　汲古閣刊本於卷首目錄改稱章琬編六卷本爲鐵崖先生復古詩集,版心題作復古詩集,文淵閣四庫全書本則皆署爲復古詩集。汲古閣刊本與文淵閣四庫全書本之題名編排及其內容,基本相同,似乎後者即錄自前者。然而細查發現,避諱字詞以外,仍有一些詞語,文淵閣四庫全書本與汲古閣本并不一致。

　　四、楊鐵崖咏史古樂府一卷:明顧亮集錄。顧亮爲鐵崖晚年弟子,生於元至正四年(一三四四),卒年不詳。此書輯成,當在明初,有明成化十年甲午(一四七四)金華章懋序刊本。湖南省圖書館、湖北省圖書館均有藏本,以下據湖南省圖書館藏本著錄。此本卷首於"楊鐵崖詠史古樂府"題下署曰:"門生會稽顧亮集錄。"每半頁十行,行二十字,黑口。卷首錄有閼逢敦牂之歲,即明成化甲午金華章懋所撰新刊楊鐵崖詠史古樂府序,無目録,卷末似有殘闕,并非完本。書末有丁丑年(一九三七)花朝日收藏者葉啟發所撰跋文一篇,記述多種鐵崖詩賦集流傳刊刻收藏之概況。然有誤說,如謂章懋序刊本即成化九年(癸巳)刊顧亮集本、家藏天啟二年馬弘道輯本鐵崖先生大全集"多采此本增入"等等,皆與事實不符。全本録詩六十二首,其中蘆中人、厠中鼠、藍田玉等三首各有續作一篇,故實爲六十五首。按:此六十五首,除了一首續詩,皆見於十一卷本楊鐵崖先生文集。楊鐵崖先生文集乃明萬曆四十三年(一六一五)諸暨陳善學所刊,包括古樂府八卷、古賦三卷。八卷古樂府,薈萃鐵崖先生古樂府十卷、鐵雅先生復古詩集六卷,以及成化十年章懋序刊楊鐵崖先生咏史古樂府而成,録詩總計七百四十一首,其中咏史古樂府遠超本書收詩數量。據此推之,陳善學所刊鐵崖咏史古樂府,蓋録自章懋序刊楊鐵崖先生咏史古樂府,而顧亮集録本,或爲章懋序刊本來源之一種。又,此顧亮集録本楊鐵崖咏史古樂府流傳稀少,清乾隆間樓卜瀍輯注鐵崖樂府時已難覓蹤迹,稱:"求顧編不可得,蓋書缺有間矣。"今以此本比照陳善學刊本,本書保留鐵崖門生與集録者評注文字較多,故仍有其不可替代之價值。

五、鐵崖文集五卷:明弘治十四年(一五〇一)馮允中刊,每半頁十行,行二十字,黑口。上海圖書館有藏本,此本卷首有馮允中於弘治十四年所撰鐵崖文集引,然朱昱於同年所撰跋文則闕失不存。今按明季陳于京刊本所附朱昱題跋(參見後文),知本書乃馮允中合并儲靜夫藏本與朱昱先父藏本而成。序文之後,依次爲全書目録、貝瓊撰鐵崖先生傳。全書收録文賦共計一百三十七篇,大致按文體編次。今以此本與三十卷本東維子文集比對,其中五十二篇亦見於東維子文集,然内容文字不盡一致。

此書又有明季陳于京輯刊楊鐵崖先生文集本(又稱"漱雲樓刊楊鐵崖先生文集"),上海圖書館亦有收藏。陳于京輯刊楊鐵崖先生文集共計九卷,包括楊鐵崖文集五卷、史義拾遺二卷、西湖竹枝詞一卷、香奩集一卷。楊鐵崖文集五卷,實即馮允中所刊鐵崖文集,此本卷末録有弘治十四年九月既望日朱昱所撰題鐵崖文集後。需要說明的是,陳于京所刊楊鐵崖文集五卷,并非直接翻刻弘治刊本,兩本差異有三：其一，題名有異。陳于京改鐵崖文集爲楊鐵崖文集，同時又將卷首馮允中所撰鐵崖文集引，改爲楊鐵崖文集引。其二，陳于京刊本删去弘治本卷二蓮花漏賦、記里鼓車賦、土圭賦三篇，蓋以文體不合之故。其三，陳于京試圖分類排序，故兩本編排次序差異較大。

六、史義拾遺二卷：元人章木輯注，明嘉靖十九年（一五四〇）任轍刊。中國人民大學圖書館有藏本，四庫存目叢刊據以影印。此本分上下兩卷，各卷卷首題下署：“元赤城令會稽鐵崖楊維禎撰，明黄州守巴蜀後學任轍校。”卷首載有明弘治十五年（一五〇二）八月既望日平湖陸淞撰史義拾遺叙，書末有嘉靖十九年庚子孟夏既望日皇甫汸所撰題識。據皇甫汸識文，陸淞弘治原刊本爲一卷，任轍嘉靖刊本始析爲二卷。全書共收録史論文章一百一十九篇，其中上卷七十篇，下卷四十九篇，雜論史事，多針砭時弊，蓋有爲而作。文後或附鐵崖弟子章木評注。今按文後所附鐵崖跋文，以及章木注文，凡可斷定時間者，多爲元至正十七年（一三五七）前後，其時鐵崖在睦州任建德路總管府推官，且章木爲桐廬人，蓋爲其時所撰注。又，卷首題下所署“元赤城令”，其實并非鐵崖當時官職。鐵崖仕途不順，堪以自慰者，即初入仕途所任天台縣令一職，故常署此官職。且據此又可推斷，章木輯注史義拾遺，必在至正十八年歲末授予鐵崖江西等處儒學提舉之前。

弘治刊本早已亡佚，後世翻刻，皆據任轍嘉靖刊本。明季諸暨陳于京曾將此本與楊鐵崖文集五卷、西湖竹枝詞一卷、香奩集一卷合刊，上海圖書館有藏本。其形式内容與任轍嘉靖刊本基本一致，題下署：“諸暨楊維禎廉夫著，同邑陳于京宗甫校。”又有清李元春評閲本，收入青照堂叢書次編。題作楊鐵崖史義拾遺，題下署：“朝邑劉振清金亭彙梓，男維翰宗臣校録；李元春仲仁評閲，三原門人楊秀芝參訂。”與任轍刊本不同之處：未分卷，闕七篇，章木注文多被删除。其中部分篇章附有評點，當爲李元春所撰。較爲簡略，置於相關段落之天頭。

本書又有明崇禎五年壬申（一六三二）蔣世枋可竹居刊本，每半頁八行，行二十字，四周單邊。此本卷首依次爲崇禎壬申徐遵湯序文、弘治十五年陸淞序文、嘉靖十九年庚子皇甫汸題識。此後又有凡例四則，説明此次重刊所循原則。卷首題下署曰：“明吴郡皇甫汸原較,江上蔣謹手訂,男世枋重編。"卷末有崇禎壬申蔣世枋所撰後序一篇。今以此本與嘉靖刊本比較,兩本編排次序完全不同,蔣世枋根據所論內容,依照時代先後對全書各條加以重新編排,并於卷首目錄添加朝代名,相關篇章則分置其下。

按: 清周中孚鄭堂讀書記著錄本書兩種刊本:"明嘉靖十九年皇甫汸校勘并序刊本、崇禎五年重刻本。"即前述任轍刊本和蔣氏刊本。然周中孚認爲書中撰評語者"木"非有其人,曰鐵崖"自以其氏之爲木類,故作木曰"云云,實屬妄測。"木"即章木,鐵崖晚年弟子。

七、東維子文集三十卷附錄一卷: 明萬曆十七年(一五八九)王俞序刊,上海圖書館有藏本。此本卷首有明華亭孫承恩東維子集序,(按: 孫承恩文載萬曆刊本東維子文集卷首,四部叢刊初編影鈔本脫一"恩"字,謬爲孫承。)未署撰期。孫序之後爲東維子文集目錄,收錄全書三十一卷所有詩文篇名。各卷卷首題作"東維子文集卷之某",下署"會稽鐵厓楊維禎廉夫著"。書後附萬曆十七年孟秋既望日王俞跋東維子集後。此書爲鐵崖詩文合集,以收錄文章爲主。輯者不詳。據四庫全書總目東維子集曰:"此其初刊詩文集也……乃錄文二十八卷,詩僅兩卷,又以雜文六篇足之。"全書依照體裁分類編次,凡錄序、記、志、碑、銘、書、說、論、傳、雜文共計四百四十一篇,詩詞六十首。卷三十一附錄鐵崖弟子及友人詩二十三首、跋文一篇。

此本成書時間尚無定論,或曰元末,或曰明初,或曰明嘉靖以後。王文進文禄堂訪書記卷五著錄曰:"東維子文集三十卷附錄一卷,元至正刻本。半葉十二行,行二十四字。黑口。有'孔繼涵'、'荄谷'印。"按: 此說有誤。上述所謂"至正刻本"之卷數行款格式,與萬曆十七年王俞序刊本完全一致。然此本不可能在元末成書,當爲明人編刻。因爲三十卷本東維子文集之中,楊維禎撰於明初之文,不乏一二,且散見於多卷。

儘管本書并非成于元代,其成書編刊在明代前期,似可斷言。證據之一: 前述東維子集序作者爲華亭孫承恩,孫承恩乃嘉靖間人士,其序文稱此書當時存於朝廷館閣之中,可見東維子集三十卷本成書,必在嘉靖以前。證據之二: 明弘治四年辛亥(一四九一)九月十二日,朱存理撰書楊鐵崖遺文二曰:"蜀中刻東維子集一部……予錄此遺文,計一百二十八篇,皆李武選所示對校東維子集所遺者。"(文載樓居雜著)所謂蜀中刻本東維子集,當即此東維子文集三十卷源頭,而"李武選所示"之對校本,蓋爲楊鐵崖先生文集全録四册之前身。(參見以下楊鐵崖先生文集全録一則)換言之,三十卷本東維子文集成書,不得遲於明弘治初年。

本書還有文淵閣四庫全書本。四庫全書本據上述萬曆刊本抄録,然删去孫承恩序、王俞跋,又於卷首增添四庫館臣所撰提要一篇、乾隆皇帝命館臣録存楊維楨正統辯論一文,以及楊維楨三史正統辯。

又有清沈氏鳴野山房鈔本,亦據此萬曆刊本抄録,四部叢刊初編本據以影印。在此需要説明的是,四部叢刊影印本有初刊、重印兩種,後者即民國十七年(一九二八)冬上海商務印書館重印本,重印本與初刊本明顯差異在於:增添附録傅增湘所撰東維子文集校勘記。傅氏以鳴野山房鈔本與明初黑口大字刊本、明鈔殘本校核,訂訛補殘之外,補録跋、銘、傳各一篇。此校勘記頗爲詳細,商務印書館重印時又添注頁碼,使與本書内容一一對應,尤其方便於校讀。不過傅氏校勘記所録,多爲鈔本傳抄訛誤,設若當初四部叢刊編纂時選擇明刊本爲此書影印底本,則將更加有益於讀者。

又,北京國家圖書館藏有明刊東維子文集三十卷附録一卷。此本既無卷首孫承恩序文,亦無書末王俞跋文。總目前有鐵崖弟子貝瓊序文一篇,無標題,起首曰"鐵崖先生大全集"云云。貝序撰於元至正二十五年二月既望日,爲前述萬曆十七年王俞刊本所無。故此本或被視爲元刊。然此本半頁十二行,行二十四字,黑口,與王俞刊本版式并無差别,内容也完全一致。又考貝瓊序文,知此文又稱鐵崖先生大全集序,原載洪武刊本清江貝先生文集卷七雲間集。元末松江大户章琬有意搜羅刊行鐵崖全集,貝瓊爲撰此文,其實鐵崖先生大全集未有成書。今將國圖所藏明刊東維子文集卷首貝瓊序文,與洪武刊本清江貝先生文集所録此文對校,一模一樣,包括脱闕。由此可以推知,國圖所藏明刊東維子文集,與前述萬曆十七年王俞刊本屬於同一版本,遞修之際,序跋稍作調整更動而已。

八、楊鐵崖先生文集十一卷附鐵笛清江引二十四首:明萬曆四十三年(一六一五)諸暨陳善學刊,白口,單魚尾,半頁九行,行二十字。華東師範大學圖書館有藏本。陳善學字淵止,諸暨人。明萬曆年間在世。樓卜瀍外祖父,樓氏乃清乾隆年間鐵崖樂府注三種編刊者。本書卷首載萬曆四十三年陳善學序、元至正二十五年(一三六五)貝瓊鐵崖先生大全集叙(原載清江貝先生文集卷七)、貝瓊楊鐵崖先生傳(原載清江貝先生文集卷二)、宋濂撰楊鐵崖先生墓志銘(即元故奉訓大夫江西等處儒學提舉楊君墓志銘),以及明成化十年甲午(一四七四)四月一日金華章懋楊鐵崖先生詠史古樂府序;卷末載明正統元年(一四三六)楊士奇跋鐵崖先生復古詩集後(原載鐵雅先生復古詩集卷末)。卷首"楊鐵崖先生文集"題下署:"諸暨楊維楨廉夫著,同邑陳善學淵止校訂。"全書十一卷,前八卷爲詩集,後三卷爲賦集。

　　詩集各卷卷首題作"古樂府",版心單魚尾,魚尾上署"楊鐵崖文集",魚尾下各卷依次署"樂府一卷"、"樂府二卷"等等。卷一"古樂府"題下附有小字注口:"李濟南輯詩删,而我明樂府僅四首。豈先生諸作落落辰星,未及盡見耶? 余爲廣搜,以俟具眼。"此注蓋陳善學所撰,據此可知其廣搜鐵崖作品編此詩集,乃受李攀龍古今詩删啓發。八卷共計收詩七百四十一首,薈萃鐵崖先生古樂府十卷、鐵雅先生復古詩集六卷及章懋序刊楊鐵崖先生咏史古樂府而成。詩八卷後附有佚名鐵笛清江引二十四首,注曰:"是鐵老一生年譜。"卷九至卷十一,題作"麗則遺音古賦程式",版心署爲"古賦"。卷九起首爲楊維楨至正二年正月所撰序文。三卷共計收賦三十五首,前二卷每卷十六篇,與麗則遺音四卷本内容相同;卷三所載三篇,原載明弘治十四年馮允中刊鐵崖文集卷二。

　　本書最大價值,在於薈萃輯録明成化年間章懋序刊楊鐵崖先生咏史古樂府。據本書卷首所録章懋楊鐵崖先生詠史古樂府序,知章懋本録自鐵崖詠史古樂府,而鐵崖詠史古樂府原書,成化九年癸巳(一四七三)以前由閩中知州黃璁收藏。今據書中所録詩歌及其序跋推測,鐵崖詠史古樂府或許源於鐵崖門人手訂稿本。例如卷一真仙謠詩後跋文,曰"先生又有一首和狄仙人云"、"先生自言夜夢擊壤老人談詩"等等。故此頗疑鐵崖詠史古樂府與鐵崖門人顧亮集録楊鐵崖咏史古樂府有關,因爲顧亮輯本亦刊行於成化年間,且二本所録相似(參見前文)。章懋刊本今已不存,黃瑠所藏原本更是無從尋覓,從本書或許能窺知其大概。然而本書將鐵崖先生古樂府、鐵雅先生復古詩集原注、麗則遺音黃子肅評語盡數刪去,鐵崖咏史古樂府原注當亦經過刪削,與顧亮集録楊鐵崖咏史古樂府比較便可明了。

九、楊維禎詩集不分卷:明佚名鈔本,半頁九行,行二十字,注文小字雙行。兩册。國家圖書館藏。此本首頁題"楊鐵崖手鈔詩稿",無序文;卷末有明嘉靖四十五年丙寅(一五六六)孟夏皇甫汸識語、天啓七年(一六二七)二月上旬俞安期跋文各一篇。全書録詩共計四百二十六首,其中鍾山一詩凡二見,故實爲四百二十五首;卷末附録文章四篇。所録大多已見於東維子文集、鐵崖先生古樂府等詩文集,然鐵崖於元末明初所作,如華亭箭、贈葛指揮平松、至正丙午大暑燕於朱氏玉井香等,以及卷末吟咏器物花月之類雜詩,未見他本收録。皇甫汸稱此集爲鐵崖手鈔本,曰:"余家舊藏鐵崖詩稿,相傳爲手鈔本。史傳先生父諱宏,築萬卷樓於鐵崖山中,使讀書樓上五年,貫通經史百氏,因號'鐵崖萬卷樓',一名'西樓'。今觀卷心有'西樓筆札'四字,亦一證也。"俞安期跋文亦謂此本爲鐵崖手書,且進一步推測此手稿本乃鐵崖贈予楊竹西,曰:"新建伯詩有'西樓遺迹在,想見晉人風'之句,則此集爲其手書無疑。又按草玄閣爲楊竹西別業,乃録以付之者是也。"按:皇甫汸、俞安期二人推論有誤。今知鐵崖所居齋館,無一取名"西樓",至於"草玄閣",亦非楊竹西別業,實爲鐵崖晚年松江居所,乃松江韓大帥爲之修建。今按此本編次無序,既不依時間先後,又不按體裁編排,且鍾山一詩重複出現,蓋後人抄録而成,必非出自鐵崖自家手筆。然其淵源所自,或爲元人鈔本。王重民中國善本書提要曰:"余據卷内筆誤,知定非西樓手書。然遇元代帝王均抬頭,則其淵源確甚古也。"

十、鐵崖先生古樂府補六卷:明末汲古閣刊,上海圖書館有藏本。此本與前述汲古閣刊麗則遺音四卷、鐵崖先生古樂府十卷、鐵崖先生復古詩集六卷合刊,無序跋。全書六卷,録詩共計一百二十五首。所録均不見於鐵崖先生古樂府十卷、鐵雅先生復古詩集六卷。蓋汲古閣毛氏搜羅諸本,刪除已見於上述二書者,合爲此集。

此書又有文淵閣四庫全書本,鈔自汲古閣刊本,取名樂府補,録於吳復、顧瑛輯刊鐵崖先生古樂府十卷之後，與鐵崖先生古樂府合爲一種。四庫全書本於鐵崖先生古樂府卷首，録有乾隆皇帝題楊維楨鐵崖古樂府一文，主旨在於斥楊維禎爲"貳臣"，而其論據即本書所録大明鐃歌鼓吹曲。按：大明鐃歌鼓吹曲十三首，載古樂府補卷五，其實與十卷本鐵崖古樂府無關。又，大明鐃歌鼓吹曲十三首并非鐵崖所作，其中所述事件，或爲鐵崖身後發生，蓋好事者知鐵崖曾有鐃歌鼓吹曲行世，冒名而作。清人葛玉書早已指出其中疑點與謬誤，參見清光緒十四年樓氏崇德堂補刊鐵崖先生詩集三種附録葛氏編輯鐵崖全集跋語。

十一、鐵崖先生集四卷：明佚名鈔本，上海圖書館藏。此本卷首載盧公識語一篇，卷末附有清道光五年乙酉（一八二五）二月五日崑山復初氏（當即黃丕烈）跋語一篇。盧公識語稱"此本偶得之書肆"，又曰"後三卷序記志五十餘首，皆刻本所未載。故當并存之，方稱鐵翁全集云"。按：盧公識文殘缺，然文末鈐有印章兩枚，一曰"江上遺民"，一曰"李遜之字盧公"，故知此文爲明末李遜之所撰。李遜之字盧公，江陰（今屬江蘇）人。明末清初在世，明代千遺民詩咏初編卷八載有其詩。本書卷一載賦十篇、長詩二首，十篇賦均已見於麗則遺音。卷二至卷四收録序、記、志、傳等各體文章五十八篇，多爲鐵崖晚年休官退隱松江之後所作，即屬元至正二十年（一三六〇）至明洪武初年間作品。大多不見於三十卷本東維子文集與五卷本鐵崖文集。按：前述日本静嘉堂文庫漢籍分類目録著録有成化刊本新編鐵崖先生文集四卷，未知與本書是否有關。

十二、楊鐵崖古樂府三卷：明人潘是仁編，萬曆四十三年（一六一五）初刊天啓二年（一六二二）重修宋元詩六十一種二百七十三卷本，國家圖書館藏。卷一載古樂府（五言）四十六首，卷二載古樂府（七言）一百零四首，卷三載七言律詩十六首，三卷合計收詩一百六十六首。前二卷皆録自鐵崖先生古樂府十卷本，卷三當録自元音等詩歌總集。

十三、楊維禎詩一卷：收録於玉山草堂雅集（或題作草堂雅集）。玉山草堂雅集由元人顧瑛編輯，所録皆元季顧氏友人詩作。此書版本衆多，筆者所見四本，除了文淵閣四庫全書本草堂雅集十三卷，其餘三本皆録有楊維禎詩一卷,然收詩數量、編排次序,均不相同。

其一,民國七年(一九一八)貴池劉世珩影元刊玉山草堂雅集十八卷:上海圖書館有藏本。此本據元刊本影刻,收入玉海堂影宋元本叢書。其中卷二所録,皆楊維禎詩。扉頁題曰"景元本玉山草堂雅集十三卷",書末有明正統十年乙丑(一四四五)玉峰金子真識語、天啟元年(一六二一)文震孟題識,以及劉世珩於民國七年(劉氏自署"宣統戊午")所作識語。此本雖題作"十三卷",然其中第一卷有"後集"兩卷,卷二、卷九、卷十二分別有"後集"一卷,共計實爲十八卷。楊維禎詩置於卷二,起首有楊維禎小傳,當爲顧瑛所撰。此卷所録鐵崖詩歌共計二百三十九首,附録其友人詩作七首。其中大多已見於鐵崖詩文專集,然文字不盡相同,且有部分詩篇其他各本未載,頗爲難得。又,前述宣統刊國朝三修諸暨志卷四十九經籍志集部著録玉山草堂雅集本鐵崖詩一卷,曰"計詩二百四十五首",蓋即指此本。

其二,民國二十四年(一九三五)武進陶湘涉園刊顧氏玉山草堂雅集十八卷本:上海圖書館有藏本。此本以上海徐氏紫珊藏舊鈔本爲底本,以元詩選及前述劉世珩影元刊本互校。刊刻始於民國辛酉歲,十五年後竣工。此書乃寫刻本,半頁十一行,每行字數不一。卷首題作"顧氏玉山草堂雅集十八卷",次頁有民國二十四年乙亥五月工程完工之際陶湘所撰識文。此本題作十六卷,然有"卷後一"、"卷後二"各一卷,其實與劉世珩影元刊本卷數相同,亦爲十八卷。其中楊維禎詩亦佔單獨一卷,然位於"卷後二"。卷首目録"楊維楨"名下,小字注曰:"一百八十九章二百三十一首附詩七首。"

其三,清初佚名鈔本玉山草堂雅集十六卷:上海圖書館有藏本。此本曾由黃裳收藏,書末有黃裳題款及印鑒。全書起首爲楊維禎於元至正九年(一三四九)五月十二日所撰序文,然後是全書總目録,依次録有各卷詩人姓名以及所收詩歌數量,并無細目。此本與其他玉山草堂雅集版本差異,主要在於排列順序,即將楊維禎置於首位,而非陳基,亦非柯九思。此本卷一所録,均爲楊維禎詩作,然數量明顯少於劉世珩影元刊本,共計收録一百零三首。所録雖多已見於他書,然字句與他本時或有異,可供校勘;其中某些詩序,爲他本所無,對於鐵崖生平行事之考察,多有益處。

十四、楊維楨詩二卷：收録於列朝詩集甲集前編第七，分上下兩卷。列朝詩集全書八十一卷，清初錢謙益編纂。有清順治九年(一六五二)毛氏汲古閣刊本，續修四庫全書據以影印。此本甲集前編第七上和第七下卷首題下，分別標注曰：“鐵崖先生　楊維楨一百二十四首”、“鐵崖先生　楊維楨一百七十首”，兩卷相加，合計收録鐵崖詩歌兩百九十四首。列朝詩集所録鐵崖詩歌，時或不見於他本，其中較多堪稱“詩史”者，錢謙益編撰國初群雄事略時曾予以援引。然其中也有明顯僞作。列朝詩集有今人整理本，許逸民、林淑敏據汲古閣刊本、宣統二年(一九一〇)神州國光社鉛印本以及康熙三十七年(一六九八)錢陸燦輯列朝詩集小傳等版本校點，中華書局二〇〇七年出版。

十五、楊維楨詩三百六十七首：收録於元詩選初集之辛集。元詩選由清初顧嗣立選編，有康熙三十三年(一六九四)顧氏秀野草堂刊本。全書卷首總目“楊維楨”名下，注録選詩出處書目三種：“古樂府、復古詩、鐵崖先生集。”辛集卷首目録作“鐵崖先生　楊維楨三百六十七首”。今按書中所録，雖大多已見於他本，但仍有其獨特優點：一是保存不少原詩序跋。二是文字内容與他本互有出入，可供校勘。三是所有詩歌均注明原始出處，於今人追溯鐵崖詩集版本淵源，頗有助益。據其書中所注，顧氏參考引用的鐵崖詩集，遠超全書總目所注三種，共計有鐵崖古樂府、鐵崖復古詩、鐵崖集、鐵龍詩集、鐵笛詩、草玄閣後集、東維子集七種，這還不包括没能一一署名的各種選本。其中鐵崖集、鐵龍詩集、鐵笛詩三種單行本，早已不存於世。

元詩選三集，在康熙年間由顧氏秀野草堂刊行之後，乾隆年間又有四庫全書鈔本。四庫全書總目著録曰：“元詩選一百一十一卷，内府藏本。”按：前述康熙刊本僅分集，此乾隆年間内府藏本則既分集，又分卷。文淵閣四庫全書本元詩選卷首提要曰：“元詩選初集六十八卷，卷首一卷；二集二十六卷，三集十六卷。”四庫全書本將鐵崖詩分爲兩卷，置於初集卷五十五、卷五十六。元詩選亦有今人整理本，一九八五年十二月，中華書局編輯部據秀野草堂刊本以及相關總集別集完成校點，排印出版。

十六、東維子文集十六卷：清初印溪草堂鈔本，分訂三册，國家圖書館收藏。此本每半頁十行，行二十二字。版心底部署曰“印溪草堂"。卷首鈐有"琪園李鐸收藏圖書記"、"曾在周叔性處"等五印。此本名爲"文集",實由東維子詩集十三卷、東維子賦集三卷合成。前十三卷録詩,末三卷録賦。原書各卷卷首有標題"東維子詩集"或"東維子賦集"。東維子詩集按詩體分類編次,然同一體裁詩歌或分置多卷。(按:原書并未明確標明各卷序數,以下所謂卷某卷某,乃依次計數而得。)其中卷一收録"琴操"十五首、"七言古詩"二十四首,卷二録"七言古詩"四十一首,卷三録"七言古詩"四十一首,卷四録"七言古詩"二十八首,卷五録"七言古詩"三十八首,卷六録"七言古詩"三十一首,卷七録"七言律詩"九十七首,卷八録"七言律詩"八十一首(包括聯句),卷九録"七言排律"四首、"六言絶句"一首、"七言絶句"八十八首,卷十録"七言古詩"四十四首,卷十一録"七言古詩"四十五首、"樂府"三首,卷十二録"七言絶句"一百三十首,卷十三收録"七言絶句"二十二首。東維子詩集十三卷合計收録"琴操"十五首、"七古"二百九十二首、"七律"一百七十八首、"七絶"二百四十首、"六絶"一首、"七言排律"四首、"樂府"(即散曲)三首,總計七百三十三首。五絶、五律、五古等詩體則未見。或當時尚未整理完成,或原稿有所佚失,個中緣由今已無從得知。所録大多雖已見於鐵崖先生古樂府十卷、鐵雅先生復古詩集六卷、鐵崖先生詩集十集及東維子文集三十一卷,然可供校勘,且有少量詩作未見他本收録。卷十四至卷十六爲賦集,題作"東維子賦集,麗則遺音古賦",三卷共計收録三十三篇,每卷十一首,所收篇目大致與四卷本麗則遺音相同,唯卷末增五雲書屋一篇。五雲書屋賦又見於鐵崖賦稿卷下,然兩本文字差異較大,尤其賦前序文二百餘字,鐵崖賦稿本脱闕。

　　此本始於何時何人搜輯,無從得知。今按卷五所録桃核杯歌,"世祖"二字換行頂頭,説明此鈔本源頭較早,蓋始於元人輯録。又,此本不少詩歌,與鐵崖先生詩集十集本所録排列次序相近,然并不一致,且有不見於今傳本鐵崖先生詩集者穿插其中,故疑此本與鐵崖先生詩集十集本有一共同祖本,然此祖本今已無從尋覓。可以確定的是,印溪草堂抄本東維子詩集十三卷與鐵崖先生詩集十集,皆未能盡數收録祖本詩歌,依據在於:其一,此本卷七題馮淵如高士彈琴圖(又載鐵崖先生詩集庚集)詩後,有一段文字突兀:"通鑑綱目卷十六漢後

主炎興元年夏五月,吳交趾殺其太守。云交趾太守孫諝貪暴,會吳王
遣使至郡,又擅調孔雀三十頭送建業。民憚遠役,遂作亂。"原本附有
批注曰:"此注何用?"又有小字批注:"疑此注前必尚有一詩,或脱落
耳。"其二,本書輯録楊維禎詩歌十三卷七百餘首,雖大多亦存於他
本,然有二十五首爲此本所僅見。據此推之,想必其祖本存詩更多。

　　十七、楊鐵崖先生咏史古樂府四卷:清乾隆三十八年(一七七
三)顯忠堂刊行,南京圖書館有藏本。此本卷首載余文儀於清乾隆三
十八年所撰序文,明初貝瓊鐵崖先生傳,卷末附乾隆三十七年西安王
榮絃識文。據余氏序,此編乃王榮絃任官諸暨時,據鈔本刊行。今以
此本與明萬曆四十三年(一六一五)諸暨陳善學刊楊鐵崖先生文集十
一卷本校核,實爲陳氏刊本一至四卷之翻版。

　　十八、鐵崖樂府注十卷鐵崖咏史注八卷鐵崖逸編注八卷:清諸
暨樓卜瀍輯注,乾隆三十九年甲午(一七七四)聯桂堂刊行。國家圖
書館、復旦大學圖書館等多家圖書館有藏本,續修四庫全書據以影
印。鐵崖樂府注與鐵崖咏史注卷首,皆有乾隆三十九年正月望日樓
卜瀍手書序文一篇,鐵崖逸編注卷首序文,則爲樓卜瀍於同年十月三
日手書。鐵崖樂府注十卷,依吳復、顧瑛編鐵崖先生古樂府十卷本加
注重刻,僅卷十春俠雜詞增補二首。鐵崖咏史注八卷,據樓卜瀍外王
父陳善學所刊楊鐵崖先生文集摘編作注,録詩凡二百四十三首。鐵
崖逸編注八卷,輯録自章琬編鐵雅先生復古詩集、陳善學楊鐵崖先生
文集、汲古閣刊鐵崖先生古樂府補、東維子文集以及各種選本總集,
録詩凡三百二十二首。三種合計收詩九百七十九首。現存各種鐵崖
詩集中,以此本收録最夥。且所有二十六卷詩歌逐一作注,其中語詞
典故箋釋,用功尤多。

　　此書又有清光緒十四年戊子(一八八八)諸暨樓氏崇德堂補刊
本,題作鐵崖先生詩集三種,復旦大學圖書館有藏本。與聯桂堂刊本
比較,兩本差異主要在於卷首與卷末。此本卷首一卷,依次載有光緒
十四年仲秋兩浙布政使廣州許應鑅所撰序文,無名氏畫鐵崖先生小
像與張岱所撰讚語,明史本傳,貝瓊撰鐵崖先生傳,朱彝尊撰楊維禎
傳,宋濂撰鐵崖墓志銘,明正統五年(一四四〇)十一月廬陵周忱跋
文,吉水楊教識語,宣德九年(一四三四)十月既望日魏驥題識,以及

光緒十四年中秋日諸暨樓藜然所撰鐵崖先生里居考。書末附有諸暨葛漱白撰編輯鐵崖全集跋語十三則,光緒十二年丙戌(一八八六)四月二十六日同邑後學酈琮方識語一篇,以及光緒十四年臘日樓藜然所撰補刻鐵崖詩注跋。其中鐵崖先生里居考一文與編輯鐵崖全集跋語十三則,考證鐵崖籍貫及其著述,頗爲精到。

　　十九、鐵崖先生詩集十集:清抄本,南京圖書館藏。此書卷末有清嘉慶五年(一八○○)黃丕烈識語,謂"其鈔手甚舊,疑出自洪(武)、永(樂)間"。民國十一年(一九二二)董康誦芬室叢刊本據此本刊印。此本依天干爲序,自甲至癸,分爲十集,各集又署有別名,其中甲、乙、丙三集題作鐵崖先生詩集,丁、戊兩集題作鐵崖古樂府後集,己集又題爲鐵龍詩集(卷首總目錄則題作鐵龍詩、鐵史),庚集題爲鐵笛詩,辛、壬、癸三集均題作草玄閣後集。十集總計收詩六百三十七首(不計師友倡和詩作)。此書優點有二:其一,所錄詩作僅見於此本者不少。其二,所錄或與他本重複,然此本頗錄原序原注,於考訂楊維楨生平事迹大有幫助。又,元詩選所錄鐵崖詩作,除標明錄自鐵崖古樂府、鐵雅復古詩集、東維子集,以及"各選本"之外,皆源自本書:其中注明錄自鐵崖集者,出自本書甲、乙、丙三集;注明錄自鐵龍詩集者,出於本書己集;注明錄自鐵笛詩者,出自本書庚集;注明錄自草玄閣後集者,皆出於辛、壬、癸三集,無一例外。換言之,本書乃元詩選重要祖本之一。愛日精廬藏書志卷三十四著錄爲鐵崖先生詩集十卷,曰"從吳門黃氏藏舊鈔本傳錄"。又曰:"壬集題'孫月泉輯錄',月泉未詳何時人也。"由此可見,所謂鐵龍詩、鐵史、鐵笛詩、草玄閣後集等等,原先當爲單行本,分別由多人輯錄。本書編者合并上述各本,匯編爲十集。

　　二十、楊鐵崖先生文集全錄四册:清佚名鈔本,國家圖書館藏。此本卷首目錄前題作"周伯器藏本楊鐵崖文集",又鈐有"鐵琴銅劍樓"、"稽瑞樓"、"勿止"諸印,可見本書曾由清代常熟陳揆稽瑞樓、瞿氏鐵琴銅劍樓收藏。全書大致按文體編次,依次爲記、志、墓志銘、軍功志、阡表、傳、碑、銘、錄、賦、論、傳、辨、說、雜著、傳、序、志、記,其中"傳"體文分爲三處,"記"、"志"皆分作兩處,故疑此書并非一時輯成,蓋成書之後又有增補,遂致體例不能統一。其中第一册錄四十六篇,第二册四十七篇,第三册五十八篇,第四册六十篇,總共收録各體文章二百十一篇。所録作品大多撰於元末明初,其中不見於三十卷本東維子文集與五卷本鐵崖文集者,共計九十四篇。

　　楊鐵崖先生文集全録四册所録,雖大多不見於東維子文集、鐵崖文集、鐵崖先生集,然皆鐵崖親筆文章,似無可置疑。其淵源所自,卻從未見人提及。今按明弘治四年辛亥九月十二日朱存理撰書楊鐵崖遺文二,曰:"蜀中刻東維子集一部,刻手甚孟浪,編者亦疎略無次序,問是何宦游人得漫抄而不暇校正者。予閱之,良爲悵惜……予録此遺文,計一百二十八篇,皆李武選所示對校東維子集所遺者。"(文載樓居雜著)故此頗疑朱存理所録"遺文",實即楊鐵崖先生文集全録之底本。推測理由在於:朱存理所録乃"遺文",不含詩歌,與楊鐵崖先生文集全録一致。而且楊鐵崖先生文集全録四册所録文章,其中爲三十卷本東維子文集"所遺者"一百三十三篇,與朱存理所謂"一百二十八篇",相差僅僅五篇。又,楊鐵崖先生文集全録四册、"李武選所示"鐵崖文集,與鐵崖漫稿五卷出自同一源頭,蓋皆出自鐵崖弟子手録匯集本。參見"鐵崖漫稿五卷"一則。

　　二十一、鐵崖漫稿五卷:清張金吾愛日精廬鈔本,南京圖書館藏。愛日精廬藏書志卷三十四著録此本,曰"從吳門黃氏藏舊鈔本傳録",可見此本録自黃丕烈藏書。本書卷首載佚名撰楊鐵崖先生文集全録序、貝瓊鐵崖先生傳,均殘闕。卷三附明洪武十四年(一三八一)華亭謝九疇跋文一篇,以及無名氏鐵笛道人傳。謝九疇於跋文中自稱酷喜鐵崖文章,"每詢求於先生諸門人,或得之朋儕戚黨處,日積月累,手鈔數百篇,成二帙"。卷四又載無名氏跋文一篇,曰:"鐵崖之稿多矣,而卒莫能見其全。予幼時,或以周桐邨所録一帙乞予録之。予時尚惰於筆墨,恨緣之未全,僅獲其文四十九首,遂索去……歲戊子,或自雲間來,別以録稿一帙售予,所爲文凡一百五十首。距今又二十年,因以鐵崖漫稿目之,而以幼所録者附其後。"據此,鐵崖漫稿蓋無名氏以所購明初謝九疇手鈔本殘編,與其幼年所録合并而成。今按此本五卷共計收録文章二百四十九篇,較無名氏跋文所述一百九十九首多五十篇,蓋又經後人增補。本書一至四卷,與四卷本楊鐵崖先生文集全録類似,兩本相較,差異有三:其一,編排順序稍異。其二,本書卷二闕琴操序一篇。其三，誤字較楊鐵崖先生文集全録本稍多。又，本書卷五所録四十一篇，皆出自明佚名鈔本鐵崖先生集四卷，以及三十卷本東維子文集，與楊鐵崖先生文集全録所載無一重複。

　　二十二、鐵崖楊先生詩集二卷：清張金吾愛日精廬鈔本，南京圖書館藏。分上下兩卷。每半頁八行，行二十一字。扉頁題"鐵崖楊老先生詩集"，首頁鈐有"秘册"、"愛日精廬藏書"二印，又有"八千卷樓丁氏藏書印"。丁氏八千卷樓書目卷十六著録有"鐵崖詩集二卷，愛日精廬鈔本"，當指此書。然愛日精廬藏書志、續志皆未著録此書，流傳淵源不詳。卷首有無名氏題識曰："鐵崖楊先生詩集二卷，愛日精廬張氏抄本。元楊維禎撰。詩分體編集。上卷凡七絶一百七十三首，七律二百四十八首，七言古詩十六首。下卷凡七律一百十四首，七言長律五首，七律聯句六首，歌行二十九首。與鐵崖詩集、東維子集均不符。而無五律、五絶諸體，疑出前人摘本。文瑞樓書目載有舊抄本楊鐵崖詩集一長卷，得之於陸子振發者，不知是此本否。前有'愛日精廬藏書'、'秘册'二印，而藏書志中卻未列也。"按：此書録詩合計五百九十一首，其中有已見於鐵崖先生詩集十集、明佚名鈔本楊維禎詩集、鐵雅先生復古詩集、東維子文集等詩文集者，然大多爲他本所未載。其中有明顯訛誤，如續區集誤作續區巾集；也有不少明顯張冠李戴者，尤其下卷，僅誤收雅琥詩作，至少在二十首以上。

　　二十三、復古香奩集八卷：明人胡文焕、張學禮輯刊，明末梓行。清道光七年丁亥（一八二七）春刊一枝軒四種本據以翻刻，稍作更動，南京圖書館收藏。此本卷一收録琴操十一首，卷二古樂府二十四首，卷三詠史樂府二十二首，卷四宮詞十二首，卷五春俠雜詞八首，卷六仙游詩十二首，卷七詠女史十八首，卷八續奩詩二十首。八卷合計録詩一百二十七篇，後附王雲庵詩餘一卷計八関。此本所録，皆源自明成化五年（一四六九）劉傚刊鐵崖先生古樂府十六卷本。

　　二十四、楊鐵崖詠史一卷：清李元春評閲，劉振清彙梓，道光十五年（一八三五）青照堂刊行，白口，半頁九行，行二十字。北京大學圖書館有藏本。此本蓋即宣統刊國朝三修諸暨志卷四十九著録之"鐵崖詠史詩一册"。此書卷首題"青照堂叢書　楊鐵崖詠史"，下署校刊者姓名："朝邑劉振清（金亭）彙梓，男維翰（宗臣）校録。李元春

(仲仁)評閲,三原門人楊秀芝參訂。"版心單魚尾,魚尾上署"青照堂叢書",魚尾下署"次編　鐵崖詠史"。全本收詩一百零一首,多已見於陳善學序刊楊鐵崖先生文集古樂府,然亦有少量詩作爲陳善學刊本所無,或題同詩異。

二十五、鐵崖咏史八卷:清光緒年間山陰宋澤元補修重刻本,收於宋澤元主持編刊之懺華盦叢書。此本卷首有宋澤元於光緒十一年乙酉(一八八五)季夏所撰序文、元至正六年丙戌(一三四六)十月張雨撰鐵崖先生古樂府序、清乾隆三十九年甲午(一七七四)正月望日樓卜瀍撰鐵崖詠史注序,各卷題下署:"元楊維禎廉夫著,山陰宋澤元瀛士校訂。"據宋氏序文,此本依據劉氏青照堂所刻鐵崖咏史樂府,與樓卜瀍鐵崖咏史注八卷對校增訂,"編中凡青照堂本所有而樓本失載者,增訂之;其題同而詞異者,附録之,皆低一格以别涇渭。又有單詞隻句彼善於此者,各於章内添注之"。按:所謂"劉氏青照堂所刻鐵崖咏史樂府",即前述劉振清所刊楊鐵崖詠史。然宋氏序文中,謂其所見樓卜瀍鐵崖逸編注爲"十卷本",蓋屬筆誤。鐵崖逸編注實爲八卷。

二十六、草玄閣後集一册一函:清佚名鈔本,國家圖書館藏。此本首頁署"草玄閣後集辛集",卷末署"草玄閣後集癸集終"。書前扉頁注曰:"辛集已上不存。"書末有嘉慶五年庚申(一八〇〇)閏四月望日黄丕烈跋文,曰此書原爲三册,"鈔手甚舊,疑出自洪、永間"。今查考其内容,全書實分三卷,依次爲草玄閣後集辛集、草玄閣後集壬集、草玄閣後集癸集。又將此本與鐵崖先生詩集十集本對照,實與後者末三集(又名草玄閣後集之辛、壬、癸三集)大致相同,僅少數文字或篇目順序有出入。又,草玄閣後集辛集所録殺虎行、癸集所録書扇二詩,鐵崖先生詩集十集本後三集未載。其實因爲殺虎行已載鐵崖先生古樂府卷七,書扇已載鐵崖先生詩集庚集。據此可見,草玄閣後集與鐵崖先生詩集十集後三集有淵源,後者實據前者收録整理。(按:清人諱改"玄"爲"元",今回改。)

二十七、鐵崖先生文集鈔一卷:清陳徵芝鈔本,國家圖書館藏。此本每半頁十一行,行二十五字。版心底部有"帶經堂鈔藏"五字。卷首鈐有"帶經堂陳氏藏書印"、"陳徵芝印"、"蘭鄰"、"陳樹杓"等八印,卷末載清嘉慶十九年甲戌(一八一四)陳徵芝識文、咸豐五年(一八五五)徵芝孫陳樹枬跋文。陳徵芝識文曰:"余購東維子集,數年未得也。甲戌冬,見有不全抄本二册,取以校家藏朱昱刻本,多數十篇。精廬無事,鈔藏如右。十一月廿九日鈔畢記。"陳氏所謂"朱昱刻本",即弘治刊鐵崖文集五卷本。今按此本所錄文章凡四十六篇,皆出自東維子文集三十一卷本,且爲鐵崖文集五卷本所未載者,可見前述陳徵芝所謂"不全抄本",即東維子文集。

二十八、楊鐵崖先生古樂府八卷古賦二卷補遺一卷,明天啟年間海虞(今江蘇常熟)馬宏道鈔本,今藏湖南圖書館。卷首有丙子年(一九三六)冬小寒前一日葉啟勛、己卯年(一九三九)三月葉啟發所撰長篇識文各一篇,記述此本内容及其來源。書末署有抄錄者姓名以及日期,曰:"天啟元年歲次辛酉季春上巳日,海虞逸民人伯馬宏道漫錄竟。"葉啟發識文曰:"此明天啟元年海虞馬人伯弘道據萬曆中陳淵止刊、華亭陳仲醇繼儒校本抄錄,并益以元至正戊子顧瑛、至正甲辰章琬、成化王益、金華章懋、諸暨陳于京及歸景房古本、金陵坊本,合并編定爲十卷。凡古樂府八卷,七百七十首;文賦二卷,三十五篇;香奩八首,又古樂府補遺一卷八十首。凡各本之序跋傳志,均采錄甚全,可謂集諸家之大成矣。"今按此本所錄,前十卷確實錄自陳淵止(名善學)所刊楊鐵崖先生文集十一卷,馬宏道於第一卷卷首"古樂府"題前有小字題識曰:"凡古樂府八卷,批點俱係眉公手筆,謹遵原本,初非臆見,少有損益。故白。"唯一不同的是:馬氏將陳本古賦三卷合爲兩卷,陳善學刊本卷十一僅錄蓮花漏賦、記里鼓車賦、土圭賦三首,此本則附於卷十末尾。最後鐵雅先生復古詩補遺一卷,錄有香奩八題,以及結襪子、柏谷詞、冰山火突詞、吳鈎行、城西美人歌、内人琴阮圖等六十六首,其實皆出自章琬編刊鐵雅先生復古詩集六卷以及吳復編、顧瑛刊鐵崖先生古樂府十卷(即今天習見的四部叢刊影印明成化五年(一四六九)劉欽刊十六卷本)。今將此本卷首目錄詩題下所注卷數與成化本校核,無一不合。之所以稱"補遺",蓋因上述詩歌未載於陳善學刊古樂府八卷。(實則有誤收,部分詩歌已見於陳善學刊本。)馬宏道於"香奩集"後有題識曰:"丁丑菊月丙寅日,偶借歸景房古本楊鐵崖集校對,與金陵坊本、崑山王益刻本互有不同,旋補入此。人伯。"按：所謂"歸景房古本楊鐵崖集"，當指明成化刊鐵崖先生古樂府十六卷本，蓋此本淵源較早，或曰成化年間據元末刊本遞刻補修，故此稱"古本"。書末還録有成化二年丙戌夏六月崑山王益識文，此文亦見於劉傚刊鐵崖先生古樂府十六卷本，四部叢刊影印本此文殘闕。

二十九、東籬子文集一册：清鈔本，上海圖書館藏。此書無序跋，編者不詳。封面題"東籬子文集選鈔，元楊鐵厓維楨撰"。扉頁有題記曰："是卷爲楊鐵崖東籬子文集内録出，皆有關松郡文獻者。嘉慶丙寅、丁卯間從邗江録歸，小校記。"嘉慶丙寅、丁卯，乃嘉慶十一年和十二年，即公元一八〇六、一八〇七年。此本未見書目題跋書籍著録，今按其所録文章，共計八十三篇，其實皆録自東維子文集。由此可見，"東籬子"之"籬"，當屬"維"之誤寫。

三十、正統辯：又名三史統論、三史統辯論、絶辯、三史正統辨、宋遼金正統辨等，參見前文所述。此文於元至正初年轟動朝野，然單行本未見傳世。全文録於元末陶宗儀編撰南村輟耕録卷三，亦載於明初貝瓊清江貝先生文集卷二鐵崖先生傳中。鐵崖曾自稱此文"五千言"（見鐵崖文集卷三鐵笛道人自傳），然南村輟耕録所載實爲二千六百餘字，鐵崖先生傳所録與南村輟耕録本大致相仿。又，清人編纂四庫全書時，乾隆皇帝特地下詔，命將此文置於鐵崖别集東維子文集之首。

三十一、西湖竹枝詞：又名西湖竹枝集，楊維禎選輯，并撰有詩人小傳。西湖竹枝詞版本衆多，筆者所見四種：（一）明刊西湖竹枝詞一卷，與香奩集一卷合刊，國家圖書館藏。（二）明萬曆林有麟刊西湖竹枝詞一卷，上海圖書館藏。（三）明末諸暨陳于京刊西湖竹枝詞一卷，與楊鐵崖文集五卷、史義拾遺二卷、香奩集一卷合刊，上海圖書館藏。（四）清光緒年間錢塘丁丙輯刊武林掌故叢編本西湖竹枝集一卷。武林掌故叢編本未録薛蘭英、蕙英小傳及其竹枝詞，其餘諸本差異不大。全書録有包括楊維禎本人以及無名氏一人在内一百二十四人小傳，收録竹枝詞共計一百九十四首。然元至正八年（一三四八）楊維禎序刊本、明天順三年（一四五九）和維序刊本、萬曆三十二年甲辰（一六〇四）馮夢禎序刊本，今皆不存，其序文分别見本書佚文編與附録。

　　上述楊維禎著作三十一種,乃筆者經眼或研讀,大致已經囊括現存鐵崖作品專書或專輯。然而在整理楊維禎作品全集過程中,發現還有不少鐵崖作品,上述專集未能收録,散見於元代以後人士所編詩文總集、選集、書畫文獻、地方志等等。而輯佚詩文原始出處,想必亦應爲鐵崖詩文專集。這些專集是否留存至今,有待進一步考索查訪。

附録八　新訂楊維禎年譜簡編

説　明

本譜是在楊維禎年譜(復旦大學出版社一九九七年出版)基礎上,删改增補而成。主要修改如下:

一、修訂舊譜正文。舊譜疏誤,有所更正;譜主事迹,有所補充。譜主生平考察,相比舊譜更爲完善。

二、删繁就簡。譜前傳略、資料出處、考證辨析,以及時事政治等等,一概删除。友人生平事迹,包括相關考證,凡與譜主活動無直接聯繫者,亦皆删去。

三、詩文繫年。楊維禎全集校箋未能按照編年排列,爲彌補這一缺憾,如今採取兩項措施:一爲編纂全書篇名索引,附於書後。二是新增"著作"一欄,將所有獲得繫年之詩文篇名,分別著録於本譜相關日期之下。

繫年原則:若僅能判定大致時間段,如某月、某季、某年,或某幾年所作,一般置於這一時間段末尾。若有多篇詩文作於同一時間,則據作品出現於楊維禎全集校箋先後順序排列,不分文體。繫年理由已見相關詩文箋注,此不贅録。又,楊維禎某些詩文集,根據結集或初刊時間,實能大致推斷所録詩文寫作時間。例如麗則遺音四卷共計三十二篇文賦,寫作時間不得遲於元順帝至元六年(一三四〇);吴復、顧瑛輯刊鐵崖先生古樂府十卷所録,截止於元至正八年(一三四八);章琬輯編鐵雅先生復古詩集六卷所有詩作,則必撰於至正二十六年(一三六六)以前。然此類"斷限"過於寬泛,假若其中詩文未能作進一步繫年,本年譜不予著録。

元成宗元貞二年丙申　一歳

楊維禎,其名或作維楨,又作禎、楨,字廉夫,本年十二月二十五日(公元一二九七年正月十九日)生於諸暨(今屬浙江)。相傳出生時有異徵。兄弟四人:維植、維魯、維禎、維柢("柢"或作"祇")。

父楊宏,務農,本年三十二歲。母李氏,同里後山先生女,南宋丞
相李宗勉四世孫,賢而通文史。

楊維楨初號梅花道人,又號鐵崖。別號衆多,中年以後,別署鐵心道
人、鐵雅、鐵崖山人(或作老崖)、鐵笛(或作鐵簹、鐵笛道人、鐵笛
仙、鐵簹叟、鐵簹老人、鐵龍道人、鐵龍精、鐵龍仙、鐵龍仙伯)、鐵
道人、鐵仙、老鐵、老鐵貞、鐵冠道人(或作鐵冠長老)、古魯傁、無
夢道人、嬉春道人、夢外夢道人、抱遺道人(或作抱遺子、抱遺先
生、抱遺叟、抱遺老人、抱樸遺叟)、梅花夢、楊邊梅、邊上梅、鐵敵
木貞、大瀛子、自便叟、東維子(或作東維叟、箕尾叟、箕尾仙)、鐵
史(或作老鐵史)、聽夢道人、錦窩老人、桃花夢叟、草玄先生、風
月福人、楊古貞等等。

元成宗大德九年乙巳　一三〇五　十歲

幼時聰穎好學。父楊宏常令背誦唐宋名詩。既學爲文,下筆輒見神
魄。稍長,父命從師學春秋。

元仁宗延祐二年乙卯　一三一五　二十歲

三月,元代科舉首次會試在大都舉行。楊宏推遲維楨婚期,賣馬籌
資,促之外出游學。楊維楨游學四明、嘉興等地,一路節儉,唯購
黃震所撰黃氏日鈔、黃氏紀聞等新書還家。楊宏喜不自禁,親自
讎正裝幀。

元仁宗延祐四年丁巳　一三一七　二十二歲

　【著作】
(本年)禹穴。

元仁宗延祐六年己未　一三一九　二十四歲

伯父會稽三界巡檢楊實致仕還家,召集族中適齡青年讀書備考,聘請
當地名儒陳東泉、馮桐西授學。楊維楨偕從兄維易、維翰等苦
讀。維楨獲父親偏愛。

元仁宗延祐七年庚申　一三二〇　二十五歲

本年已臻法定科舉年歲,鄉里欲舉薦,楊宏不允。楊宏築書樓於屋後
　　鐵崖山中,命楊維禎精研春秋經傳。維禎遂孤抱一經,博采衆
　　家,攻讀其中五年。書樓置於梅樹林中,故自號梅花道人。

元英宗至治元年辛酉　一三二一　二十六歲

在鐵崖山書樓中讀書備考。
　　【著作】
(本年)麒麟閣。

元英宗至治三年癸亥　一三二三　二十八歲

仍於鐵崖山書樓中讀書備考。此年賦詩稱頌鄉鄰丁祥一之孝誠。
　　【著作】
(本年)丁孝子。

元泰定帝泰定二年乙丑　一三二五　三十歲

本年前後依據科舉程文私擬賦題,撰百餘篇以應考。

元泰定帝泰定三年丙寅　一三二六　三十一歲

本年爲鄉試之年,楊宏冀幸兒子中舉,購上馬石置於門下。八月,楊
　　維禎以春秋經考中江浙鄉試第十二名。中舉後自號鐵崖。
於杭州應考期間,結識主考官倪淵、同考官吳叔巽,諸暨州判官黃溍
　　等人。與倪淵子驤尤爲投緣。又交鄱陽劉斗鳳,觴飲於開元宮
　　住持王壽衍丹房。
北赴大都應考之際,黃溍有詩贈行。

元泰定帝泰定四年丁卯　一三二七　三十二歲

本年在大都。三月十二日,崇天門傳臚賜進士。楊維禎名列第三十
　　二,爲二甲進士,授承事郎、天台縣尹兼勸農事。據説有元進士
　　登第即授予縣令一職,實屬罕見,故欣喜異常。
維禎於上年江浙鄉試所作無逸圖賦、本年會試所作太常賦,皆選入程

文刊行。

在京城結識道教宗師吳全節。

與越籍同年胡允文、趙彦直交好,三人結伴拜謁京城高官鄉賢胡助。
　　臨別,胡助贈以長詩。

居京師期間,與福建籍同年黄清老、俞焯、張以寧等討論閩、浙新詩。
　　黄清老譏言"浙無詩",維禎耿耿於懷。後歸越,窮訪兩浙詩家,
　　有心振興江浙詩壇。

【著作】

(春)白虎觀賦。

(本年)紫微垣賦、鹵簿賦。

元文宗天曆元年戊辰　一三二八　三十三歲

春,自京返鄉,於路游覽風物民情。同年薩都剌索和宮詞,其後賦有
　　二十章。道過吳中,適逢永嘉李孝光,相與論詩,意氣相投,遂以
　　古樂府辭唱和。

是年赴天台任縣令。行前其父諄諄告誡,囑以盡心報國。黄溍有詩
　　送楊廉夫天台縣尹。

天台安普、許廣大從之受學,後二人皆考中進士。

【著作】

(夏)劭農篇。

(本年)國清寺。

元文宗天曆二年己巳　一三二九　三十四歲

四月,江南饑荒。盱江彭元履發粟救災而又不求名爵,賦詩稱頌。

八月,江浙鄉試,赴杭州任考官。與黄溍同爲房官,黄溍不時邀之議
　　卷,決其去取。座主吳淑巽來訪,薦其門生吳興陳善之。其時結
　　識江浙儒學提舉楊剛中,服其言議。

【著作】

(本年)彭義士歌、桐柏山、斬蛇劍、桐柏觀六首、瓊臺雙闕、開巖寺、閔
　　忠閣賦。

元文宗至順元年庚午　一三三〇　三十五歲

居天台爲官時，暇日窮勝迹，游禪寺。登華頂絕峰，有詩。

天台豪强有號稱"八雕"者，狡黠囂張。賦警鵰詩喻之，且治以法。父亟寄書戒飭，期之以德治民，毋以威嚇人。"八雕"勢力張盛，楊維楨懲治不果，反遭罷免。

【著作】

(本年)石橋篇、警鵰三章、玉京山、寒巖寺。

元文宗至順二年辛未　一三三一　三十六歲

免官後返回家鄉諸暨，讀書講學。每日賦詩一首，題目多采自史傳。亦作有宮詞。

【著作】

(本年)宮詞十二首、琴賦、五雲書屋賦。

元順帝元統元年癸酉　一三三三　三十八歲

本年仍居諸暨故里。或於此際續娶鄭氏。

秋，應鄉人韓惟新(晚年弟子韓奕祖父)之邀，作客其家，爲其宅樓取名"江聲月色"。

【著作】

(本年)桃花犬、殷輅賦、記里車賦、器車賦。

元順帝元統二年甲戌　一三三四　三十九歲

本年授職錢清鹽場司令。錢清瀕臨東海，距離家鄉諸暨并不遥遠。然罷官數年之後，七品降至從七品，心有不甘。不時借酒澆愁，有詩寫左遷之抑鬱。

其時上官逼索鹽税逋賦，鹽民不堪承受，紛紛逃匿。遵父誨爲民請命，上訴江浙行省政府，不惜以棄官抗爭，終獲減免引額三千。

【著作】

(本年)紅酒歌謝同年智同知作。

元順帝至元元年(元統三年)乙亥　一三三五　四十歲

仍在錢清任鹽場司令。十一月,詔罷科舉。

本年曾遣僕沐馬江濆,馬忽嘶踴,浮江而去。感此作賦,嘆身處困境而不得施展。

【著作】

(秋)癡齋志。

(本年)些馬。

元順帝至元二年丙子　一三三六　四十一歲

仍在錢清鹽場司令任上。

本年江浙大旱,自春至秋,數月無雨,民間饑荒,百姓窘迫。有詩多首記之,且懇請富户賑災。其時又有詩指斥新設平江都水庸田使司擾民。

【著作】

(冬)食糠謡、周急謡、勸糶辭。

(本年)匠人篇。

元順帝至元三年丁丑　一三三七　四十二歲

仍在錢清任鹽場司令。

夏,民間謡傳朝廷搜括童男童女,百姓惶恐,一時不問長幼,嫁娶殆盡。有詩感嘆。

門生遠游京師,有詩贈行,囑以壯年努力。

十二月二十五日爲四十二歲生辰,故吏魏輾贈以鐵杖祝壽。其時方思辭仕歸隱,得杖有感,作賦自勵。

【著作】

(十一月中旬)概浦楊氏續譜序。

(十二月二十五日)杖賦。

(本年)東林社、盧孤女、童男取寡婦、送曹生之京。

元順帝至元四年戊寅　一三三八　四十三歲

久官於鹽場,睹鹽工苦狀,憤鹽商刁狂,有詩多首記之。

【著作】

（七月七日）乞巧。

（本年）苦雨謡、鹽商行、陳孝童、海郷竹枝歌四首、海鹽賦。

元順帝至元五年己卯　一三三九　四十四歳

七月十一日，父楊宏病故。遂卸去錢清鹽場司令之職，返歸諸暨鄭里
　　守喪。仿唐人李翺，爲先父作實録以寄哀思。九月二十七日，葬
　　父於大桐岡（位於鄭里東一里）。母李氏旋亦謝世。結廬墓旁
　　守喪。

秋，毘陵孟曈有感於楊維楨仕途不利，諸事乖舛，屢爲卜命。先後撰
　　蒼草、憂釋二賦記之，以此宣洩抑鬱，抒寫耿介。

　　【著作】

（夏）鹽車重。

（七月）送王知事遷臺架閣。

（秋）憂釋、蒼草、先考山陰公實録。

元順帝至元六年庚辰　一三四〇　四十五歳

本年仍居家郷服喪。

春，餘姚宋禧專程來謁，請求從學。此際追隨從師者紛至沓來，弟子
　　錢舜在，乃其女婿傅伯原之舅。

十二月，朝廷下詔恢復科舉。

紹興一帶學子請學賦，遂歷評八科以來程文凡千餘篇，謂賦以豁達氣
　　韻爲佳。

富春吳復寄來長篇書信，述其仰慕之意，欲拜師受教。

　　【著作】

（本年）送王本齋之建康之江西、正考父鼎、銅雀瓦、罵蝨、代宋無逸上
　　省都事書。

元順帝至正元年辛巳　一三四一　四十六歳

正月十五日，弟子陳存禮輯楊維楨文賦三十二篇，取名麗則遺音古賦
　　程式刊行。維楨同年友福建黃清老爲撰評語。陳存禮撰跋文，

稱楊賦多英氣,蔚爲詞宗。

八月四日,餘杭 徑山寺住持詩僧釋行端謝世。行端字元叟,元叟詩派
　　稱盛於東南禪林,楊維楨與之交往頗久。

九月,與李孝光會於姑蘇,評論古今人詩。李氏謂琴操詩體特殊,寫
　　作不易。楊維楨亟請出題,且於兩天内連賦十一首。李頗驚歎,
　　以爲出韓愈之上。

冬,服喪期滿。將故鄉田產贈予兄弟,攜妻兒移居江浙省城杭州,申
　　請補官。其時黃溍任職江浙儒學提舉,上門請文者無日無之,窮
　　於應付,常請維楨代筆。黃溍稱維楨文勢豪縱,灑脱不拘,頗具
　　個性。

本年題黃公望山居圖,有詩。與黃公望結交,蓋始於此時。

　　【著作】

(九月)履霜操、別鵠操、雉朝飛、精衛操、石婦操、湘靈操、箕山操、獨
　　禄篇、琴操序、漢水操、介山操、崩城操、前旌操、桑中操、炭廌操、
　　殘形操。

(本年)放龜池、餘姚海隄爲判官葉敬常賦、題黃大癡山居圖、送海鹽
　　知州賈公秩滿序、沈氏刑統疏序。

元順帝至正二年壬午　一四四二　四十七歲

本年闔家寓居杭州。申請補官不果,遂以教授生徒爲業。主授春秋,
　　崑山 袁華、嘉興 張汝霖、北庭 邊魯等從之受學。

正月,撰麗則遺音自序,謂作賦不能乖離風雅之準則。

三月,倪瓚造訪,齋中見華亭 曹知白畫卷,別有會心,題七絕三首。其
　　時楊維楨方倡西湖竹枝詞,邀倪瓚同賦。

七月一日地震,有詩頌天子聖明、丞相賢良。十八日,西域 拂郎國遣
　　使獻馬。賦詩數章,稱頌天子德澤四裔。

冬,陳仲剛赴任浙之龍頭鹽場司丞,有文送行,嘆治鹽之難。

其時與道士張雨、江浙檢校尹尤魯子升結交,不時登山游湖,詩酒相
　　聚。是年尹尤魯子升轉官淮幕憲府,有文贈行。

　　【著作】

(正月)麗則遺音自序。

（七月）地震謠、佛郎國進天馬歌、佛郎國新貢天馬歌、白雲窩爲僧明覺海賦。

（冬）送王萬戶赴甘肅參政、送帖山提舉序、送陳仲剛龍頭司丞序。

（本年）西湖竹枝歌十二首、題邊魯生所畫便面、畫舫、答張貞居雲林席上見寄韻、牡丹瑞花詩卷序、元故用軒先生墓志銘。

元順帝至正三年癸未　一三四三　四十八歲

本年仍闔家寓居杭州,試圖補官。

正月二日,胡助造訪杭州吳山鐵冶嶺楊維禎寓所,爲其新刊麗則遺音古賦程式作跋,稱鐵崖文賦復古有則,意格俱佳。

此際與富春馮士頤兄弟結爲好友。春,舟游富春,於路簫歌酣飲,頗爲快意。夜宿馮舍,有詩寄張雨。

五月四日,杭城大火。事後撰武林弭災記。

其時結識新任江浙儒學提舉班惟志。七月六日,班氏招飲於西湖之上,途中又下馬題詩於岳王寺,稱頌岳飛。

朝廷徵召福建隱士杜本,授予翰林待制、奉議大夫兼國史院編修官之職。進京途中,道過杭州,杜本遂滯留不去。張雨、楊維禎與之結交,游山玩水,詩酒酬唱。十月一日,三人同觀蘇軾手書石恪畫維摩頌、魚枕冠頌墨迹,皆撰書跋文。楊維禎謂東坡參透世態,文筆典雅,爲之激賞。其時維禎自號"鐵心道人"。

效李商隱詩體賦律詩無題四首,率袁華同作。其時錢塘諸生請教詩法,爲賦拗律二十首示之,且謂律詩以古格爲高。張雨頗讚其拗體詩。

其時投書浙東僉憲索元岱,以同年身份進言,望索廉使秉公道,行善政。

【著作】

（正月）爲胡氏賦大拙先生詩、元故樂閒先生墓志銘。

（春）富春夜泊寄張伯雨。

（七月六日）秋日班恕齋招飲湖上、詠岳鄂王二首。

（十月一日）跋蘇軾自書二頌卷後。

（冬）武林弭災記。

（本年）皎人曲、寄張伯雨、錢塘懷古率堵無傲同賦、觀濤同張伯雨賦、
　　桐江、題瑞石山紫陽勝迹、請一可楊外史歸儒、送陳景讓郎中赴
　　中書右司、無題四首、杭州龍翔宮重建碑、與同年索廉使書、送薛
　　推官詩、四十五日約、顧節婦傳、寄吳寺鐵宗上人、題遠碧樓、送
　　人之永嘉兼簡五峰、題馬文璧瀛海圖。

元順帝至正四年甲申　一三四四　四十九歲

本年十月以前，仍闔家寓居杭州，企圖補官。

三月，有文記錢唐道士趙野鶴。其時得太湖冶師綖長弓所鑄鐵笛，賦
　　詩稱謝。遂自號鐵篴道人，且漸以鐵笛名噪東南。

上年三月，朝廷詔修遼、金、宋三史。時隔一年，遼史已見成書，然
　　於元代以前之“正統”，則擱置不論。因此憤懣不平，撰長篇
　　史論三史正統辯，反復論證所謂“正統”，倡言有元之統乃承
　　大宋，而非繼遼、金。其文旨在爲南宋正名，爲南人張目，故
　　廣爲流傳。

四月十六日，偕張雨飲友人所，張雨出示近作石室銘。爲之賦詩。其
　　時危素因修宋史之需，來杭州采書，維禎與之結交。以危素請，
　　賦詩稱頌孝女。

七月，太史揭傒斯卒於京師史館。偕張雨、李孝光遥祭於錢唐孤山。
　　其時楊維禎有心創立詩派，張雨、李孝光贊頌其詩，稱之爲“鐵
　　雅”。其時維禎廣交僧友，雷隱、復原二詩僧又傳其鐵體詩於禪
　　林，創方外別派。

八月十六日夜，夢偕貫雲石共登廬山，相與唱和。賦彭郎詞、廬山瀑
　　布謠二詩。

與錢惟善、吕彦孚、袁鵬舉、陸孔昭、釋梵琦諸人結盟，不時相約，游湖
　　觀潮，探訪名勝，吟詩唱和。此際秘書卿泰不華回紹興爲母親守
　　喪，率錢惟善、吴克恭等人與之交往，賦詩稱美泰不華與隱士
　　杜本。

秋，江浙行省鄉試之後，錢惟善受職永嘉書院山長，有詩贈行。

杭州女士曹妙清挾其所著詩文踵門求教，尊楊維禎爲貫酸齋、班恕齋

一流人。

近兩年來,邀集友朋唱和西湖竹枝詞,和者甚眾。楊維禎自稱水光山色滌盡昔日脂粉習氣,詩風因此大變,遂將舊作付之一炬。

數年來欲補官而不得。本年秋後,投書江浙行省參政秦從德,自訴冤情窘狀,望能憐而援之,予以引薦。

浪迹杭州,教授生徒之際,亦抄寫道經糊口。其時頗交道人術士,術士如擅長卜卦之錢卜叟、精通周易之白嵒山人;道士如張雨,如趙野鶴。多贈以詩文,或相互唱和。

十一月,湖州長興大户蔣克明專程來請,遂攜妻兒移居長興安化鄉陳瀆里,授學於蔣氏東湖書院。與蔣氏兄弟交好,撰文稱美其先人捐田創學事迹。長興蔣元、蔣毅、蔣儀鳳、吕坦等從之受業。

十二月二十五日立春,恰逢其四十九歲生日。長興大户爲之設宴祝壽。酒席上興酣賦詩,頗寫放縱逍遥之快意。

【著作】

(三月一日)雅好齋志。　(三月)五湖賓友志、三史正統辨。

(春)冶師行。

(四月十六日)四月十六日偕句曲先生過彩真飲趙伯容所句曲出石室銘因賦是詩并簡太樸檢討先生。　(四月)金溪孝女歌。

(七月)崑山郡志序。

(八月一日)跋完者禿義讓卷。　(八月十六日)廬山瀑布謡、彭郎詞。　(八月)鬼齋詩爲貫酸齋學士賦。

(九月)送錢思復之永嘉山長。

(秋)祭揭曼碩先生文。

(十二月二十五日)甲申臘月廿五日初度。

(冬)送窩哲臺會試京師、趙公衛道墓志銘、題義門蔣德芳東湖書院、東湖書院修造田記。

(本年)風日好寄馮來青、義鴿三章、小游仙二十首、游龍井用張伯雨韻、題朱澤民畫、渾沌印詞、漫題、嘲林清源、別清源、送杜青碧還武夷、曹士弘文集後序、改危素桂先生碑、投秦運使書、贈周尚、答曹妙清竹枝詩、登靈峰、真覺院、西巖山。

元順帝至正五年乙酉　一三四五　五十歲

正月至五月，長興蔣氏東湖書院執教，不時出游。

二月既望，游弁山黃龍洞。追和蘇軾韻賦詩，詩贈烏程縣令苗氏，頌其德政。

三月三日，挾妓踏青，賦詩四首。詩寄江浙儒學提舉班惟志，自稱“五十狂夫心尚孩”。

四月二日，偕蔣克明兄弟舟游太湖，各賦詩。楊維禎爲首唱，稱甘於隱趣，自信此游之樂，不遜色於昔日杜甫、蘇軾。

此際投書江浙行省平章嶽嶽，自訴耿直惹禍，望嶽嶽知人善任，施以援手。

六月，暫回杭州。或借住張雨靈石塢居所。

秋，有詩稱美西川巡察使答理麻爲民理政，又賦詩稱頌浙西肅政廉訪僉事趙秉仁正直不阿。適逢歐陽玄南歸，與之交往，代筆撰文。歐陽玄稱賞其三史正統辯，譽爲不刊之論。後欲薦而未成，遂囑楊維禎撰宋史綱目。

貝瓊大約於此時自松江來杭，求學門下。爲貝瓊書齋撰記。其時維禎效仿朱熹通鑑綱目義例編撰宋史綱目，希望貝瓊等協助，合力成之。

初冬，黃溍爲製先君墓道碑，抵杭買石。楊維禎、張雨、吳克恭、錢惟善、堵簡、黃玠諸人偕游。此際讀弁山隱者黃玠詩鈔，感觸良多，賦長詩慨歎，曰懷不世之才者不得志。十月二十三日，撰文送黃溍還鄉，自傷碌碌營食，未能隨心優游。

其時於長興、錢塘等地泛湖游山，有漫興、漫成、春俠雜詞等組詩，詩中頗言閒暇舒暢，休官適意。又效杜甫體賦嬉春詩五首，贈予錢唐學杜詩者，冀變其時佞宋詩風。

十一月十四日，爲鄉友韋珪梅花百咏撰序，謂梅詩要在傳神。本月復歸湖州長興。曹妙清從杭州專程來訪，歌詩鼓琴。楊維禎爲之讚歎，謂碩儒或有不及婦人女子。

除夕，吳復載雪來會，相率賦詩吟咏太湖山水。

其時有書信寄贈玄教大宗師吳全節，謂儒與道并行不悖。且自稱史才，隨信附上近作三史正統辨與道觀碑文，期望舉薦。

【著作】

（二月十六日）乙酉二月既望游弁山黄龍洞追和東坡和烏程尹孫同季詩十二韻書於洞西幻住庵月禪師室就寄今烏程縣尹苗公。

（三月三日）又湖州作四首。

（四月二日）乙酉四月二日與蔣桂軒伯仲諸友同泛震澤大小雷望洞庭之峰吹笛飲酒乘月而歸蓋不異老杜坡仙游渼陂赤壁也舟中各賦詩余賦二十韻爲首唱。

（夏）上巙巙平章書。

（秋）鐵面郎（美趙御史也）、奉使歌（美答理麻氏也）、有元文静先生倪公墓碑銘。

（十月二十三日）送金華黃先生歸里序。

（十一月十四日）梅花百詠序。　（十一月）曹氏雪齋弦歌集序。

（十二月三十日除夕）望洞庭。

（冬）跋宋丘公岳家傳後。

（本年）漫興七首、漫成五首、春俠雜詞十二首、讀弁山隱者詩鈔殊有感發賦長歌一首歸之、醉歌行寄馮正卿、夜宴范氏莊、嬉春五首、蟠梅、過太湖、寄吳宗師、伏蛟臺賦、鈍齋記、讀書齋志、富陽縣尹曹侯惠政碑、與吳宗師書、冰壑志。

元順帝至正六年丙戌　一三四六　五十一歲

六月前，仍於長興蔣氏東湖書院授學。

正月八日，攜吳復等六人游宜興張公洞，分韻賦詩。撰序文，謂當年歐陽修浩歎，仕宦之人終其一身，欲登覽山川而常不能如願，不是官務繁忙，就是年老體衰。如今自己身强居閑，隨心悠游，實屬萬幸。

二月十六日，攜妓游長興靈山。酒酣賦詩，曰死去俱空，生時當歡。

弟子吳復輯注鐵崖先生古樂府，三月一日撰序，謂楊維禎品評詩歌，重視神性。當時詩壇崇尚摹擬，維禎爲吳復詩集作序，予以譏刺。

三月，有詩言閑適之樂。其時賦詩多首，吟咏湖州山水與民風。詩寄富春馮士頤，憶昔時友情，嘆知音難覓。

與湖州樂閒居士之子褚嗣英兄弟交往,爲其家譜撰序。

七月,又赴杭州,寓居四月有餘。以錢唐曲家王曄所集歷代優辭有益於世教,撰文作序。

八月,目擊杭城發兵征閩,有詩記之。

閏十月十五日,爲金人抹撚氏新注道德經作序,謂道家與儒家,本原并無差異。其時客寓杭州西湖大禹觀等道宮,頗交道人術士。張雨於本月爲吳復輯鐵崖先生古樂府撰序,襃賞李孝光、楊維禎所作古樂府,稱"不失比興之旨"。

冬,攜妻兒自杭州移居姑蘇,仍以授學爲業。常率賓客妓女放情山水,詩酒爲樂。歲終,有冶春口號八首記述游樂心情。此際與崑山袁華、郭翼、呂誠,甬東顧盟諸人交游。

【著作】

(正月八日)張公洞、游張公洞詩序。

(二月十六日)城西美人歌。 (二月二十二日)二月廿二日游何道兩山玉堂禪師出東坡石刻詩且乞和韻刻于宜晚亭上。

(三月三日)贈張貞居。

(春)苕山水歌、吳復詩録序。

(七月)優戲録序。

(八月)征南謠。

(閏十月十五日)抹撚氏注道德經序。

(十二月十七日)冶春口號七首。

(冬)招農篇、洪州矮張歌、顧氏永思家舍記、秋收堂詩序。

(本年)日重光行、大難日、大數謠、將進酒、琵琶怨、大人詞、五湖游、登華頂峰、古憤、陳帝宅、雉城曲、采菱曲、弁峰七十二、送客洞庭西、堯市山、夏駕石鼓辭、香山篇、陳朝檜、秀州相士歌、壽岩老人歌、五禽言、小臨海曲十首、留題毗山松風竹月亭、登戴山絶頂留山房、蓮花坽歌、題味菜齋、石林詩卷、長城懷古、堯市山、九女冢、褚氏家譜序、送寫神葉清友序、約禮齋記、蔣氏凝碧軒記、來德堂記、鳴鶴軒記、長興知州韓侯去思碑、有禰氏志、慶氏子庖丁志、倪用宣字説、素履齋説、樵溪風叟志、寄范中賢、湖州詩、合溪季子廟、謝文靖墓、吳王城、白鶴山、皋塘寺、秋日吳興宴集、苕溪草堂、登道場山、長興定惠院、泛東湖、晏子城、臥冰池。

元順帝至正七年丁亥　一三四七　五十二歲

本年仍闔家寓居姑蘇,授學爲生。不時應邀結伴出游。

二月,有文記述姑蘇東禪教寺僧友松岩道人新創亭閣,稱頌其師清溪
　　道人以風流自命,有南宋林酒仙之遺風。并謂僧徒能掙脱禪縛,
　　不爲戒律所拘,堪稱聖師;斤斤於念經絶葷,則屬不通於道。

弟子崑山呂誠、袁華皆好古樂府,時常賦詩争勝。三月三日,楊維禎
　　爲呂誠詩稿撰序,稱其人在野而詩甚高。

三月四日,姑蘇張景雲邀集,與釋覺元、張習之、夏起元、張守中、謝君
　　用、謝君舉、張景宜、吳近仁、周子奇、唐明遠等泛舟横澤。詩酒
　　歌樂,翌日方歸。十八日,又偕顧伯敏、張仲簡、高起文、張俊德
　　游石湖諸山,皆有詩文記之,曰自由之身不受拘束,游宴之樂過
　　於白居易。張仲簡盛贊楊維禎,謂鐵崖奇文改變吳中學風。

春,海鹽州重修學宫,撰記文。其時政府官長大多不重視學校,爲之
　　慨歎。

夏,赴女宴,以鞋杯行酒,謂之"金蓮杯"。女士鄭允端賦詩譏嘲。

本年夏日淫雨,有詩記之。

八月二十一日,華亭陳汝嘉赴任漕府書吏,撰文送行。述及當時文士
　　職業前景,謂仕道多途,中舉入仕固佳,由吏陞官亦可。

九月一日,有文送吳中錢伯舉赴任衢州,嘆冗官之弊,謂朝廷惟知設
　　官牽制以去專弊,不知官冗而民難民窮矣。九日,游石湖。夜夢
　　神僧與之唱和,次日録詩,書贈復元禪師。十五日,應門生宋禧
　　請,爲其鄉友趙璋詩撰序,謂學習古詩,當得名家之情性神氣。
　　其時蓋寓居錦秀坊盧山甫之聽雨樓。

其時與同年友康若泰交往頻繁,頗游吳地名勝,有詩。康若泰於本年
　　秋來任平江都水庸田使司副使,其後多次轉官,皆有詩送行。

十月一日,因友人楊伯振請,爲吳醫張氏作齋記。伯振善琴,故而
　　結交。

十一月一日,爲吳毅所輯周月湖今樂府撰序,褒賞關漢卿、馮海粟、貫
　　酸齋等元代前輩曲家,譏斥後起者非獨不能音節、文采兼顧,且

多流於俗陋。是日,有詩文贈鄒奕會試京師。又賦詩送昂吉赴考。此際姑蘇富貴人家紛紛來邀,請求教授其子弟。楊維楨不無得意,詩曰:"閶閭城裏癡兒女,始識千金重聘師。"

是年交常熟繆貞父子,詩酒往來。與朱德潤結交,多同題詩文,或題於朱氏畫作。

其時作吳下竹枝歌,延續西湖竹枝詞唱和方式,頗邀吳中人士參與,且不論身份地位及性別職業。吳中數女唱和,楊維楨大加稱賞。石湖寶華禪寺僧人釋文信所作竹枝,語詞清新,設喻巧妙,傳爲絶唱。或者譏之淺俗,維楨爲之辯白,謂金沙灘頭菩薩亦不免隨世作戲,何況僧人。

其時廣交南北藝人,杜寬篳篥、李震卿琵琶、張猩猩胡琴、周琦玉笙,其技藝皆獲楊維楨詩文嘉賞。且以鐵笛自豪,稱"君山鏌邪鐩"。此際與鄭元祐、趙季文等交游。

【著作】

(二月)清溪亭記。

(三月三日)題吕敬夫詩稿。 (三月五日)游横澤顧氏園題霽月亭、紀游、分得和字韻。 (三月六日)游横澤記。 (三月十九日)游石湖記。

(春)海鹽州重修學宫記。

(四月)故鄒元銘妻金氏墓碣銘。

(五月)孫氏瑞蓮詩卷序。

(六月)六月淫雨漫成口號。

(八月十八日)送張從德之湘鄉州判序。 (八月二十一日)送陳汝嘉漕掾秩滿序。

(九月一日)送錢伯舉衢州録判序。 (九月九日)紀夢中作書遺報復元。 (九月十五日)趙氏詩録序。 (九月)送王茂實慈利州同知序、蔣生元冢銘。

(秋)孔節婦、題承天閣與魯瞻副使同登用魯瞻韻、登承天閣同魯瞻副使年兄同眺、題姚江吳氏三葉墓志。

(十月一日)送甘肅省參政王公序、静學齋記。

(十月二十二日)送譚知事赴河南省掾序。

（十一月一日）送鄒弘道會試、送鄒生奕會試京師序、周月湖今樂府序。

（冬）送康副使、送昂吉會試京師。

（本年）麗人行、崔小燕嫁辭、西溪曲、湖中女、長洲曲、紅牙板歌、奔月卮歌爲茅山外史張伯雨賦、篳篥吟贈朔客杜寬用趙季文韻、李卿琵琶引、張猩猩胡琴引、周郎玉笙謠、龍王嫁女辭、焦尾辭、虎丘篇、要離冢、樗蒲行、金處士歌、蔡君俊五世家慶圖詩、春草軒辭（春暉庭下春雲暖）、楊柳詞二首、吳下竹枝歌七首、春晴二首、贈王德謙相士、寄郭羲仲、松月軒記（吳彥昇）、馮進卿墓志銘、思親圖識、春草軒辭（草生於春而殺於秋兮）、平江路總管吳侯遺愛碑、松月軒爲吳彥昇賦。

元順帝至正八年戊子　一三四八　五十三歲

本年仍闔家寓居姑蘇，教授生徒爲業。

歲初，賦詩讚美新任丞相朵兒只、太平。其時與退休留居姑蘇之吏員路義道結交。路氏好客，家富收藏。二十二日，偕顧瑛、郯韶、徐師顏聚飲路宅，賦詩咏妓。此際爲郯韶詩集撰序，謂詩本諸情性，既不能以學爲詩，又不可無學。此際覓得張天英、鄭東、陳謙等詩友。

二月一日，撰文稱頌維揚劉士衡居市井而懷山林心。三日，觀竹林七賢圖，有文感慨，嘆賢人哲士不容於朝廷，而隱於林下。十二日，顧瑛來蘇州，租船邀楊維楨、張渥、于立等游虎丘，天氣驟變而作罷。楊維楨賦詩一首，邀諸公唱和。此際張渥爲畫鐵笛圖，維楨自題詩。十九日，顧瑛書信相邀。次日，與郯韶同舟赴崑山，舟中聯句。顧瑛待以貴賓。二十一日，顧瑛陪同游崑山，偕游者姚文奐、張渥、郯韶、于立等。首唱玉峰詩，衆人和之，且相與聯句。此番桃源雅集，賓主身份各異，詩人畫家、道士妓女，吟詩作畫，奏樂唱曲，齊聚一堂，各呈技藝。張渥當場作畫，題作桃源雅集圖。維楨賦詩撰記，强調此乃民間聚會，不僅遠勝西晉豪富石崇之金谷、東晉權貴桓溫之龍山，即使山陰蘭亭、洛陽西園之文人雅集，亦不能與之匹敵，因爲它"清而不隘"、"華而不靡"。

此際李孝光應朝廷徵召北上,途經崑山,張雨亦至。二月二十五日前後,偕李、張與袁華、郭翼等,共宴吕誠婁東居所,賦詩爲李孝光送行。又有詩贈鄭元祐,冀幸朝廷再徵遺逸。隨後賦詩送張雨東歸。是月,墨工沈裕來贈精墨,報之以文。

三月三日,顧瑛設宴於崑山宅園之書畫舫,相與聯句。乘興奏笛賦詩,詩曰:"人生嘉會不有述,何異市中群聚蚊。"旋即返回姑蘇。十日,與顧瑛、張雨攜妓游石湖諸山,各以詩咏妓,維禎賦花游曲。此後和者甚衆。又偕顧瑛、倪瓚、張簡游虎丘,各賦詩。倪瓚贈以箏,賦詩答謝。本月又游姑蘇開元寺,於寺中跋虞集手書別光上人説,有詩贈長老秀石公。

四月,平江學録王達卿任職期滿,有文送行,嘆其時官學不如私塾。

五月,再游崑山、太倉。道過沙湖,有詩。

六月一日,顧瑛以詩來招,其時維禎客寓太倉,用韻作答。四日,與姚文奂、馬麐、陸仁、袁華諸人詩酒相會。七日,用會稽僧元瀞韻題詩林屋山先塋圖,謂久客婁東(即太倉),實爲快意。此際於婁東識殷奎。殷奎年僅十八,奇其才,收爲弟子。當月又赴崑山。二十四日,偕高智,于立、張師賢、袁華、陸仁宴集顧瑛浣華館,聚飲聯句。是月,吴興玄妙觀玉皇殿重建落成,萬户教化公專程謁請碑文,作之。

七月一日,顧瑛輯録楊維禎五七言詩若干首,附於吴復編鐵崖先生古樂府詩三百餘首,刊板梓行。顧瑛撰序,謂楊維禎自删自棄之近體詩,頗受世人喜好,廣爲傳頌。本月,楊維禎於玉山草堂整理西湖竹枝,將數年來各地唱和詩家凡百餘人詩作合爲一集,撰書序文,取名西湖竹枝詞刊行。此時顧瑛大興土木,築山穿池,修建園林亭館。維禎撰記文,聲稱"人以園名",意爲顧瑛必因擁有此園而獲不朽。其時與釋良琦結交,有文稱頌良琦奉母之孝,不時結伴造訪顧瑛草堂。

八月一日,爲顧瑛撰玉山佳處記。其時於顧瑛宅園題榜撰記,又賦寫景、題畫詩多首。顧瑛買妾贈送,有詩稱謝。本月返歸姑蘇。三十日,爲李庸宫詞作序,謂李庸與館閣諸老交往十七年,熟悉宫掖掌故,所述能補史官闕失。此後李庸擢官江陰知事,又撰文送

行。是月,李孝光卒。遣吳復録近作若干,焚之以祭,痛悼摯友
長逝,知音難覓。

九月,天台李仲虞執詩求見,爲撰序文,謂作詩應當抒寫情性。

秋,張雨造訪楊維禎蘇州居所月波亭,題詩以贈,釋妙聲、鄭元祐、李
廷臣、卞思義、瞿智、郯韶、馬麐諸人均有和詩。此際與張雨、鄭
元祐、倪瓚、陳謙諸人游虎丘,追和蘇軾留題石壁詩韻。交永嘉
道人璣天則、天台釋子賢。爲璣天則賦簫杖歌,子賢和之。釋子
賢有詩寄贈,於楊維禎推崇備至。

十二月,楊翮(楊剛中子)挾文來謁。爲撰序,稱其文有家德之醇、世
運之盛。

是年,括蒼留睿挾文來謁,爲撰序文。留睿欲赴京上書,又賦詩贈行。

數年來欲補官而不得,求進無門,賦詩多首寄贈同年諸友,望能施以
援手,舉薦提攜。

【著作】

(正月二十二日)瓊花珠月二名姬。 (正月)沙堤行。

(二月一日)石林茅屋記、蒼筠亭記。 (二月三日)竹林七賢畫記。
　　(二月十二日)至正八年二月十二日玉山人買百花船泊山塘橋
下呼瓊花翠屏二姬招予與張渥叔厚于立彦成游虎阜俄而雪霰交
作未果此行先以此詩寫寄就要諸公各和。 (二月二十日)同郯
九成過玉山舟中聯句。 (二月二十一日)予與野航老人既登婁
之玉峰應上人招憩來青閣且乞詩爲賦是章率野航共作、游玉峰,
與崑山顧仲瑛京兆姚子章淮海張叔厚匡廬于彦成吳興郯九成共
六人聯句、登玉峰與玉山人同作。 (二月)碧桃溪詩送句曲張
先生東歸、送李五峰先生召著作、和琦上人韻、和李五峰臥龍山
韻、送墨生沈裕序、故張君子墓銘、次龍門山釋良琦韻詠玉山佳
處、題慧聚寺追和孟郊詩、題慧聚寺追和張祜詩。

(三月一日)桃源雅集圖志、團谿樂隱園記。 (三月三日)書畫舫席
上姬素雲行椰子酒與玉山聯句。 (三月十日)花游曲、醉和篇
字韻。 (三月)游開元寺憩緑陰堂、劍池、游虎丘偕倪元鎮張仲
簡顧仲瑛賦、顧玉山會予與楊宗道陳履元聯句、游虎丘與句曲張
貞居遂昌鄭明德毗陵倪元鎮各追和東坡留題石壁詩韻、跋虞先

生別光上人説。

(春)上元夫人爲玉山題張渥畫、吳詠十章用韻復正宗架閣、蒼蔔堂題詩遺明海大師、留別悦堂禪師。

(四月四日)張氏瑞蘭記。　(四月)送王學録秩滿去。

(五月六日)張北山和陶集序。　(五月)寄韓李二御史同年、寄魯瞻子宣二司業子期尚書公衡仁卿二御史、送康司業詩。

(六月四日)婁東園雅集分韻得深字韻。　(六月七日)題黃景雲林屋山先塋圖。　(六月十日)尚志齋記。　(六月二十日)跋鄧文肅公臨急就章。　(六月二十四日)浣花館聯句。　(六月)席間與郭義仲張希顔袁子英瞿睿夫聯句、玉山以詩見招用韻奉答二首。

(七月七日)七夕。　(七月二十九日)小桃源記(顧瑛)。　(七月)琦上人孝養序、書畫舫記、四老人辯、西湖竹枝詞序。

(八月三十日)李庸宮詞序。

(九月三日)送徐州路總管雷侯序。　(九月十日)送何心傳序。　(九月二十二日)李仲虞詩序。　(九月二十五日)李氏全歸庵記。　(九月)虞隱君墓志銘。

(秋)簫杖歌爲永嘉璣天則道人賦、璚臺曲、芝秀軒詞、玄妙觀重建玉皇殿碑。

(十月一日)送江浙都府吏倪光大如京師序。　(十月二十五日)跋包希魯死關賦。　(十月)題互盧子詩、送平江路推官馮君序。

(十一月二十三日)強氏母。　(十一月二十八日)竹近記。

(十二月二十二日)楊文舉文集序。　(十二月)海漕府經歷司記、重建海道都漕運萬户府碑。

(冬)送李仲常之江陰知事序。

(本年)君家曲、城東宴、内人琴阮圖(爲顧瑛題趙千里所畫)、内人吹簫詞(爲顧瑛題盛子昭畫)、内人剖瓜詞(爲顧瑛題盛子昭畫)、屏風謡、蹋踘篇(爲劉娘賦也)、邯鄲美(爲趙娘賦也)、箋鏗詞、道人歌、修月匠、夢游滄海歌、羅浮美人、海客行、主家詞、道旁騎、春芳曲、太師宅、南婦還、紈扇辭、存與篇、萱壽堂詞(爲海漕府經歷孫仲遠作)、傅道人歌、留蕭子歌、秦川公子、崆峒子渾淪歌、送敏無機歸吳淞、送人歸江東、訪倪元鎮不遇、題吳中陳氏壽椿堂、題

李息齋孤竹、春日雜詠二首、玉山中作、自題鐵笛道人像、湖光山
色樓、漁莊詩（爲玉山人賦）、瑤池（爲玉山人北堂壽）、錦箏曲謝
倪元鎮所惠古製箏、顧仲瑛爲鐵心子買妾歌、謝吕敬夫紅牙管
歌、題用上人山水圖三首、題唐本初春還軒、題林屋仙隱圖、玉山
草堂題卷率叟東郭義仲同作、玉山草堂宴後作、陽春堂、題徐檢
校西湖水閣與郊九成同賦、龍眠居士畫押虱圖、曹將軍赤馬圖、
張生胡琴引、蹋踘歌贈劉叔芳、六客亭分題送趙季文知事湖州、
自題月波亭、游崑山報國寺、過沙湖詩書寄玉山賢伯仲、顧仲瑛
玉山草堂、璚花宴、翡翠巢、竹枝柳枝詞二首、題玉山家藏劉阮
圖、書畫船亭燕顧玉山李仲虞爲小璚花聯句、龍取水、讀句曲外
史詩因摘其句和成二韻、和瞿睿夫來字韻、送趙子期尚書小瀛洲
韻、瞿氏新居、送褚士文北上、宴朱氏園堂、桃源主人翡翠巢、追
和王黄州禹偁留題武平寺、謝玉山人僦屋及定住宣差諸公攜妓
煖房、賀張伯雨新居、和郊九成新居韻、送鄭景賢之漳州龍溪縣
教諭、送宗判官捧臺檄募舶兵平海寇事畢還臺、李季和召著作
後賦此贈鄭明德先生先生今年赴濟南經師之聘因寄克莊使君
使君蓋爲天子求賢舉逸者也、外史别余吳下獻歲之春約重相見
雲槎子歸西湖寄詩申其約云、詠橙、義仲以吳之柳枝詞答爲賦
詩、送用上人之金陵、嘉樹堂席上與郭義仲袁子英聯句、嘉樹堂
主人强恕齋飲客于南池上時紅白芙蓉盛開既取卷荷爲碧筒飲
復采蓮實啖客主人請賦詩遂用食蓮聯句客爲會稽楊廉夫三山
余日彊太原郭翼汝易袁華也、答吳見心、三老圖、題柯敬仲爲片
玉山人畫竹、題梁楷書扇圖、鄒氏遺訓序、李參政倡和詩卷序、
送彭彦溫直學滿代序、留養愚文集序、郊韶詩序、送强彦栗游京
師序、送齊易岩序、送用上人西游序、中定齋記、尚志齋記（施用
和）、思亭記、村樂堂記、善慶堂記、嘉樹堂記（强俎）、信齋記、
移春亭記、清如許記、素行齋記、方丈室記（東谷上人）、天風海
濤樓記、五湖宅記、雪巢志（洪用）、壽豈詩、送趙季文都水書吏
考滿詩、題玉山草堂、次曹睿玉山席上詩韻、題聽雪齋、湖光山
色樓口占、乘白蓮亭詩爲玉山人作、題薛蘭英蕙英蘇臺竹枝後
二首、白龍廟詩、天妃行宫、游秀峰、題春山圖、天蓬贊、跋張雨

集太白語醉僧净月。

元順帝至正九年己丑　一三四九　五十四歲

本年三月以前,仍居姑蘇。

二月,撰文稱頌都水庸田使左答納失里德政。

三月初,游訪晚唐逸士陸龜蒙甫里舊居,與其鄉陸廣、張彥明諸人結交,贈以詩文。十六日,應吳江顧遜邀請,偕陸宣、程翼、孫焕、王佐、陸恒、殷奎等游東林。次日,衆人泛舟汾湖,酣舞狂飲,鼓吹交作,引來女婦沿途追逐,聚而觀之。諸人分韻賦詩,楊維楨作序,并撰記文。謂此汾湖游玩聚會,既有智士作“主”,又有雅士爲“客”,且不失觴詠之“樂”、聲妓之“娛”與絲竹之“清”,堪稱雅集楷模,可供後人仰慕追隨。

三月,應松江大户吕良佐之邀,闔家自蘇州徙居松江,於吕氏璜溪義塾授館,吕氏二子從學。松江文人士子紛紛拜謁,衛仁近率先挾詩從游,袁凱、吳達父等先後登門求教。是月,游濱海張溪(今上海市金山區張堰鎮),溪東名士楊謙招飲其不礙雲山樓。此樓“窗户四闢,萬頃之雲,兩鼇之島,皆自獻於眉睫之下”,爲之欷賞,有文記之。其時又爲楊謙撰竹西亭志。此文探討楊謙別號“竹西”含義,又名三辯,流傳甚廣。

四月四日,做客華亭縣尹張德昭居所,與孔子五十四代孫孔漢臣相會,撰文贈漢臣赴任邵武經歷。在此之前,德昭子張叔温即從學門下,此時屢屢邀約,游宴唱和。友人吳興錢鼇流寓松江,窮困不堪而筆耕不輟。本月八日,撰文記述錢鼇讀書室,贊其清貧好學。本月聽聞張雨出山,欲訪未及,有詩寄之。

五月五日,吕良佐兄潤齋設宴,奉楊維楨爲上賓,袁凱、陳忠、范惠、張翔遠、吕良佐、吕心仁、吕志道、夏景淵諸人作陪。維楨吟詩首唱,諸客和之。其時維楨爲良佐父子撰文多篇,囑其子攻學以求仕進。顧瑛哀集玉山草堂賓客之詩,輯得維楨以下凡五十餘家,詩七百餘首,取名玉山草堂雅集梓行。十二日,楊維楨爲作序。十四日,相士孫德昭來謁,卜命論升沉,報以詩文。二十日,率諸生鄭華卿、施彥昭、趙彥良、馮淵如、吕希顏、蕭皋、韓旬之、宇文叔方、柳仲榘等，游訪横溪朱焕章宅，賞題焕章六世祖朱熹墨迹。
　又過泖環，飲酒清暉堂。皆有詩。是月，華亭縣學重修落成，有
　文記之，倡言治政必賴教化。是月不時畫舫出游，聚飲於吕希顔
　玄霜臺，歌詩頗抒樂不思蜀之感。

九月十八日，青龍鎮任子文招至其舍，與之校讎詩章。題詩任氏父子
　畫卷。二十五日，撰碧梧翠竹堂記，稱美顧瑛崑山亭院。

秋，術士相師絡繹來訪，爲楊維禎相面卜命，報以詩文數篇。

此際黄溍貿然告老還鄉，自大都歸返。行至江南，使者追還。道遇楊
　維禎，稱賞其三史正統辯，且許諾回京後舉薦。

十一月二十七日，遣僕馳祭富春友馮士頤之父，并悼士頤兄俊卿，有
　文奠之。是月，友生富春吳復下葬，復子吳毅來請銘文，作之。

十二月，吳興僧人毛隱登門造訪。毛隱以製筆爲業，然能流誦三史正
　統辯，爲之驚賞。

其時徜徉吳中山水，吟詩賦，奏鐵笛，名聲大噪。以此頗爲自得，稱甘
　於隱趣，不屑仕進，不願屈膝媚顔以求榮。

早在泰定四年京城會試期間，針對閩、浙新詩孰優孰劣問題，楊維禎
　與福建籍進士有過争辯。事後於浙東、浙西孜孜尋訪詩壇名家，
　先後訪得七人，即永嘉李孝光，天台項炯、丁復，東陽陳樵，毗陵
　倪瓚，錢塘張雨，四明釋覺恩。是年輯録其詩成集，撰序稱美，旨
　在標榜兩浙詩人詩歌。

【著作】

（正月十日）正月十日寄東崑郭吕兩才子并簡玉山主人。　（正月）新
　建都水庸田使司記。

（二月）都水庸田使左侯遺愛碑。

（三月三日）熙春堂記。　（三月十三日）木齋志。　（三月十六日）
　游汾湖分得武字序、游汾湖記。　（三月）追和鮮于公寄山齋先
　生釣石詩、朱氏德厚庵記、改過齋記、敬聚齋記、安雅堂記、不礙
　雲山樓記、竹西亭志、吳達父養心齋説、清真觀碑記。

（春）題楊竹西所藏陳仲美山鵲。

（四月四日）送孔漢臣之邵武經歷序。　（四月八日）筆耕所記。
　（四月二十九日）衛子剛詩録序。

（五月五日）五月五日潤齋吕老仙開宴於樂餘閑堂時坐客爲蜀郡袁凱
　　洪都陳忠京兆范惠益都張□老仙之弟輔之猶子心仁志道嬌客夏
　　淵也而會稽楊廉夫忝居右客酒半老仙索詩維楨遂爲首唱而率諸
　　客和之、天香引敬上橘隱仙翁之壽。　（五月十日）漱芳齋志、漱
　　芳齋。　（五月十二日）玉山草堂雅集序。　（五月十四日）贈相
　　士孫電眼、贈相士孫德昭序。　（五月十六日）華亭縣重修學宫
　　記。　（五月二十日）五月廿日予偕客姑蘇鄭華卿秦溪施彦昭嘉
　　禾趙彦良雲間馮淵如吕希顔蕭阜韓旬之適製錦村訪梅月老人、
　　五月廿日余偕姑蘇鄭華卿吴興宇文叔方雲間馮淵如柳仲椠過泖
　　環訪讀易齋主人。
（六月十三日）六月十三日與朱涇毛宰金華洪廣文飲散三槐陰下德常
　　有作示余遂率毛洪共和之余作草草如左。
（八月七日）送劉主事如京師序。　（八月）江聲月色樓記、松江府重
　　建譙樓記。
（九月八日）隆福寺重修寶塔并復田記。　（九月九日）槐圃記、贈李
　　春山風水説。　（九月十日）桂隱記、養浩齋志。　（九月十六
　　日）九月十六日題伯高鎮撫歸來堂。　（九月十八日）題任子文
　　青山白雲圖、題任月山所畫唐馬卷。　（九月二十五日）碧梧翠
　　竹堂記。　（九月）題任月山鸂鶒手卷、玉山佳處記。
（秋）寄張貞居先生。
（十月一日）松室記。
（十一月二十七日）祭馮仁山先生文。
（十二月）毛隱上人序。
（冬）竹雪齋記、吴君見心墓銘、竹雪居志、題馬文璧雪景圖。
（本年）叔温席上和王憲道韻、題胡師善具慶堂、寄鹿皮子、贈星士吴
　　曉庭、贈相士薛如鑑、唐子華畫山水圖、寄句曲外史、寄康趙二同
　　年、寄壽内子四絶、吕希顔席上賦、寄黄子蕭魯子璧、張氏秋潭幽
　　居圖、先月樓席上與座客瞿睿夫盧伯容張希顔錢子敬蔡景行强
　　彦栗、懷玉山一首書珠簾氏便面、鹿皮子文集序、兩浙作者集序、
　　錫老堂記、陸道士息躧齋銘、孝友先生秦公墓志銘、游浄池、題劉
　　松年聽琴圖。

元順帝至正十年庚寅　一三五〇　五十五歲

本年九月前,仍在松江呂氏璜溪義塾授學。

二月一日,爲婁東弟子殷奎書室撰記。三月三日,應邀作客婁東,爲
　　殷奎祖父富商殷子諲宅樓春水船撰記。十五日,撰文送陳彥高
　　赴任漕府,慨歎文人仕進不易,學儒不如習藝。

四月四日,率友生袁凱、程沖霄,張翔遠、呂恂、胡時敏、殷奎等同游杭
　　州錢相故居、菊亭僧舍,有詩題壁。

六月二十日,撰文讚美烏馬沙候德政,謂世有良牧守則百姓免罹
　　荼毒。

六月,嘉興大户濮樂閒效仿官方鄉試模式,創聚桂文會,介鮑恂來松
　　江,聘楊維楨前往主持。文士與會者五百餘人,維楨與原江浙儒
　　學副提舉李祁主評裁。入選三十人文章匯集刊行,維楨撰序,謂
　　“文物故家聞風而起”,此類文會方興未艾。李祁於維楨詩文頗
　　加褒揚。濮樂閒子仲温拜師受教。

七月,呂良佐出資,在松江創應奎文會,聘楊維楨主評,維楨又舉薦同
　　年友陸居仁輔佐。東南文士以文卷赴會者七百餘,中選四十卷,
　　刊板梓行,呂良佐自撰序文,稱懷奇負氣之士不屑於科舉,卻紛
　　紛參與此會,冀幸獲得鐵崖先生垂青。

其時有雲間詩社,香奩、續奩等香閨詩,皆其時詩社成員包括黄公望
　　等人所熱衷。詩社曾以楊妃襪爲題,維楨所作獲衆人一致稱賞,
　　認爲題目雖小,議論甚大,故獨佔鰲頭。

八月十五日,馬琬畫贈秋江釣艇圖。

秋,東游上海,道過赤松溪,杜彥清來謁,贈以文。上洋章吉父邀宴其
　　舍,爲作堂記。其時偕大痴道人黄公望扁舟東、西泖,或乘興游
　　海上。奏笛引吭,相與酬唱。黄公望作鐵崖圖以贈。

九月,去游吴興,留寓兩月左右。以學生劉巽請,撰文稱頌長興州達
　　魯花赤火魯忽達捐俸倡修學宮之舉。

十月十五日,與吴興唐棣會面,示以黄公望所作鐵崖圖,唐棣愛不釋
　　卷,題跋一首。二十日,趙奕題詩。

十一月,重返松江呂氏塾。

本年華亭縣尹張德昭(維楨弟子張叔温之父)三年任滿去職,撰碑文

頌其遺愛。錢袞擇其要爲八字頌辭,刻於城門,曰"公平廉明,勤儉慈讓",時人稱爲實録。

其時楊維禎別號"鐵笛道人"已廣爲人知。大約本年前後,又自取齋名"自便軒",別號"鐵敵木貞"、"自便叟"等,以此彰顯其逍遙心態與退隱意願。此際作鐵笛道人自傳,自稱著述已臻數百卷。

在松江呂氏璜溪義塾授學近兩年,影響波及禪林,松江僧人釋安、太極生、太初生等皆從之學詩。釋安輯録本朝詩選,維禎爲之作序,謂詩歌當首重氣而後論格。

仲冬,同年友舉薦爲杭州四務提舉。官職卑微,心存不滿,卻又無可如何。

十二月一日,攜妻兒去往杭州就職,途經崑山,做客顧瑛宅園,與顧瑛、于立、曹新民聚飲芝雲堂。席間四人以"對酒當歌"分韻賦詩,維禎得一"對"字,詩中頗抒鬱鬱之情。此日又有文記顧瑛雪巢。道過姑蘇,十日,爲閶關施仁傑撰堂記。

歲末抵杭。恰逢黃溍致仕南還,邂逅錢塘寓所。得知黃溍擔心"朋黨"嫌疑,没能兑現承諾,并未予以引薦,遂撰文譏嘲其食言,又謂"朋"即君子群聚,有益於弘揚道德風節,有助於文學議論,無須躲避,也無從逃避。

【著作】

(二月一日)後齋記。

(三月二日)贈醫士莫仲仁序。　(三月三日)送韓奕游吳興序、春水船記。　(三月十五日)送陳生彥高序。　(三月)舊時月色軒記。

(春)舒嘯臺記。

(四月四日)四月四日偕蜀郡袁景文大梁程沖霄益郡張翔遠雲間吕德厚會稽胡時敏汝南殷大章同游錢氏別墅飲於菊亭僧舍賦此於壁。

(五月十六日)長洲縣重修學宫記。

(六月二十日)書烏馬沙侯德政記後。

(六月)聚桂文會序、聚桂軒記、桐香室記。

（七月）楊妃襪、楊妃錦袎襪、詠楊妃襪、來德堂記（呂良佐）。

（秋）角端賦。

（十月一日）郡安寺重建佛殿記。　（十月二十五日）則齋記。　（十月）常湖等處茶園都提舉司記、長興州重修學宮記。

（十一月三日）月山記。　（十一月）瀛洲詩、小瀛洲記。

（十二月一日）芝雲堂分韻得對字、瑞竹圖卷序、雪巢記（顧瑛）。　（十二月十日）修齊堂記。　（十二月）金華先生避黨辯。

（冬）西齋志、故處士倪君墓志銘、元故陳處士墓志銘。

（本年）香奩八題、續奩集二十詠、次韻黃大癡豔體、寄衛叔剛二首、題施彥昭小三山樓、玄霜臺爲呂希顏賦、泛泖和呂希顏堆字韻、和呂希顏來詩二首一以謝希顏酒事一以寄充之見懷、餞王伯仁歸青龍鎮、題陶弘景移居圖、任元樸新創園池予名其東西樓一曰來青一曰覽輝且爲賦詩、次韻跋任月山綠竹卷、題月山公九馬圖手卷爲任伯溫賦、漁翁圖、贈王德謙相士、薛澱湖二首、丹鳳樓、題錢全袞綾錦墩、呂希顏席上賦牡丹、殿山阻風、贈相者高高視二首、賦彭叔璉竹素園、泊舟南陸、訪青龍主春主者、與客錢彥高宴朱氏瀛洲所、宴歸來堂、游青龍書院、何氏萬竹樓、午窗睡妾、門生夏叔正席上賦、白龍潭、孫元實小像、游陳氏花園乃錢相故宅物也有感而作、送蒼雪翁歸吳江、章伯厚席上、春露軒席上、宴竹深章氏牡丹亭梧溪橋洲聯句、春日有懷玉山主人、來青覽輝樓詩爲青龍任元樸題、漁樵譜序、兩浙運判王侯分漕序、曹元博左氏本末序、春秋百問序、蕉囪律選序、送吳子照游閩序、張先生南歸序、送于師尹游京師序、西山序、送琴生李希敏序、送照上人東歸序、無聲詩意序、二陸祠堂記、正心齋記、歸來堂記、內觀齋記、學詩齋記、竹月軒記、固齋記、養浩齋記、水竹亭記、小桃源記（陳衡）、夏氏清潤堂記、賓月軒記、光霽堂記、雙清軒記、邵氏有竹居記、明誠齋記、溪居琴樂軒記、水南軒記、耕閒堂記、東阿所記、中山堂記、呂氏樓真賞記、青雲高處記、邵氏享德堂記、夢蝶軒記、真仁堂記、鐵硯齋志、心樂齋志、芝蘭室志、蘀龏志、藏六窩志、寶儉堂銘、甕牖銘、故處士殷君墓碑、南容教授杜公碣銘、鈍

之字説、數説贈吴鍾山、神鑒説贈薛生、魯鈍生傳、題子昂五
花馬圖、斛律珠傳、鐵笛道人自傳、夏侯節士辯、鹿皮子文集
後辯、孫元實小像讚、題石伯玉萬户乃祖雁蕩詩、太平醉民
説、陳生文則字説、蘭友説、自便叟志、華亭縣尹張侯遺愛頌
碑、大癡仙四和予籠字韻自謂效鐵仙艶體予首作蓋未艶也再
依韻用義山無題補艶體且馳寄果育老人老人腸胃有五色繡
文者也必不斁癡仙菜肚子句一笑兼柬玉山主客自當争一籌
耳、題歲寒圖、題黄公望九珠峰翠圖、春秋合題著説序。

元順帝至正十一年辛卯　一三五一　五十六歲

始任杭州四務提舉,闔家寓居杭州。此前所交友人黄公望、顧瑛等,
　　仍多交往。
春,温州平陽里有陳氏兄弟逃難途中不慕錢財,舍生取義。撰文録其
　　事,謂藉以移風易俗。與顧瑛、葛元哲、袁華諸人相約祭奠好友
　　張雨,因故未能成行。(張雨上年七月卒於杭州。)五月二十八
　　日,又約釋良琦、張渥、顧佐、馮郁諸人致祭於張雨墓下,有詩
　　悼之。
其時與葛元哲、沙可學、高明爲同僚,三人皆進士出身,結交偕游。沙
　　可學任滿離去,撰文贈行,聲稱"爲進士出身者勉"。
八月,泰不華戰歿於黄岩,有詩哀挽。
十二月二十二日,殷奎挾郭翼詩集登門請序。撰文稱美,謂郭翼詩不
　　擬晚唐季宋語。
是年上書江浙行省參知政事樊執敬,自訴懷才不遇,望能提攜。獻所
　　著平鳴集、古樂府辭等詩文集,冀幸賞識。
　　【著作】
(春)陳天善孝義録。
(五月)悼張伯雨幻仙詩。
(八月)挽達兼善御史。
(九月)送杭州路推官陳侯執中序。
(秋)柬吕輔之東道。
(十二月二十二日)郭義仲詩集序。

(本年)房將軍歌、贈醫士郎東生、贈東生太醫、一峰道人入吳不相見約見於夏義門俒侗子歸松附是詩達之、篤御史黃金鸚圖、詩餉鶴山何諒秀才行風水吳越間道過吳中見松鶴巢及片玉田者皆吾山水交中公子也可以吾詩似之當爲汝賦詩繼吾遺響回杭見予西湖上徵予言之不安海上作者有奇製更請多録以示我蓋予之尋詩不如爾之尋龍也、楊員外水閣、刑統賦釋義序、送理問所知事馬公序、送沙可學序、上樊參政書。

元順帝至正十二年壬辰　一三五二　五十七歲

本年仍爲杭州四務提舉。

三月,吏部侍郎貢師泰出使江浙,又奉命徵集漕糧,二人結交爲友。撰文稱頌貢師泰誠信待人。貢師泰常令維禎評其詩。

此際與鄉人道士韓翼交往頻繁,贈以詩文。六月十八日,爲韓翼藏品夢鶴銘題跋。

七月,蘄黃徐壽輝紅巾軍一度攻陷錢唐,江浙參政樊執敬戰死,撰文祭奠。其時有萬户李鐵槍力戰,賦詩稱頌。

九月,李鐵槍戰死於昱關,有詩悼之。

兵興以來,友人泰不華、李黼、樊執敬等紛紛戰死,本年有詩痛悼。

從兄雙溪書院山長楊維翰子楊善來杭,請父銘。維翰卒於上年正月十三日,享年五十有八。

本年上書監察官寶相公,自傷屈居笻庫,有史才而不得施展。慨嘆不遇知己,企望提攜。

【著作】

(四月)送貢侍郎和糴還朝兼柬李治書同年兩首、吏部侍郎貢公平糴記。

(六月十八日)夢鶴銘跋。

(七月)李鐵鎗歌之一。

(九月)李鐵鎗歌之二、樊公廟食記。

(十月一日)俞同知軍功志。

(本年)送人之番索進奉、寄潘子素、送馬彥遠旌德教諭序、送李景昭掾史考滿詩序、太史印譜序、亡兄雙溪書院山長墓志銘、上寶相

　　公書、居易齋記、金節婦傳。

元順帝至正十三年癸巳　一三五三　五十八歲

至遲於本年正月,由杭州四務提舉改任杭州稅課提舉司副提舉,仍居
　　杭州。

正月六日,率友人韓璧、劉儼、王霖、王廉、范觀善,以及樂妓王玉等,
　　游賞杭州南屏山。繼而聚集山下莫昌宅園,詩酒酬唱。事後爲
　　詩卷撰序,頗多感慨,謂淪落爲"杭市官",事務冗雜,雖居湖山之
　　地,實未享山水之樂。本月,以鹽商請撰文記述兩浙鹽使司木八
　　剌沙同知善政,又有文稱頌杭州監郡觀閭元寶捐俸修復迎恩館
　　之舉。

此際與成廷珪結交日本僧人。二月,賦詩送日僧歸國。此僧來華游
　　歷二十年,楊維楨有心效仿,曰:"我欲東夷訪文獻,歸來中土校
　　全經。"

三月二十日,倪瓚畫南渚春晚圖贈瞿仲賢,且題詩一首。其後楊維楨
　　追和,題作席上得酡字。

三、四月間,以海漕公務暫居吳興。沈子厚不時來謁,四月十日,爲子
　　厚所作元曲撰序,稱其格調才力,與楊朝英、盧摯、滕斌、李時中、
　　馮子振、貫雲石、馬昂夫、白樸等元曲大家不相上下。又贈以竹
　　泉詩。

此際應中臺中丞吳鐸邀請,赴濯纓亭雅集。席上賓客賦詩,各訴志
　　向。有文記紹興新城,謂守城不在城堅墻固,官守當以修仁爲
　　要務。

六、七月間,因公務暫居嘉興。其時同鄉道士韓翼寓居嘉興,不時邀
　　集友朋造訪韓宅,詩酒酬唱。七月七日,韓翼返鄉,撰文送行,
　　艷羨韓氏來去隨意,身心自由;歎惋世人追逐宦達,爲名利所
　　誤。是日,又爲老友濮樂閒子仲温撰齋記。其時仲温已遁入
　　玄門。

此際效仿歐陽修所謂"六一",自取齋名爲"七客者之寮"。

八月,返回杭州。爲蕭山魚浦新橋撰記。

冬,新安吳訥挾詩文登門造訪。知吳訥有志於建功當世,頗加稱賞。

是年,爲括蒼王廉文集作序,謂文章作用於世,具有奇效,文章不可濫庸。此際感歎仕途不順,抱怨讀書無用,自詡白髮讀經,比擬李白所嘲"魯叟",自稱"古魯傻"。

【著作】

(正月六日)南屏雅集詩卷序。 (正月)杭州路重建北門迎恩館記、兩浙鹽使司同知木八刺沙侯善政碑。

(二月)送倭僧還、送僧歸日本。

(三月)席上得酕字。

(春)兩浙轉運司書吏何君墓志銘。

(四月四日)吳元臣字説。 (四月十日)沈氏今樂府序。 (四月)竹泉詩爲沈子厚賦。

(五月)紹興新城記、南樓記、濯纓亭志。

(六月八日)韓致用經訓堂聯句。

(七月六日)惠安禪寺重興記。 (七月七日)送鄉人韓道師歸會稽序、松月寮記。 (七月十八日)生春堂記。 (七月)送嘉興學吏徐德明考滿序、送韓諤還會稽序、晚軒記、夢鶴道人傳、夢鶴幻仙像贊、稽山草堂記。

(八月)魚浦新橋記。

(九月二日)浙西憲府經歷司題名記。 (九月十日)送理問所掾史王安正考滿序、詩史宗要序。 (九月十二日)有竹人家記。 (九月二十四日)送旌德縣監亦憐真公秩滿序。

(十月一日)送浙江西憲書史李公錫序。

(本年)勸爾酒二首、曹拙隱見遺之作并簡玉淵進士、王希晹文集序、王希晹文集再序、齊稿序、碧雲軒記、汙抔子志、青眼道人志。

元順帝至正十四年甲午 一三五四 五十九歲

本年仍任杭州稅課提舉司副提舉,居杭州。

與徽州吳訥歌詩往來。三月十一日,有文送吳訥統兵收復徽州城,期以平亂建功,興復大元。二十日,崑山老友余日强卒,其子安禮適杭請銘。有感於老友相繼謝世,不勝悲慟。二十八日,上海佛門女子蔣道本坐化,年僅二十一。其傳説頗爲奇異,爲作傳文。

春,獲顧瑛所贈紫玉簫一枚,喜甚,取名玉鸞,配以鐵龍(即其鐵笛)。遂邀顧瑛賦詩唱和。友僧釋克新爲作玉鸞傳。

五月一日,有文記常熟知州王公善政,文末自署官職爲承務郎、杭州宣課副提舉(蓋即杭州税課提舉司副提舉),并代理江浙行省儒學提舉之職。

六月三日,杭州達魯花赤觀閭秩滿離任,有文贈行,頌其忠孝。

其時江浙行省參政董摶霄出任水軍都萬户府副萬户,在婁東率軍抵禦方國珍。賦詩稱頌。

七月九日,撰王鎮撫軍功志,記録代理鎮撫王顯相剿殺紅巾軍之戰績。

八月十四日,錢唐莫昌挾詩來謁,爲撰序文。其時冗務纏身,無暇遨游吟咏,頗慕莫昌悠然嘯歌之樂。

是年學生關寶中進士,授職臨安縣令。有文贈行,謂紅巾之亂實爲時勢所逼。又有文評論所謂"中山盜",聲稱官吏不仁,强盜或有仁義。

其時朝廷下詔廣徵隱逸,徽州鄭玉受聘爲翰林待制。鄭玉北上啟程,送行友人皆來致賀,唯有楊維禎連連告誡,謂紅巾之亂遍及天下,勢難阻擋,爲官者不善理政,唯有招禍。

本年嘉定州文廟重修竣工,有文稱頌嘉定郭太守倡揚文教之善舉。

【著作】

(三月十一日)送吴萬户統兵復徽城序。　(三月)蔣氏道本傳。

(五月一日)平江路常熟州知州王公善政記。　(五月)大中祥符禪寺重興碑。

(六月三日)送監郡觀閭公秩滿序。

(夏)髯將軍。

(七月一日)春秋左氏傳類編。　(七月九日)王鎮撫軍功志。　(七月)春秋定是録序。

(八月十四日)雲間紀游詩序。

(十一月)黄大癡畫白雲圖。

(本年)賣鹽婦、答倪雲林二首、送關寶臨安縣長序、送魏生德剛序、送鄭處士序、淵默先生碣銘、學圃丈人傳、中山盜録、東皋隱者設客對、嘉定州重修文廟記。

元順帝至正十五年乙未　一三五五　六十歲

本年仍在杭州任稅課提舉司副提舉。

年前朝廷有詔，令軍國大事須先啟奏皇太子。今年新春，賦詩稱賀志喜，望皇太子執掌軍權，宰臣克己輔佐，期盼王朝中興。

三月三日，爲武進文人謝應芳所編思賢録撰序，稱之爲“端人貞士”。此際謝氏游杭，與之結交。本月風聞元軍擊敗張士誠，收復高郵，偕友飲酒杭州吳山第一樓，有詩慶賀。

八月，兵部尚書黄昭選才吏招捕江西，友人江西龍孔陽應聘入選。有文贈行，謂時局混亂，擇官堪憂。

達識帖睦邇本月以中書平章政事出任江浙行省左丞相，納賄賣官，肆意妄爲。楊維禎匿名投書，望之行仁政，擇賢才。

十月，江浙行省平章政事慶童召拜翰林承旨，撰文送行。

冬，與杭州友人盧浩唱和，賦詩感傷時事。

本年率弟子韓、魏諸人游富春，重會馮士頤。衆人吟咏富春景色，賦富春八景詩，爲撰序文。馮士頤出來青樓卷求題，來青樓乃其先人馮驥讀書所。有感於三年前紅巾軍攻城，杭城守將多不出死力抗戰，爲賦獨松節士歌，讚美南宋末年馮驥殉關之壯舉。撰丞相梅詩序，稱頌至正初年江浙丞相朵而只清静寧一之治。江浙平章三旦八率兵平定吳地戰亂，撰碑文稱美。

【著作】

（正月）新春喜事。

（三月三日）思賢録序。　　（三月）梁德基飲於吳山第一樓。

（八月）送龍孔易序。

（冬）和盧養元書事二首、送慶童公翰林承旨序。

（本年）獨松節士歌、釣臺、送吳孝廉游三沙、靈鷲山、題西巖寺、丞相梅詩序、送省理問所提控范致道序、富春八景詩序、謝生君舉北上序、送王熙易客南湖序、藍田山三一精舍記、遂初堂記、雞足山安定蘭若記、游庵記、字元卿墓銘、葉政小傳、江浙

平章三旦八公勳德碑、書篤魯公辯事卷、曠怡堂志、題蜀阜寺
江月樓。

元順帝至正十六年丙申　一三五六　六十一歲

本年七月以前,仍任杭州稅課提舉司副提舉。

正月,謝應芳因上書江浙丞相不見回應,怏怏而還。爲之感嘆,賦三
百字長詩贈行。

盧陵張昱爲苗將楊完者所擢,任杭省左右司員外郎,與楊維禎結交。
二月,張士誠兵陷平江。張昱代楊完者題詩五府驛,楊維禎次韻
和之,期待苗兵驅逐張士誠,平定吳地。又爲張昱撰一笑軒記,
望張昱盡力以安天下。此際邀夏溥等唱和吳山謠,謂戰局不利,
時事堪憂。松江友人吳哲追隨江浙平章左答納失里總戎臨安,
有詩寄贈,視楊維禎爲孔明一類人物。

此後苗兵縱掠松江、嘉興等地,有詩控訴其獸行,指斥政府借用楊完
者爲首之苗軍對付張士誠,猶如“前門拒狼,後門進虎”。

六月,定相戰死京口,有詩哀悼。撰碑文稱頌於潛縣令張傑御敵有
方,譏嘲其時臨陣脱逃、弃甲倒戈之元將。

七月,張士誠軍一度攻陷杭州,有詩記述當時時事。又撰詩文頌揚烈
女,譏諷叛將降官不如女子。江浙左丞達識帖睦邇於張士誠大
軍抵杭之前,率先弃城逃遁。撰圻城老父射敗將書,予以譏斥。
慶元路萬户金駒兒子普賢奴大破張士誠軍,有詩頌之,曰“一怒
萬夫無敢當”。

秋,調任建德路總管府理官,由杭州移居睦州。道過桐廬,訪嚴子陵
釣臺。又至文天祥門客高士謝翱墓地,撰文祭奠。

此際得文天祥所用硯,取名“玉帶生”,奉爲“上賓”收藏。遂以鐵笛、
古琴、胡琴、象管、玉帶硯、古陶甕相伴,合稱“七客”。撰七客者
志,自稱怪奇之廉士,慨嘆不遇其主。

冬,賦桐廬太守歌,稱頌建德路總管伯顔不花的斤德政。

　　【著作】

(二月)吳山謠。

(春)女貞木、雄子斑、借南狸、送費夢臣北上并簡十八丈、寄海寧知

州、與楊參政席、和楊參政完者題省府壁韻二首、送高都事序、東
白説。

(六月)送周處士還山序。

(夏)聞定相死寇、塔失兵馬五馬圖、送郭公知事還湖州序、三境圖論
序、一笑軒記、愛日軒記、於潛縣張侯禦寇碑。

(七月)書錢唐七月廿三日事二首、圻城老父射敗將書。

(八月)小萬戶射虎行。

(秋)翁氏姐、答任元凱以詩見寄二絶、建德道中、賦拱北樓呈相君、馮
處謙墓銘、青門處士墓銘、七客者志。

(冬)桐廬太守歌。

(本年)謝金粟道人惠完顏巾子歌、孤憤一章和夢庵韻、寄兩道原詩二
首、李氏母死節志。

元順帝至正十七年丁酉　一三五七　六十二歲

本年仍任建德路總管府理官,闔家寓居睦州。

二月,鄭涣挾其師宋濂文集登門請序。爲撰潛溪後集序,褒獎宋濂,
且借題發揮,聲稱館閣文人生前顯赫,未必享譽長久;而金華在
野文人陳樵、宋濂文章,必將傳揚後世。此際宋濂追和西湖竹枝
詞,賦越歌十四首。

八月,劉福通紅巾軍攻陷濮州。有薛氏婦殺紅巾,賦詩稱美。

江浙行樞密院判官移剌九九在睦州建立府署,統領建德路軍丁,負責
本路防禦。湖南鄧林、江陰張端應聘爲其參謀,楊維楨撰文贈
行,稱之爲"國士",望能盡力輔佐,用心謀劃,進而收復吳中失
地。張端推崇維楨咏史文,令其子張宣録入今文選。張宣善詩,
獲維楨與建德路總管楊瑀青睞。

九月一日,奉移剌九九之命,祭祀羊公廟,作碑文。

閏九月五日,黃溍謝世,以其徒請撰墓銘。

其時有伶人金門貴擢官而遭譏諷,專程請文解嘲。勵之以忠心報國,
謂自古聖人未嘗賤視優伶。本年秋,金門貴於睦州"死節"。

十月,金槍軍入寇睦州,有居民貪財而遭殺戮。感觸良多,撰文譏嘲。

友人潘純於本年在紹興遇害。潘純追隨江南行臺御史大夫納璘父

子,而納璘與餘姚同知禿堅不合,潘純爲之設計擒獲禿堅。事成之後,反遭罹害,終年六十有六。撰文哀悼,比之爲高陽狂生酈食其,惜以饒舌惹禍。

是年重游富春釣臺,友人嚴淵偕同,共謁嚴氏祖祠。僚長魯忽都奉命刻石樹碑,立於高士謝翱墳前。碑文乃楊維禎年前所撰。

奉元趙信、會稽張憲從游。二人皆抱大志而不得施展,楊維禎頗爲嘉賞。

金華戴良慕名造訪,爲作齋記。

本年前後頗撰史論短文,雜議史事,針砭時弊。後由弟子章木輯注爲史義拾遺。

【著作】

(二月十五日)潛溪後集序。

(春)建德路重修兜率寺記。

(八月)濮州娘、送二國士序。

(九月一日)承樞劄致祭羊公太傅廟有作率舜章同賦、晉太傅羊公廟碑。

(秋)雷海清、代安叱奴謝表。

(冬)寄上李孟閭稷中丞、登擬峴臺、書負蝂傳後、故翰林侍講學士金華先生墓志銘。

(本年)擬戰城南、題夏伯和自怡悦手卷、玉帶硯、送朱自名憲使遷浙東、送蘆瀝巡檢范生序、聽雪齋記、姚處士墓志銘、説相贈王生、舒志録、悼高陽狂生文、王忠嗣喻高力士書、擬唐代宗誅李輔國詔、劉彦昺集序、吊謝翱文。

元順帝至正十八年戊戌　一三五八　六十三歲

本年三月以前,仍在睦州任建德路總管府理官。

元旦,有詩,與張宣唱和。

正月,安慶城爲陳友諒所破,淮西宣慰余闕自刎而死。事後爲余闕作傳,彰顯其忠節。

春,撰文祭奠睦州同知兼民兵總制李士龍。士龍歿於上年十月與長槍軍之戰役。

三月,朱元璋部將胡大海率軍攻陷建德。投奔故人富春馮士頤,不久
　　馮舍亦遭洗劫。藏身草棘,僥倖逃脱死地。隨後避至富春山中。

四月,陳友諒兵陷龍興路。風聞元軍收復失地,爲之欣喜,賦江西鐃
　　歌二章。

八月,江浙丞相達識帖睦邇聯絡張士誠太尉(去年納降於元),兵圍苗
　　軍杭州兵營,苗軍元帥楊完者自縊而死。張太尉小弟張士信入
　　據杭州,遂掌控江浙行省政府。

十月二十三日,江南行臺御史大夫拜住哥椎殺行樞密院判官邁里古
　　思。作詩譏刺拜住哥,後又爲邁里古思撰墓銘。

冬,由建德路總管府理官擢爲奉訓大夫、江西等處儒學提舉。其時避
　　居富春山中,兵亂道梗,未能赴任。爲張憲詩集作序,文中概述
　　歷代詩歌演變,以及鐵雅派之由來。於張憲褒賞備至。

隱居富春山時,有張憲、趙信等弟子陪同,不廢歌詩。寄居佛寺,與方
　　外友游處甚密,僧徒數人從學,夢觀、支離皆其時弟子。

是年,富春李麟闔家病疫,兄弟親戚避之唯恐不及,惟有塾師李裕冒
　　死救治。録其事,勸人向善,譏刺懼死而行不義之人。

　　【著作】

(春)睦州李侯祠堂記、高節先生墓銘。

(夏)江西鐃歌二章。

(冬)盲老公(刺拜住哥臺長)、玉笥集敍。

(本年)月氏王頭飲器歌二首、些月氏王頭歌、田舍翁、五王毬歌、處女
　　冢、李裕禄、朵那傳。

元順帝至正十九年己亥　一三五九　六十四歲

二月,攜妻兒自富春山移居杭州。張憲以詩贈行。

二月十九日,撰文稱頌嘉興何太守勸農之舉。

春,貢師泰將赴閩地經營海漕事務,二人於杭州重逢。有詩爲貢師泰
　　送行。門生劉中隨行,亦撰文贈之。後因海道受阻,貢師泰未能
　　成行。

其時中原、江淮皆爲戰場,交通受阻。南人北赴大都,唯有海道可行,
　　而船隻北航海上,當候夏日風信。本年四月,爲方便舉子赴京會

試,江浙行省鄉試提前於初夏舉行,楊維禎受聘任考官。弟子忻忭、何伯翰、寶寶中選,撰文贈行。有詩寄御史中丞李穆,欲獻策朝廷,謀求中興。

五月一日,杭州太守謝節宴請鄉闈考官。遵囑作鄉闈紀録序,又撰文誇獎謝節,稱之爲杭城賢守將。

其時與張士誠右轄李志學結交,爲作堂記。六月,李志學還吴,以文贈行,稱賞張士誠廣延才士之舉,囑之盡心謀劃。

七月八日,朱珪登門造訪。爲作方寸鐵志,自詡鐵石之心,譏斥所謂“妄男子”,即釋屬封侯、貪圖富貴之草莽將軍。

七月,江浙平章張士信辟閣招四方賢士,爲題名“凝香閣”,并撰記文。既頌士信德政,又以“安民廢兵”進規。是月,張士信征發浙西民衆四十萬,修築臨安城墻。有詩記之。張士誠遣士信求言,遂獻馭將、人心、總制、求才、守城等五論,且上書一通,强調恃城固,不如恃人心、恃將才。望張太尉行德政、展霸圖。其時冀幸張士誠振興元朝,與張士誠部下杭州屬官交往頗多。

八月十五日,華亭沈瑞來謁,爲楊維禎作君山吹笛圖。撰書跋文,追憶往日寓居太湖、松江之逍遥快活,自稱“將盡棄人間事,追游洞庭”。又爲沈瑞元曲集撰序,歷評本朝曲作,褒揚肆口而成、以情爲之者。本月既望日,讀朱庭規所述監憲公平反冤獄事,慨嘆生民涂炭、枉死無算,有文記之。是月,偕杭州太守謝節等同游錢塘山水,與張士誠屬官蔡彦文唱和觀潮長歌。

九月九日,爲户部尚書貢師泰玩齋詩集撰序,謂作詩非必苦心雕琢,要在抒寫自然天性。十六日,爲老友松江通判謝伯禮作堂記。謝伯禮此次來杭,蓋爲邀請楊維禎移居松江。

十月初,松江同知顧逖遣舟來迎,遂闔家徙居松江。受聘於松江府學主持教席,教授諸生。遂暫寓府學,題居室名爲“心太平”,自爲銘。十月四日,率諸生姚庭美、高玉卤、夏長祐、張學、張吉、吴毅、徐子貞、高瑛、謝思順等游松江顧莊,聚飲學聚齋。席間衆人聯句,楊維禎掀髯暢歌,題詩於壁,頗爲自得。十日,爲謝思順讀書軒撰記。

江陰王逢此前避地青龍鎮,此際結交。十一月一日,爲王逢詩集撰序,稱其詩淡泊閑静,有春秋之法。又爲逢母撰墓志。

與邁里古思部將黃中交往。此際張士誠邀黃中任職淮吳大府,有文贈行。

除夕夜,賦詩明志。其時暫寓府學,乃孔廟鄰舍,雖欲構屋而無卓錐之地,有文嘆之。

【著作】

(二月十九日)勸農詩序。

(春)新省呈右相及藩參諸公、送劉生入閩序、送貢尚書入閩。

(五月一日)鄉闈紀録序。　(五月)周上卿墓志銘。

(六月十一日)送李志學還吳序。　(六月)三友堂記。

(夏)送三士會試京師序、送何生序。

(七月八日)方寸鐵志。　(七月)凝香閣記。

(八月四日)八月初四日雪坡太守周門柘入雲居山中復度嶺飲於水月尼寺賦詩書似太守及蘇州刺史周義卿。　(八月五日)八月五日偕錢唐王觀海昌李勛大梁滑人過湖赴瑪瑙山主之招題詩雙松亭、赴瑪瑙寺主者之約詩用宇文韻、八月五日喜雨初陽臺上作。　(八月十五日)君山吹笛圖、跋君山吹笛圖。　(八月十六日)監憲決獄詩序。　(八月)鐵城謠、寄張士誠太尉、送玉笥生往吳大府之聘兼東國寶樞相賓卿客省、送張憲之汴梁序、馭將論、人心論、總制論、求才論、守城論、題朱蓮峰夢游仙宮殿明日偕見西辨章進凝香閣詩、杵歌七首、次韻省郎蔡彦文觀潮長歌録呈吳興二守雲間先生、復張太尉。

(九月九日)貢尚書玩齋詩集序。　(九月十六日)悦親堂記。　(九月)雪坡記、雪溪耕隱志。

(秋)題張同知經良常山堂用張仲舉韻、過宋故宮留題聖安寺、贈許廷輔萬户、東詔使李孟賓左丞、湖上感事漫成四小句奉寄玉山、與客登望海樓作録寄玉山主人二首、送王公入吳序、故忠勇西夏侯邁公墓銘、故義士吕公墓志銘、雪溪處士邵公墓志銘、巢雲子傳、有餘清記。

(十月一日)好古齋記。　(十月四日)聯句書桂隱主人齋壁。　(十月十日)夢草軒記。　(十月)題李伯時姑射仙像卷。

（十一月一日）梧溪詩集序。

（十二月二十九日）己亥除夜。

（冬）白馬生、送時彥舉青陽縣學教諭、腰疼、大將南征歌、懷家、送松
　　江帥黃公入吳序、送張先生赴河南幕府序、心太平銘、王母李氏
　　墓志銘、尚絅先生墓銘、用顧松江韻復理齋貳守并柬雪坡刺史、
　　陣圖新語叙、半間屋記、山中餓夫傳。

（本年）元周高士碑銘題其後、舒刺客、和蔡彥文題虞伯生張伯雨倡和
　　帖、感時一首、毗陵行、仙都生傳、余闕傳、務光辭。

元順帝至正二十年庚子　一三六○　六十五歲

本年在松江府學主持教席，闔家寓居松江。

元旦，有詩寄松江通判謝伯禮，慶賀張士信軍杭州城關小捷。

昔日東家松江呂良佐上年逝世，其二子築廬墓旁守喪。正月八日，爲
　　撰著存精舍記。正月十日立春，有文記華亭李西雲讀書樓，以天
　　文星象喻說西方戰事。本月又撰文送鄉人王好問赴京趕考，期
　　之爲"南士魁天下者"，且望朝廷善待科舉之士，謂其時忠君死節
　　之人，多爲科舉出身。

去歲冬日，杭州知府謝節邀崑山顧瑛赴杭賞梅。顧瑛應邀前往，袁華
　　偕同。不料戰事突發，朱元璋軍逼至杭州城下，探梅之舉，無奈
　　作罷。十二月二十二日，顧、袁二人搭乘海漕船歸返，謝節賦詩
　　送行，且囑途經松江時，問候楊維楨。顧瑛滯留松江多日，本年
　　正月初，通判謝伯禮、縣丞俞仲恒等盛情款待，維楨與馬庸、岳
　　榆、徐立本、吳毅、鄭基等作陪。席間合作聯句，分韻賦詩。顧瑛
　　居杭日，江浙行省丞相達識帖穆爾欲賜官爵，顧瑛謝絕。此時維
　　楨予以讚賞，又有詩與杭州知府謝節唱和。

二月一日，爲青龍鎮杜隱君撰有餘閑説，闡論無所憑借之真閑。

三月既望日，應松江沈瑞之請，爲其元曲集撰序，縱論本朝曲家盧摯、
　　貫雲石、張可久、劉廷信諸人得失。

春，重訪呂希顔玄霜臺，贈以詩。蘇大年扁舟造訪，其時楊維楨自取
　　齋名爲草玄閣。又聚會於李升宅舍，各賦詩，題其齋。

四月八日，撰重修西湖書院記，稱賞張士信興文之舉。十六日，爲楊

瑪山居新話撰序,謂此類子部書能倖助經史,羽翼世教,繩愆垂警,不無益處。

三、四月間,東游鶴沙,回舟黃浦,泛海觀濤,結識僧友鄉賢數人,撰文多篇。

五月端午前後,華亭大户錢鶴皋邀請,至其家小住。八日,爲其寓所"純白窩"撰記,稱之爲"義俠"。又有詩。本月,海寧倩某妻弟路遭劫殺,死而復生。楊維楨録此奇事,旨在宣傳"天理昭彰"、"老天自有公道"。

八月一日,游亭林,爲璜溪義門夏士文作書聲齋記。本月既望日,弟子張憲賦七言長詩一首,以和楊維楨古觀潮圖詩,慨嘆南宋偷安,終致滅亡之結局。

九月九日,偕顧瑛等聚飲謝伯禮宅,賦七律一首咏菊,顧瑛稱賞。五日後,率李升再飲謝宅,有詩抒懷,言甘於隱趣,惟求長生。又有詩咏妓。并爲謝氏撰堂記,其時伯禮辭官退隱不久。

十月二十六日,致函崇明通守張翩(號理齋),頌其德政。其時張翩約請撰書崇明州學先賢祠堂記。是月貝瓊自海昌來松江,分別十五年後重逢,楊維楨宋史綱目已有成書。

十二月十八日,撰文稱頌昭陽張天永母子之賢。其時游寓嘉定。是月多雪,嘆生民多艱,賦詩抒懷。

本年宋克扁舟來謁,觴咏數日。酒酣,賦長詩一解,書以贈別。其時與江浙行省官僚、張士誠屬下文武官員,以及松江地方官多有往來,與"學士"參謀蘇大年、嘉定州同知張經、杭州知府謝節、松江同知顧逖、崇明通守張翩等交好。

本年筑一樓,題名"小蓬臺",以示不忘家鄉。貝瓊作文記之,擬作杜甫草堂。楊維楨不時招集友朋,聚飲臺上,吹笛談噱。或者譏誚,憤然詈之。

【著作】

(正月一日)庚子元旦柬履齋明府。　(正月八日)著存精舍記。(正月十日)西雲樓記。　(正月)用雪坡梅約何字韻與梅册主者、送王好問會試春官叙、謝伯理席上七人聯句、聯句畢詩興未已復以毅句霜膾新供縮項編分韻老夫得鯿字、與金粟老聯句。

（二月一日）野政堂記、有餘閒説。

（三月十六日）沈生樂府序。　（三月）寄太僕危左轄仲舉張祭酒、寄
　　王州尹。

（春）宴杜堯臣席上、半雲軒記。

（四月八日）重脩西湖書院記。　（四月十六日）山居新話序。　（四
　　月二十六日）讀書堆記。　（四月）慧上人流飛亭、榆溪草堂記、
　　五檜堂記。

（五月一日）春遠軒記。　（五月四日）望雲軒記。　（五月八日）錢
　　氏純白窩、純白窩記。　（五月）天監錄。

（八月一日）書聲齋記。　（八月）古觀潮圖。

（九月九日）佛頂菊、賦春夢婆。　（九月十日）小香。　（九月十四
　　日）至正庚子重陽後五日再飲謝履齋光漾亭履齋出老姬楚香侍
　　酒之餘與紫簹生賦詩。　（九月）知止堂記（謝伯禮）、剪韭亭志。

（秋）槐陰亭記。

（十月三日）白雲窩記（陳中良）。　（十月六日）雙飛燕調。　（十月
　　八日）題朱文公與姪手帖。　（十月二十六日）復理齋。　（十
　　月）歸幻亭志。

（十一月十六日）崇明州學先賢祠堂記。

（十二月十八日）哀辭敍。　（十二月）庚子臘月對雪。

（冬）西郊草堂記、天理真樂齋記。

（本年）素雲引爲玄霜公子賦、春夜樂書歌者神仙秀便面中、鼠制虎、畹
　　蘭辭、用貝仲琚韻寄邵文伯、題赤壁圖、贈日本僧龕侍者、禁酒、午
　　赴嘉樹堂招陪賓何伯大憲司經歷陳子約教授諸士文州判何舅俊民
　　佐尊者沈氏青青演南戲破鏡重圓宋君玉子舍蔣山秀也戲文徹索題
　　品與詩一章并與纏頭青蚨十緡青青易名瑤水華、雜詠二首、詠饒字
　　韻寄化成訓講主、詠張子正畫、聽雨樓、西施菊、水晶筆架、趙公子
　　舞劍歌、李公子行、題竹、寄蘇昌齡、賦書巢生、請杜少陵閬州歌予
　　今亦成一章、門生夏頤所藏江雁圖、贈錢野人裕、和尻竹贈浙省、嬉
　　春、與浙省平章同謁先聖廟、答夏伯和書問、上巳、橘州錄二首、題
　　子房擊椎圖、吳氏歸本序、送沈均父序、一漚集序、華亭胥浦義冢
　　記、知止堂記（夏頤貞）、衍澤堂記、南漪堂記、春草軒記、虛舟記、文

竹軒記、野亭記、半雲軒記、玄霜臺記、自然銘、麴生傳、冰壺先生傳、白咸傳、璞隱者傳、竹夫人傳、綠陰亭詩、十七日過無住庵因留題鑑上人半雲軒、大樹歌爲馮淵如賦、煮茶夢、鮑孝子志、姚孝子傳、志血櫃、綠陰亭記、真逸子志、目耕所志、金石窩志、天與閑者傳、雲林散人傳、曲肱子傳、漁隱者傳、一默老人傳、浮休室志、菊潭志、真樂堂記、紫翠丹房記、贈宋仲温、高房山滄洲石林圖、致天樂大尹詩帖、贈相子先寫照序、朱夫人傳、題松江府學訓導胡師善遺迹後、跋丘文定手書後、陶九成像贊、跋宋蔡襄洮河石研銘、跋宋白玉蟾尺牘、評陸樞上鐵崖先生詩。

元順帝至正二十一年辛丑　一三六一　六十六歲

本年仍居松江,執教於松江府學。不時出游周邊城鎮。

正月十日,河南褚奐以古隸録楊維楨諸作,并撰跋文,謂其時鐵崖“奇文章”已名揚京師。是月游寓嘉定,爲强俎撰文會軒記。嘉定老儒秦良挾其父秦輔之所撰練川志來謁,爲撰序文,稱地方史志之價值,與國史相當。此際張士誠屬官頗重文事,崑山州學宮、嘉定州儒學相繼重修落成,分別撰寫碑文,讚譽地方官,且稱人心仁義,可勝堅甲利兵。

二月,游崑山,盤桓一月有餘。首訪郭翼,有詩贊郭氏清貧傲骨。十二日,登玉峰,華藏寺僧月亭陪同,賦鳳凰石詩,郭翼和之。當時寓居清真觀竹洲館,與道士余善談詩論書,題畫作跋,有詩文數篇。十五日,睹張雨手迹,悲愴難禁,嘆摯友長逝,書跋一首。本月杭州知府謝節擢爲張士誠太尉府咨議參軍,由海道赴蘇州,途經松、崑。賦五言排律、七律各一首贈行,既頌其杭州政績,又建言現實政事,謂當前急務在於“養民”,而非徵收税糧。

六月二十七日立秋,爲天台賴良所輯大雅集撰序,并作評點。此前曾囑賴良廣傳東南隱者之詩,賴氏遵囑輯此詩歌總集,所録多爲元末東南布衣詩作。

七月,東游鶴沙(今上海浦東下沙鎮)。二十七日,題詩於道士鄒復雷畫卷,稱之爲“神仙中人”。

八月,上海知縣何子敬重修鶴砂義塾落成,撰文稱頌。

秋冬之際,有詩送張士誠屬將呂珍還越,頌其戰績,稱爲"保障南藩第
　　一功"。其時與張士誠屬下淮南行省左丞王晟亦有詩酒往來。

松江姚耽罹難而不悖其母,是年撰文記述,自稱十年來搜集忠孝人
　　事,文而揚之。陶宗儀踵門請其父之墓銘,作之。張憲又有跋
　　文,録陶氏孝感奇事。

【著作】

(正月)文會軒記、崑山州重修學宮碑。

(二月一日)嘉定州重建儒學記。　(二月十二日)鳳凰石。　(二月
　　十五日)小游仙辭後序、題張雨自書雜詩。　(二月)雪履操、送
　　謝太守(五言排律、七律各一首)、嘉定州重建學宮記。

(三月一日)題玉帶生硯、虹月樓記。　(三月十二日)晚節堂詩爲竹
　　洲仙母賦。　(三月二十六日)題趙魏公幼輿丘壑圖。　(三月)
　　寄常熟李伯彰大夫、題龔開駿骨圖卷、玉帶生傳。

(春)練川志序。

(六月二十七立秋日)賴善卿到嘉禾爲予作金粟道人詩使瀕行曰金粟
　　吟友爲元璞尊者胡爲無詩走筆一解兼柬西白仲銘兩宗匠一笑、
　　大雅集叙。　(六月)和金粟道人游永安湖韻、本一庵記。

(七月二十七日)題鄒復雷春消息圖。　(七月)元故中奉大夫浙東尉
　　楊公神道碑。

(八月十六日)湘竹龍詞贈杜清。　(八月)贈杜彦清序、上海縣鶴砂
　　義塾記。

(十月五日)宋龍洲先生劉公墓表。

(十月)劉龍洲祠。

(十一月廿二日)題黄子久畫青山隱居圖爲劉青山題。

(冬)王左轄席上夜宴、送呂左轄還越。

(本年)題張長年雪篷、送成元章歸吳兼柬謝公、寄張長年、同韻寄太
　　守、白雲漫士陶君墓碣銘、元故徐佛子墓志銘、題倪瓚桐露清琴
　　圖、題米芾林岫烟雲圖。

元順帝至正二十二年壬寅　一三六二　六十七歲

本年仍居松江,執教於松江府學。

二月二十日,爲道士陳宗儉居所撰寫記文,稱賞"高臥白雲窟"之隱逸
　　生活。

四月,廣陵人邱民以詩經考中江浙鄉試,有詩唱和。其時唐肅以詞賦
　　中選,因戰亂道梗,未能赴京會試,滯留吳門期間,亦與游處。

六月,河南義兵元帥察罕帖木兒遇刺,賦詩哀悼。尚期擴廓子承父
　　業,力挽頹勢。

七月一日,見南宋馬遠所畫隋堤老柳圖,有感隋煬帝荒淫敗國,題詩
　　二首。

九月,崑山雍逸處士殷庠(弟子殷奎之父)謝世,爲撰碣銘。

冬,東游上海,做客姚桐壽居所。適逢貝瓊受蕭山縣令尹本中之托,
　　登門來謁,請撰吳越兩山亭志,且請選評嘉興地方詩人作品。嘉
　　興詩人聞訊,或夜半趨來,懇請擇取其詩,甚至涕泣跪拜乞求。
　　楊維禎直斥"風雅掃地",憤然逐客,閉門不顧。

十二月一日,撰文稱賞吳中朱覺回歸本姓。蓋因吳地多二姓之人,楊
　　維禎始終視爲鄙俗,故於此返本歸宗之舉,大加讚譽。本月游寓
　　崑山、常熟等地,常熟虞子賢持朱熹詩卷來謁,爲書張宣公詩,并
　　跋朱子詩卷。

本年,賦謝賜筆詩,致張士誠。蓋因張士誠請撰楚國公碑文,以御賜
　　玳瑁筆相贈。按:楚國公即張士誠弟士德,驍勇善戰,遭朱元璋
　　部下徐達軍擒獲,絕食而死。元廷追封爲楚國公,葬於崑山。

【著作】

(正月十五日)元夕與婦飲。

(二月二十日)三雲所志。

(四月)次答邱克莊。

(六月一日)評陳樟空翠軒詩。　　(六月)悼李忠襄王。

(七月一日)元虛上人示余以馬遠搨本一紙云是隋堤老柳乞予賦詩其
　　上予感大業荒游事爲賦二絕持歸所上見予蔣同年袁才子必有和
　　予以成什者。

(八月)元故朝請大夫溫州路總管陳公墓志銘。

(十二月一日)朱氏歸宗志。　　(十二月)書扇寄玉巖、瑤芳樓聯句、書
　　評張宣公城南雜詠。

（冬）大樹軒記（馮自牧）、吳越兩山亭記。

（本年）謝賜筆、寄賓卿聰使、高僧詩集序、與德常。

元順帝至正二十三年癸卯 一三六三 六十八歲

年前臘月至本年正月，游寓崑山。元旦，郭翼、殷奎、盧熊、謝應芳、劉
景儀等陪同，造訪陳伯康新亭"玉山高處"。書匾題詩，且率衆人
同賦。崑山清真觀道士余善挾詩來謁，楊維禎誦讀抄録，稱歎不
已。余氏述長春真人丘處機奇異之事，遂有二詩記之。又效長
春真人，製桃核杯酌酒。題語錢舜舉錦皋圖卷，謂醉生夢死者，
當以此"錦灰堆"爲警。本月撰文爲大梁滕公赴山東送行，尚期
元老如滕氏，佐元中興。

二月，倪瓚爲王繹楊竹西高士小像補作松石。其後楊維禎題跋，贊隱
士之風。

三月清明時節，草玄臺（又稱草玄閣）落成。松江韓大帥與知府王雍
邀集友朋齊聚新樓，設宴慶賀。草玄臺位於松城迎仙橋河西，乃
韓大帥爲楊維禎營建。楊維禎賦"孩"字韻詩（即贈姚子華筆工）
致謝。張經、張樞、陸居仁、魯淵、龔顯忠、吕恒、沈欽、張宰、林
靜、貝瓊、陳元善、張程、陳璧、張稷、沈雍、陳善、林世濟、吕恂等
近二十人次韻賦詩。入住新樓不久，財物被盜，詩寫悵惋。

閏三月，爲袁華詩集選詩并撰序，謂作詩若不能傳世，不如罷筆。且
稱鐵門善詩者一百有餘，張憲、袁華堪稱魁首。

四月三日，松江知府王雍設宴款待庠序之士，凡六十餘人。欣喜於戰
亂之時有此盛況，撰文記之。其時執教淞學者，皆東南翹楚之
士，而以楊維禎爲首。知府王雍、判官張經爲楊維禎置屋蓄書，
供其撰史。本月十八日，游干山，偕游者爲門生洪祥、余瑾等。
次日夜歸，有文記之，謂避亂松江而徜徉山水，實爲萬幸。是月，
張士誠左相王晟微行來謁，同飲草玄閣。楊維禎有詩，重申無心
出山之意。張士誠屬官周仁介松江同知顧逖來謁，爲作齋記，并
頌張王儉樸。

秋，赴姑蘇。與蘇大年會於城中。其時與張士誠屬臣俞齊賢參政交
好。本年九月，張士誠自立爲吳王，俞參政執意反對。爲作傳

記,稱之爲"骨鯁臣"。

【著作】

（正月）桃核杯歌、續青天歌、登玉山高處、送國老滕公北上序、邗殷處士碣銘、題余善追和張雨游仙詞、題錢舜舉錦皐圖。

（三月）贈姚子華筆工、題趙仲穆臨黄筌秋山圖、絶句十首、被盜、評林世濟兩詩。

（閏三月）可傳集序。

（春）贈王左丞二首。

（四月三日）淞汴燕集序。　（四月十八日）宴横鐵軒、浄行寺主登干將山松溪郭煉士作答供、宴蠹石軒、横鐵軒。　（四月二十日）游干將山碧蘿窗記。　（四月）至正廿三年四月淮南王左相微行淞江步謁草玄閣,夜移酒船宴閣所、蠹物志、棲雲樓記。

（九月）寄淮南省參謀、奇蘇昌齡（東吴主者尊師相）、席上作、俞公參政序。

（秋）和黄彦美元帥憂字韻詩賦思邈明府、尚樸齋記。

（冬）骨鯁臣傳。

（本年）題沙時中溪山圖卷次揭曼碩先生韻、題倪雲林寫竹石寒雨贈錢自銘時爲虞子賢西賓、海峰亭記、初齋銘、止齋銘、與姜羽儀詩、九山精舍、歷代史要序、夢桂軒記、小玉顙傳、題楊竹西高士小像卷、真鏡庵募緣疏、題姚澤古泉譜。

元順帝至正二十四年甲辰　一三六四　六十九歲

本年仍居松江,執教於松江府學。

二月一日,爲雲間陸蒙所輯友聞録撰序,謂交友得益。

章琬輯録楊維禎續奩集及古樂府詩,欲梓行。五月一日,楊維禎撰序,自稱撰寫續奩集等艷詩小詞,無損於處士之節、鐵石之心,猶如當年黄庭堅。同日又撰文,書贈湖州筆工陸穎貴。陸氏毛筆精品"鐵心穎",乃專爲楊維禎製作。上海静安寺住持釋壽寧編成静安八咏集,本月二十日來謁序文。此集所録,皆爲吟詠静安寺八景而作。作者貢師泰、成廷珪、鄭元祐、楊瑀、王逢、馬弓、韓璧、錢岳、唐奎、余寅、顧彧、釋如蘭、陸侗、趙覲、孫作、張昱等等,多爲維禎詩友。維禎爲撰序文記文,且作評點。

夏,松江超果寺重建落成,爲撰碑文,稱超果寺佛像得天神指引而遷徙松江,乃獲佑護保全,松江實爲福地。

門生章琬輯録楊維禎詩二百首,連同吴復所編三百首,合爲鐵雅先生復古詩集梓行。九月二十八日戊子,章琬撰序,概述鐵雅先生復古宗旨,稱楊維禎已被"南北詞人推爲一代詩宗"。

此際倪瓚來游松江,十一月十七日,楊維禎等於松江學宫餞行,有詩題於倪瓚竹枝圖。

十二月一日,大名劉易來訪,爲撰破窗風雨記,稱譽劉易處變不驚、居安思危。

此際爲嘉定理髮師王輔撰文,闡説百業平等之道理。謂百行百業,農民以外,無論理髮工匠,還是公卿大吏,謀生手段不同,卻無高低貴賤,因爲皆屬"不耕之耕"。

本年始效史記酷吏傳,論述張士誠之贓官酷吏。

【著作】

(二月一日)友聞録序。

(五月一日)贈筆史陸穎貴序、續奩集序。 (五月二十日)緑雲洞記、静安八詠集序。

(夏)重興超果講寺記。

(秋)悼龍華玉田師。

(十一月十七日)題倪高士墨君圖。

(十二月一日)破窗風雨記。

(本年)張體隸古歌、贈櫛工王輔序、彀齋銘、東園散人録、送金繹還鄉叙、石雲志、廛隱志、玄雲齋記。

元順帝至正二十五年乙巳 一三六五 七十歲

本年仍居松江,於松江府學執教。

正月一日,虞堪(宋丞相虞允文八世孫)來謁,爲賦虞相古劍歌,書以贈之。

其時弟子貝瓊亦在松江府學任教,偕游唱和,相得甚歡。貝瓊搜輯楊維禎歷年所作春秋大意若干卷、史鉞若干卷、君子議若干卷、麗則遺音若干卷,以及各體詩文若干卷,匯成鐵崖先生大全集,松江章琬欲助之梓行。二月既望日,貝瓊撰序。

三月,理問王蒙來游松江,有詩贈別。王蒙乃趙孟頫外孫,楊維禎詩友王德璉之子。

其時與松江集賢鄉張麒交往頗多,曾應邀扁舟造訪,爲撰通波阡表、三味軒志。

七月,松江夏文彥撰成圖繪寶鑒一書,陶宗儀與夏文彥子大有等先後詣門請序。爲撰序文兩篇,謂書畫同理,畫品繫於人品。

秋,嘉興相士薛如鑒來謁,稱頌楊維禎“鐵史”事業。臨別,贈以長詩。

江南行御史臺大夫普花遭紅巾軍擒獲,十月十七日,不屈而死。其妻賦詩二十字,當日殉夫亦死。楊維禎爲作傳,并褒獎死節之士,譏刺苟活變節之臣。二十四日,觀賞宜興王令顯家藏趙孟頫墨迹,跋於紙尾。其時與王令顯時有詩歌唱和。

蘇大年本年謝世,偕友致祭於松江干山,各賦挽辭。

【著作】

(正月一日)虞相古劍歌爲虞堪賦。

(三月十日)巫峽雲濤石屏志。　(三月十六日)選評詩。　(三月)送理問王叔明。

(春)張氏通波阡表、三味軒志。

(夏)次答倪德中。

(六月一日)跋李西臺六帖。

(七月)圖繪寶鑒序兩篇。

(秋)老人鑑歌。

(十月二十四日)題趙孟頫簡覺軒路教諸迹。

(閏十月十二日)夢梅花處詩序。

(冬)大夫普花公夫人康里氏傳。

(本年)王子囷孤雲、蘇先生挽者辭叙、答倪生德中來韻、用蘇昌齡韻賦李紫篔白雲窗、仁壽齋記、寄宜興王光大二首、古窩記。

元順帝至正二十六年丙午　一三六八　七十一歲

本年仍然寓居松江。

初春,送學生倪中北赴京師會試,有序贈行。儘管烽烟四起,仍望倪中金榜題名,考中進士,且能致力於大元中興。

二月,蕩舟嬉春,路遇説書藝人朱桂英,聆其所講,有忠有孝,奇之,稱之爲"女學士"。

三月一日,爲舊作香奩八咏撰序,自詡有春芳才情。評點趙孟頫婿王德璉艷詞,稱其語娟麗清爽。其時又題錢舜舉所畫醉女仙卷,謂女色固佳,然應作蒲團水月觀。十五日,唐伯慎挾詩集瀟湘集來謁,爲加評點,又作序文,自稱昔日與李孝光倡導古樂府,始變泰定文風,又補元詩之缺。二十三日,赴松帥韓復春宴請,與貝瓊等共同觀賞崑山朱明木偶戲,撰文褒揚,謂朱明所演劇目,有關諷諫,有益政事。

五月一日,爲僧友釋克新文集撰序,稱其"修辭有古作者法",遠勝當世文儒,堪與元初釋圓至匹敵。是日章琬跋楊維楨詠史樂府,謂維楨推崇古樂府,猶以擅長"小樂府"自矜。

六月一日,撰書朱子評韓子辯,謂朱熹評論有失公允,韓愈確屬豪傑之士。又撰文書贈書畫裝裱工蕭顯,憶及太平年間松江書畫裝裱業之盛況,讚賞蕭顯甘貧守業。

七月四日,舟游黄浦江,訪崇明州同知張翮。席上吟詩,嘆世事紛擾。是月,張士誠遣使赴轄區各郡,推行所謂"郡縣團結"之政。理問劉侯奉命出使松江,返歸之際,楊維楨有文贈行,謂民窮心散,欲稱霸不可得矣。其時松江地方官令百姓製箭,定額屢增,百姓難以承受。賦詩感慨。

是年爲樞密院掾吏永嘉李至剛耽羅志略撰序。

此際攜歌樂伎,吹拉彈唱,不時舟游吳越湖山,受邀於豪强貴富。或賀之曰"風月福人",或嘲之爲"江南散樂家"。與錢唐瞿士衡交好,過杭必宿其家。士衡侄孫瞿佑雅善詩,頗得楊維楨嘉賞。

【著作】

(正月)送倪進士中會試京師序。

(二月)送朱女士桂英演史序。

(三月一日)香奩集序。　　(三月十五日)瀟湘集序。　　(三月二十三日)朱明優戲序。　（三月)題錢雪川醉女仙卷。

（四月一日)如心堂題贈帖。

（五月一日)雪廬集序。　（五月)瓢隱錄。

（六月一日)朱子評韓子辯、贈裝潢蕭生顯序。　（六月六日)至正景
　　午大暑燕於朱氏玉井香賦詩十有二韻書似西枝玉海鶴臺三才子
　　共和之。

（七月四日)真樂齋席上作。　（七月)送團結官劉理問序。

（八月十日)題水仙手卷二首。

（本年)稼父圖、題謝氏壁、華亭箭、聽雪軒、寄劉用章郎中、贈劉孝章
　　按察、贈馬敬常冠軍、酒酣與貝庭臣成元章聯句、清江引鍾海鹽
　　席上作、送華亭縣丞盛侯秩滿序、送如一翁歸曲江草堂序、風月
　　福人序、送朱生芇蒲溪授徒序、陶氏菊逸序、竺隱集序、送儀沙彌
　　還山序、杏林序、蓻林記、五雲窩記、書錢氏世科記後、寄沈秋淵
　　四絕句、寄秋淵沈鍊師、十月六日席上與同座客陸宅之夏士文及
　　主人呂希尚希遠聯句、題夏士文槐夢軒、盤所歌并叙、用韻復雲
　　松老人華陽巾歌、題謝氏一勺軒、尚夷齋銘、送知事杜岳序、種瓜
　　所記、琅玕所志、芸業生志、學稼子志、在春窩志、元故承事郎循
　　州長樂縣尹朱君墓志銘、清概小傳、伯固字說、瓜隱子傳、曾神仙
　　小傳、信鷗亭記、天藏窩記、題黃子久淺絳色山水、題趙葵杜甫詩
　　意圖二首、莫鍊師傳。

元順帝至正二十七年（吳元年)丁未　一三六七　七十二歲

本年仍寓松江。

正月,松江府、嘉定州守臣王立中等納降於朱元璋屬下大將徐達,從
　　此松江納入吳王朱元璋政權版圖。

三月二十九日,因新政權徭役過於沉重,上海大户錢鶴皋聚衆抗命,
　　攻佔松江府城,并試圖聯絡張士誠。四月五日,徐達遣驍騎尉指
　　揮葛俊率兵鎮壓。葛俊震怒於松江百姓依附錢氏,意欲屠城。
　　上海知縣祝挺、華亭知縣馮榮等據理力争,乃免慘禍。事後楊維
　　楨撰寫碑文數篇,稱頌祝挺、馮榮仁義之舉。又有詩贈葛俊指
　　揮,稱頌其軍威蓋世,請求緩徵賦稅。

九月,徐達軍攻克平江,張士誠政權覆滅。有詩文多篇記述其時人
　　事,諸如張士誠小弟張士信,上卿周仁,謀臣蔡彥文、葉德新,駙
　　馬潘元紹,以及松江推官韓璧、弟子甘鈞等等,刺貪淫而頌忠義,
　　嘆亂世而傷無辜。認爲張氏政權滅亡之禍根,在於張士信等人
　　擅權專橫、驕奢不義。

十月十五日,撰文慶賀常熟州學宮重建落成,稱頌朱元璋屬官常熟知
　　州昌熙興文之舉。本月朱元璋軍攻克台州,方國珍政權覆滅。
　　城破混亂之際,陶宗儀家三女(妹二人、弟媳一人)不甘受辱而
　　死。撰文哀悼嘉賞。

初冬,朱元璋屬臣司農少卿杭琪來松江,經辦田糧稅收諸事,歲末返
　　京。撰文贈行,又代華亭知縣馮榮撰文送行。望杭琪返覲吳王
　　朱元璋,爲吳農申説窘迫之狀,減輕賦税。

【著作】

(四月)贈葛指揮平松。

(九月)吳宫燕、銅將軍、酷吏傳論。

(十月十五日)常熟州重建學宫記。　　(十月)陶氏三節傳。

(十二月十三日)韓璧墓銘。

(冬)周鐵星、蔡葉行、金盤美人、韋骨鯁、春暉草、送司農丞杭公還京
　　師序、又代馮縣尹送序。

(本年)送謙侍者之天寧寺參金西白座下、大方廣佛華嚴經序、種竹所
　　記、玉立軒記、遺安堂記、筦公樓記、擊壤生志、耐閒堂志、貫月舟
　　志、野人居記、植芳堂記、玉海生小傳。

明太祖洪武元年戊申　一三六八　七十三歲

本年仍然闔家寓居松江。

春,松江同知李浩擢官京師,上海知縣祝挺餞行,楊維禎偕松江士人
　　陪伴。撰文贈行,望李浩輔佐新天子,早日平定天下,休兵息甲。
　　又請代爲致意京城老友,諸如太史令劉基、翰林學士陶安、祭酒
　　許存仁等等。

自春至夏,松江等地淫雨數月,氾濫成災。有神翁教以製車洩水,力
　　省而功倍。有詩文數篇,謂此乃聖世奇事,不可不紀而歌之。撰

　　文記述童子救助溺水蜉蟻,褒揚其惻隱之心,并書贈上海知縣祝
　　挺,望施行救民之政。

六月二十日,撰文祭奠僧友靜庵法師,又爲撰塔銘。祭文詼諧灑脱,
　　衆人傳誦。

秋,經辦華亭田土核查事宜之官員黃萬里還京,以文贈行。稱黃萬里
　　"勤於王事而敏有成功",百姓均田有望。還望黃氏重回此地任
　　官,造福松江百姓。

國學典膳吕復出使松江,登門來訪。十月一日,爲其書房撰記文。

十一月十五日,撰文贈陳睿等三位浙江士子赴京。三士以賢良召入
　　京城爲官,未經科考,楊維禎頗不以爲然。二十一日,撰文送釋
　　仁淑赴嘉興任天寧寺住持,稱頌新天子扶持佛教措施,并謂佛教
　　當與儒教相表裏。此際釋友奎出任天竺之大集慶寺住持,亦有
　　文送行。

冬,以學生朱敏請,撰文稱頌姑蘇知府何質德政,謂日前蘇州富戶移
　　民濠州,處置得當,"雍容處決,民不知擾"。歲末,來松江經理田
　　土官成教授還京,撰文贈行,稱其魚鱗圖籍,有助於新天子均田
　　之政。

門生金信供職於朱元璋政權,大約於本年奉朝廷史官之命,來松江采
　　輯風謡。楊維禎爲其詩集作序,稱其詩有法。此際有詩贈老友
　　富春馮士頤,讚賞其隱士風範。佛門弟子富春釋如蘭、釋守仁避
　　亂移居松江數年,此時返歸杭州天竺寺,有詩文數篇送行。

本年爲上海知縣祝挺撰書碑文。去年錢鶴皋事件中,祝氏救當地百
　　姓於刀斧之下,爲之稱頌。

　　【著作】

(正月元日)春水船記(朱武)。

(三月三日)除紅譜序。

(春)送淞江同知李侯朝京序。

(四月)天車詩、童子救蟻篇、天車詩引。

(六月二十日)告鎮公文。　(六月)靜庵法師塔銘。

(七月二十四日)壺春丹室志。

(八月)雪篷子傳。

（秋）送經理官黃侯還京序、故處士馮君墓志銘。

（十月一日）營丘山房記。

（十一月十五日）送陳錢趙三賢良赴京序。　（十一月二十一日）送象
　　元淑公住持南湖序。

（十二月七日）野舟孝子志。

（冬）送經理官成教授還京序、姑蘇知府何侯詩卷序。

（本年）折逃屋、馮處士歌、贈妙智寺僧一初、送南蘭上人歸天竺、金信
　　詩集序、送蘭仁二上人歸三竺序、送奎法師住持集慶寺詩序、聽
　　雪舟記、華亭縣主簿王佳母夫人李氏墓志銘、上海知縣祝大夫
　　碑、元故學渠先生張公墓志銘。

明太祖洪武二年己酉　一三六九　七十四歲

本年十二月前,仍闔家寓居松江。

正月十二日,率弟子張習、袁用、朱芾、李擴等造訪張麒三昧軒,觀賞
　　元初名畫。十三日夜,夢仙女成群來迎,暢游海棠城,夢中賦二
　　詩留別城主。次日撰記文,書贈弟子。

二月十五日,爲松江弟子李恒壺月軒撰書記文。二十一日清明,四明
　　祝可來謁。撰文稱美其家鄉宅園,其時有東歸還鄉之思。

三月,常熟世家虞伯源邀請,游寓常熟。四月八日,爲虞氏撰堂記,頌
　　其孝思。九日,爲虞伯源門客殷宗義族譜撰序,贊殷宗義於宗法
　　衰亡之時能不忘祖先。

春,華亭知縣馮榮擢官新昌州尹,有文贈別,頌其活民之德。因"錢
　　黨""逋賦"等罪名,松江黃澤等一百八十餘户遭查抄,二千餘人
　　被迫遷徙江淮,黃澤等囚禁於京城大牢。臨刑之際,黃澤直言申
　　辯,奇冤最終昭雪。楊維禎追加述論,以爲凡事不可太過,物極
　　必反。

武進謝應芳於元末避亂離鄉,闔家寓居吳中。本年四月,楊維禎登門
　　造訪,示以近作過崑山詩,邀謝應芳、盧熊、殷奎等人唱和。

夏,松江久旱。六月二十日,鄧煉師祈雨有靈驗,撰文勞之。此前游
　　寓嘉定,釋行方攜其詩集來謁,請求點評。六月二十六日立秋,
　　爲撰序文。

湖州筆工陸穎貴所製"畫沙錐"工藝精良,且有才學,楊維禎引爲知
　　己。八月一日,書贈詩文。既稱賞陸氏毛筆,又頗發感慨,謂年
　　老日暮,回首平生,缺乏功業,所作不過山經野史,無大著作"以
　　利天下"。

都督府斷事官李質於本年來松江覆核田土。李質乃世家子弟,博學
　　工詩,與之結交。九月十日,撰文送李質還京,又爲其家鄉樓閣
　　撰記。二十六日,松江知府陳寧調任山西行省參政,撰文送行。
　　陳寧來松江僅三月,嚴苛待人,屬吏生畏,唯有蕭蘭恪謹而得其
　　歡心。爲蕭蘭撰齋記,稱之爲"悃愊吏"。

十月二十五日,東游上海,道過龍灘,做客友人浦仲明兄弟之晚翠軒,
　　與許璞、金肅、陳焕、朱浣、均昭、許澂等聚飲唱和。謂此雅集乃
　　"九老吟",自稱"元室遺老會乩楊古貞氏"。

冬,有文爲華亭主簿張明善送行。謂其時來松江任官者,如履陷阱,
　　蓋因"民貧賦劇",税糧無從徵集。

本年上海知縣祝挺赴召入京,有文送行,并爲撰南坡讀書記。爲上虞
　　(今屬浙江)門生顧亮賦虞丘孝子詞。顧亮致力於搜羅整理鐵崖
　　詩歌,輯有鐵崖先生詠史樂府。

此際關注元、明變革之際節婦烈女與忠臣義士,記録并弘揚其事迹。

至遲於本年,陶宗儀輯成説郛一百卷。楊維禎閲覽一月有餘,爲撰序
　　文,稱此書有益於增廣見聞,定能傳世。

十月,術士曹仲修登門求見,來爲卜命。聲稱楊維禎即將轉運,當獲
　　榮升,"不閲月而丹鳳之書下矣"。十二月,朝廷果然下詔,徵召
　　楊維禎進京修纂禮樂書。欣然應召前往,由水道赴金陵。舟過
　　崇福寺,主僧釋性宗來謁,邀至其緑筠軒飲茶。爲撰記文。

　　【著作】

(正月十二日)題李薊丘秋清野思圖。　(正月十五日)夢游海棠
　　城記。

(二月八日)送楊明歸越覲親序。　(二月十五日)壺月軒記。　(二
　　月二十一日)小桃源記(祝可)。　(二月)送檢校王君蓋昌還
　　京序。

(三月)永思堂記。

（春）送馮侯之新昌州尹序二首、大樹軒記（馮榮）。

（四月八日）春暉堂記（虞伯源）。 （四月九日）殷氏譜引。 （四月）黃澤廷訴錄、芝庭處士虞君墓銘、宴麟洲春暉堂。

（六月二十六日）冷齋詩集序。 （六月二十八日）致松月軒主者、松月軒記。 （六月）送鄧煉師祈雨序。

（八月一日）畫沙錐贈陸穎貴筆師序。

（九月四日）送提控案牘李君秩滿序。 （九月十日）送斷事官李侯序。 （九月十五日）翠微清曉樓記。 （九月二十六日）送山西省參知政事陳公序。 （九月）補過齋序、送王克讓之陝西省員外。

（十月二十五日）龍灘紀詠。

（十一月十四冬至日）壺春丹房記。

（十二月）贈術士曹仲修序、緑筠軒志。

（冬）送華亭主簿張侯明善序、送府史於君彥珍序。

（本年）虞丘孝子詞、寄虞伯弘、送祝正夫赴召如京序、曹氏世譜後序、送都督府指揮龔使君序、葉山人省親序、不心不佛銘、喬山處士瞿君墓志銘、小鴉傳、春暉堂記（顧亮）、南坡讀書記、鐵笛道人傳、賢婦馬氏小傳、河南雙節婦傳、煮石山房志、雨齋志、説郢序、沈氏雍穆伯仲傳。

明太祖洪武三年庚戌 一三七○ 七十五歲

正月初，抵達金陵。正月十五元宵夜，弟子楊基陪伴，游城觀燈。欣喜於太平盛象，師徒二人有詩唱和。

二月一日，爲元史總裁宋濂潛溪新集撰序，稱爲文貴在師心獨創。又有詩贈宋濂。

三月，舟游秦淮河，賦詩賀天下太平。

在京編修禮樂書時，弟子釋守仁寄詩二首，其二曰：“先生謝客居東里，使者傳宣拜下牀……賜老鑒湖猶有待，山陰茅屋未淒涼。”冀幸其蒙恩賜老，榮歸故里。

四月，因肺疾返歸松江。五月二十五日病逝於拄頰樓。臨終，撰歸全堂記。

六月六日,下葬于山,松江太守林孟善主持葬禮,門生劉性初等送葬。
　　友朋弟子多人賦詩撰文,訴哀思之情。王逢、袁華、倪瓚、釋守
　　仁、錢思復、殷奎諸人作品留存至今。
八月,宋濂遵從楊維禎遺願,爲撰墓志。
　　【著作】
(二月一日)澊溪新集序。　　(二月)寄宋景濂。
(三月)舟次秦淮河。

明太祖洪武四年辛亥　一三七一
九月十一日,殷奎撰祭先師鐵崖楊先生文。

明太祖洪武五年壬子　一三七二
門生劉性初赴貝瓊嘉興居所,請貝瓊爲先師作傳。十一月一日,鐵崖
　　先生傳完稿。

明成祖永樂四年丙戌　一四〇六
蕭山魏驥任松江府學訓導。專程至干山拜謁楊維禎墓,一無所見,林
　　孟善所立鐵崖墓碑(宋濂撰文)業已不存。楊維禎子楊杭、孫楊
　　泰來下落,亦無人知曉。

明宣宗宣德十年乙卯　一四三五
魏驥應楊維禎族孫楊宗義之請,作書鐵崖楊先生墓志銘後。

明英宗正統五年庚申　一四四〇
巡撫侍郎周忱以宋濂所撰鐵崖楊君墓志銘刻石,樹於松江府學講堂
　　西夾室,并作跋。

明神宗萬曆十二年甲申　一五八四
華亭縣知縣陳秉誥封土修墓,立“三高士碑”。所謂“三高士”,指楊維
　　禎、錢惟善、陸居仁。此碑清嘉慶年間尚存。

楊維楨全集校箋引用書目

説　明

一、本書目著録，包括書名、卷數、作者、編者、校注者、版本、出版單位及時間等。

二、爲檢索方便，不論古今著作，皆據書名首字音序依次排列。

三、本書目所録文淵閣四庫全書本，皆爲臺灣商務印書館股份有限公司一九八六年影印版，不再一一注明。

四、本書目未能盡數囊括校注所用資料。箋注過程中，借鑒援引前賢今人研究成果衆多，包括相關論文。所有參考引用，已隨文注明。

A

愛日吟廬書畫續録八卷　（清）葛嗣浵撰　續修四庫全書影民國二年葛氏刊本

愛日齋叢鈔五卷　（宋）葉氏撰　叢書集成新編影守山閣叢書本，臺北新文豐出版公司一九八四年版

安分先生集十卷　（明）鄭本忠撰　四庫全書存目叢書影民國間鈔本

（同治）安吉縣志十八卷　（清）劉薊植、汪榮等纂　中國地方志集成影同治刊本，上海書店一九九三年版

（乾隆）安吉州志十六卷　（清）劉薊植、嚴彭年纂　故宮珍本叢刊影乾隆十五年刻本，海南出版社二〇〇一年版

安南志略二十卷　（元）黎崱撰　文淵閣四庫全書本

安雅堂集十三卷　（元）陳旅撰　文淵閣四庫全書本

安陽集五十卷家傳十卷別録三卷遺事一卷　（宋）韓琦撰　宋集珍本叢刊影明

刻安氏校正本,線裝書局二○○四年版

鼇峰倡和詩一卷　（明）范志敏編　清光緒年間嘉惠堂刊丁丙輯武林掌故叢
　　編本

傲軒吟稿一卷　（元）胡天游撰　文淵閣四庫全書本

B

巴西集二卷　（元）鄧文原撰　文淵閣四庫全書本

白居易集　（唐）白居易撰,顧學頡校點　中國古典文學基本叢書本,中華書局
　　一九七九年版

白居易詩集校注　（唐）白居易撰,謝思煒校注　中國古典文學基本叢書本,中
　　華書局二○○六年版

白孔六帖一百卷　（唐）白居易輯撰,（宋）孔傳續撰　文淵閣四庫全書本

白蓮集十卷　（唐）釋齊己撰　四部叢刊初編影上海涵芬樓藏影明鈔本

白氏長慶集七十一卷　（唐）白居易撰　文淵閣四庫全書本

白雲集七卷　（明）唐桂芳撰　文淵閣四庫全書本

百城烟水九卷　（清）徐崧撰　四庫全書存目叢書影清康熙二十九年刊本

百菊集譜六卷　（宋）史鑄撰　文淵閣四庫全書本

稗史集傳一卷　（元）徐顯撰　四庫全書存目叢書影明刊本

寶晉英光集八卷　（宋）米芾撰　文淵閣四庫全書本

（光緒）寶山縣志十四卷　（清）梁蒲貴、朱延射等修纂　中國方志叢書影清光
　　緒八年刊本,臺灣成文出版社一九八三年版

抱朴子内篇校釋　（晉）葛洪撰,王明校注　新編諸子集成本,中華書局一九八
　　○年版

抱朴子外篇校箋　（晉）葛洪撰,楊明照校注　新編諸子集成本,中華書局一九
　　九七年版

北郭集六卷補遺一卷續補遺一卷　（元）許恕撰　叢書集成續編影江陰叢書本,
　　臺北新文豐出版公司一九八九年版

北磵集十卷　（宋）釋居簡撰　文淵閣四庫全書本

北夢瑣言二十卷　（五代）孫光憲撰,賈二強校點　唐宋史料筆記叢刊本,中華
　　書局二○○二年版

北齊書　（唐）李百藥撰,中華書局二○一三年版

北史　（唐）李延壽撰,中華書局二○一二年版

北狩見聞録一卷　（宋）曹勛撰　清曹溶輯學海類編本,民國九年上海商務印書

　　館據六安晁氏木活字本影印

北堂書鈔一百六十卷　（唐）虞世南撰　文淵閣四庫全書本

北溪字義二卷　（宋）陳淳撰　文淵閣四庫全書本

本草綱目五十二卷　（明）李時珍撰　文淵閣四庫全書本

本朝分省人物考一百十五卷　（明）過庭訓撰　續修四庫全書影明天啓刻本

本事詩一卷　（唐）孟棨撰　丁福保輯歷代詩話續編本，中華書局一九八三年版

本堂集九十四卷　（宋）陳著撰　文淵閣四庫全書本

碧雞漫志五卷　（宋）王灼撰　筆記小説大觀六編影述古堂主人校刊本，臺灣新
　　興書局一九八三年版

皕宋樓藏書志一百二十卷續志四卷　（清）陸心源撰　續修四庫全書影清光緒
　　八年十萬卷樓刊本

弁山小隱吟録二卷　（元）黃玠撰　民國張壽鏞輯刊四明叢書本

辨物小志一卷　（明）陳絳撰　清曹溶輯學海類編本，民國九年上海商務印書館
　　據六安晁氏木活字本影印

別國洞冥記四卷　（漢）郭憲撰　叢書集成續編影百子全書本，臺北新文豐出版
　　公司一九八九年版

賓退録十卷　（宋）趙與旹撰，齊治平校點　宋元筆記叢書本，上海古籍出版社
　　一九八三年版

丙子學易編一卷　（宋）李心傳撰　文淵閣四庫全書本

博物志校證　（晉）張華撰，范寧校證　古小説叢刊本，中華書局一九八○年版

補陀洛迦山傳　（元）盛熙明撰　大正新修大藏經本，臺北新文豐公司一九八六
　　年版

補續高僧傳二十六卷　（明）釋明河撰　高僧傳合集影卍字續藏本，上海古籍
　　出版社一九九一年版

補注杜詩三十六卷　（宋）黃希原本、黃鶴補注　文淵閣四庫全書本

不繫舟漁集十六卷　（元）陳高撰　文淵閣四庫全書本

C

蠶書一卷　（宋）秦觀撰　清乾隆道光年間刊鮑廷博輯知不足齋叢書本

滄螺集六卷補遺一卷附録一卷　（明）孫作撰　清光緒武進盛氏彙刊常州先哲
　　遺書本

藏一話腴四卷　（宋）陳郁撰　文淵閣四庫全書本

曹江孝女廟志十卷首一卷末一卷　（清）沈志禮輯　四庫全書存目叢書影康熙

　　二十七年慎德堂刊本

草莽私乘一卷　（明）陶宗儀輯　四庫全書存目叢書影清初鈔本

草莽私乘一卷　（明）陶宗儀輯　叢書集成續編影對樹書屋叢刻本,上海書店一
　　九九四年版

草木子四卷　（明）葉子奇撰　元明史料筆記叢刊本,中華書局一九五九年版

草堂雅集十三卷　（元）顧瑛輯撰　文淵閣四庫全書本

草玄閣後集一册　（元）楊維禎撰　清佚名鈔本

册府元龜　（宋）王欽若等編　中華書局一九八九年影宋本

茶乘六卷拾遺一卷　（明）高元濬撰　續修四庫全書影明天啟三年高元濬序
　　刊本

禪林僧寶傳三十卷　（宋）釋惠洪撰　文淵閣四庫全書本

昌黎先生集考異　（宋）朱熹撰　朱子全書本,朱傑人、嚴佐之、劉永翔主編,上
　　海古籍出版社、安徽教育出版社二〇〇二年版

長安志二十卷附圖三卷　（宋）宋敏求撰,（元）李好文編繪　宋元方志叢刊影
　　清乾隆年間經訓堂叢書本,中華書局一九九〇年版

（嘉慶）長興縣志二十八卷　（清）邢澍等修,錢大昕等纂　中國方志叢書影清
　　嘉慶十年刊本,臺灣成文出版社一九八三年版

（同治）長興縣志三十二卷　（清）趙定邦等修纂　中國地方志集成影同治刊光
　　緒修補本,上海書店一九九三年版

（乾隆）長洲縣志三十四卷首一卷　（清）李光祚修,顧詒禄等纂　中國地方志
　　集成影清乾隆十八年刊本,江蘇古籍出版社一九九一年版

常山貞石志二十四卷　（清）沈濤撰　續修四庫全書影清道光刻本

（嘉靖）常熟縣志十三卷圖一卷　（明）鄧韍撰　北京圖書館古籍珍本叢刊影明
　　嘉靖刊本,書目文獻出版社一九九八年版

（弘治）常熟縣志四卷　（明）楊子器、桑瑜纂　四庫全書存目叢書影清鈔本

（康熙）常熟縣志二十六卷末一卷　（清）高士䲩、楊振藻、錢陸燦等修纂　中國
　　地方志集成影清康熙二十六年刊本,江蘇古籍出版社一九九一年版

（光緒重修）常昭合志稿四十八卷首末各一卷　（清）鄭鍾祥、龐鴻文等修
　　纂　中國方志叢書影清光緒三十年刊本,臺灣成文出版社一九七四年版

（康熙）常州府志三十八卷首一卷　（清）于琨、陳玉璂修纂　中國地方志集成
　　影清康熙三十四年刊本,江蘇古籍出版社一九九一年版

（正德）常州府志續集八卷　（明）張愷修纂　天一閣藏明代方志選刊續編影明
　　正德八年刊本,上海書店一九九〇年版

朝野類要五卷　（宋）趙升撰　文淵閣四庫全書本

朝野僉載　（唐）張鷟撰，趙守儼校點　唐宋史料筆記叢刊本，中華書局一九七九年版

陳伯玉文集十卷　（唐）陳子昂撰　四部叢刊初編影明弘治刊本

陳高華文集　陳高華撰　上海辭書出版社二〇〇五年版

陳書　（唐）姚思廉撰　中華書局一九七二年版

陳子龍詩集　（明）陳子龍撰，施蟄存、馬祖熙標校　上海古籍出版社一九八三年版

誠意伯文集二十卷　（明）劉基撰　文淵閣四庫全書本

誠齋集一百三十三卷　（宋）楊萬里撰　文淵閣四庫全書本

誠齋易傳二十卷　（宋）楊萬里撰　文淵閣四庫全書本

池北偶談　（清）王士禛撰　清代史料筆記叢刊本，中華書局一九八二年版

（乾隆）池州府志五十八卷首一卷　（清）張士範重修　中國地方志集成影清乾隆四十三年刊本，江蘇古籍出版社一九九八年版

（弘治）赤城新志二十三卷　（明）謝鐸纂　四庫全書存目叢書影明弘治刻嘉靖天啟遞修本

（嘉定）赤城志四十卷　（宋）陳耆卿等修纂　宋元方志叢刊影清嘉慶台州叢書本，中華書局一九九〇年版

崇古文訣三十五卷　（宋）樓昉編　文淵閣四庫全書本

崇蘭館集二十卷　（明）莫如忠撰　四庫全書存目叢書影明萬曆十四年刻本

（康熙重修）崇明縣志十四卷　（清）朱衣點等修纂　中國地方志集成影清康熙二十年刊本，上海書店出版社二〇一〇年版

仇池筆記二卷　（題宋）蘇軾撰　文淵閣四庫全書本

初學記　（唐）徐堅等撰，司義祖校點　中華書局一九六二年版

除紅譜一卷　（宋）朱河撰　北京圖書館古籍珍本叢刊影欣賞續編本，書目文獻出版社一九九八年版

楚詞補注　（宋）洪興祖撰，白化文等校點　中華書局一九八三年版

楚辭集注　（宋）朱熹撰　上海古籍出版社一九七九年版

楚辭章句十七卷　（漢）王逸撰　文淵閣四庫全書本

（光緒）處州府志三十卷首末各一卷　（清）潘紹詒、周榮椿等修纂　中國方志叢書影清光緒三年刊本，臺灣成文出版社一九七四年版

（雍正）處州府志二十卷　（清）曹掄彬、朱肇濟等修纂　中國方志叢書影清雍正十一年刊本，臺灣成文出版社一九八三年版

春明夢餘録七十卷　（清）孫承澤撰　文淵閣四庫全書本

春明退朝録　（宋）宋敏求撰，誠剛校點　唐宋史料筆記叢刊本，中華書局一九
　　八〇年版

春秋大事表五十卷　（清）顧棟高撰　文淵閣四庫全書本

春秋繁露十七卷　（漢）董仲舒撰　四部叢刊初編影武英殿聚珍版本

春秋分記九十卷　（宋）程公説撰　文淵閣四庫全書本

春秋胡傳附録纂疏三十卷　（元）汪克寬撰　文淵閣四庫全書本

春秋集義五十卷　（宋）李明復撰　文淵閣四庫全書本

春秋集傳詳説三十卷　（宋）家鉉翁撰　文淵閣四庫全書本

春秋經傳集解三十卷附春秋二十國年表一卷　（晉）杜預撰（唐）陸德明音義，
　　佚名撰附録　四部叢刊初編影宋刊巾箱本

春秋考十六卷　（宋）葉夢得撰　文淵閣四庫全書本

春秋毛氏傳三十六卷　（清）毛奇齡撰　文淵閣四庫全書本

春秋闕疑四十五卷　（元）鄭玉撰　文淵閣四庫全書本

春秋左氏傳事類始末五卷　（宋）章沖撰　文淵閣四庫全書本

春秋左傳要義二十七卷　（宋）魏了翁撰　文淵閣四庫全書本

春秋左傳正義　（周）左丘明傳，（晉）杜預注（唐）孔穎達疏　清阮元校刻十三
　　經注疏本，中華書局一九八〇年影印

純白齋類稿二十卷首一卷附録二卷　（元）胡助撰　清胡鳳丹輯金華叢書本，同
　　治光緒年間永康胡氏退補齋刊

(嘉靖)淳安縣志十七卷　（明）姚鳴鸞等修纂　天一閣藏明代方志選刊影明嘉
　　靖刊本，中華書局上海編輯所一九六五年版

存復齋文集十卷　（元）朱德潤撰　四部叢刊續編影明刊本

存復齋續集一卷　（元）朱德潤撰　涵芬樓秘笈第七集影鈔本，上海商務印書館
　　民國十四年版

存齋詠物詩一卷　（明）瞿佑撰　明天啟二年朱之蕃刻三家詠物詩本

D

大般涅槃經三十六卷　（宋）慧嚴等編輯　大正新修大藏經本，臺北新文豐公司
　　一九八六年版

大戴禮記解詁　（清）王聘珍撰，王文錦校點　十三經清人注疏本，中華書局一
　　九八三年版

大觀録二十卷　（清）吳升撰　續修四庫全書影民國九年武進李氏鉛印本

大明高僧傳八卷　（明）釋如惺撰　高僧傳合集影徑山藏本,上海古籍出版社一
　　九九一年版

大明一統志九十卷　（明）李賢等撰　明弘治十八年乙丑慎獨書齋刊本

大事記十二卷　（宋）呂祖謙撰　文淵閣四庫全書本

大唐西域記校注　（唐）玄奘、辯機撰,季羨林等校注　中華書局一九八五年版

大唐新語　（唐）劉肅撰,許德楠、李鼎霞校點　唐宋史料筆記叢刊本,中華書局
　　一九八四年版

大清一統志四百二十四卷　（清）和珅等撰　文淵閣四庫全書本

大學證文四卷　（清）毛奇齡撰　文淵閣四庫全書本

大雅集八卷　（明）賴良輯　羅振玉元人選元詩五種影藝風堂藏影明洪武本,連
　　平范氏雙魚室民國年間刊本

大雅集八卷　（明）賴良輯　國家圖書館藏清黃丕烈校鈔本

大業拾遺記一卷　（唐）顏師古撰　中國野史集成影香艷叢書本,巴蜀書社一九
　　九三年版

待軒詩記八卷　（明）張次仲撰　文淵閣四庫全書本

丹鉛總録二十七卷　（明）楊慎撰　文淵閣四庫全書本

丹崖集八卷附録一卷　（明）唐肅撰　續修四庫全書影明末祁氏澹生堂鈔本

丹陽集二十四卷　（宋）葛勝仲撰　文淵閣四庫全書本

澹游集二卷　（明）釋來復輯　續修四庫全書影清鈔本

（民國）當塗縣志五卷志餘一卷　（民國）魯式穀等編纂　中國地方志集成影民
　　國年間刊本,江蘇古籍出版社一九九八年版

道法會元二百六十八卷　佚名輯　民國中上海商務印書館影明刊正統道藏本

道園學古録五十卷　（元）虞集撰　四部叢刊初編影上海涵芬樓藏明刊本

道園遺稿六卷　（元）虞集撰,（明）虞堪編　文淵閣四庫全書本

（康熙）德清縣志十卷（康熙）　（清）侯元棐、王振孫等修纂　中國方志叢書影
　　清康熙鈔本,臺灣成文出版社一九八三年版

殿閣詞林記二十二卷　（明）廖道南撰　叢書集成續編影湖北叢書本,上海書店
　　一九九四年版

釣磯詩集五卷　（元）邱葵撰　續修四庫全書影清道光二十六年汲古書室刻本

疊山集十六卷　（元）謝枋得撰　四部叢刊續編影明刊本

東城雜記二卷　（清）厲鶚撰　清道光咸豐年間刊粵雅堂叢書本

東都事略一百三十卷　（宋）王稱撰　叢書集成三編影宋遼金元別史本,臺北新
　　文豐出版公司一九九七年版

東觀奏記　（唐）裴庭裕撰，田廷柱校點　唐宋史料筆記叢刊本，中華書局一九
　　八五年版

東家雜記二卷　（宋）孔傳撰　文淵閣四庫全書本

東京夢華録注　（宋）孟元老撰，鄧之誠注　中國古代都城資料選刊本，中華書
　　局一九八二年版

東籬子文集選鈔一卷　（元）楊維禎　上海圖書館藏清嘉慶鈔本

東南紀聞三卷　（元）佚名撰　筆記小説大觀十六編影守山閣叢書本，臺灣新興
　　書局一九七七年版

東坡詩集注三十二卷　（宋）蘇軾撰，（題宋）王十朋注　文淵閣四庫全書本

東坡志林　（宋）蘇軾撰，金生揚校點　曾棗莊、舒大剛主編三蘇全書第五册，語
　　文出版社二〇〇一年版

東維子集十六卷　（元）楊維禎撰　清初印溪草堂鈔本

東維子文集三十一卷　（元）楊維禎撰　明萬曆十七年王俞刊本

東維子文集三十一卷　（元）楊維禎撰　影清沈氏鳴野山房鈔本，上海商務印書
　　館民國年間四部叢刊重印本

東維子文集三十一卷　（元）楊維禎撰　文淵閣四庫全書本

東軒筆録　（宋）魏泰撰，李裕民校點　唐宋史料筆記叢刊本，中華書局一九八
　　三年版

洞冥記四卷　（題漢）郭憲撰　筆記小説大觀十三編影刊本，臺灣新興書局一九
　　八三年版

洞霄圖志六卷　（宋）鄧牧撰　文淵閣四庫全書本

洞淵集九卷　（宋）李思聰編撰　民國上海商務印書館影明刊正統道藏本

都公譚纂二卷　（明）都穆撰，陸采輯　四庫全書存目叢書影明鈔本

獨醒雜志十卷　（宋）曾敏行撰　清乾隆道光年間刊鮑廷博輯知不足齋叢書本

讀史方輿紀要　（清）顧祖禹撰，賀次君、施和金點校　中國古代地理總志叢刊
　　本，中華書局二〇〇五年版

杜工部年譜一卷　（清）朱鶴齡撰　北京圖書館藏珍本年譜叢刊影清康熙元年
　　刊杜工部全集本，北京圖書館出版社一九九九年版

杜詩詳注　（唐）杜甫撰（清）仇兆鰲注　中國古典文學基本叢書本，中華書局
　　一九七九年版

對山餘墨一卷　（清）毛祥麟撰　叢書集成續編影香艷叢書本，臺北新文豐出版
　　公司一九八九年版

E

爾雅疏十卷　（宋）邢昺等撰　續修四庫全書影宋刻宋元明初遞修本

爾雅翼　（宋）羅願撰　李學勤主編中華漢語工具書庫影光緒刊本，安徽教育出
　　版社二〇〇二年版

二程外書十二卷　（宋）程顥、程頤撰，朱熹編　文淵閣四庫全書本

二程遺書二十五卷　（宋）程顥、程頤撰，朱熹編　文淵閣四庫全書本

二老堂詩話一卷　（宋）周必大撰　叢書集成初編影津逮秘書本

F

法言義疏　（漢）揚雄撰，汪榮寶注釋、陳仲夫校點　諸子集成新編本，中華書局
　　一九八七年版

樊川文集二十卷外集一卷別集一卷　（唐）杜牧撰　四部叢刊初編影明翻宋
　　刊本

范村菊譜一卷　（宋）范成大撰　文淵閣四庫全書本

范村梅譜一卷　（宋）范成大撰　文淵閣四庫全書本

方言十三卷　（漢）揚雄撰（晉）郭璞注　四部叢刊初編影宋刊本

方輿勝覽　（宋）祝穆撰，祝洙增訂，施和金校點　中國古代地理總志叢刊本，中
　　華書局二〇〇三年版

霏雪録二卷　（明）鎦績撰　文淵閣四庫全書本

分甘餘話四卷　（清）王士禛撰　文淵閣四庫全書本

分湖小識六卷　（清）柳樹芳輯撰　中國地方志集成·鄉鎮志專輯影清道光二
　　十二年序刊本，上海書店一九九二年版

風俗通義校注　（漢）應劭撰，王利器校注　新編諸子集成續編本，中華書局二
　　〇一〇年版

風雅翼十四卷　（元）劉履編　文淵閣四庫全書本

楓山章先生語録一卷附考異　（明）章懋撰（清）胡鳳丹考異　清胡鳳丹輯金華
　　叢書本，同治光緒年間永康胡氏退補齋刊

佛法金湯編十六卷　（明）心泰編　影日本京都藏經書院刊卍續藏經本，臺北新
　　文豐出版公司一九九三年版

佛祖綱目四十二卷　（明）朱時恩撰　影日本京都藏經書院刊卍續藏經本，臺北
　　新文豐出版公司一九九三年版

佛祖歷代通載二十二卷　（元）釋念常輯撰　中華再造善本影元至正刊本，北京

圖書館出版社二〇〇五年版

佛祖統紀五十四卷 （宋）志磐撰 大正新修大藏經本，臺北新文豐公司一九八
六年版

滏水集二十卷 （金）趙秉文撰 文淵閣四庫全書本

傅與礪詩文集八卷 （元）傅若金撰 文淵閣四庫全書本

傅與礪文集十一卷附録一卷 （元）傅若金撰 北京圖書館古籍珍本叢刊影明
洪武十七年序刊本，書目文獻出版社一九九八年版

復初齋文集三十五卷 （清）翁方綱撰 清代詩文集彙編影清李彦章校刻本，上
海古籍出版社二〇一〇年版

復古香奩集八卷 （元）楊維禎撰 清道光七年刊一枝軒叢書本

（光緒）富陽縣志二十四卷首一卷 （清）汪文炳等修纂 中國方志叢書影清光
緒三十二年刊本，臺灣成文出版社一九八三年版

G

甘白先生張子宜詩集六卷補遺三卷文集六卷 （明）張適撰 四庫全書存目叢
書影清王氏十萬卷樓鈔本

（光緒增修）甘泉縣志二十四卷首一卷 （清）徐成敥、陳浩恩等修纂 中國地
方志集成影清光緒十二年刊本，江蘇古籍出版社一九九一年版

紺珠集十三卷 （題宋）朱勝非撰 文淵閣四庫全書本

綱鑒會編九十八卷歷代統系表略三卷 （清）葉澐撰 四庫未收書輯刊影清康
熙劉德芳刊本

綱目續麟二十卷 （明）張自勳撰 文淵閣四庫全書本

高青丘集 （明）高啟撰（清）金檀輯注，徐澄宇、沈北宗校點 上海古籍出版社
一九八五年版

高僧傳十四卷 （梁）釋慧皎撰 高僧傳合集影磧砂藏本，上海古籍出版社一九
九一年版

高士傳三卷 （晉）皇甫謐撰 民國上海商務印書館影明萬曆間吳琯輯刊古今
逸史本

格致鏡原一百卷 （清）陳元龍撰 文淵閣四庫全書本

耕學齋詩集十二卷 （明）袁華撰 文淵閣四庫全書本

庚巳編十卷 （明）陸粲撰 民國二十七年上海商務印書館影明萬曆刊沈節甫
輯紀録彙編本

庚溪詩話二卷 （宋）西郊野叟撰 筆記小説大觀影百川學海本，臺灣新興書局

一九八三年版

龔安節先生遺文一卷　（明）龔詡撰　叢書集成續編影又滿樓叢書本，上海書店
　　一九九四年版

碧溪詩話　（宋）黃徹撰，湯新祥校注　人民文學出版社一九八六年版

貢尚書玩齋集十卷首一卷　（元）貢師泰撰　清乾隆四十年南湖書塾刊本

（正德）姑蘇志六十卷　（明）林世遠、王鏊等修纂　北京圖書館古籍珍本叢刊
　　影明正德元年刊嘉靖修訂本，書目文獻出版社一九九八年版

（新刻）古杭雜記詩集四卷　（元）佚名撰　叢書集成續編影武林掌故叢編本，
　　上海書店一九九四年版

古畫品錄一卷　（南齊）謝赫撰　明末汲古閣刊毛晉輯津逮秘書本

古今禪藻集二十八卷　（明）釋正勉、釋性通輯　文淵閣四庫全書本

古今詞統十六卷雜說一卷附一卷　（明）卓人月、徐士俊輯　續修四庫全書影明
　　崇禎間刊本

古今詩刪三十四卷　（明）李攀龍編　文淵閣四庫全書本

古今事文類聚二百三十六卷　（宋）祝穆輯，（元）富大用、祝淵續輯　文淵閣四
　　庫全書本

（新鐫）古今事物原始全書三十卷　（明）徐炬輯　四庫全書存目叢書影明萬曆
　　二十一年徐氏刻本

古今姓氏書辯證四十卷　（宋）鄧名世撰　文淵閣四庫全書本

古今注　（晉）崔豹撰，王根林校點　漢魏六朝筆記小說大觀本，上海古籍出版
　　社一九九九年版

古詩源　（清）沈德潛選　中華書局一九六三年版

古書畫過眼要錄　徐邦達撰　故宮博物院編徐邦達集本，紫禁城出版社二〇〇
　　六年版

古微書三十六卷　（明）孫瑴輯　民國十年上海博古齋影清嘉慶間張海鵬輯刊
　　墨海金壺本

古文苑二十一卷　佚名編，（宋）章樵注　文淵閣四庫全書本

古樂府十卷　（元）左克明編　文淵閣四庫全書本

古樂苑衍錄四卷　（明）梅鼎祚編　文淵閣四庫全書本

顧氏玉山草堂雅集十八卷　（元）顧瑛輯撰　武進陶湘涉園民國二十四年刊本

觀林詩話一卷　（宋）吳聿撰　文淵閣四庫全書本

關尹子一卷　（題周）關尹喜撰　叢書集成初編影子彙本

管子校注　（題周）管仲著，黎翔鳳撰、梁運華整理　新編諸子集成本，中華書局

二〇〇四年版

廣博物志五十卷　（明）董斯張輯　文淵閣四庫全書本

廣川書跋十卷　（宋）董逌撰　明末汲古閣刊毛晉輯津逮秘書本

廣弘明集三十卷　（唐）釋道宣編　四部叢刊初編影明刊本

廣事類賦四十卷　（清）華希閔輯　四庫全書存目叢書影清乾隆間錫山劍光閣
　　刻本

廣諧史十卷　（明）陳邦俊輯　四庫全書存目叢書影明萬曆四十三年刊本

廣雅十卷　（魏）張揖撰　文淵閣四庫全書本

圭齋文集十五卷　（元）歐陽玄撰　文淵閣四庫全書本

龜巢稿二十卷補遺二卷　（元）謝應芳撰　叢書集成續編影常州先哲遺書本，上
　　海書店一九九四年版

龜巢稿十七卷　（元）謝應芳撰　文淵閣四庫全書本

龜巢稿二十卷附校勘記一卷　（元）謝應芳撰，張元濟撰校勘記　四部叢刊三編
　　影江安傅氏藏鈔本

龜山集四十二卷　（宋）楊時撰　文淵閣四庫全書本

（光緒）歸安縣志五十二卷首一卷　（清）陸心源、丁寶書等修纂　中國方志叢
　　書影清光緒八年刊本，臺灣成文出版社一九七〇年版

歸田詩話三卷　（明）瞿佑撰　續修四庫全書影明刻本

歸田瑣記　（清）梁章鉅撰，于亦時校點　清代史料筆記叢刊本，中華書局一九
　　八一年版

嫣蜎子集六卷　（明）王彝撰　明鈔本

癸巳孟子説七卷　（宋）張栻撰　文淵閣四庫全書本

癸辛雜識　（宋）周密撰，吳企明校點　唐宋史料筆記叢刊本，中華書局一九八
　　八年版

癸辛雜識六卷　（宋）周密撰　清嘉慶十年虞山照曠閣刊張海鵬輯學津討原第
　　十九集本

桂海虞衡志　（宋）范成大撰，孔凡禮校點　唐宋史料筆記叢刊·范成大筆記六
　　種本，中華書局二〇〇二年版

桂苑叢談一卷　（唐）馮翊撰　明陳繼儒輯寶顔堂秘笈本，文明書局民國十一年
　　石印本

檜亭稿九卷拾遺一卷　（元）丁復撰　民國八年黃巖楊氏刊台州叢書本

國朝文類（又名元文類）七十卷　（元）蘇天爵編　四部叢刊初編影上海涵芬樓
　　藏元刊本

國朝獻徵録一百二十卷　（明）焦竑輯　四庫全書存目叢書影明萬曆四十年
　　刻本

國初群雄事略　（清）錢謙益撰　中華書局一九八二年版

國初事迹一卷　（明）劉辰撰　北京中國書店一九五九年影明嘉靖中吳郡袁褧
　　編刊金聲玉振集本

國榷　（明）談遷撰，張宗祥校點　中華書局一九五八年版

國語　上海師範大學古籍整理組校點　上海古籍出版社一九七八年版

過雲樓書畫記十卷　（清）顧文彬撰　續修四庫全書影清光緒刻本

H

海録碎事二十二卷　（宋）葉廷珪撰　文淵閣四庫全書本

海内十洲記一卷　（題漢）東方朔述　民國上海商務印書館影印元明善本叢書
　　影明萬曆間吳琯輯刊古今逸史本

（光緒重刊嘉靖）海寧縣志九卷首一卷　（明）蔡完纂（清）李圭等校補　清光緒
　　二十四年重刻明嘉靖三十六年刊本

（乾隆）海寧縣志十二卷首一卷　（清）金鰲等修纂　中國方志叢書影清乾隆三
　　十年刊本，臺灣成文出版社一九八四年版

海叟集三卷　（明）袁凱撰　四庫全書存目叢書影明正德元年刻本

海叟集四卷　（明）袁凱撰　北京圖書館古籍珍本叢刊影明萬曆三十七年刊本，
　　書目文獻出版社一九九八年版

海塘録二十六卷　（清）翟均廉撰　文淵閣四庫全書本

海外藏中國歷代名畫　林樹中主編　湖南美術出版社一九九八年版

（天啟）海鹽縣圖經十六卷　（明）樊維城、胡震亨等修纂　四庫全書存目叢書
　　影明天啟刻本

（光緒）海鹽縣志二十二卷首末各一卷　（清）王彬、徐用儀等修纂　中國方志
　　叢書影清光緒二年刊本，臺灣成文出版社一九七五年版

海虞文徵三十卷　（清）邵松年輯　清光緒三十一年鴻文書局石印本

韓昌黎詩繫年集釋　（唐）韓愈撰，錢仲聯集釋　中國古典文學叢書本，上海古
　　籍出版社一九八四年版

韓昌黎文集校注　（唐）韓愈撰，馬其昶校注，馬茂元整理　中國古典文學叢書
　　本，上海古籍出版社一九八六年版

韓非子集解　（戰國）韓非撰，（清）王先慎集解，鍾哲校點　新編諸子集成本，
　　中華書局一九九八年版

寒山子詩集　（唐）釋寒山撰　四部叢刊初編影周氏藏景宋刊本

韓詩外傳箋疏　（漢）韓嬰撰,屈守元注　巴蜀書社一九九六年版

韓詩外傳疏證　（漢）韓嬰撰,（清）陳士珂注　四庫未收書輯刊影清嘉慶二十
　　三年刻本

漢書　（漢）班固撰　中華書局一九六二年版

漢魏六朝百三家集一百十八卷　（明）張溥輯　叢書集成三編影掃葉山房本,臺
　　北新文豐出版公司一九九七年版

漢武帝内傳一卷附外傳逸文校勘記　（題漢）班固撰,（清）錢熙祚撰輯校勘記
　　逸文　筆記小説大觀十六編影守山閣叢書本,臺灣新興書局一九七七年版

漢武故事一卷　（題漢）班固撰　民國上海商務印書館影印元明善本叢書影明
　　萬曆間吳琯輯刊古今逸史本

（民國）杭州府志一百七十八卷　（清）龔嘉儁、李榕等修纂　中國方志叢書影
　　民國十一年鉛印本,臺灣成文出版社一九七四年版

（乾隆）杭州府志一百十卷首六卷　（清）鄭澐、邵晉涵等修纂　續修四庫全書
　　影清乾隆四十九年刊本

（萬曆）杭州府志一百卷　（明）陳善等修纂　中國方志叢書影明萬曆七年刊
　　本,臺灣成文出版社一九八三年版

杭州上天竺講寺志十五卷首一卷　（明）釋廣賓撰　四庫全書存目叢書影清順
　　治刊康熙增修本

郝文忠公陵川文集三十九卷首一卷　（元）郝經撰　北京圖書館古籍珍本叢刊
　　影明正德刊本,書目文獻出版社一九九八年版

何遜集　（梁）何遜撰　中國古典文學基本叢書本,中華書局一九八〇年版

河東先生龍城録二卷　（題唐）柳宗元撰　續修四庫全書影明萬曆刻稗海本

河南邵氏聞見後録三十卷　（宋）邵博撰　筆記小説大觀十五編影汲古閣刊本,
　　臺灣新興書局一九七七年版

河南邵氏聞見前録二十卷　（宋）邵伯温撰　筆記小説大觀十五編影汲古閣刊
　　本,臺灣新興書局一九七七年版

河南志　（元）佚名纂修,（清）徐松輯,高敏點校　中華書局一九九四年版

河朔訪古記三卷　（元）納新（或作迺賢）撰　文淵閣四庫全書本

鶴林玉露　（宋）羅大經撰,王瑞來校點　唐宋史料筆記叢刊本,中華書局一九
　　八三年版

洪範口義二卷　（宋）胡瑗撰　文淵閣四庫全書本

侯鯖録　（宋）趙令畤撰,孔凡禮校點　唐宋史料筆記叢刊本,中華書局二〇〇

二年版

後村詩話前集二卷後集二卷新集六卷續集四卷　（宋）劉克莊撰　叢書集成續
　　編影適園叢書本,上海書店一九九四年版

後村先生大全集一百九十六卷　（宋）劉克莊撰　四部叢刊初編影上海涵芬樓
　　藏賜硯堂鈔本

後漢書　（劉宋）范曄撰　中華書局一九六五年版

後山詩注補箋　（宋）陳師道撰,任淵注,冒廣生補箋,冒懷辛整理　中國古典文
　　學基本叢書本,中華書局一九九五年版

後山談叢　（宋）陳師道撰,李偉國校點　宋元筆記叢書本,上海古籍出版社一
　　九八九年版

壺春丹房醫案　（清）何平子撰,何時希編校　學林出版社一九八七年六月出版

胡仲子集十卷　（明）胡翰撰　文淵閣四庫全書本

湖廣通志一百二十卷　（清）邁柱等監修,夏力恕等編纂　文淵閣四庫全書本

湖山便覽十二卷　（清）翟灝、翟瀚輯　故宮珍本叢刊影清光緒元年槐蔭堂刻
　　本,海南出版社二〇〇〇年版

（成化）湖州府志二十四卷首一卷　（明）陳頎編,張淵、汪翁儀等重修　日本藏
　　中國罕見地方志叢刊影明成化十一年刊本,書目文獻出版社一九九一年版

（弘治）湖州府志二十四卷（殘）　（明）王珣、汪翁儀等修纂　四庫全書存目叢
　　書影清歸安姚氏咫進齋鈔本

（同治）湖州府志九十六卷首一卷　（清）宗源瀚等修,周學濬等纂中國方志叢
　　書影清同治十三年刊本,臺灣成文出版社一九七〇年版

（萬曆）湖州府志十四卷　（明）栗祁、唐樞等纂修　四庫全書存目叢書影明萬
　　曆刊本

護法論　（宋）張商英撰　大正新修大藏經本,臺北新文豐公司一九八六年版

花溪集三卷校語一卷　（元）沈夢麟撰　叢書集成續編影枕碧樓叢書本,上海書
　　店一九九四年版

華亭百詠一卷　（宋）許尚撰　文淵閣四庫全書本

（正德）華亭縣志十六卷首一卷　（明）聶豹、沈錫等修纂,郭子建校點　上海府
　　縣舊志叢書·松江縣卷本,上海古籍出版社二〇一一年版

（光緒重修）華亭縣志二十四卷首末各一卷　（清）姚光發、張文虎等修纂　中
　　國地方志集成影清光緒四年刊本,上海書店出版社二〇一〇年版

華陽國志十二卷　（晉）常璩撰　四部叢刊初編影烏程劉氏嘉業堂藏明錢叔寶
　　寫本

華陽陶隱居内傳三卷 （唐）賈嵩撰 續修四庫全書影民國上海商務印書館影印明正統道藏本

畫繼十卷附提要補正 （宋）鄧椿撰 叢書集成新編影學津討原本，臺北新文豐出版公司一九八四年版

畫墁集八卷補遺一卷 （宋）張舜民撰 清乾隆道光年間刊鮑廷博輯知不足齋叢書本

畫史會要五卷 （明）朱謀垔撰 文淵閣四庫全書本

淮海集箋注 （宋）秦觀撰，徐培均校注 中國古典文學叢書本，上海古籍出版社一九九四年版

淮南鴻烈集解 （漢）劉安等原本，劉文典撰，馮逸、喬華校點 新編諸子集成本，中華書局一九八九年版

淮南子集釋 （漢）劉安等撰，何寧集釋 新編諸子集成本，中華書局一九九八年版

皇明文衡一百卷 （明）程敏政編 四部叢刊初編影無錫孫氏小綠天藏明刊本

皇王大紀八十卷 （宋）胡宏撰 文淵閣四庫全書本

皇元風雅三十卷 （元）蔣易輯 續修四庫全書影元建陽張氏梅溪書院刻本

黄氏日抄九十七卷 （宋）黄震撰 文淵閣四庫全書本

黄庭堅全集 （宋）黄庭堅撰，劉琳、李勇先、王蓉貴校點 四川大學出版社二〇〇一年版

黄庭堅詩集注 （宋）黄庭堅撰，（宋）任淵、史容、史季温注，劉尚榮校點 中國古典文學基本叢書本，中華書局二〇〇三年版

黄文獻公集十卷補遺一卷附録一卷 （元）黄溍撰 清胡鳳丹輯金華叢書本，同治光緒年間永康胡氏退補齋刊

（萬曆）黄巖縣志七卷 （明）袁應祺等修纂 天一閣藏明代方志選刊影明萬曆七年刊本，上海古籍書店一九六三年版

（弘治）徽州府志十二卷 （明）彭澤、汪舜民等修纂 天一閣藏明代方志選刊影明弘治十五年刻本，上海古籍書店一九六三年版

晦庵先生朱文公文集 （宋）朱熹撰 朱傑人、嚴佐之、劉永翔主編朱子全書，上海古籍出版社、安徽教育出版社二〇〇二年版

（萬曆）會稽縣志十六卷 （明）張元忭撰 中國方志叢書影明萬曆三年刊本，臺灣成文出版社一九八三年版

（寶慶）會稽續志八卷 （宋）張淏修纂 宋元方志叢刊影清嘉庆十三年刊本，中華書局一九九〇年版

（嘉泰）會稽志二十卷　　（宋）沈作賓、施宿等修纂　　宋元方志叢刊影清嘉庆十三年刊本,中華書局一九九〇年版

彙苑詳注三十六卷　　（題明）王世貞輯　　四庫全書存目叢書影明萬曆三十三年鄒道元刻本

J

嵇中散集十卷　　（魏）嵇康撰　　四部叢刊初編影明嘉靖刊本

暨陽十都楊氏宗譜　　（清）楊永成總纂　　清光緒二十五年己亥重修刊本

汲古堂集二十八卷　　（明）何白撰　　四庫禁毀書叢刊影明萬曆間刻本

急就篇一卷　　（漢）史游撰,（唐）顏師古注　　四部叢刊續編影明鈔本

集千家注杜工部詩集二十卷　　（唐）杜甫撰,（元）高楚芳編　　文淵閣四庫全書本

集異記　　（唐）薛用弱撰,中華書局編輯部校點　　古小説叢刊本,中華書局一九八〇年版

擊壤集二十卷　　（宋）邵雍撰　　文淵閣四庫全書本

記纂淵海一百九十五卷　　（宋）潘自牧輯撰　　北京圖書館古籍珍本叢刊影宋刊本,書目文獻出版社一九九八年版

寄簃文存八卷　　（清）沈家本撰　　續修四庫全書影民國年間刊沈寄簃先生遺書本

寄園寄所寄十二卷　　（清）趙起士輯　　四庫全書存目叢書影清康熙三十五年刻本

繼燈録七卷　　（明）元賢輯　　影日本京都藏經書院刊卍續藏經本,臺北新文豐出版公司一九九三年版

家範十卷　　（宋）司馬光撰　　文淵閣四庫全書本

嘉定碑刻集　　張建華、陶繼明主編　　上海古籍出版社二〇一二年版

（康熙）嘉定縣志二十四卷　　（清）趙昕、蘇淵等修纂　　中國地方志集成影清康熙十二年刊本,上海書店一九九三年版

（萬曆）嘉定縣志二十二卷　　（明）韓浚、張應武等修纂　　四庫全書存目叢書影明萬曆刻本

嘉禾徵獻録五十二卷外紀八卷　　（清）盛楓輯　　四庫全書存目叢書影清鈔本

（至元）嘉禾志三十二卷　　（元）徐碩撰,（清）管芷湘補校　　中國方志叢書影元刊清道光補校本,臺灣成文出版社一九八四年版

（光緒重修）嘉善縣志三十六卷首一卷　　（清）江峰青、顧福仁等修纂　　中國方

志叢書影清光緒十八年刊本,臺灣成文出版社一九七〇年版

(崇禎)嘉興縣志二十四卷　(明)湯齊、李日華等修纂　日本藏中國罕見地方
　　志叢刊影明崇禎刊本,書目文獻出版社一九九一年版

(光緒)嘉興府志八十八卷首二卷　(清)許瑶光、王維圻等修纂　中國地方志
　　集成影清光緒四年序刊本,上海書店一九九三年版

(萬曆)嘉興府志三十二卷　(明)劉應鈳、沈堯中等修纂　中國方志叢書影明
　　萬曆二十八年刊本,臺灣成文出版社一九八三年版

(弘治)嘉興府志三十二卷　(明)柳琰纂　四庫全書存目叢書影明弘治刊本

(崇禎)嘉興縣志二十四卷首一卷　(明)湯齊、李日華等修纂　日本藏中國罕
　　見地方志叢刊影崇禎刊本,書目文獻出版社一九九一年版

堅瓠集四十卷續集四卷廣集六卷補集六卷秘集六卷餘集四卷　(清)褚人獲撰
　　續修四庫全書影清康熙刊本

箋紙譜一卷　(元)費著撰　明陳繼儒輯寶顏堂秘笈本,文明書局民國十一年石
　　印本

箋注評點李長吉歌詩四卷　(唐)李賀撰,(宋)吳正子箋注,劉辰翁評點　文淵
　　閣四庫全書本

(同治)建昌府志十卷首一卷　(清)邵子彝、魯琪光等修纂　中國方志叢書影
　　清同治刊本,臺灣成文出版社一九八九年版

(正德)建昌府志十九卷　(明)夏良勝等修纂　天一閣藏明代方志選刊影明正
　　德十二年刻本,上海古籍書店一九六四年版

(民國)建德縣志十五卷首一卷　(民國)夏日璈、王韌等修纂　中國方志叢書
　　影民國八年鉛印本,臺灣成文出版社一九七〇年版

建康實録二十卷　(唐)許嵩撰　中國野史集成影清光緒二十八年甘氏校刊本,
　　巴蜀書社一九九三年版

(景定)建康志五十卷　(宋)馬光祖、周應合修纂　宋元方志叢刊影清嘉庆六
　　年刊本,中華書局一九九〇年版

建炎以來繫年要録　(宋)李心傳撰　中華書局一九五六年版

劍南詩稿校注　(宋)陸游撰,錢仲聯校注　中國古典文學叢書本,上海古籍出
　　版社一九八五年版

(乾隆)江都縣志三十二卷首一卷　(清)高士鑰、五格等修纂　中國地方志集
　　成影清乾隆八年刊本,江蘇古籍出版社一九九一年版

江南經略八卷　(明)鄭若曾撰　文淵閣四庫全書本

(乾隆)江南通志二百卷　(清)趙弘恩等監修,黃之雋等編纂　文淵閣四庫全

書本

（嘉慶新修）江寧府志五十六卷　（清）呂燕昭、姚鼐等修纂　中國地方志集成
　　影清嘉慶十六年刊本,江蘇古籍出版社一九九一年版

江蘇金石志二十四卷　佚名編撰　石刻史料新編第一輯影江蘇通志稿本,臺北
　　新文豐出版公司一九七七年版

江西詩徵九十四卷附刻一卷補遺一卷　（清）曾燠輯　續修四庫全書影清嘉慶
　　九年刊本

江西通志一百六十二卷　（清）謝旻、陶成等修纂　文淵閣四庫全書本

（道光）江陰縣志二十八卷首一卷　（清）陳延恩、李兆洛等修纂　中國方志叢
　　書影清道光二十年刊本,臺灣成文出版社一九八三年版

（嘉靖）江陰縣志十五卷首一卷　（明）張袞修纂　天一閣藏明代方志選刊影明
　　嘉靖刊本,上海古籍書店一九六三年版

（光緒）江陰縣志三十卷首一卷　（清）盧思誠、季念詒等修纂　中國方志叢書
　　影清光緒四年刊本,臺灣成文出版社一九八三年版

江月松風集十二卷續集一卷補遺一卷附文一卷附錄一卷　（明）錢惟善撰　叢
　　書集成續編影清風室叢刊本,上海書店一九九四年版

姜白石詞編年箋注　（宋）姜夔撰,夏承燾校注　中國古典文學叢書本,上海古
　　籍出版社一九八一年版

絳帖平六卷　（宋）姜夔撰　文淵閣四庫全書本

焦氏易林校略十六卷　（清）翟云升撰　續修四庫全書影清道光翟氏刻本

椒邱文集三十四卷　（明）何喬新撰　文淵閣四庫全書本

蛟峰先生文集十卷遺文一卷外集三卷　（宋）方逢辰撰　北京圖書館古籍珍本
　　叢刊影明活字本,書目文獻出版社一九九八年版

揭傒斯全集　（元）揭傒斯撰,李夢生標校　上海古籍出版社一九八五年版

截玉軒藏宋元明清法帖墨迹　上海書畫出版社編　上海書畫出版社二〇〇八
　　年版

羯鼓錄一卷　（唐）南卓撰　叢書集成初編影守山閣叢書本

節孝集三十二卷　（宋）徐積撰　文淵閣四庫全書本

金華黃先生文集四十三卷附札記一卷　（元）黃溍撰,張元濟撰札記　四部叢刊
　　初編影元刊本

金華賢達傳十二卷　（明）鄭柏撰　四庫全書存目叢書影清康熙四十七年刻本

金蘭集四卷補錄一卷　（明）徐達左輯　四庫全書存目叢書影清鈔本

金陵圖詠　（明）朱之蕃撰　中國方志叢書影明天啟三年刊本,臺灣成文出版社

一九八三年版

（至正）金陵新志十五卷　（元）張鉉纂　文淵閣四庫全書本

金樓子六卷　（梁）孝元皇帝撰　筆記小説大觀四編影刊本，臺灣新興書局一九
　　七八年版

金樓子六卷附訂補　（梁）孝元皇帝撰　清乾隆道光年間刊鮑廷博輯知不足齋
　　叢書本

（乾隆）金山縣志二十卷首一卷　（清）常琬、焦以敬等修纂　中國方志叢書影
　　民國十八年重印清乾隆十六年刊本，臺灣成文出版社一九八三年版

（光緒）金山縣志三十卷首一卷　（清）龔寶琦、黄厚本等修纂　中國地方志集
　　成影光緒四年刊本

金石録三十卷附校勘記一卷　（宋）趙明誠撰，張元濟撰校勘記　四部叢刊續編
　　影海鹽張氏涉園吕氏鈔本

金史　（元）脱脱等撰　中華書局一九七五年版

金臺集二卷　（元）廼賢撰　文淵閣四庫全書本

（康熙）金壇縣志十六卷　（清）郭毓秀等修纂　北京大學圖書館藏稀見方志叢
　　刊影清康熙二十二年刊本，國家圖書館出版社二〇一三年版

錦繡萬花谷四十卷後集四十卷續集四十卷　（宋）佚名撰　北京圖書館古籍珍
　　本叢刊影宋刊本，書目文獻出版社一九九八年版

近光集三卷　（元）周伯琦撰　文淵閣四庫全書本

晉書　（唐）房玄齡等撰　中華書局一九七四年版

（乾隆）縉雲縣志八卷　（清）令狐亦岱、沈鹿鳴等修纂　中國方志叢書影清乾
　　隆三十二年刻本，臺灣成文出版社一九八三年版

（光緒）縉雲縣志十六卷首末各一卷　（清）何乃容、潘樹棠等修纂　中國方志
　　叢書影清光緒二年刊本，臺灣成文出版社一九七〇年版

荆楚歲時記一卷　（梁）宗懍撰　明陳繼儒輯寶顔堂秘笈本，文明書局民國十一
　　年石印本

荆溪外紀二十五卷　（明）沈敕編　筆記小説大觀三十六編影明嘉靖二十四年
　　刊本，臺灣新興書局一九八四年版

荆溪外紀二十五卷　（明）沈敕編　四庫全書存目叢書影常州先哲遺書本

（嘉慶）旌德縣志十卷補遺一卷附訂一卷　（清）陳炳德、趙良霑等修纂　中國
　　方志叢書影清嘉慶十三年修民國十四年重刊本，臺灣成文出版社一九七五
　　年版

（乾隆）旌德縣志十卷　（清）李瑾、葉長揚等修纂　故宮珍本叢刊影清乾隆十

九年序刊本,海南出版社二〇〇一年版

旌陽許真君傳　（宋）白玉蟾撰　清光緒三十二年二仙庵刊重刊道藏輯要·婁
　　集本

經典釋文三十卷附校勘記三卷　（唐）陸德明撰　四部叢刊初編影上海涵芬樓
　　藏通志堂刊本

經訓堂法書十二册　（清）畢裕曾編次,畢沅審定　清乾隆年間刊本

經義考三百卷　（清）朱彝尊撰　文淵閣四庫全書本

景岳全書六十四卷　（明）張介賓撰　文淵閣四庫全書本

靖康緗素雜記　（宋）黄朝英撰,吳企明校點　宋元筆記叢書,上海古籍出版
　　社一九八六年版

静安八詠集　（元）釋壽寧編　叢書集成新編影藝海本,臺北新文豐出版公司一
　　九八四年版

静安八詠詩集不分卷　（元）釋壽寧編　元刊本

静安八詠詩集一卷附事迹一卷　（元）釋壽寧編,（明）錢肅撰事迹　四庫全書
　　存目叢書影明刊本

静齋至正直記四卷　（元）孔齊撰　四庫全書存目叢書影清鈔本

九朝編年備要三十卷　（宋）陳均撰　文淵閣四庫全書本

九國志十二卷附拾遺一卷　（宋）路振撰、張唐英補,（清）錢熙祚拾遺　中國野
　　史集成影守山閣叢書本,巴蜀書社一九九三年版

九家集注杜詩三十六卷　（唐）杜甫撰,（宋）郭知達集注　文淵閣四庫全書本

九靈山房集三十卷　（元）戴良撰　四部叢刊初編影明正統刊本

救荒本草八卷　（明）朱橚撰　文淵閣四庫全書本

舊唐書　（後晉）劉昫等撰　中華書局一九七五年版

舊五代史　（宋）薛居正等撰　中華書局一九七六年版

居竹軒詩集四卷　（元）成廷珪撰　文淵閣四庫全書本

菊坡叢話二十六卷　（明）單宇輯　續修四庫全書影明成化刻本

句曲外史集三卷　（元）張雨撰　海王邨古籍叢刊影汲古閣刊元人十種詩本,中
　　國書店一九九〇年版

句曲外史貞居先生詩集七卷附録二卷　（元）張雨撰　臺灣（國家）圖書館藏舊
　　鈔本

句曲外史貞居先生詩集五卷　（元）張雨撰　四部叢刊初編影上海涵芬樓藏影
　　寫元刊本

（光緒重刊乾隆）句容縣志十卷首末各一卷　（清）曹襲先修纂　中國方志叢書

　　影清光緒二十六年重刊乾隆十五年本,臺灣成文出版社一九七四年版

劇説六卷　（清）焦循撰　續修四庫全書影稿本

劇談録二卷　（唐）康駢撰　文淵閣四庫全書本

絶妙好詞箋七卷　（宋）周密編,（清）查爲仁、厲鶚箋　文淵閣四庫全書本

K

開河記一卷　佚名撰　中國野史集成續編影民國上海商務印書館影印古今逸
　　史本,巴蜀書社二〇〇〇年版

開天傳信記一卷　（唐）鄭棨撰　民國二十九年上海商務印書館影明李栻輯歷
　　代小史本

開元天寶遺事一卷　（五代）王仁裕撰　民國二十九年上海商務印書館影明李
　　栻輯歷代小史本

開元天寶遺事　（五代）王仁裕撰,曾貽芬校點　唐宋史料筆記叢刊本,中華書
　　局二〇〇六年版

珂雪齋前集二十四卷外集十五卷　（明）袁中道撰　續修四庫全書影明萬曆四
　　十六年刻本

可傳集一卷　（明）袁華撰　文淵閣四庫全書本

孔北海集一卷　（漢）孔融撰　文淵閣四庫全書本

孔叢子七卷附釋文一卷　（題漢）孔鮒撰,佚名撰釋文　四部叢刊初編影明翻
　　宋本

孔氏祖庭廣記十二卷　（金）孔元措撰　四部叢刊續編影蒙古刊本

孔子集語二卷　（宋）薛據輯　叢書集成續編影百子全書本,臺北新文豐出版公
　　司一九八九年版

孔子家語十卷　（魏）王肅注　四部叢刊初編影明覆宋刊本

跨鼇集三十卷　（宋）李新撰　文淵閣四庫全書本

崑山人物志十卷　（明）方鵬撰　四庫全書存目叢書補編影明嘉靖刻本

（萬曆重修）崑山縣志八卷　（明）周世昌等修纂,劉兆祐主編　中國史學叢書
　　三編影明萬曆四年刊本,臺灣學生書局一九八七年版

（康熙）崑山縣志稿二十卷　（清）董正位、盛符升、葉弈苞編纂,王道偉等點校
　　江蘇科學技術出版社一九九四年版

（民國）昆新兩縣續補合志二十四卷　（民國）連德英、李傳元等修纂　中國方
　　志叢書影民國十二年刊本,臺灣成文出版社一九八三年版

（光緒）昆新兩縣續修合志五十二卷首末各一卷　（清）金吳瀾、汪堃等修纂

中國方志叢書影清光緒六年刊本,臺灣成文出版社一九七〇年版

(道光)昆新兩縣志四十卷首末各一卷　(清)石韞玉、王學浩等修纂　中國地
方志集成影清道光六年刊本,江蘇古籍出版社一九九一年版

(至正)崑山郡志六卷　(元)楊譓修纂　宋元方志叢刊影清宣統元年匯刻太倉
舊志五種本,中華書局一九九〇年版

(嘉靖)崑山縣志十六卷　(明)方鵬等修纂　天一閣藏明代方志選刊影明嘉靖
十七年刊本,上海古籍書店一九六三年版

困學紀聞二十卷　(宋)王應麟撰　四部叢刊三編影江安傅氏雙鑑樓藏元刊本

L

來鶴亭詩集九卷校語一卷　(元)呂誠撰　叢書集成續編影枕碧樓叢書本,臺北
新文豐出版公司一九八九年版

來齋金石刻考略三卷　(清)林侗撰　文淵閣四庫全書本

老子校釋　朱謙之校釋　新編諸子集成本,中華書局一九八四年版

類編長安志十卷　(元)駱天驤纂　續修四庫全書影清鈔本

(新刊)類編例舉三場文選　(元)劉貞等編纂　元建安虞氏務本書堂刊本

類説六十卷　(宋)曾慥輯　北京圖書館古籍珍本叢刊影明天啓六年岳鍾秀刊
本,書目文獻出版社一九九八年版

冷齋夜話十卷　(宋)釋惠洪撰　明末汲古閣刊毛晉輯津逮秘書本

蠡海集一卷　(宋)王逵撰　叢書集成新編影稗海本,臺北新文豐出版公司一九
八四年版

李長吉歌詩編年箋注　(唐)李賀撰,吳企明校注　中國古典文學基本叢書本,
中華書局二〇一二年版

李賀詩歌集注　(唐)李賀撰,(清)王琦集注　上海人民出版社一九七七年版

李商隱詩歌集解　(唐)李商隱撰,劉學鍇、余恕誠整理　中國古典文學基本叢
書本,中華書局一九八八年版

李商隱文編年校注　(唐)李商隱撰,劉學鍇、余恕誠校注　中國古典文學基本
叢書本,中華書局二〇〇二年版

李太白集分類補注三十卷　(唐)李白撰,(宋)楊齊賢集注,(元)蕭士贇補注
文淵閣四庫全書本

李太白全集　(唐)李白撰,(清)王琦注　中國古典文學基本叢書本,中華書局
一九七七年版

李文饒文集二十卷別集十卷外集四卷補一卷　(唐)李德裕撰　四部叢刊初編

影明刊本

李義山詩集注三卷 （唐）李商隱撰,（清）朱鶴齡注 文淵閣四庫全書本

禮部集二十卷 （元）吳師道撰 文淵閣四庫全書本

禮記集解 （清）孫希旦撰,沈嘯寰、王星賢校點 十三經清人注疏本,中華書局
一九八九年版

禮記集説一百六十卷 （宋）衛湜撰 文淵閣四庫全書本

禮記正義 （漢）鄭玄注,（唐）孔穎達疏 清人阮元校刻十三經注疏本,中華書
局一九八〇年影印

禮説十四卷 （清）惠士奇撰 文淵閣四庫全書本

(嘉慶)溧陽縣志十六卷 （清）李景嶧、史炳等修纂 中國地方志集成影清嘉
慶十八年刊本,江蘇古籍出版社一九九一年版

歷朝釋氏資鑒十二卷 （元）熙仲輯 影日本京都藏經書院刊卍續藏經本,臺北
新文豐出版公司一九九三年版

(乾隆)歷城縣志五十卷首一卷 （清）胡德琳、李元藻等修纂 續修四庫全書
影清乾隆三十八年刊本

(御定)歷代賦彙一百四十卷 （清）陳元龍等奉敕編 文淵閣四庫全書本

歷代名畫記十卷 （唐）張彥遠撰 明末汲古閣刊毛晉輯津逮秘書本

歷代詩話八十卷 （清）吳景旭撰 叢書集成續編影吳興叢書本,上海書店一九
九四年版

(御選)歷代詩餘一百二十卷 （清）沈辰垣、王奕清等奉敕編 文淵閣四庫全
書本

(御定)歷代題畫詩類一百二十卷 （清）陳邦彥等奉敕編 文淵閣四庫全書本

(御選)宋金元明四朝詩三百十二卷 （清）張豫章等奉敕編 文淵閣四庫全
書本

歷代書畫家傳記考辨 徐邦達撰 上海人民美術出版社一九八三年版

歷代通鑑輯覽一百十六卷 （清）高宗批、傅恒等奉敕撰 文淵閣四庫全書本

歷代制度詳説十五卷 （宋）吕祖謙撰 叢書集成續編影續金華叢書本,臺北新
文豐出版公司一九八九年版

歷世真仙體道通鑑五十三卷續篇五卷後集六卷 （元）趙道一撰 續修四庫全
書影明正統道藏本

曆體略三卷 （明）王英明撰 文淵閣四庫全書本

(同治)麗水縣志十五卷 （清）彭潤章等修纂 中國方志叢書影清同治十三年
刊本,臺灣成文出版社一九七五年版

(新刊)麗則遺音古賦程式四卷　（元）楊維禎撰　中華再造善本叢書影元刊補
　　修本,北京圖書館出版社二〇〇五年版

麗則遺音四卷　（元）楊維禎撰　明末常熟毛晉汲古閣刊本

麗則遺音四卷　（元）楊維禎撰　文淵閣四庫全書本

蓮峰集十卷　（宋）史堯弼撰　文淵閣四庫全書本

梁江文通文集十卷附校補一卷　（梁）江淹撰,（清）葉樹廉編校補　四部叢刊
　　初編影烏程蔣氏密韻樓藏明翻宋本

梁書　（唐）姚思廉撰　中華書局一九七三年版

梁谿漫志　（宋）費袞撰,金圓校點　宋元筆記叢書本,上海古籍出版社一九八
　　五年版

兩漢博聞十二卷　（宋）楊侃輯　文淵閣四庫全書本

兩漢刊誤補遺十卷　（宋）吳仁傑撰　文淵閣四庫全書本

兩山墨談十八卷　（明）陳霆撰　四庫全書存目叢書影明嘉靖十八年刊本

兩浙名賢録五十四卷外録八卷　（明）徐象梅撰　四庫全書存目叢書影明天啟
　　徐氏光碧堂刻本

遼史　（元）脱脱等撰　中華書局一九七四年版

遼史拾遺二十四卷　（清）厲鶚撰　文淵閣四庫全書本

列朝詩集　（清）錢謙益輯撰,許逸民、林淑敏校點　中華書局二〇〇七年版

列朝詩集八十一卷　（清）錢謙益輯撰　四庫禁毀書叢刊影清順治九年毛氏汲
　　古閣刊本

列仙傳二卷附校訛一卷補校一卷　（題漢）劉向撰,（清）胡珽撰校訛、董金鑒補
　　校　叢書集成初編影琳琅秘室叢書本

列仙傳校箋　（題漢）劉向撰,王叔岷校注　中華書局二〇〇七年版

列子集釋　楊伯峻校注　中華書局一九七九年版

林登州集二十三卷　（明）林弼撰　文淵閣四庫全書本

林外野言二卷補遺一卷　（元）郭翼撰　叢書集成續編影又滿樓叢書本,上海書
　　店一九九四年版

(咸淳)臨安志一百卷　（宋）潛説友纂,（清）汪遠孫校補　中國方志叢書影清
　　道光十年重刊本,臺灣成文出版社一九七〇年版

臨川先生文集一百卷　（宋）王安石撰　四部叢刊初編影上海涵芬樓藏明刊本

(康熙)臨海縣志十五卷首一卷　（清）洪若皋等修纂　中國方志叢書影清康熙
　　二十二年序刊本,臺灣成文出版社一九八三年版

麟原文集二十四卷(前集後集各十二卷)　（元）王禮撰　文淵閣四庫全書本

靈寶玉鑑　佚名撰　張繼禹主編中華道藏校點本,華夏出版社二〇〇四年版

嶺表録異三卷　（唐）劉恂撰　筆記小説大觀十七編影武英殿聚珍版本,臺灣新
　　興書局一九七七年版

劉西陂集四卷　（明）劉儲秀撰　四庫未收書輯刊影明嘉靖刻本

劉賓客文集三十卷　（唐）劉禹錫撰,（宋）宋敏求輯補　文淵閣四庫全書本

劉氏春秋意林二卷　（宋）劉敞撰　文淵閣四庫全書本

劉隨州集十一卷　（唐）劉長卿撰　文淵閣四庫全書本

劉向古列女傳七卷附續列女傳一卷　（漢）劉向撰,佚名續傳　四部叢刊初編影
　　明刊本

劉向新序十卷　（漢）劉向撰　四部叢刊初編影明覆宋刊本

劉彦昺集九卷　（明）劉炳撰　文淵閣四庫全書本

劉禹錫集箋證　（唐）劉禹錫撰,瞿蛻園箋證　上海古籍出版社一九八九年版

劉子十卷　（題北齊）劉晝撰　文淵閣四庫全書本

柳待制文集二十卷附録一卷　（元）柳貫撰　四部叢刊初編影元至正刊本

柳宗元集　（唐）柳宗元撰,吳文治等校點　中華書局一九七九年版

六朝事迹編類二卷　（宋）張敦頤撰　民國上海商務印書館影明萬曆間吳琯輯
　　刊古今逸史本

六臣注文選六十卷　（梁）蕭統編,（唐）李善等注　文淵閣四庫全書本

六家詩名物疏五十五卷　（明）馮復京撰　文淵閣四庫全書本

六書故三十三卷　（宋）戴侗撰　文淵閣四庫全書本

六帖補二十卷　（宋）楊伯嵒撰　文淵閣四庫全書本

六研齋二筆四卷三筆四卷　（明）李日華撰　筆記小説大觀三十九編影明崇禎
　　刊本,臺灣新興書局一九八五年版

六藝之一録四百六十卷　（清）倪濤輯撰　文淵閣四庫全書本

婁水文徵八十卷姓氏考略一卷　（清）王寶仁、周煜等輯撰　清道光十二年閑有
　　餘齋刊本

（乾隆）婁縣志三十卷首二卷　（清）謝庭薰、陸錫熊等修纂　中國方志叢書影
　　清乾隆五十三年刊本,臺灣成文出版社一九七四年版

盧疏齋集輯存　（元）盧摯撰,李修生輯注　北京師範大學出版社一九八四年版

路史四十七卷　（宋）羅泌撰　文淵閣四庫全書本

陸機集　（晉）陸機撰,金濤聲校點　中國古典文學基本叢書本,中華書局一九
　　八二年版

陸九淵集　（宋）陸九淵撰,鍾哲校點　中華書局一九八〇年版

陸氏詩疏廣要四卷　（吳）陸璣撰,（明）毛晉廣要　文淵閣四庫全書本

録鬼簿（外四種）　（元）鍾嗣成等撰　上海古籍出版社一九七八年版

論衡校釋　（漢）王充撰,黄暉注釋　新編諸子集成本,中華書局一九九〇年版

論語集解義疏十卷　（魏）何晏集解,（梁）皇侃義疏　清乾隆道光年間刊鮑廷
　　博輯知不足齋叢書本

論語類考二十卷　（明）陳士元撰　文淵閣四庫全書本

論語全解十卷　（宋）陳祥道撰　文淵閣四庫全書本

論語注疏　（魏）何晏注,（宋）邢昺疏　清人阮元校刻十三經注疏本,中華書局
　　一九八〇年影印

羅浮野乘六卷　（明）韓晃撰　四庫全書存目叢書影清康熙刻本

羅昭諫集八卷　（唐）羅隱撰　文淵閣四庫全書本

洛陽伽藍記校箋　（北魏）楊衒之撰,楊勇校注　中華書局二〇〇六年版

洛陽名園記一卷　（宋）李格非撰　叢書集成新編影古今逸史本,臺北新文豐出
　　版公司一九八四年版

駱丞集四卷　（唐）駱賓王撰,（明）顔文選注　文淵閣四庫全書本

駱臨海集箋注　（唐）駱賓王撰,（清）陳熙晉箋注　中國古典文學叢書本,上海
　　古籍出版社一九八五年版

吕氏春秋校釋　（秦）吕不韋編撰,陳奇猷校釋　學林出版社一九八四年版

吕氏家塾讀詩記三十二卷　（宋）吕祖謙撰　文淵閣四庫全書本

吕氏雜記二卷　（宋）吕希哲撰　筆記小説大觀第十八編影清道光二十年金山
　　錢氏守山閣刊本,臺灣新興書局一九七七年版

緑窗女史　（明）秦淮寓客輯録　臺灣天一出版社明清善本小説叢刊初編第二
　　輯影明刊本

緑珠傳一卷　佚名撰　叢書集成新編影琳琅秘室叢書本,臺北新文豐出版公司
　　一九八四年版

M

毛詩草木鳥獸蟲魚疏二卷　（吳）陸璣撰　文淵閣四庫全書本

毛詩講義十二卷　（宋）林岊撰　文淵閣四庫全書本

毛詩名物解二十卷　（宋）蔡卞撰　文淵閣四庫全書本

毛詩正義　（漢）毛亨傳、鄭玄箋,（唐）孔穎達疏　清人阮元校刻十三經注疏
　　本,中華書局一九八〇年影印

（光緒重修）茅山志十四卷附一卷　（清）笪蟾光編纂　石光明等主編中華山水

志叢刊影清光緒二十四年刊本,線裝書局二○○四年版

眉庵集十二卷　(明)楊基撰　文淵閣四庫全書本

梅妃傳　(唐)曹鄴撰　(明)嘉靖年間顧氏夷白齋刊顧氏文房小說本,民國十
　　四年上海商務印書館影印

梅花百詠一卷　(元)韋珪撰　元刊本

梅花百詠一卷　(元)韋珪撰　清阮元輯宛委別藏本,江蘇古籍出版社一九八八
　　年據臺灣商務印書館影本影印

梅堯臣集編年校注　(宋)梅堯臣撰,朱東潤編年校注　中國古典文學叢書本,
　　上海古籍出版社一九八○年版

蒙求集注　(唐)李瀚撰,(宋)徐子光注　叢書集成新編影清嘉慶張海鵬輯刊
　　學津討原本,臺北新文豐出版公司一九八四年版

蒙元史新研　蕭啟慶撰　臺灣允晨文化實業股份有限公司一九九四年版

蒙齋集二十卷　(宋)袁甫撰　文淵閣四庫全書本

孟子正義　(清)焦循注,沈文倬校點　十三經清人注疏本,中華書局一九八七
　　年版

孟子注疏　(漢)趙岐注,(題宋)孫奭疏　清人阮元校刻十三經注疏本,中華書
　　局一九八○年影印

夢粱錄二十卷　(宋)吳自牧撰　清曹溶輯學海類編本,民國九年上海商務印書
　　館據六安晁氏木活字本影印

夢溪筆談校證　(宋)沈括撰,胡道靜校證　上海古籍出版社一九八七年版

秘殿珠林二十四卷　(清)張照、梁詩正等奉敕撰　文淵閣四庫全書本

秘殿珠林三編不分卷　(清)英和等輯　續修四庫全書影清嘉慶內府鈔本

秘閣元龜政要十六卷　佚名撰　四庫全書存目叢書影明鈔本

密庵詩稿五卷文稿五卷　(明)謝肅撰　四部叢刊三編影明洪武中刊本

密齋筆記五卷續記一卷　(宋)謝采伯撰　筆記小說大觀三十編影刊本,臺灣新
　　興書局一九七九年版

閩詩錄甲集六卷乙集四卷丙集二十三卷丁集一卷戊集七卷　(清)鄭杰輯,陳衍
　　補訂　續修四庫全書影清宣統三年刊本

閩書一百五十四卷　(明)何喬遠撰　四庫全書存目叢書影明崇禎刊本

名臣經濟錄五十三卷　(明)黃訓輯　文淵閣四庫全書本

名迹錄六卷　(明)朱珪編　文淵閣四庫全書本

名賢氏族言行類稿六十卷　(宋)章定撰　文淵閣四庫全書本

名義考十二卷　(明)周祈撰　叢書集成續編影湖北先正遺書本,上海書店一九

九四年版

明皇雜録　（唐）鄭處誨撰,田廷柱校點　唐宋史料筆記叢刊本,中華書局一九
　　九四年版

明皇雜録二卷補遺一卷附校勘記逸文一卷　　（唐）鄭處誨撰,（清）錢熙祚撰輯
　　校勘記逸文　叢書集成新編影守山閣叢書本,臺北新文豐出版公司一九八
　　四年版

明集禮五十三卷　（明）徐一夔等撰　文淵閣四庫全書本

明詩紀事　陳田輯撰,李夢生等校點　上海古籍出版社一九九三年版

明詩綜一百卷　（清）朱彝尊編　文淵閣四庫全書本

明史四百十六卷　（清）萬斯同撰　續修四庫全書影清鈔本

明史　（清）張廷玉等撰　中華書局一九七四年版

明書一百七十一卷　　（清）傅維鱗撰　四庫全書存目叢書影清康熙三十四年本
　　誠堂刻本

明太祖集　（明）朱元璋撰,胡士萼校點　黃山書社一九九一年版

明太祖實録　臺灣中央研究院歷史語言研究所整理　上海書店一九八二年影
　　臺灣中央研究院歷史語言研究所一九六三年校印本

明文海　（清）黃宗羲編　中華書局一九八七年影涵芬樓藏鈔本

墨池編六卷　（宋）朱長文撰　文淵閣四庫全書本

墨客揮犀　（宋）彭乘輯撰,孔凡禮校點　唐宋史料筆記叢刊本,中華書局二
　　○○二年版

墨史三卷　（元）陸友撰　清乾隆道光年間刊鮑廷博輯知不足齋叢書本

墨緣匯觀録四卷　（清）安岐撰　清道光咸豐年間刊粵雅堂叢書本

墨莊漫録　（宋）張邦基撰,孔凡禮校點　唐宋史料筆記叢刊本,中華書局二
　　○○二年版

木雁齋書畫鑒賞筆記　張珩撰　文物出版社二○○○年版

牧庵集三十六卷　（元）姚燧撰　文淵閣四庫全書本

穆天子傳六卷　（晉）郭璞注　四部叢刊初編影明天一閣刊本

N

南部新書十卷　（宋）錢易撰　中國野史集成影學津討原本,巴蜀書社一九九三
　　年版

（同治）南城縣志十卷首一卷　（清）李人鏡、梅體萱等修纂　中國地方志集成
　　影清同治刊本,江蘇古籍出版社一九九六年版

南詞叙録一卷　（明）徐渭撰　叢書集成三編影讀曲叢刊本,臺北新文豐出版公司一九九七年版

南村輟耕録　（明）陶宗儀撰　元明史料筆記叢刊本,中華書局一九五九年版

南村輟耕録三十卷　（明）陶宗儀撰　四部叢刊三編影元刊本

南村詩集四卷　（明）陶宗儀撰　叢書集成續編影台州叢書後集本,臺北新文豐出版公司一九八九年版

南村詩集四卷　（明）陶宗儀撰　海王邨古籍叢刊影汲古閣刊元人十種詩本,中國書店一九九〇年版

南濠詩話一卷　（明）都穆撰　清乾隆道光年間刊鮑廷博輯知不足齋叢書本

(光緒)南匯縣志二十二卷首末各一卷　（清）金福曾、張文虎等修纂　中國方志叢書影民國十六年重印清光緒五年刊本,臺灣成文出版社一九七〇年版

南齊書　（梁）蕭子顯撰　中華書局一九七二年版

南史　（唐）李延壽撰　中華書局一九七五年版

南宋館閣録十卷續録十卷　（宋）陳騤等撰　叢書集成續編影武林掌故叢編本,上海書店一九九四年版

南宋元明禪林僧寶傳十五卷　（清）釋自融撰,釋性磊補輯　四庫全書存目叢書影涵芬樓影印日本排印續藏經本

南宋院畫録八卷　（清）厲鶚撰　叢書集成續編影武林掌故叢編本,上海書店一九九四年版

南唐書三十卷附校勘記一卷　（宋）馬令撰,張元濟撰校勘記　四部叢刊續編影明刊本

南齋先生魏文靖公摘稿十卷　（明）魏驥撰　四庫全書存目叢書影明弘治十一年刻本

能改齋漫録　（宋）吳曾撰　宋元筆記叢書本,上海古籍出版社一九八四年版

(嘉靖)寧波府志四十二卷　（明）張時徹等修纂　明嘉靖三十九年序刊本

(嘉靖)寧國府志十卷　（明）黎晨等修纂　天一閣藏明代方志選刊影明嘉靖十五年刊本,上海古籍書店一九六二年版

農書二十二卷　（元）王禎撰　文淵閣四庫全書本

農書三卷　（宋）陳旉撰　文淵閣四庫全書本

農政全書六十卷　（明）徐光啟撰　文淵閣四庫全書本

O

歐陽文忠公集一百五十三卷附録五卷年譜一卷　（宋）歐陽修撰,胡柯撰年譜

四部叢刊初編影元刊本

歐陽修全集　（宋）歐陽修撰，李逸安校點　中國古典文學基本叢書本，中華書
　　局二〇〇一年版

P

裴鉶傳奇　（唐）裴鉶撰，周楞伽輯注　上海古籍出版社一九八〇年版

佩韋齋輯聞四卷　（宋）俞德鄰撰　文淵閣四庫全書本

佩文齋廣群芳譜一百卷　（清）汪灝、張逸少等撰　文淵閣四庫全書本

佩文齋書畫譜一百卷　（清）孫岳頒等撰　文淵閣四庫全書本

佩文齋詠物詩選四百八十六卷　（清）張玉書、汪霦編　文淵閣四庫全書本

毗陵集二十卷補遺一卷附錄一卷　（唐）獨孤及撰　四部叢刊初編影上海涵芬
　　樓藏趙氏亦有生齋刊本

(成化重修)毗陵志四十卷圖一卷　（明）朱昱編撰　中國方志叢書影明成化二
　　十年刊本，臺灣成文出版社一九八三年版

埤雅二十卷　（宋）陸佃撰　叢書集成新編影五雅全書本，臺北新文豐出版公司
　　一九八四年版

平江紀事　（元）高德基撰　民國十年上海博古齋影清嘉慶間張海鵬輯刊墨海
　　金壺本

平生壯觀十卷　（清）顧復撰　續修四庫全書影清鈔本

屏巖小稿一卷　（元）張觀光撰　文淵閣四庫全書本

萍州可談三卷　（宋）朱彧撰　民國十年上海博古齋影清嘉慶間張海鵬輯刊墨
　　海金壺本

濮川所聞記六卷　（清）金淮等修纂　中國地方志集成·鄉鎮志專輯影清嘉慶
　　十八年刊本，上海書店一九九二年版

濮鎮紀聞四卷　（清）胡琢撰　中國地方志集成·鄉鎮志專輯影清鈔本，上海書
　　店一九九二年版

普濟方四百二十六卷　（明）朱橚撰　文淵閣四庫全書本

(嘉靖)浦江志略八卷　（明）毛鳳韶修纂　天一閣藏明代方志選刊影明嘉靖刻
　　本，上海古籍書店一九六三年版

曝書亭集八十卷附錄一卷　（清）朱彝尊撰　四部叢刊初編影上海涵芬樓藏原
　　刊本

Q

七寶鎮小志四卷　（清）顧傳金輯撰　中國地方志集成·鄉鎮志專輯影清鈔本，

　　　　上海書店一九九二年版

七修類稿五十一卷　（明）郎瑛撰　四庫全書存目叢書影明刻本

七修續稿七卷　（明）郎瑛撰　續修四庫全書影明刊本

棲碧先生黄楊集三卷補遺一卷附録一卷　（元）華幼武撰　四庫全書存目叢書
　　　　影明萬曆四十六年刻本

齊東野語二十卷　（宋）周密撰，張茂鵬點校　唐宋史料筆記叢刊本，中華書局
　　　　一九八三年版

齊民要術十卷　（後魏）賈思勰撰　四部叢刊初編影明鈔本

（重訂）契丹國志二十八卷　（宋）葉隆禮撰　文淵閣四庫全書本

千頃堂書目　（清）黄虞稷撰，瞿鳳起、潘景鄭整理　上海古籍出版社一九九〇
　　　　年版

前漢紀三十卷　（漢）荀悦撰　四部叢刊初編影明翻宋本

乾坤清氣十四卷　（明）偶桓編　文淵閣四庫全書本

潛溪後集十卷　（明）宋濂撰　明初刊本

潛研堂金石文跋尾　（清）錢大昕撰　陳文和主編嘉定錢大昕全集本，江蘇古籍
　　　　出版社一九九七年版

錢太史鶴灘稿　（明）錢福撰　明萬曆刊本

（康熙）錢塘縣志三十六卷首一卷　（清）魏嶟、裘璉等編纂　中國地方志集成
　　　　影清康熙五十七年刊本，上海書店一九九三年版

（萬曆）錢塘縣志不分卷　（明）聶心湯纂修　叢書集成續編影清丁丙輯武林掌
　　　　故叢編本，上海書店一九九四年版

錢塘遺事十卷　（元）劉一清撰　中國野史集成影丁氏八千卷樓重刊本，巴蜀書
　　　　社一九九三年版

錢通三十二卷　（明）胡我琨撰　文淵閣四庫全書本

强齋集九卷附録一卷　（明）殷奎撰　文淵閣四庫全書本

牆東類稿二十卷補遺一卷附校勘記一卷　（元）陸文圭撰，金武祥撰校勘記　叢
　　　　書集成續編影常州先哲遺書本，上海書店一九九四年版

僑吳集十二卷附録一卷　（元）鄭元祐撰　北京圖書館古籍珍本叢刊影明弘治
　　　　九年張習刊本，書目文獻出版社一九九八年版

琴川三志補記十卷　（清）黄廷鑑修纂　中國方志叢書影清光緒二十四年重刊
　　　　道光十一年本，臺灣成文出版社一九八三年版

琴川三志補記續編八卷　（清）黄廷鑑修纂　中國方志叢書影清道光十五年刊
　　　　本，臺灣成文出版社一九八三年版

（重修）琴川志十五卷　（宋）孫應時修纂，鮑廉增補（元）盧鎮續修　宋元方志
　　叢刊影明末毛氏汲古閣刊本，中華書局一九九〇年版

（萬曆）青浦縣志八卷　（明）王圻等修纂　明萬曆年間刊本

（光緒）青浦縣志三十卷首末各一卷　（清）陳其元等修纂　中國地方志集成影
　　清光緒三年刊本，上海書店一九九一年版

青瑣高議　（宋）劉斧撰輯　宋元筆記叢書本，上海古籍出版社一九八三年版

（光緒）青田縣志十八卷首一卷　（清）雷銑、王棻等修纂　中國地方志集成影
　　清光緒二年刊本，上海書店一九九三年版

青箱雜記　（宋）吳處厚撰，李裕民校點　唐宋史料筆記叢刊本，中華書局一九
　　八五年版

青陽先生文集九卷　（元）余闕撰　四部叢刊續編影明刊本

清閟閣全集十二卷　（元）倪瓚撰　叢書集成續編影常州先哲遺書本，上海書店
　　一九九四年版

清河書畫舫十二卷　（明）張丑撰　文淵閣四庫全書本

清江貝先生文集三十卷詩集十卷詩餘一卷　（明）貝瓊撰　四部叢刊初編影明
　　洪武刊本

清江詩集十卷文集三十卷　（明）貝瓊撰　文淵閣四庫全書本

清容居士集五十卷　（元）袁桷撰　四部叢刊初編影上海涵芬樓藏元刊本

清異錄二卷　（宋）陶穀撰　文淵閣四庫全書本

晴川蟹錄四卷後錄四卷續錄一卷　（清）孫之騄撰　四庫全書存目叢書影清刻
　　晴川八識本

秋澗先生大全文集一百卷　（元）王惲撰　元人文集珍本叢刊影明刊修補本，臺
　　北新文豐出版公司一九八五年版

臞軒集十六卷　（宋）王邁撰　宋集珍本叢刊影清乾隆翰林院鈔本，線裝書局二
　　〇〇四年版

（弘治）衢州府志十五卷　（明）吾冔、吳夔等修纂　天一閣藏明代方志選刊續
　　編影明弘治十六年刻本，上海書店一九九〇年版

曲律四卷　（明）王驥德撰　續修四庫全書影明天啟刊本

全芳備祖前集二十七卷後集三十一卷　（宋）陳景沂撰　文淵閣四庫全書本

全明詩（三冊）　章培恒主編　上海古籍出版社一九九〇、一九九三、一九九四
　　年版

全上古三代秦漢三國六朝文七百四十一卷　（清）嚴可均輯　續修四庫全書影
　　民國十九年影印清光緒刊本

全宋詞　唐圭璋編　中華書局一九九九年版

全宋文　曾棗莊、劉琳主編　上海辭書出版社、安徽教育出版社二〇〇六年版

全唐詩　（清）彭定求等編，王全等校點　中華書局一九六〇年版

全唐詩話六卷　（宋）尤袤撰　四庫全書存目叢書影明嘉靖二十二年刻本

全元散曲　隋樹森編　中華書局一九六四年版

全元詩　楊鐮主編　中華書局二〇一三年版

全元文　李修生主編　鳳凰出版社二〇〇四年版

全浙詩話五十四卷　（清）陶元藻輯　續修四庫全書影清嘉慶刊本

闕里志十五卷　（明）陳鎬撰，孔弘乾續　北京圖書館古籍珍本叢刊影明嘉靖三
　　十一年曲阜孔氏刊本，書目文獻出版社一九九八年版

群書考索二百十二卷　（宋）章如愚撰　文淵閣四庫全書本

R

穰梨館過眼録四十卷續録十六卷　（清）陸心源撰　續修四庫全書影清光緒中
　　吳興陸氏家塾刊本

壬寅消夏録不分卷　（清）端方撰　續修四庫全書影稿本

（嘉靖）仁和縣志十四卷　（明）沈朝宣修纂　四庫全書存目叢書影清光緒錢塘
　　丁氏嘉惠堂刻武林掌故叢編本

日知録集釋三十二卷刊誤二卷續刊誤二卷　（清）顧炎武撰，黄汝成集釋并撰刊
　　誤　續修四庫全書影清道光黄氏刻本

容齋隨筆　（宋）洪邁撰，孔凡禮校點　唐宋史料筆記叢刊本，中華書局二〇〇
　　五年版

容齋隨筆十六卷續筆十六卷三筆十六卷四筆十六卷五筆十卷　（宋）洪邁撰
　　四部叢刊續編影宋刊本明弘治本等

（嘉靖重修）如皋縣志十卷　（明）謝紹祖等修纂　天一閣藏明代方志選刊續編
　　影明嘉靖三十九年刻本，上海書店一九九〇年版

S

薩天錫詩集二卷　（元）薩都剌撰　四部叢刊初編影明弘治刊本

三洞群仙録二十卷　（宋）陳葆光撰　四庫全書存目叢書影明正統間刻道藏本

三輔黄圖六卷附校勘記一卷　（漢）佚名撰，張元濟撰校勘記　四部叢刊三編影
　　元刊本

三輔決録二卷　（漢）趙岐撰，（晉）摯虞注，（清）張澍輯　續修四庫全書影清道

光元年張氏刻二酉堂叢書本

三國典略一卷　（晉）魚豢撰　中國野史集成影古今説部叢書本，巴蜀書社一九
九三年版

三國雜事　（宋）唐庚撰　清曹溶輯學海類編本，民國九年上海商務印書館據六
安晁氏木活字本影印

三國志　（晉）陳壽撰，（南朝宋）裴松之注　中華書局一九五九年版

三國志補注六卷　（清）杭世駿撰　文淵閣四庫全書本

三千五百年曆日天象　張培瑜撰　大象出版社一九九七年版

三吳水考十六卷　（明）張内藴、周大韶撰　文淵閣四庫全書本

山庵雜録二卷　（明）無慍述　影日本京都藏經書院刊卍續藏經本，臺北新文豐
出版公司一九九三年版

山房隨筆一卷　（元）蔣子正撰　清乾隆道光年間刊鮑廷博輯知不足齋叢書本

山海經校注　袁珂校譯　上海古籍出版社一九八五年版

山居新話一卷　（元）楊瑀撰　清乾隆道光年間刊鮑廷博輯知不足齋叢書本

山居新話四卷　（元）楊瑀撰　文淵閣四庫全書本

山堂肆考二百二十八卷　（明）彭大翼撰，張幼學增定　文淵閣四庫全書本

（嘉靖）山陰縣志十二卷　（明）許東望修纂，楊家相重修　日本藏中國罕見地
方志叢刊續編影明嘉靖刊本，北京圖書館出版社二〇〇三年版

珊瑚木難八卷　（明）朱存理輯　文淵閣四庫全書本

珊瑚木難八卷　（明）朱存理輯　叢書集成續編影適園叢書本，臺北新文豐出版
公司一九八九年版

珊瑚網四十八卷　（明）汪砢玉輯　文淵閣四庫全書本

善本書室藏書志四十卷附録一卷　（清）丁丙撰　續修四庫全書影清光緒二十
七年丁氏刊本

剡録十卷　（宋）高似孫輯撰　叢書集成續編影邵武徐氏叢書本，上海書店一九
九四年版

上海文物博物館志　馬承源主編　上海社會科學院出版社一九九七年版

（同治）上海縣志三十二卷首末各一卷　（清）應寶時、俞樾等修纂　中國方志
叢書影清同治十一年刊本，臺灣成文出版社一九七五年版

（弘治）上海志八卷　（明）唐錦等編纂　天一閣藏明代方志選刊續編影明弘治
十七年王鏊序刊本，上海書店一九九〇年版

尚絅齋集五卷　（明）童冀撰　文淵閣四庫全書本

尚書稗疏四卷　（清）王夫之撰　文淵閣四庫全書本

尚書大傳五卷序録一卷　（漢）伏勝撰,鄭玄注,（清）陳壽祺編　四部叢刊初編
　　影上海涵芬樓藏陳氏原刊本

尚書故實一卷　（唐）李綽撰　文淵閣四庫全書本

尚書講義二十卷　（宋）史浩撰　文淵閣四庫全書本

尚書今古文注疏　（清）孫星衍注,陳抗、盛冬鈴校點　十三經清人注疏本,中華
　　書局一九八六年版

尚書校釋譯論　顧頡剛、劉起釪撰　中華書局二〇〇五年版

尚書全解四十卷　（宋）林之奇撰　文淵閣四庫全書本

尚書日記十六卷　（明）王樵撰　文淵閣四庫全書本

尚書通考十卷　（元）黃鎮成撰　文淵閣四庫全書本

尚書詳解五十卷　（宋）陳經撰　文淵閣四庫全書本

尚書詳解二十六卷　（宋）夏僎撰　文淵閣四庫全書本

尚書正義　（唐）孔穎達等撰　清人阮元校刻十三經注疏本,中華書局一九八〇
　　年影印

尚友録二十二卷　（明）廖用賢輯　四庫全書存目叢書影明天啟間刻本

少室山房筆叢　（明）胡應麟撰　中華書局一九五八年版

邵氏聞見録　（宋）邵伯温撰,李劍雄、劉德權校點　唐宋史料筆記叢刊本,中華
　　書局一九八三年版

（嘉靖）邵武府志十五卷　（明）陳讓編纂　天一閣藏明代方志選刊影明嘉靖刊
　　本,上海古籍書店一九六四年版

（乾隆）紹興府志八十卷　（清）李亨特總裁,平恕等修纂　中國方志叢書影清
　　乾隆五十七年刊本,臺灣成文出版社一九七五年版

（萬曆）紹興府志五十卷　（明）蕭良幹、張元忭等修纂　四庫全書存目叢書影
　　明萬曆刊本

歙硯説一卷　（宋）佚名撰　文淵閣四庫全書本

申齋集十五卷　（元）劉岳申撰　文淵閣四庫全書本

神仙傳十卷　（晉）葛洪撰　文淵閣四庫全書本

神仙傳十卷　（晉）葛洪撰　張繼禹主編中華道藏校點本,華夏出版社二〇〇四
　　年版

升庵集八十一卷　（明）楊慎撰,張士佩編　文淵閣四庫全書本

（同治）嵊縣志二十六卷首末各一卷　（清）嚴思忠、蔡以瑺等修纂　中國方志
　　叢書影清同治九年刊本,臺灣成文出版社一九七四年版

施注蘇詩四十二卷　（宋）蘇軾撰,施元之注,（清）邵長蘅删補　文淵閣四庫全

書本

師曠禽經一卷 （晉）張華注 叢書集成新編影百川學海本,臺北新文豐出版公
　　司一九八四年版

詩本義十五卷鄭氏詩譜補亡一卷 （宋）歐陽修撰 四部叢刊三編影宋刊本

詩補傳三十卷 （宋）范處義撰 文淵閣四庫全書本

詩地理考六卷 （宋）王應麟撰 文淵閣四庫全書本

詩傳名物集覽十二卷 （清）陳大章撰 文淵閣四庫全書本

詩傳旁通十五卷 （元）梁益撰 叢書集成續編影常州先哲遺書本,上海書店一
　　九九四年版

詩傳通釋二十卷 （元）劉瑾撰 文淵閣四庫全書本

詩話總龜 （宋）阮閱編,周本淳校點 人民文學出版社一九八七年版

詩集傳二十卷 （宋）蘇轍撰 續修四庫全書影宋淳熙刊本

詩集傳 （宋）朱熹集注 上海古籍出版社一九八〇年版

詩經疏義會通二十卷附圖説二卷 （元）朱公遷撰 文淵閣四庫全書本

詩林廣記 （宋）蔡正孫撰,常振國、降雲校點 中華書局一九八二年版

詩品 （梁）鍾嶸撰 清何文煥輯歷代詩話本,中華書局一九八一年版

詩人玉屑 （宋）魏慶之撰,王仲聞校點 中國文學研究典籍叢刊本,中華書局
　　二〇〇七年版

詩淵 （明）佚名輯 續修四庫全書影明鈔本

詩淵索引 劉卓英主編,李萬健等編 書目文獻出版社一九九三年版

十國春秋 （清）吳任臣撰,徐敏霞、周瑩校點 中華書局一九八三年版

十六國春秋一百卷 （題魏）崔鴻撰 文淵閣四庫全書本

十先生奧論注四十卷 （宋）佚名輯 文淵閣四庫全書本

十一經問對五卷 （題元）何異孫撰 文淵閣四庫全書本

石林詩話 （宋）葉少蘊撰 清何文煥輯歷代詩話本,中華書局一九八一年版

石門集七卷 （明）梁寅撰 文淵閣四庫全書本

石門文字禪三十卷 （宋）釋惠洪撰 四部叢刊初編影明徑山刊本

石渠寶笈四十四卷 （清）張照、梁詩正等撰 文淵閣四庫全書本

石渠寶笈 （清）張照等撰 故宮珍本叢刊影清乾隆内府朱格鈔本,海南出版社
　　二〇〇一年版

石渠寶笈三編不分卷 （清）英和等輯 續修四庫全書影清嘉慶内府鈔本

石渠寶笈續編八十八卷 （清）王傑等輯 續修四庫全書影清内府鈔本

石田先生文集十五卷 （元）馬祖常撰 中華再造善本影元順帝至元年間刊本,

　　　　北京圖書館出版社二〇〇六年版

石屋禪師山居詩六卷　（元）釋清珙撰　續修四庫全書影明萬曆刊宋元四十三
　　　家集本

石柱記箋釋五卷　（清）鄭元慶撰　清道光咸豐年間刊粵雅堂叢書本

拾遺記　（晉）王嘉撰,（梁）蕭綺録,齊治平校注　古小説叢刊本,中華書局一
　　　九八一年版

實賓録十四卷　（宋）馬永易撰,文彪續補　文淵閣四庫全書本

史記　（漢）司馬遷撰　中華書局一九五九年版

史義拾遺二卷　（元）楊維禎撰,章木輯注　四庫全書存目叢書影明嘉靖十九年
　　　任轍刊本

史義拾遺二卷　（元）楊維禎撰,章木輯注　明崇禎五年蔣世枋可竹居刊本

史義拾遺二卷　（元）楊維禎撰,章木輯注　明末諸暨陳于京漱雲樓刊本

史纂通要　（元）胡一桂撰　文淵閣四庫全書本

始豐稿十四卷補遺一卷附録一卷　（明）徐一夔撰　叢書集成續編影武林往哲
　　　遺著本,上海書店一九九四年版

（皇朝）仕學規範四十卷　（宋）張鎡輯　北京圖書館古籍珍本叢刊影宋刊本,
　　　書目文獻出版社一九九八年版

氏族博攷十四卷　（明）凌迪知撰　載明末汲古閣刊萬姓統譜卷首

氏族大全二十二卷　（元）佚名撰　文淵閣四庫全書本

世善堂藏書目録二卷　（明）陳第撰　清乾隆道光年間刊鮑廷博輯知不足齋叢
　　　書本

世説新語匯校集注　（劉宋）劉義慶撰,（梁）劉孝標注,朱鑄禹匯校集注　上海
　　　古籍出版社二〇〇二年版

世説新語校箋　（劉宋）劉義慶撰,徐震堮校注　中國古典文學基本叢書,中華
　　　書局一九八四年版

式古堂書畫匯考六十卷　（清）卞永譽撰　文淵閣四庫全書本

釋鑒稽古略續集三卷　（明）釋大聞輯　續修四庫全書影明崇禎年間刊本

授時通考七十八卷　（清）鄂爾泰等撰　文淵閣四庫全書本

書蔡氏傳旁通六卷　（元）陳師凱撰　文淵閣四庫全書本

書傳二十卷　（宋）蘇軾撰　文淵閣四庫全書本

書傳輯録纂注六卷　（元）董鼎撰　文淵閣四庫全書本

書斷四卷　（唐）張懷瓘撰　叢書集成新編影百川學海本,臺北新文豐出版公司
　　　一九八四年版

書畫跋跋三卷　（明）孫鑛撰　文淵閣四庫全書本

書畫記六卷　（清）吳其貞撰　續修四庫全書影清乾隆寫四庫全書本

書畫鑒影二十四卷　（清）李佐賢輯　續修四庫全書影清同治十年利津李氏刊本

書畫題跋記十二卷續題跋記十二卷　（明）郁逢慶編　文淵閣四庫全書本

書譜一卷　（唐）孫過庭撰　文淵閣四庫全書本

書史一卷　（宋）米芾撰　文淵閣四庫全書本

書史會要　（明）陶宗儀撰　據一九二九年武進陶氏逸園影刊明洪武本影印，上海書店一九八四年版

書義矜式六卷　（元）王充耘撰　文淵閣四庫全書本

菽園雜記　（明）陸容撰　元明史料筆記叢刊本，中華書局一九八五年版

蜀檮杌二卷　（宋）張唐英撰　民國九年上海商務印書館據六安晁氏木活字本影清曹溶輯學海類編本

蜀鑑十卷　（宋）郭允蹈撰　筆記小説大觀四十三編影宋淳祐五年跋刊本，臺灣新興書局一九八六年版

蜀中廣記一百零八卷　（明）曹學佺撰　文淵閣四庫全書本

述異記二卷　（梁）任昉撰　叢書集成新編影龍威叢書本，臺北新文豐出版公司一九八四年版

庶齋老學叢談三卷　（元）盛如梓撰　清乾隆道光年間刊鮑廷博輯知不足齋叢書本

水東日記　（明）葉盛撰，魏中平校點　元明史料筆記叢刊本，中華書局一九八〇年版

水東日記四十卷　（明）葉盛撰　中國史學叢書初編影清康熙刊本

水經注四十卷　（北魏）酈道元注　四部叢刊初編影武英殿聚珍版本

水經注校證　（北魏）酈道元撰，陳橋驛撰　中華書局二〇〇七年版

水雲集一卷附録三卷　（宋）汪元量撰　叢書集成續編影武林往哲遺著本，上海書店一九九四年版

説郛一百二十卷　（明）陶宗儀輯　文淵閣四庫全書本

説郛一百卷　（明）陶宗儀輯，張宗祥校　説郛三種影民國年間涵芬樓排印本，上海古籍出版社一九八八年版

説郛一百二十卷　（明）陶宗儀輯　説郛三種影明刻本，上海古籍出版社一九八八年版

説略三十卷　（明）顧起元撰　叢書集成續編影金陵叢書本，上海書店一九九四

年版

說學齋稿四卷　（明）危素撰　文淵閣四庫全書本

說苑二十卷　（漢）劉向撰　四部叢刊初編影明鈔本

說苑校證　（漢）劉向撰，向宗魯校證　中國古典文學基本叢書本，中華書局一九八七年版

思賢録四卷續録二卷　（元）謝應芳輯，（明）鄒量輯　四庫全書存目叢書影清道光二十九年詠梅軒刊本

四朝聞見録　（宋）葉紹翁撰，沈錫麟、馮惠民校點　唐宋史料筆記叢刊本，中華書局一九八九年版

四庫全書簡明目録　（清）永瑢等撰　上海古籍出版社一九八五年版

四庫全書總目　（清）永瑢等撰　中華書局一九六五年據浙江杭州清刊本影印

四庫全書總目彙訂　魏小虎編撰　上海古籍出版社二〇一二年版

四明洞天丹山圖詠集　（元）曾堅、危素等編　民國中上海商務印書館影明刊正統道藏本

（康熙）四明山志九卷　（清）黃宗羲撰　四庫全書存目叢書影清康熙四十年刊本

（寶慶）四明志二十一卷　（宋）胡榘、羅濬等修纂　續修四庫全書影宋刊本

（延祐）四明志二十卷　（元）袁桷撰　叢書集成三編影宋元四明六志本，臺北新文豐出版公司一九九七年版

四書辨疑十五卷　（元）陳天祥撰　文淵閣四庫全書本

四書或問　（宋）朱熹撰　朱傑人、嚴佐之、劉永翔主編朱子全書本，上海古籍出版社、安徽教育出版社二〇〇二年版

四書疑節十二卷　（元）袁俊翁撰　文淵閣四庫全書本

四書因問六卷　（明）呂柟撰　文淵閣四庫全書本

四書章句集注　（宋）朱熹撰　中華書局一九八三年版

俟庵集三十卷　（元）李存撰　文淵閣四庫全書本

松窗寤言一卷　（明）崔銑撰　叢書集成初編據借月山房匯鈔排印本

松窗雜記一卷　（唐）杜荀鶴撰　筆記小說大觀三十編影刊本，臺灣新興書局一九七九年版

（崇禎）松江府志五十八卷　（明）方岳貢、陳繼儒等修纂　日本藏中國罕見地方志叢刊影明崇禎三年刊本，書目文獻出版社一九九一年版

（嘉慶）松江府志八十四卷首二卷圖經一卷　（清）宋如林、孫星衍等修纂　續修四庫全書影清嘉慶二十二年刊本

（正德）松江府志三十二卷　　（明）陳威、顧清等修纂　天一閣藏明代方志選刊
　　續編影明正德七年刊本,上海書店一九九〇年版

松鄉集十卷　　（元）任士林撰　文淵閣四庫全書本

松雪齋文集十卷詩文外集一卷　　（元）趙孟頫撰　四部叢刊初編影上海涵芬樓
　　藏元刊本

（光緒）松陽縣志十二卷　　（清）支恒椿等纂修　中國方志叢書影清光緒元年刊
　　本,臺灣成文出版社一九七五年版

宋稗類鈔八卷　　（清）潘永因編　筆記小說大觀三十六編影康熙刊本,臺灣新興
　　書局一九八四年版

宋朝名畫評三卷　　（宋）劉道醇撰　文淵閣四庫全書本

宋高僧傳三十卷　　（宋）釋贊寧撰　高僧傳合集影磧砂藏本,上海古籍出版社一
　　九九一年版

宋黃文節公全集　　（宋）黃庭堅撰,劉琳、李勇先、王蓉貴校點　黃庭堅全集本,
　　四川大學出版社二〇〇一年版

宋金元詩永二十卷補遺二卷　　（清）吳綺選編　故宮珍本叢刊影清康熙十七年
　　刻本,海南出版社二〇〇一年版

宋景濂未刻集二卷　　（明）宋濂撰,（清）蔣超編　文淵閣四庫全書本

宋濂全集　　（明）宋濂撰,黃靈庚編校　人民文學出版社二〇一四年版

宋名臣言行錄五集七十五卷　　（宋）朱熹纂集,李幼武補纂　文淵閣四庫全書本

宋詩紀事一百卷　　（清）厲鶚撰　文淵閣四庫全書本

宋史　　（元）脫脫等撰　中華書局一九七七年版

宋史紀事本末　　（明）陳邦瞻撰　中華書局一九七七年版

宋史全文三十六卷　　（元）佚名撰　文淵閣四庫全書本

宋史翼四十卷　　（清）陸心源輯　續修四庫全書影清光緒刻本

宋書　　（梁）沈約撰　中華書局一九七四年版

宋文憲公全集八十三卷首一卷　　（明）宋濂撰,（清）孫鏘編輯　清宣統三年
　　刊本

宋學士文集　　（明）宋濂撰　明正德九年張縉刊本

宋學士文集七十五卷　　（明）宋濂撰　四部叢刊初編影明正德刊本

宋遺民錄十五卷　　（明）程敏政輯　四庫全書存目叢書影明嘉靖初年刊本

宋元詩會一百卷　　（清）陳焯輯　故宮珍本叢刊影清康熙二十二年刻本,海南出
　　版社二〇〇一年版

宋元學案　　（清）黃宗羲撰、全祖望補修,陳金生、梁運華校點　中華書局一九八

六年版

宋元學案補遺一百卷序録一卷首一卷別附三卷　（清）王梓材、馮雲濠輯　叢書
　　集成續編影四明叢書本,上海書店一九九四年版

宋元學案一百卷　（清）黄宗羲輯,全祖望訂補　續修四庫全書影清道光二十六
　　年刻本

搜神後記　（晉）陶潛撰,汪紹楹校注　古小説叢刊本,中華書局一九八一年版

搜神記　（晉）干寶撰,汪紹楹校注　古小説叢刊本,中華書局一九七九年版

蘇詩補注五十卷　（清）蘇軾撰,（清）查慎行補注　文淵閣四庫全書本

蘇軾詩集　（宋）蘇軾撰,（清）王文誥輯注,孔凡禮校點　中國古典文學基本叢
　　書本,中華書局一九八二年版

蘇軾文集　（宋）蘇軾撰,孔凡禮校點　中國古典文學基本叢書本,中華書局一
　　九八六年版

蘇談　（明）楊循吉撰　民國二十七年上海商務印書館影明萬曆刊沈節甫輯紀
　　録彙編本

蘇轍集　（宋）蘇轍撰,陳宏天、高秀芳校點　中國古典文學基本叢書本,中華書
　　局一九九〇年版

（洪武）蘇州府志五十卷圖一卷　（明）盧熊輯撰　中國方志叢書影明洪武十二
　　年鈔本,臺灣成文出版社一九八三年版

（同治）蘇州府志一百五十卷首三卷　（清）馮桂芬等修纂　中國地方志集成影
　　清光緒八年刊本,江蘇古籍出版社一九九一年版

隋書　（唐）魏徵、令狐德棻撰　中華書局一九七三年版

（萬曆）遂安縣志八卷　（明）韓晟、毛一鷺等修纂　中國方志叢書影明萬曆四
　　十年修鈔本,臺灣成文出版社一九八三年版

遂昌山樵雜録　（元）鄭元祐撰　叢書集成新編影讀畫齋叢書本,臺北新文豐出
　　版公司一九八四年版

遂昌縣志十二卷首一卷外編四卷　（清）胡壽海、史恩緯等修纂　中國方志叢書
　　影清光緒二十二年刊本,臺灣成文出版社一九七〇年版

遂昌雜録一卷　（元）鄭元祐撰　文淵閣四庫全書本

歲時廣記四卷　（宋）陳元靚撰　清曹溶輯學海類編本,民國九年上海商務印書
　　館據六安晁氏木活字本影印

歲時廣記四十卷首一卷末一卷　（宋）陳元靚撰　續修四庫全書影清光緒十萬
　　卷樓叢書刻本

孫氏書畫鈔二卷　（明）孫鳳輯　涵芬樓秘笈第三集影鈔本,上海商務印書館民

國十四年版

孫真人備急千金要方　（唐）孫思邈撰　民國中上海商務印書館影明刊正統道
　　藏本

孫子兵法注譯　李零譯注　巴蜀書社一九九一年版

T

（民國）台州府志一百四十卷　（民國）喻長霖等修纂　中國方志叢書影民國二
　　十五年鉛印本,臺灣成文出版社一九七〇年版

（嘉靖）太倉州志十卷　（明）周士佐、張寅等修纂　天一閣藏明代方志選刊續
　　編影明崇禎年間劉彦心重刻本,上海書店一九九〇年版

（嘉慶）直隸太倉州志六十五卷　（清）王昶修纂　續修四庫全書影清嘉慶七年
　　刊本

（宣統）太倉州志二十八卷卷首卷末各一卷　（清）王祖畬等修纂　中國地方志
　　集成影民國八年刊本,江蘇古籍出版社一九九一年版

太華希夷志二卷　（元）張輅編撰　張繼禹主編中華道藏校點本,華夏出版社二
　　〇〇四年版

太平廣記　（宋）李昉等編,汪紹楹校點　中華書局一九六一年版

太平寰宇記二〇〇卷　（宋）樂史撰,王文楚等點校　中國古代地理總志叢刊
　　本,中華書局二〇〇七年版

太平御覽　（宋）李昉等撰　中華書局一九六〇年據宋本影印

太清金液神丹經三卷　（題）張道陵、長生陰真人、抱朴子等撰　民國中上海商
　　務印書館影明刊正統道藏本

太清神鑑六卷　佚名撰　民國十年上海博古齋影清嘉慶間張海鵬輯刊墨海金
　　壺本

太上感應篇三十卷　（題宋）李昌齡傳、鄭清之贊　張繼禹主編中華道藏校點
　　本,華夏出版社二〇〇四年版

太上感應篇注　（清）惠棟注　清光緒三十二年二仙庵刊重刊道藏輯要·尾
　　集本

太上説玄天大聖真武本傳神咒妙經一卷　佚名撰　張繼禹主編中華道藏校點
　　本,華夏出版社二〇〇四年版

太師誠意伯劉文成公集二十卷　（明）劉基撰　四部叢刊初編影明刊本

談藪一卷　（宋）龐元英撰　清曹溶輯學海類編本,民國九年上海商務印書館據
　　六安晁氏木活字本影印

唐才子傳校箋　傅璇琮主編　中華書局一九八七年版

唐才子傳十卷　（元）辛文房撰　筆記小説大觀三十一編影守山閣叢書本,臺灣
　　新興書局一九八〇年版

唐風集三卷　（唐）杜荀鶴撰　文淵閣四庫全書本

唐國史補　（唐）李肇撰　古典文學出版社一九五七年版

唐開元占經一百二十卷　（唐）瞿曇悉達撰　文淵閣四庫全書本

唐詩鼓吹箋注十卷　（金）元好問編,（元）郝天挺注,（清）錢朝鼐、王俊臣校注
　　四庫全書存目叢書影清乾隆十一年刻本

唐詩紀事　（宋）計有功撰　上海古籍出版社一九八七年新一版

唐詩紀事八十一卷　（宋）計有功撰　四部叢刊初編影明嘉靖刊本

唐書直筆四卷　（宋）吕夏卿撰　文淵閣四庫全書本

唐宋文舉要　高步瀛選注　上海古籍出版社一九八二年版

唐音十四卷　（元）楊士弘編,張震注　文淵閣四庫全書本

唐語林校證　（宋）王讜撰,周勛初校證　唐宋史料筆記叢刊本,中華書局一九
　　八七年版

唐元次山文集十卷拾遺一卷　（唐）元結撰　四部叢刊初編影明正德刊本

唐摭言十五卷　（五代）王定保撰　筆記小説大觀二十編影清乾隆年間雅雨堂
　　刊本,臺灣新興書局一九七七年版

陶學士先生文集二十卷附陶學士先生事迹一卷　（明）陶安撰　北京圖書館古
　　籍珍本叢刊影明弘治刊本,書目文獻出版社一九九八年版

陶淵明集　（晉）陶淵明撰,逯欽立校注　中華書局一九七九年版

天經或問前集四卷　（清）游藝撰　文淵閣四庫全書本

天如惟則禪師語録九卷　（元）天如禪師述,善遇編　影日本京都藏經書院刊卍
　　續藏經本,臺北新文豐出版公司一九九三年版

天台山全志十八卷　（明）張聯元輯　續修四庫全書影清康熙刊本

天台勝迹録四卷　（明）潘珹輯　中國方志叢書影明嘉靖二十五年仙居林應麒
　　刊本,臺灣成文出版社一九八三年版

（民國）天台縣志稿　（民國）李光益等修纂　民國鈔本

天下同文集四十四卷　（元）周南瑞輯　文淵閣四庫全書本

天一閣書目四卷附天一閣碑目一卷　（明）范欽藏,（清）范邦甸、范懋敏撰　續
　　修四庫全書影清嘉慶十三年刻本

天中記六十卷　（明）陳耀文撰　文淵閣四庫全書本

苕溪漁隱叢話　（宋）胡仔撰,廖德明校點　人民文學出版社一九六二年版

鐵網珊瑚十四卷　（明）朱存理編　清乾隆仁和黃易小蓬萊閣鈔本

鐵圍山叢談六卷　（宋）蔡條撰　清乾隆道光年間刊鮑廷博輯知不足齋叢書本

鐵崖賦稿二卷　（元）楊維禎撰　續修四庫全書影清勞格鈔校本

鐵崖古樂府補六卷　（元）楊維禎撰　文淵閣四庫全書本

鐵崖漫稿五卷　（元）楊維禎撰　清張金吾愛日精廬鈔本

鐵崖詩集三種二十六卷　（元）楊維禎撰　清光緒戊子仲秋諸暨樓氏崇德堂補
　　刻本

鐵崖文集五卷　（元）楊維禎撰　明弘治十四年馮允中刊本

鐵崖先生復古詩集六卷　（元）楊維禎撰，（元）章琬編　明末常熟毛晉汲古閣
　　刊本

鐵崖先生古樂府補六卷　（元）楊維禎撰　明末常熟毛晉汲古閣刊本

鐵崖先生古樂府十卷　（元）楊維禎撰，（元）吳復編　明末常熟毛晉汲古閣
　　刊本

鐵崖先生古樂府十卷　（元）楊維禎撰，（元）吳復編　文淵閣四庫全書本

鐵崖先生古樂府十六卷　（元）楊維禎撰，（元）吳復、章琬編　明初刊本

鐵崖先生古樂府十卷鐵雅先生復古詩集六卷　（元）楊維禎撰（元）吳復、章琬
　　編　明成化五年劉傚刊本

鐵崖先生集四卷　（元）楊維禎撰　明佚名鈔本

鐵崖先生詩集十集　（元）楊維禎撰　清鈔本

鐵崖先生詩十集　（元）楊維禎撰　董康誦芬室叢刊本

鐵崖先生詩集三種　（元）楊維禎撰，（清）樓卜瀍輯注　清光緒十四年諸暨樓
　　氏崇德堂補刊本

鐵崖先生文集鈔不分卷　（元）楊維禎撰　清嘉慶陳徵芝鈔本

鐵崖楊先生詩集二卷　（元）楊維禎撰　清張金吾愛日精廬鈔本

鐵崖詠史八卷　（元）楊維禎撰　清光緒十年山陰宋澤元輯刊懺華庵叢書本

鐵崖樂府注十卷詠史注八卷逸編注八卷　（元）楊維禎撰，（清）樓卜瀍輯注
　　清乾隆三十九年聯桂堂刊本

通典　（唐）杜佑撰，王文錦等校點　中華書局一九八八年版

通鑑紀事本末　（宋）袁樞撰　中華書局一九六四年版

通鑑總類二十卷　（宋）沈樞撰　文淵閣四庫全書本

通雅　（明）方以智撰　侯外廬主編方以智全書本，上海古籍出版社一九八八
　　年版

通志　（宋）鄭樵撰　影商務印書館萬有文庫　十通本，中華書局一九八七年版

童蒙訓三卷　（宋）呂本中撰　文淵閣四庫全書本

童溪易傳三十卷　（宋）王宗傳撰　文淵閣四庫全書本

（乾隆）桐廬縣志十六卷　（清）吳士進、嚴正身等修纂　中國地方志集成影鈔
　　清乾隆二十一年刊本,上海書店一九九三年版

桐山老農集四卷　（元）魯貞撰　文淵閣四庫全書本

（光緒）桐鄉縣志二十卷首四卷　（清）嚴辰等修纂　中國方志叢書影清光緒十
　　三年刊本,臺灣成文出版社一九七〇年版

圖畫見聞志六卷　（宋）郭若虛撰　四部叢刊續編影宋刊配元鈔本

圖繪寶鑒五卷補遺一卷　（元）夏文彥撰　叢書集成續編影宸翰樓叢書本,臺北
　　新文豐出版公司一九八九年版

圖繪寶鑒六卷補遺一卷　（元）夏文彥撰,（明）韓昂續撰　明末汲古閣刊毛晉
　　輯津逮秘書本

退庵所藏金石書畫跋尾　（清）梁章鉅撰　載中國書畫全書第九册,上海書畫出
　　版社二〇〇〇年版

W

玩齋集十卷拾遺附録一卷　（元）貢師泰撰　文淵閣四庫全書本

（同治）萬年縣志十二卷首一卷　（清）項珂、劉馥桂等修纂　中國方志叢書影
　　清同治十年刊本,臺灣成文出版社一九七五年版

萬姓統譜一百四十卷　（明）凌迪知撰　明末汲古閣刊本

汪氏珊瑚網名畫題跋二十四卷　（明）汪珂玉撰　叢書集成續編影適園叢書本,
　　上海書店一九九四年版

王粲英雄記　（漢）王粲撰　中國野史集成影黃氏逸書考本,巴蜀書社一九九三
　　年版

王常宗集四卷　（明）王彝撰,都穆編　文淵閣四庫全書本

王黃州小畜集三十卷附札記一卷　（宋）王禹偁撰,張元濟撰札記　四部叢刊
　　初編影宋刊配鈔本

王荊文公詩五十卷附年譜一卷　（宋）王安石撰,李壁箋注,劉辰翁批點　北京
　　圖書館古籍珍本叢刊影元大德刊本,書目文獻出版社一九九八年版

王維集校注　（唐）王維撰,陳鐵民校注　中國古典文學基本叢書本,中華書局
　　一九九七年版

王右丞集箋注　（唐）王維撰,（清）趙殿成注　上海古籍出版社一九八四年版

王忠文公文集二十四卷　（明）王禕撰　北京圖書館古籍珍本叢刊影明嘉靖元

年張氏刊本,書目文獻出版社一九九八年版

王忠文集二十四卷　（明）王禕撰,劉傑、劉同編　文淵閣四庫全書本

王子安集注　（唐）王勃撰,（清）蔣清翊注　中國古典文學叢書本,上海古籍出版社一九九五年版

危太樸雲林集二卷補遺續補各一卷文集十卷續集十卷附錄二卷　（元）危素撰元人文集珍本叢刊影嘉業堂校刊本,臺北新文豐出版公司一九八五年版

韋應物詩集繫年校箋　（唐）韋應物撰,孫望校注　中國古典文學基本叢書本,中華書局二〇〇二年版

味水軒日記八卷　（明）李日華撰　劉承幹輯嘉業堂叢書本,民國十二年吳興劉氏刊

魏書　（北齊）魏收撰　中華書局一九七四年版

温公續詩話　（宋）司馬光撰　清何文煥輯歷代詩話本,中華書局一九八一年版

（弘治）温州府志二十二卷　（明）王瓚、蔡芳修纂　天一閣藏明代方志選刊續編影明弘治十六年刻本,上海書店一九九〇年版

（萬曆）温州府志十八卷　（明）湯日昭、王光蘊纂　四庫全書存目叢書影明萬曆刊本

文房四譜五卷　（宋）蘇易簡撰　文淵閣四庫全書本

文恭集四十卷　（宋）胡宿撰　文淵閣四庫全書本

文敏集二十五卷　（明）楊榮撰　文淵閣四庫全書本

文憲集　（明）宋濂撰　文淵閣四庫全書本

文獻公全集十卷補遺附錄一卷　（元）黃溍撰　清咸豐元年金華陳坡補刊本

文獻通考　（元）馬端臨撰　影商務印書館萬有文庫·十通本,中華書局一九八六年版

文獻通考·經籍考　（元）馬端臨撰,華東師大古籍研究所標校　華東師範大學出版社一九八五年版

文選　（梁）蕭統編,（唐）李善注　中國古典文學叢書本,上海古籍出版社一九八六年版

文選顏鮑謝詩評四卷　（元）方回撰　文淵閣四庫全書本

文淵閣四庫全書補遺　楊訥、李曉明編　北京圖書館出版社一九九七年版

文苑英華　（宋）李昉等編　據宋刊本、明刊本影印,中華書局一九六六年版

文章辨體彙選七百八十卷　（明）賀復徵編　文淵閣四庫全書本

文忠集一百五十三卷　（宋）歐陽修撰,周必大編　文淵閣四庫全書本

文莊集三十六卷　（宋）夏竦撰　文淵閣四庫全書本

（乾隆）烏程縣志十六卷首一卷　（清）羅愫、杭世駿等修纂　中國方志叢書影
　　清乾隆十一年刊本，臺灣成文出版社一九八三年版

吳地記　（題唐）陸廣微撰　清曹溶輯學海類編本，民國九年上海商務印書館據
　　六安晁氏木活字本影印

吳都法乘三十卷　（明）周永年纂集　藍吉富編大藏經補編影鈔本，臺北華宇出
　　版社一九八五年版

吳都文粹續集五十六卷　（明）錢穀輯　文淵閣四庫全書本

吳都文粹續集五十六卷補遺一卷　（明）錢穀輯　清鈔本

（嘉靖）吳江縣志二十八卷首一卷　（明）曹一麟、徐師曾等修纂　中國史學叢
　　書三編影明嘉靖四十年刊本，臺灣學生書局一九八七年版

（乾隆）吳江縣志五十八卷首一卷　（清）陳莫纕、倪師孟等修纂　中國方志叢
　　書影石印清乾隆十二年刊本，臺灣成文出版社一九七五年版

（弘治）吳江志二十二卷附錄一卷　（明）莫旦編纂　中國史學叢書三編影明弘
　　治刊本，臺灣學生書局一九八七年版

吳郡圖經續記三卷　（宋）朱長文纂　宋元方志叢刊影民國十三年烏程蔣氏影
　　宋刻本，中華書局一九九〇年版

吳郡志五十卷　（宋）范成大纂，汪泰亨等增訂　宋元方志叢刊影民國十五年吳
　　興張氏影宋刻本，中華書局一九九〇年版

吳郡志五十卷　（宋）范成大纂　文淵閣四庫全書本

吳禮部文集二十卷附錄一卷　（元）吳師道撰　北京圖書館古籍珍本叢刊影清
　　鈔本，書目文獻出版社一九九八年版

吳王張士誠載記五卷　（民國）支偉成輯　泰東圖書局民國二十一年版

吳文正集一百卷　（元）吳澄撰　文淵閣四庫全書本

吳文正公集四十九卷外集三卷　（元）吳澄撰　元人文集珍本叢刊影明成化二
　　十年刊本，臺北新文豐出版公司一九八五年版

吳下冢墓遺文三卷續集一卷　（明）都穆輯、葉恭煥續輯　石刻史料新編第二輯
　　影龍池山房鈔本，臺北新文豐出版公司一九七九年版

（崇禎）吳縣志五十四卷首一卷　（明）牛若麟、王煥如等修纂　天一閣藏明代
　　方志選刊續編影明崇禎十五年刻本，上海書店一九九〇年版

吳興備志三十二卷　（明）董斯張撰　叢書集成續編影吳興叢書本，上海書店一
　　九九四年版

吳興金石記十六卷　（清）陸心源撰　續修四庫全書影清光緒中刻潛園總集本

吳興藝文補七十卷　（明）董斯張輯　續修四庫全書影明崇禎六年刊本

（嘉泰）吳興志二十卷　（宋）談鑰纂　續修四庫全書影民國三年劉氏刻吳興叢
　　書本

吳越備史四卷附校勘記一卷　（宋）范坰、林禹撰，張元濟撰校勘記　四部叢刊
　　續編影鈔本

吳越春秋輯校匯考　周生春撰　上海古籍出版社一九九七年版

吳越春秋十卷　（漢）趙曄撰　四部叢刊初編影明萬曆十四年武林馮念祖刊本

吳越所見書畫録六卷　（清）陸時化撰　續修四庫全書影清乾隆懷烟閣刻本

吳中金石新編八卷　（明）陳暐編　文淵閣四庫全書本

吳中人物志十三卷　（明）張昶撰　續修四庫全書影明隆慶年間張氏刻本

吳中水利全書二十八卷　（明）張國維輯撰　文淵閣四庫全書本

梧溪集七卷　（明）王逢撰　中華再造善本影明景泰年間陳敏政重修至正洪武
　　刊本，北京圖書館出版社二〇〇五年版

梧溪集七卷補遺一卷　（明）王逢撰　清乾隆道光年間刊鮑廷博輯知不足齋叢
　　書本

梧溪集七卷　（明）王逢撰　北京圖書館古籍珍本叢刊影鈔本，書目文獻出版社
　　一九九八年版

無錫金匱縣志四十卷首一卷附殉難紳民表二卷列女姓氏録四卷　（清）裴大中、
　　秦緗業等修纂　中國方志叢書影清光緒七年刊本，臺灣成文出版社一九七
　　〇年版

無錫縣志四卷　（明）佚名纂　文淵閣四庫全書本

五百家注昌黎文集四十卷　（唐）韓愈撰，（宋）魏仲舉編　文淵閣四庫全書本

五代史補五卷　（宋）陶岳撰　文淵閣四庫全書本

五燈會元　（宋）普濟撰，蘇淵雷校點　中國佛教典籍選刊本，中華書局一九八
　　四年版

五峰集十卷　（元）李孝光撰　文淵閣四庫全書本

五峰集十卷補遺一卷　（元）李孝光撰　永嘉詩人祠堂叢刻本

五雜組十六卷　（明）謝肇淛撰　四庫禁毀書叢刊影明刻本

武編前集六卷後集四卷　（明）唐順之撰　文淵閣四庫全書本

武林梵志十二卷　（明）吳之鯨撰　文淵閣四庫全書本

武林舊事十卷　（宋）周密撰　文淵閣四庫全書本

武林靈隱寺志八卷　（清）孫治撰，徐增重輯　四庫全書存目叢書影清康熙十一
　　年刻本

武林石刻記五卷　（清）倪濤輯　石刻史料新編第二輯影鈔本，臺北新文豐出版

公司一九七九年版

物理小識十二卷　（明）方以智撰　李學勤主編中華漢語工具書庫影康熙方氏
　　刊本,安徽教育出版社二〇〇二年版

X

西漢文紀二十四卷　（明）梅鼎祚編　文淵閣四庫全書本

西湖游覽志二十四卷　（明）田汝成撰　清光緒年間嘉惠堂刊丁丙輯武林掌故
　　叢編本

西湖游覽志餘二十六卷　（明）田汝成撰　清光緒年間嘉惠堂刊丁丙輯武林掌
　　故叢編本

（雍正）西湖志四十八卷　（清）李衛、傅王露等修纂　中國方志叢書影清雍正
　　十三年刊本,臺灣成文出版社一九八三年版

西湖志纂十二卷卷末一卷　（清）沈德潛、傅王露輯,梁詩正纂　沈雲龍主編中
　　國名山勝迹志叢刊影清乾隆年間刊本,文海出版社一九八三年版

西湖竹枝詞　（元）楊維楨輯撰　明萬曆年間林有麟刊本

西湖竹枝詞　（元）楊維楨輯撰　明末諸暨陳于京漱雲樓刊本

西湖竹枝詞　（元）楊維楨輯撰　清光緒年間嘉惠堂刊丁丙輯武林掌故叢編本

西晉文紀二十卷　（明）梅鼎祚編　文淵閣四庫全書本

西京雜記　（晉）葛洪撰,程毅中校點　古小説叢刊本,中華書局一九八五年版

西麓堂琴統二十五卷　（明）汪芝輯　中國藝術研究院音樂研究所、北京古琴研
　　究會編琴曲集成影鈔本,中華書局二〇一〇年版

西山讀書記四十卷　（宋）真德秀撰　文淵閣四庫全書本

西溪叢語　（宋）姚寬撰,孔凡禮校點　唐宋史料筆記叢刊本,中華書局一九九
　　三年版

西嶽華山志一卷　（金）王處一撰　四庫全書存目叢書影明正統間刻道藏本

希澹園詩集三卷　（明）虞堪撰　文淵閣四庫全書本

析津志輯佚　（元）熊夢祥撰,北京圖書館善本組輯　北京古籍出版社一九八三
　　年版

（嘉慶）硤川續志二十卷　（清）王德浩等修纂　中國地方志集成·鄉鎮志專輯
　　影清嘉慶刊本,上海書店一九九二年版

峴泉集四卷　（明）張宇初撰　文淵閣四庫全書本

峴泉集十二卷　（明）張宇初撰　張繼禹主編中華道藏校點本,華夏出版社二
　　〇〇四年版

香乘二十八卷　（明）周嘉冑撰　文淵閣四庫全書本

湘山野録三卷續録一卷　（宋）釋文瑩撰　中國野史集成影學津討原本，巴蜀書
　　社一九九三年版

享金簿　（清）孔尚任撰　美術叢書初集第七輯本，上海神州國光社一九一一年
　　印行

（嘉靖）蕭山縣志六卷　（明）林策、張燭等修纂，魏堂續增　天一閣藏明代方志
　　選刊續編影明萬曆三年增刻本，上海書店一九九〇年版

（康熙）蕭山縣志二十一卷　（清）鄒勳、聶世棠等修纂　中國方志叢書影清康
　　熙十一年刊本，臺灣成文出版社一九八三年版

蕭山縣志稿三十三卷首末各一卷　（民國）張宗海、楊士龍等修纂　中國方志叢
　　書影民國二十四年鉛印本，臺灣成文出版社一九七〇年版

小山畫譜二卷　（清）鄒一桂撰　文淵閣四庫全書本

小峴山人詩文集三十七卷　（清）秦瀛撰　清代詩文集彙編影清嘉慶二十二年
　　刊道光間補刻本，上海古籍出版社二〇一〇年版

孝經注疏　（宋）邢昺等注疏　清人阮元校刻十三經注疏本，中華書局一九八〇
　　年影印

辛丑銷夏記五卷　（清）吳榮光輯撰　續修四庫全書影清道光年間刊本

欣賞續編　（明）茅一相輯　北京圖書館古籍珍本叢刊影明刊本，書目文獻出版
　　社一九九八年版

新書校注　（漢）賈誼撰，閻振益、鍾夏校注　新編諸子集成本，中華書局二
　　〇〇〇年版

新唐書　（宋）歐陽修、宋祁撰　中華書局一九七五年版

新五代史　（宋）歐陽修撰　中華書局一九七四年版

新序十卷　（漢）劉向撰　四部叢刊初編影明覆宋刊本

新續高僧傳四集六十五卷　（民國）喻謙撰　高僧傳合集影民國十二年排印本，
　　上海古籍出版社一九九一年版

新喻梁石門先生集十卷　（明）梁寅撰　北京圖書館古籍珍本叢刊影清乾隆十
　　五年刊本，書目文獻出版社一九九八年版

新元史　（民國）柯劭忞撰　開明書店民國二十四年版

星學大成三十卷　（明）萬民英撰　文淵閣四庫全書本

行水金鑒一百七十五卷　（清）傅澤洪撰　文淵閣四庫全書本

刑統賦疏一卷校語一卷　（元）沈仲緯撰　叢書集成續編影枕碧樓叢書本，上海
　　書店一九九四年版

性理群書句解二十三卷　（宋）熊節編,熊剛大注　文淵閣四庫全書本

虛齋名畫録十六卷虛齋名畫續録四卷補遺一卷　（民國）龐元濟撰　續修四庫
　　全書影清宣統元年民國十三年烏程龐氏刊本

徐氏筆精八卷　（明）徐𤊺撰　叢書集成續編影芋園叢書本,臺北新文豐出版公
　　司一九八九年版

徐文長三集二十九卷　（明）徐渭撰　明萬曆二十八年商氏刊本

畜德録一卷　（明）陳沂撰　四庫存目叢書影明鈔國朝典故本

續博物志十卷　（宋）李石撰　民國上海商務印書館影印元明善本叢書影明萬
　　曆間吳琯輯刊古今逸史本

續燈存稿十二卷　（清）通問編定,施沛彙集　影日本京都藏經書院刊卍續藏經
　　本,臺北新文豐出版公司一九九三年版

續佛祖統紀二卷　（明）佚名撰　影日本京都藏經書院刊卍續藏經本,臺北新文
　　豐出版公司一九九三年版

續弘簡録元史類編四十二卷　（清）邵遠平撰　續修四庫全書影清康熙年間
　　刊本

續後漢書八十七卷　（元）郝經撰　文淵閣四庫全書本

續齊諧記　（梁）吳均撰,王根林校點　漢魏六朝筆記小説大觀本,上海古籍出
　　版社一九九九年版

續齊諧記一卷　（梁）吳均撰　民國上海商務印書館影印元明善本叢書影明萬
　　曆間吳琯輯刊古今逸史本

續書譜一卷　（宋）姜夔撰　文淵閣四庫全書本

續吳郡志二卷　（明）李詡編　叢書集成續編影適園叢書本,上海書店一九九四
　　年版

續吳郡志二卷　（明）李詡編　中國方志叢書影明鈔本,臺灣成文出版社一九八
　　三年版

續仙傳三卷　（南唐）沈汾撰　文淵閣四庫全書本

續玄怪録　（唐）李復言編,程毅中校點　古小説叢刊本,中華書局一九八二
　　年版

續資治通鑑　（清）畢沅撰　中華書局一九五七年版

續資治通鑑長編五百二十卷　（宋）李燾撰　文淵閣四庫全書本

宣和書譜二十卷　（宋）佚名撰　叢書集成新編影津逮秘書本,臺北新文豐出版
　　公司一九八四年版

宣室志　（唐）張讀撰,張永欽、侯志明點校　古小説叢刊本,中華書局一九八

三年版

玄怪録　（唐）牛僧孺編，程毅中校點　古小説叢刊本，中華書局一九八二年版

學古編二卷附録一卷　（元）吾丘衍撰　叢書集成新編影夷門廣牘本，臺北新文豐出版公司一九八四年版

學林十卷　（宋）王觀國撰　文淵閣四庫全書本

學言稿六卷　（元）吴當撰　文淵閣四庫全書本

學餘堂文集二十八卷詩集五十卷外集二卷　（清）施閏章撰　文淵閣四庫全書本

雪堂集十卷附録一卷　（明）沈守正撰　四庫禁毁書叢刊影明崇禎年間沈氏刊本

荀子集解　（清）王先謙撰，沈嘯寰、王星賢校點　新編諸子集成本，中華書局一九八八年版

Y

雅尚齋遵生八牋十九卷　（明）高濂撰　北京圖書館古籍珍本叢刊影明萬曆十九年刊本，書目文獻出版社一九九八年版

研北雜志二卷　（元）陸友仁撰　叢書集成新編影寶顏堂秘笈本，臺北新文豐出版公司一九八四年版

顏氏家訓集解　（北齊）顏之推撰，王利器集解　上海古籍出版社一九八〇年版

（萬曆）嚴州府志二十五卷卷首輿圖一卷　（明）楊守仁等修纂　日本藏中國罕見地方志叢刊影明萬曆六年刊本，書目文獻出版社一九九一年版

（順治重刊）嚴州府志二十四卷卷首輿圖一卷　（明）吕昌期、唐仲賢等修纂　中國方志叢書影清順治六年重刊明萬曆四十二年刊本，臺灣成文出版社一九八三年版

（淳熙）嚴州圖經八卷（殘）　（宋）陳公亮、劉文富修纂　續修四庫全書影清丁氏八千卷樓影宋鈔本

（景定）嚴州續志十卷　（宋）鄭瑶、方仁榮撰　宋元方志叢刊影清光緒間漸西村舍刊文瀾閣傳抄宋景定三年本，中華書局一九九〇年版

弇山堂别集　（明）王世貞撰，魏連科校點　中華書局一九八五年版

弇州山人四部續稿二百七卷　（明）王世貞撰　明萬曆年間刊本

演繁露十六卷續集六卷　（宋）程大昌撰　叢書集成新編影清嘉慶張海鵬輯刊學津討原本，臺北新文豐出版公司一九八四年版

衍極二卷　（元）鄭杓撰　文淵閣四庫全書本

燕石集十五卷附録一卷 （元）宋褧撰 北京圖書館古籍珍本叢刊影清鈔本,書目文獻出版社一九九八年版

雁門集 （元）薩都剌撰,殷孟倫、朱廣祁校點 上海古籍出版社一九八二年版

彦周詩話 （宋）許顗撰 清何文煥輯歷代詩話本,中華書局一九八一年版

晏子春秋八卷 （題周）晏嬰撰 四部叢刊初編影明活字本

晏子春秋集釋 （題周）晏嬰撰,吳則虞編注 新編諸子集成本,中華書局一九六二年版

硯箋四卷 （宋）高似孫撰 叢書集成續編影棟亭藏書十二種本,上海書店一九九四年版

硯譜一卷 （宋）佚名撰 文淵閣四庫全書本

雁山志四卷首一卷 （明）朱諫撰,胡汝寧重編 四庫全書存目叢書影明萬曆刊本

揚雄集校注 （漢）揚雄撰,張震澤校注 中國古典文學叢書本,上海古籍出版社一九九三年版

揚州瓊華集三卷 （明）楊端輯 四庫全書存目叢書影明成化二十三年刊本

楊炯集 （唐）楊炯撰,徐明霞校點 中國古典文學基本叢書本,中華書局一九八〇年版

楊太真外傳二卷 （題宋）樂史撰 叢書集成新編影顧氏文房小説本,臺北新文豐出版公司一九八四年版

楊鐵崖古樂府三卷 （元）楊維楨撰,（明）潘是仁編 明萬曆四十三年初刊天啟二年重修宋元詩六十一種本

楊鐵崖史義拾遺 （元）楊維楨撰,（清）李元春評閲 清道光年間青照堂叢書次編本

楊鐵崖文集五卷 （元）楊維楨撰 明末諸暨陳于京漱雲樓刊本

楊鐵崖先生古樂府八卷古賦二卷補遺一卷 （元）楊維楨撰 明天啟年間海虞馬宏道鈔本

楊鐵崖先生文集全録四卷 （元）楊維楨撰 清鈔佚名輯本

楊鐵崖先生文集十一卷 （元）楊維楨撰,（明）陳善學輯注 明萬曆四十三年諸暨陳善學序刊本

楊鐵崖先生文集一卷 （元）楊維楨撰 清鈔本

楊鐵崖先生詠史古樂府四卷 （元）楊維楨撰 清乾隆三十八年顯忠堂刊本

楊鐵崖詠史一卷 （元）楊維楨撰,（清）李元春評閲 清道光十五年青照堂刊本

楊鐵崖詠史古樂府一卷　（元）楊維禎撰，（明）顧亮輯録　明成化十年金華章
　　懋序刊本

楊維禎詩集不分卷　（元）楊維禎撰　明佚名鈔本

楊維禎書法精選　（元）楊維禎書，白立獻、陳培站編　河南美術出版社二〇〇
　　八年版

楊維禎詩集　（元）楊維禎撰，鄒志方點校　兩浙作家文叢本，浙江古籍出版社
　　一九九四年版

楊維禎與元末明初文學思潮　黄仁生撰　東方出版中心二〇〇五年版

陽羨摩崖記録　（清）吴騫輯撰　載民國中上海國粹學報社印行古學匯刊第
　　一集

堯山堂外紀一百卷　（明）蔣一葵輯　四庫全書存目叢書影明萬曆刊本

野菜博録三卷　（明）鮑山撰　四部叢刊三編影明刊本

野處集四卷　（元）邵亨貞撰　文淵閣四庫全書本

野客叢書　（宋）王楙撰，鄭明、王義耀校點　宋元筆記叢書本，上海古籍出版社
　　一九九一年版

葉八白易傳十六卷　（明）葉山撰　文淵閣四庫全書本

鄴中記一卷　（晉）陸翽撰　清嘉慶年間刊明何允中輯廣漢魏叢書本

一瓢詩話　（清）薛雪撰，杜維沫校注　人民文學出版社一九七九年版

伊濱集二十四卷　（元）王沂撰　文淵閣四庫全書本

伊川擊壤集二十卷集外詩一卷　（宋）邵雍撰　四部叢刊初編影明成化刊本

伊洛淵源録　（宋）朱熹撰　朱傑人、嚴佐之、劉永翔主編朱子全書本，上海古籍
　　出版社、安徽教育出版社二〇〇二年版

醫説十卷　（宋）張杲撰　文淵閣四庫全書本

猗覺寮雜記二卷　（宋）朱翌撰　清乾隆道光年間刊鮑廷博輯知不足齋叢書本

夷白齋稿三十五卷外集二卷　（明）陳基撰　文淵閣四庫全書本

夷白齋稿三十五卷外集一卷補遺一卷附校勘記一卷　（明）陳基撰，胡文楷撰校
　　勘記　四部叢刊三編影明鈔本

夷堅志一百八十卷　（宋）洪邁撰　續修四庫全書據清人影宋鈔本影印

（道光重修）儀徵縣志五十卷　（清）王檢心、劉文淇、張安保等修纂　中國地方
　　志集成影清光緒十六年刊本，江蘇古籍出版社一九九一年版

（嘉慶增修）宜興縣舊志十卷首末各一卷　（清）李先榮原本，阮升基增修，寧楷
　　等增纂　中國地方志集成影清嘉慶二年刊本，江蘇古籍出版社一九九一
　　年版

蟻術詩選八卷詞選四卷　（元）邵亨貞撰　四部叢刊三編影明刊本與宛委別
　　藏本

疑耀七卷　（明）張萱撰　文淵閣四庫全書本

易經蒙引十二卷　（明）蔡清撰　文淵閣四庫全書本

易經通注九卷　（清）傅以漸、曹本榮撰　文淵閣四庫全書本

易通六卷　（宋）趙以夫撰　文淵閣四庫全書本

易圖通變五卷　（宋）雷思齊撰　文淵閣四庫全書本

易纂言外翼八卷　（元）吳澄撰　文淵閣四庫全書本

益州名畫録　（宋）黃休復撰　叢書集成新編影清乾隆李調元輯刊函海本，臺北
　　新文豐出版公司一九八四年版

異苑十卷　（劉宋）劉敬叔撰　叢書集成新編影清嘉慶張海鵬輯刊學津討原本，
　　臺北新文豐出版公司一九八四年版

藝林彙考四十卷　（清）沈自南撰　文淵閣四庫全書本

藝文類聚　（唐）歐陽詢撰，汪紹楹校點　中華書局一九六五年版

蟬精雋十六卷　（明）徐伯齡撰　文淵閣四庫全書本

滎陽外史集一百卷　（明）鄭真撰　文淵閣四庫全書本

瀛奎律髓匯評　（元）方回選評，李慶甲集評校點　上海古籍出版社一九八六
　　年版

雍録十卷　（宋）程大昌撰　叢書集成續編影關中叢書本，上海書店一九九四
　　年版

墉城集仙録六卷　（前蜀）杜光庭撰　四庫全書存目叢書影明鈔本

永定河志十九卷首一卷　（清）陳琮撰　故宮珍本叢刊影清乾隆鈔本，海南出版
　　社二〇〇一年版

詠物詩一卷　（元）謝宗可撰　文淵閣四庫全書本

優婆塞戒經七卷　（北涼）曇無讖譯　大正新修大藏經本，臺北新文豐公司一九
　　八六年版

幽怪録四卷　（唐）牛僧孺撰　四庫全書存目叢書影明書林陳應翔刻本

幽明録不分卷　（劉宋）劉義慶撰　筆記小說大觀三十一編影黃丕烈校刊本，臺
　　灣新興書局一九八〇年版

游城南記一卷　（宋）張禮撰　明陳繼儒輯寶顏堂秘笈本，文明書局民國十一年
　　石印本

游志續編一卷　（元）陶宗儀輯　叢書集成續編影新陽趙氏叢刊本，上海書店一
　　九九四年版

游志續編二卷　（元）陶宗儀輯　清阮元輯宛委別藏本,江蘇古籍出版社一九八

　　八年據臺灣商務印書館影本影印

酉陽雜俎　（唐）段成式撰,方南生校點　中華書局一九八一年版

于湖集四十卷　（宋）張孝祥撰　文淵閣四庫全書本

于湖居士文集四十卷附錄一卷　（宋）張孝祥撰　四部叢刊初編影宋刊本

虞邑遺文錄十卷補集六卷　（清）陳揆輯　北京圖書館古籍珍本叢刊影道光翁

　　氏鈔本,書目文獻出版社一九九八年版

漁洋山人精華錄十卷　（清）王士禛撰　四庫禁毀書叢刊影清康熙刊本

（萬曆新修）餘姚縣志二十四卷　佚名修纂　中國方志叢書影明萬曆年間刊本,

　　臺灣成文出版社一九八三年版

（光緒）餘姚縣志二十七卷首末各一卷　（清）邵友濂、孫德祖等修纂　中國方

　　志叢書影清光緒二十五年刊本,臺灣成文出版社一九八三年版

輿地廣記三十八卷　（宋）歐陽忞撰　文淵閣四庫全書本

禹貢長箋十二卷　（清）朱鶴齡撰　文淵閣四庫全書本

禹貢論二卷　（宋）程大昌撰　文淵閣四庫全書本

禹貢説斷四卷　（宋）傅寅撰　文淵閣四庫全書本

禹貢錐指二十卷　（清）胡渭撰　文淵閣四庫全書本

庾子山集注　（北周）庾信撰,（清）倪璠注,許逸民校點　中國古典文學基本叢

　　書本,中華書局一九八〇年版

漁洋詩話三卷　（清）王士禛撰　文淵閣四庫全書本

羽庭集六卷　（元）劉仁本撰　文淵閣四庫全書本

語林三十卷　（明）何良俊撰　文淵閣四庫全書本

玉楮集八卷　（宋）岳珂撰　宋集珍本叢刊影傅增湘校三怡堂叢書本,線裝書局

　　二〇〇四年版

（淳祐）玉峰志三卷　（宋）凌萬頃、邊實修纂　宋元方志叢刊影清宣統元年匯

　　刻太倉舊志五種本,中華書局一九九〇年版

玉海二百卷　（宋）王應麟輯撰　文淵閣四庫全書本

玉山草堂集二卷集外詩一卷　（元）顧瑛撰　海王邨古籍叢刊影汲古閣刊元人

　　十種詩本,中國書店一九九〇年版

玉山草堂雅集十八卷　（元）顧瑛輯撰　貴池劉世珩民國七年影元刊本

玉山草堂雅集十六卷　（元）顧瑛輯撰　清初佚名抄本

玉山紀游一卷　（元）顧瑛等撰,（明）袁華編　文淵閣四庫全書本

玉山名勝集八卷　（元）顧瑛輯　文淵閣四庫全書本

玉山名勝集不分卷外集一卷　（元）顧瑛輯　清初佚名鈔本

玉山名勝集六卷　（元）顧瑛輯　傳抄明萬曆刊本

玉山名勝集四卷　（元）顧瑛輯　明刊本

玉山名勝集　（元）顧瑛輯，楊鐮、葉愛欣整理　中華書局二〇〇八年版

玉山名勝外集不分卷　（元）顧瑛輯　清鈔本

玉山璞稿一卷　（元）顧瑛撰　文淵閣四庫全書本

玉山璞稿二卷　（元）顧瑛撰　清阮元輯宛委別藏本，江蘇古籍出版社一九八八
　　年據臺灣商務印書館影本影印

玉山璞稿　（元）顧瑛撰，楊鐮整理　中華書局二〇〇八年版

玉山樵人集一卷香奩集一卷　（唐）韓偓撰　四部叢刊初編影上海涵芬樓藏清
　　鈔本

玉山倡和二卷遺什二卷　（元）顧瑛等撰，佚名編　清倪氏經鉏堂鈔本

玉笥集十卷　（明）張憲撰　清道光咸豐年間刊粵雅堂叢書本

玉臺新詠箋注　（陳）徐陵編，（清）吳兆宜注，程琰刪補，穆克宏校點　中國古
　　典文學基本叢書本，中華書局　九八五年版

玉堂嘉話　（元）王惲撰，楊曉春校點　元明史料筆記叢刊本，中華書局二〇〇
　　六年版

玉芝堂談薈三十六卷　（明）徐應秋撰　叢書集成三編影筆記小說大觀續編本，
　　臺北新文豐出版公司一九九七年版

豫章黃先生文集三十卷　（宋）黃庭堅撰　四部叢刊初編影宋刊本

淵鑑類函四百五十卷　（清）張英、王士禛等編纂　文淵閣四庫全書本

元朝史新論　蕭啟慶撰　臺灣允晨文化實業股份有限公司二〇〇〇年版

元代進士研究　桂栖鵬撰　蘭州大學出版社二〇〇一年版

元代至明初婺州作家群研究　徐永明撰　中國社會科學出版社二〇〇五年版

元風雅二十四卷　（元）傅習、孫存吾編　文淵閣四庫全書本

元宮詞一卷　佚名輯　四庫全書存目叢書影明末毛氏汲古閣刻詩詞雜俎本

元和郡縣圖志四十卷　（唐）李吉甫撰，賀次君點校　中國古代地理總志叢刊
　　本，中華書局一九八三年版

元和郡縣志四十卷　（唐）李吉甫撰　文淵閣四庫全書本

元和姓纂十卷　（唐）林寶撰，（清）孫星衍、洪瑩校　李學勤主編中華漢語工具
　　書庫影清嘉慶金陵書局校刊本，安徽教育出版社二〇〇二年版

元季伏莽志十卷　（清）周昂撰　續修四庫全書影稿本

元進士考　（清）錢大昕撰　陳文和主編嘉定錢大昕全集本，江蘇古籍出版社一

九九七年版

元經十卷　（題隋）王通撰　文淵閣四庫全書本

元蒙史札　周清澍撰　內蒙古大學出版社二〇〇一年版

元明事類鈔四十卷　（清）姚之駰撰　文淵閣四庫全書本

元曲家考略　孫楷第撰　上海古籍出版社一九八九年版

元曲紀事　王文才編撰　人民文學出版社一九八五年版

元曲選　（明）臧晉叔編　中華書局一九八九年版

元曲選外編　隋樹森編　中華書局一九五九年版

元人文集版本目錄　周清澍撰　南京大學出版社一九八三年版

元詩紀事　陳衍輯撰,李夢生校點　上海古籍出版社一九八四年版

元詩體要十四卷　（明）宋公傳編　文淵閣四庫全書本

元詩選一百十一卷　（清）顧嗣立輯撰　文淵閣四庫全書本

元詩選初集二集三集　（清）顧嗣立輯撰　清康熙年間長洲顧氏秀野草堂刊本

元詩選初集二集三集　（清）顧嗣立輯撰　中華書局一九八七年版

元詩選補遺　（清）錢熙彥輯　中華書局二〇〇二年版

元詩選癸集　（清）顧嗣立、席世臣輯撰,吳申揚校點　中華書局二〇〇一年版

元詩選癸集　（清）顧嗣立、席世臣輯撰　清光緒十四年掃葉山房刊本

元史　（明）宋濂等撰　中華書局一九七六年版

元史紀事本末　（明）陳邦瞻撰　中華書局一九七九年版

元史藝文志輯本　雒竹筠遺稿,李新乾編補　北京燕山出版社一九九九年版

元統元年進士題名錄一卷　佚名撰　北京圖書館古籍珍本叢刊影清鈔本,書目
　　文獻出版社一九九八年版

元藝圃集四卷　（明）李蓘編　文淵閣四庫全書本

元音十二卷　（明）孫原理等輯編　文淵閣四庫全書本

原本周易本義十二卷　（宋）朱熹撰　文淵閣四庫全書本

月令輯要二十四卷　（清）李光地等撰　文淵閣四庫全書本

月令解十二卷　（宋）張虙撰　叢書集成續編影四明叢書本,上海書店一九九四
　　年版

岳陽風土記一卷　（宋）范致明撰　民國上海商務印書館影明萬曆間吳琯輯刊
　　古今逸史本

越絕書　（漢）袁康、吳平輯,樂祖謀校點　上海古籍出版社一九八五年版

越絕書十五卷　（漢）袁康、吳平輯　四部叢刊初編影明刊本

樂庵語錄五卷　（宋）龔昱編　文淵閣四庫全書本

樂府詩集 （宋）郭茂倩編 中國古典文學基本叢書本，中華書局一九七九年版

樂府雜録 （唐）段安節撰 叢書集成新編影守山閣叢書本，臺北新文豐出版公司一九八四年版

樂郊私語一卷 （元）姚桐壽撰 清曹溶輯學海類編本，民國九年上海商務印書館據六安晁氏木活字本影印

樂郊私語一卷 （元）姚桐壽撰 明萬曆繡水沈氏尚白齋刊本

樂律表微八卷 （清）胡彦昇撰 文淵閣四庫全書本

（光緒）樂清縣志十六卷首一卷 （清）李登雲、陳坤等修纂 中國方志叢書影民國元年補刊清光緒二十七年修纂本，臺灣成文出版社一九八三年版

樂書二百卷 （宋）陳暘撰 文淵閣四庫全書本

嶽雪樓書畫録五卷 （清）孔廣陶撰 續修四庫全書影清咸豐十一年陳其錕序刊本

雲谷雜紀四卷首末各一卷 （宋）張淏撰 叢書集成新編影武英殿聚珍版本，臺北新文豐出版公司一九八四年版

雲笈七籤 （宋）張君房撰 張繼禹主編中華道藏校點本，華夏出版社二〇〇四年版

雲笈七籤一百二十二卷 （宋）張君房撰 四部叢刊初編影正統道藏本

（紹熙）雲間志三卷 （宋）楊潛纂 續修四庫全書影明鈔本

雲林石譜三卷 （宋）杜綰撰 清乾隆道光年間刊鮑廷博輯知不足齋叢書本

雲麓漫鈔 （宋）趙彦衞撰，傅根清校點 唐宋史料筆記叢刊本，中華書局一九九六年版

雲仙雜記十卷 （唐）馮贄撰 四部叢刊續編影明刊本

雲烟過眼録四卷續録一卷 （宋）周密撰，（元）湯允謨續撰 文淵閣四庫全書本

雲陽李先生文集十卷附録一卷 （元）李祁撰 北京圖書館古籍珍本叢刊影清鈔本，書目文獻出版社一九九八年版

筠溪牧潛集七卷 （元）釋圓至撰 北京圖書館古籍珍本叢刊影元大德中刊本，書目文獻出版社一九九八年版

韻石齋筆談二卷 （清）姜紹書撰 文淵閣四庫全書本

韻語陽秋二十卷 （宋）葛立方撰 上海古籍出版社一九七九年影宋刊本

Z

（乾隆）棗陽縣志二十四卷 （清）甘定遇、熊天章等修纂 中國地方志集成影

清乾隆二十七年鈔本,江蘇古籍出版社二〇〇一年版

增廣注釋音辯唐柳先生集四十三卷別集二卷外集二卷附錄一卷　(唐)柳宗元撰(宋)童宗説、張敦頤、潘緯注　四部叢刊初編影元刊本

增集續傳燈錄六卷　(明)文琇輯　影日本京都藏經書院刊卍續藏經本,臺北新文豐出版公司一九九三年版

增修詩話總龜四十八卷後集五十卷　(宋)阮閲撰　四部叢刊初編影明嘉靖刊本

湛然居士文集　(元)耶律楚材撰,謝方校點　中華書局一九八六年版

戰國策　(西漢)劉向集錄　上海古籍出版社一九七八年版

戰國策校注十卷　(宋)鮑彪校注,(元)吳師道補校　四部叢刊初編影元至正刊本

張光弼詩集七卷　(明)張昱撰　四部叢刊續編影明鈔本

張耒集　(宋)張耒撰,李逸安、孫通海、傅信校點　中華書局一九九〇年版

張司業集八卷　(唐)張籍撰　文淵閣四庫全書本

張右史文集六十卷　(宋)張耒撰　四部叢刊初編影清鈔本

昭德先生郡齋讀書志四卷附志一卷後志二卷考異一卷　(宋)晁公武撰、趙希弁附考　叢書集成續編影續古逸叢書本,臺北新文豐出版公司一九八九年版

昭忠錄一卷　(元)佚名撰　文淵閣四庫全書本

趙飛燕外傳一卷　(漢)伶玄撰　叢書集成新編影顧氏文房小説本,臺北新文豐出版公司一九八四年版

趙氏鐵網珊瑚十六卷　(明)趙琦美編　文淵閣四庫全書本

趙子昂詩集七卷　(元)趙孟頫撰　中華再造善本影元至正元年務本堂刊本,北京圖書館出版社二〇〇二年版

柘軒集五卷　(明)凌雲翰撰　文淵閣四庫全書本

柘軒集四卷附錄二卷　(明)凌雲翰撰　叢書集成續編影武林往哲遺著本,上海書店一九九四年版

(嘉靖)浙江通志七十二卷　(明)胡宗憲、薛應旂等修纂　天一閣藏明代方志選刊續編影明嘉靖四十年刊本,上海書店一九九〇年版

(乾隆)浙江通志二百八十卷　(清)嵇曾筠等監修,沈翼機等編纂　文淵閣四庫全書本

貞觀政要十卷　(唐)吳兢撰　四部叢刊續編影明成化刊本

真誥二十卷　(梁)陶弘景撰　文淵閣四庫全書本

枕中書一卷　(晉)葛洪撰　叢書集成新編影漢魏叢書本,臺北新文豐出版公司

一九八四年版

正法眼藏六卷　（宋）宗杲撰　影日本京都藏經書院刊卍續藏經本,臺北新文豐
　　出版公司一九九三年版

證治準繩一百二十卷　（明）王肯堂撰　文淵閣四庫全書本

鄭元祐集　（元）鄭元祐撰,徐永明校點　浙江文獻集成本,浙江大學出版社二
　　〇一〇年版

直齋書録解題二十二卷　（宋）陳振孫撰　武英殿聚珍版本

摭言不分卷　（五代）王定保撰　中國野史集成影説庫本,巴蜀書社一九九三
　　年版

至正集八十一卷　（元）許有壬撰　文淵閣四庫全書本

至正直記　（元）孔齊撰,莊敏、顧新校點　宋元筆記叢書本,上海古籍出版社一
　　九八七年版

中朝故事二卷　（南唐）尉遲偓纂　文淵閣四庫全書本

中國書法全集　劉正成主編　榮寶齋出版社二〇〇九年版

中華古今注三卷　（五代）馬縞撰　叢書集成新編影百川學海本,臺北新文豐出
　　版公司一九八四年版

中説十卷　（隋）王通撰,（宋）阮逸注　四部叢刊初編影宋刊本

中吴紀聞　（宋）龔明之撰,孫菊園校點　宋元筆記叢書本,上海古籍出版社一
　　九八六年版

中興小紀四十卷　（宋）熊克撰　中國野史集成續編影光緒年間廣雅書局校勘
　　本,巴蜀書社二〇〇〇年版

中州集十卷中州樂府一卷　（金）元好問編　四部叢刊初編影上海涵芬樓藏董
　　氏影元刊本

仲氏易三十卷　（清）毛奇齡撰　文淵閣四庫全書本

周官總義三十卷　（宋）易祓撰　文淵閣四庫全書本

周禮傳十卷附圖説翼傳　（明）王應電撰　文淵閣四庫全書本

周禮正義　（清）孫詒讓撰,王文錦、陳玉霞校點　十三經清人注疏本,中華書局
　　一九八七年版

周書　（唐）令狐德棻等撰　中華書局一九七一年版

周易本義　（宋）朱熹撰　朱傑人、嚴佐之、劉永翔主編朱子全書本,上海古籍出
　　版社、安徽教育出版社二〇〇二年版

周易啟蒙翼傳四卷　（元）胡一桂撰　文淵閣四庫全書本

周易函書約存十五卷　（清）胡煦撰　文淵閣四庫全書本

周易集解十七卷　（唐）李鼎祚撰　叢書集成新編影學津討原本，臺北新文豐出
　　版公司一九八四年版

周易集傳（漢上易傳）十一卷　（宋）朱震撰　四部叢刊續編影宋本

周易衍義十六卷　（元）胡震撰、胡光大續　文淵閣四庫全書本

周易正義　（唐）孔穎達撰　清人阮元校刻十三經注疏本，中華書局一九八〇年
　　影印

朱熹年譜長編　束景南撰　華東師範大學出版社二〇〇一年版

朱子年譜四卷　（清）王懋竑撰　清道光咸豐年間刊粵雅堂叢書本

朱子語類　（宋）朱熹述　朱傑人、嚴佐之、劉永翔主編朱子全書本，上海古籍出
　　版社、安徽教育出版社二〇〇二年版

諸葛忠武書十卷　（明）楊時偉編　文淵閣四庫全書本

（乾隆）諸暨縣志四十四卷　（清）沈椿齡、樓卜瀍等修纂　中國方志叢書影清
　　乾隆三十八年刊本，臺灣成文出版社一九八三年版

（宣統）諸暨縣志六十卷（又名國朝三修諸暨縣志）　（清）佚名修纂　清宣統三
　　年馮煦序刊本

諸史夷語解義二卷　（明）陳士元撰　四庫未收書輯刊影清光緒十三年應城王
　　氏刻本

竹譜十卷　（元）李衎撰　文淵閣四庫全書本

竹譜詳録七卷　（元）李衎撰　清乾隆道光年間刊鮑廷博輯知不足齋叢書本

竹山詞　（宋）蔣捷撰　叢書集成三編影元抄本，臺北新文豐出版公司一九九七
　　年版

竹書紀年二卷　（梁）沈約注　四部叢刊初編影明天一閣刊本

竹齋集三卷　（元）王冕撰　文淵閣四庫全書本

竹齋詩集四卷　（元）王冕撰　叢書集成續編影邵武徐氏叢書本，上海書店一九
　　九四年版

莊子集釋　（戰國）莊周，（清）郭慶藩撰，王孝魚校點　新編諸子集成本，中華
　　書局二〇〇四年版

追昔游集三卷　（唐）李紳撰　文淵閣四庫全書本

濯纓亭筆記十卷　（明）戴冠撰　四庫全書存目叢書影明嘉靖二十六年刻本

滋溪文稿三十卷　（元）蘇天爵撰　叢書集成續編影適園叢書本，上海書店一九
　　九四年版

資治通鑑　（宋）司馬光撰，（元）胡三省注，集體校點　中華書局一九五六年版

資治通鑑綱目　（宋）朱熹撰　朱傑人、嚴佐之、劉永翔主編朱子全書本，上海古

籍出版社、安徽教育出版社二〇〇二年版

資治通鑑考異三十卷　（宋）司馬光撰　四部叢刊初編影宋刊本

資治通鑑後編一百八十四卷　（清）徐乾學撰　文淵閣四庫全書本

資治通鑑前編十八卷　（宋）金履祥編　文淵閣四庫全書本

子華子二卷　（題周）程本撰　文淵閣四庫全書本

子夏易傳十一卷　（題周）卜商撰　叢書集成新編影學津討原本，臺北新文豐出
　　版公司一九八四年版

紫山大全集二十六卷　（元）胡祇遹撰　文淵閣四庫全書本

自警編九卷　（宋）趙善璙撰　文淵閣四庫全書本

自堂存稿四卷　（元）陳杰撰　叢書集成續編影豫章叢書本，臺北新文豐出版公
　　司一九八九年版

字林一卷　（晉）呂忱撰　叢書集成續編影青照堂叢書本，臺北新文豐出版公司
　　一九八九年版

宗玄集三卷　（唐）吳筠撰　文淵閣四庫全書本

（道光）鄒平縣志十八卷首一卷　（清）羅宗瀛等修纂　清道光十六年刊本

檇李詩繫四十二卷　（清）沈季友輯　文淵閣四庫全書本

左氏傳説二十卷　（宋）呂祖謙撰　文淵閣四庫全書本

左氏傳續説十二卷　（宋）呂祖謙撰　文淵閣四庫全書本

楊維楨全集校箋篇名索引

説　明

1. 本索引收録全集中所有楊維楨作品的篇名,包括存疑編,不含辨偽編。
2. 本索引根據篇名首字的音序先後排列。
3. 篇名相同而内容實異者,於篇名後括弧内分别摘録詩句,或注明描述對象,以示區别。
4. 所録篇名不包括異名、别名。所有詩文異名、别名,參見相關詩文之校勘記、注釋以及附録五所用底本原書篇目匯録。

楊維禎全集校箋人名索引

説　明

一、本索引收録楊維禎全集校箋正文(不含附録編)中出現的元、明時期人物。涉及楊維禎身世的古代人名,亦予收録。

二、本索引以姓名或常用稱謂作爲主目,其他在本書正文以及相關釋文中出現的稱謂,如原名、字、號、別名、異名、小名、簡稱、敬稱、綽號、官名、爵名、郡望、謚號等等,附注於主目後括弧内。例如:成廷珪(元章、成有道、成廣陵、成公居竹、廣陵成先生)

三、人物合稱不予收録。

四、生平事跡闕失,僅存姓氏之人,不予收録。

五、楊維禎所撰寓言中人名不予收録。

六、楊維禎作詩撰文經常署名,且追求新奇,所用姓名字號繁多。本索引不予逐條收録,删去重複,臚列於此:
楊維禎、楊維楨、揚維禎、楊禎、楊楨、楊維貞、廉夫、鐵崖、鐵厓道人、鐵厓山人、鐵崖先生、鐵崖仙人、銕崖仙客、鐵崖公、鐵崖翁、崖仙、鐵雅、梅花道人、梅邊清客、梅丈人、龍門道人、鐵道人、鐵心子、鐵笛(簽)、鐵笛(簽)道人、鐵笛仙、鐵簽老人、鐵簽叟、鐵龍道人、鐵龍仙、鐵龍仙伯、鐵敵木貞、嬉春道人、靈岩道人、無夢道人、聽夢道人、錦窩老人、錦窶老人、桃花夢叟、夢鶴道人、夢外夢道人、鐵冠長老、鐵師、鐵史、鐵史先生、鐵仙、鐵仙人、鐵先生、鐵心道人、大瀛子、自便叟、逍遥叟、抱樸遺叟、抱遺子、抱遺道人、抱遺先生、抱遺叟、抱遺老人、箕尾仙、箕尾叟、太玄、東維、東維先生、東維子、東維叟、草玄先生、楊太玄、古魯傁、風月福人、海鷗老人、易子、楊子、楊木貞、楊古貞、楊先生、老崖、老鐵、老鐵史、老鐵貞、老鐵楨、老鐵禎、會稽先生、會乩楊公、會稽楊某、會稽楊子。

圖書在版編目（CIP）數據

楊維禎全集校箋／（明）楊維禎著；孫小力校箋．
—上海：上海古籍出版社，2019.10
ISBN 978-7-5325-9296-8

Ⅰ．①楊… Ⅱ．①楊… ②孫… Ⅲ．①楊維禎
（1297-1370）—全集②古典詩歌—詩集—中國—明代③古典
散文—散文集—中國—明代 Ⅳ．①I214.72

中國版本圖書館 CIP 數據核字（2019）第 155710 號

楊維禎全集校箋
（全十册）

[明] 楊維禎 著

孫小力 校箋

上海古籍出版社出版發行

（上海瑞金二路 272 號 郵政編碼 200020）

（1）網址：www.guji.com.cn

（2）E-mail：guji1@guji.com.cn

（3）易文網網址：www.ewen.co

上海展强印刷有限公司印刷

開本 787×1092 1/16 印張 275 插頁 33 字數 3,956,000

2019 年 10 月第 1 版 2019 年 10 月第 1 次印刷

ISBN 978-7-5325-9296-8

I·3410 定價：1200.00 元

如有質量問題，請與承印公司聯繫